光文社文庫

最後の晩餐

開高　健

最後の晩餐

目次

最後の晩餐

どん底での食欲 ・i

一筆。

前口上として。

海外へでかけるときには行先地がどこであってもたいてい私は南回りの線を選び、香港で途中下車することにしている。アチラから帰ってくるときにもそうすることにしている。香港で三日か四日ぶらぶらして澡堂（銭湯）に入ってみたり、季節の異味、珍味、魔味を探求したり、知人とお茶をすすって雑談にふけったりするのが愉《たの》しいのである。澡堂ではあんまが絶妙で、菜館では上海の秋の蟹《かに》が絶妙で、知人の話では慣用句や諺《ことわざ》が絶妙である。いつ頃からか知りあいになって香港へいくたびに点心を食べてお茶をすすりつついろいろのことを教えてくれる人の名を、いまかりに伊さんとしておくが、この人は日本語と英語とドイツ語がペラ（ペラ）である。ささやかな輸出入業を営んでいるが、文学好きの大層な読書人で、その興味の触手は古今東西にのび、ことに日本文学については、こちらがたじたじとなるくらい詳しい。いちいちたちどまって感心したあげくに劣等感をおぼえて澱《よど》むというすきまがないくらいである。伊さんの話は文学談のほかに茶、酒、料理、女、阿片、政治、森羅と万象にわたって尽きることがないのであるが、ときどき〝大陸情報〟も洩らしてくれる。あとになってから考えると誤っていることもあり、正確そのものだったりのこともありだが、総計してみると正確のほうがたいてい半ば以上であるように思う。どこから仕込んできた情報なのか、いちいち私は問いただすことをせず、ただ鉄観音茶や茉莉花茶をすすりながら、黙って聞くことにしている。文化大革命の年にたまたま私は香港に四日ほど沈没したが、伊さんはいろいろと教えてくれた。昨日は誰がひきずりまわされた、今日は誰が三角帽をかぶらされたと、連日、香港の新聞は紅衛兵という子供の洪水のなかでのたうちまわっていたのだが、伊さんの数かずの話のなかで、作家の老舎《ろうしゃ》が自殺したらしいという挿話を聞いたときに私の耳がたった。老舎は自宅におしかけた子供に、全身に蜂がたかるようにたかられ、自己批判を強制されたが頑として拒み、窓からとびおりて自殺したと伝えられる。子供たちに殴り殺されたとも伝えられる。北京のはずれを流れる川にとびこんで自殺したとも伝えられるというのだった。そういう挿話をたくさんの有名人について聞かされたのだが、なぜかしら、老舎の件だけがえぐりたてるような鋭さで迫ってきた。かつて文学代表団員の一人として北京へいったときに、某日、老舎の家に招待されたが、眼光炯々《けいけい》とした老人で、鉢にたくさんの菊を育て、寡黙に菊作りの苦心談をしてくれたと思う。そのときの彼の鋭い眼が菜館の二階で白酒のとろりとした酔いに体をゆだねていた私に、突然、見えたのである。

老舎の死の詳細はわからない。しかし、老舎は自分をひた隠しに隠して作品を書いた。ことに近年の作品を読むとそのことを感じさせられる。ただしそれは中国人でなければ嗅《か》ぎつけようのないようなやりかたであった。たとえあなたが読んでも、失礼ながら、日本人にはとてもわからないだろうと思う。階段に足音は聞えるけれど姿は見えないという表現が中国語にあるが、そんなものだ。その足音を老舎は聞きつけられてしまったのだ。その足音めがけて幼稚園革命がなだれこんだのだ。おおむね、伊さんは、そう説明してくれた。そして、こういうエピソードを話してくれた。

五〇年代のある年に老舎は友好代表団の団長として一行をつれて日本へいき、帰途に香港に立寄ったことがある。自分はちょっとコネがあったのでホテルに老舎を訪ね、いろいろと雑談をしたついでに、革命後の中国での知識人の暮しはどんなものでしょうかと質問したが、老舎は一言も答えなかった。手を変え、品を変えしてつっこんでみたが、どうたずねても老舎はだまりこくったきりであった。ところが、いよいよ明日は出発という日になって何を思ったのか老舎は、突然、料理の話をはじめた。重慶か、成都か、どこかそのあたりの古い町に、何でも、部屋一つぐらいもある巨大な鉄の釜をすえつけた家があり、この百年か二百年、一日として火を絶やしたことがない。野菜だの、肉だの、豚の足だのを手あたり次第にほりこんで、グラグラと煮る。百年、二百年そうやって煮つづけてきたのだ。客はそのまわりに群がって、茶碗にすくって食べ、料金は茶碗の数で頂く。その釜はどんな色をしているか。汁はどうなっているか。何をほりこむか。いつ、ほりこむか。野菜は。肉は。どんな客が、どんなぐあいにたったり、すわったりするか。何杯ぐらい食べるか。何の話をしながら食べるか。そういうことを老舎は微に入り細にわたり、およそ三時間近く、ただその話だけをした。その話しぶりにはみごとなま生彩があった。自分はうれしかった。あの『駱駝祥子』の描写力がまだまだ生きているのだとわかってうれしかった。その日、老舎は、その料理の話だけを徹底的に語り、翌日、再見《ツァイチエン》といって北京へ帰っていった。

「……その釜のまわりにいるのはチャンサンリースー、日本語では張三李四といいます。そういう人たちだそうです。どこにでもそこらにいる人たちだ。こういう人のことを日本語では何といいますかね？」

「八つぁん熊さんです」

「虫の蜂ですか？」

「いや。数字の八です」

「なるほど。八つぁんね」

伊さんは二、三度、口のなかで八つぁん、八つぁんと呟《つぶや》いた。それだけでその単語はこの人の脳皮質にナイフできざむよりも鋭く深くきざみこまれてしまうのだろう。

この挿話を私はいつまでも忘れることができず、渡辺一夫先生と対談したときに御紹介した。先生はヨーロッパの乱世の知識人たちの思想と生涯の研究家だから特に感じやすく反応なさるだろうと思ったからだったが、果して右の眼は微笑しつつも、左の眼はそうではなかった。この挿話はしばしば私に魯迅《ろじん》を思いださせることがある。かつて魯迅は広東で『魏晋の気風および文章と薬および酒の関係』という長い題の講演をやり、いまそれを岩波版の選集でしらべてみると、一九二七年の七月のこと、二日間にわたってのことだったとわかる。これは題から想像のつく話で、料理ではなくて酒が登場してくるのだが、地獄鍋だろうと酒だろうと、食談であることに変りはあるまい。食談で魯迅は古代を語りつつ自分の生きている時代を痛罵したのだった。辛辣《しんらつ》を博識の糖衣でまぶして提出したのである。

彼は大へん長い面白い話をゆうゆうとまくし立てた。話したのは紀元三世紀の文学情況であった。その講演で、彼は当時のある学者たちが政治上のごたごたを避けるために『一度酔えば二個月に亘ら』ざるを得なかったことを説明した。聴衆は面白がって、彼の創見と全篇にわたる精彩ある解釈を讃嘆した。そして、もちろんその要点を見出しはしなかった。（増田渉訳）

林語堂《りんごどう》はそういったそうである。ではその要点は何であったかということを、林語堂自身も書いていない。書けば投獄されるか斬首されるかである。それがありありと書けるくらいなら魯迅もこんな講演をする必要はなかったわけである。

紀元三世紀の学者も、一九二七年の魯迅も、一九五〇年代の老舎も、史前期も、史後期も、革命以前も、革命以後も、酒や料理や食談は強権に抵抗する人びとにとって、どうやら、最後の、たまゆらの拠点となったようである。それはクラゲのように漂ってでも生きぬいていかなければならない人が万策尽きたあげくの韜晦《とうかい》だが、興味をそそられるのはそういう極限の地点で自身を無化したはずなのにそれがかえって強化に転ずるという事実である。増田渉氏はこの魯迅のたぶらかし講演を〝彼の全著作の中でもこれは圧巻の作品といえよう〟と書いている。

『駱駝祥子』と『四世同堂』以後の老舎の作品を私は久しくなんひとつとして読んでいなかったけれど、香港の薄汚れた菜館の二階で、何かしらみごとに痛烈な短篇を読まされたような気がしたものだった。もし魯迅が革命後まで生きのびていたら、ひょっとして、まったくおなじことをしていたかもしれないと、夜ふけに思うことが、しばしばである。ことに昨今、天安門上で、つまり城頭で大王の旗がめまぐるしく変幻するありさまを遠望していると、いよいよしばしばである。

さて。

今月号から私は食談を連載することになり、いささかマクラとしては長くなりすぎたことを、以上、書きつけた。何故こんな長い前口上を書いたかというと、連載がいつまで続くものか見当がつかないし、毎月出たとこ勝負で書いていくしかないのだしするから、少々くどくどした前口上でも完成した日に全体のなかでふりかえってみればほんのオツマミとしか見えないだろうと思うからである。それともう一つ、わが国の知的フィールドでは、昨今ようやくいささか変化が起ってきたようだが、食談というものを軽蔑する伝統があって、事実、食談が大流行の昨日今日でも読むに耐えるものはじつに少いという事実からすれば軽蔑されてもいたしかたあるまいと思わせられるのだが、私としてはいささか抵抗したいと思うことがある。文壇用語の一つに、《食物と女が書けたら一人前だ》という言葉があって、誰がいいだしたことかわからないけれど、じつに名言だと思わせられるのである。まったくこの二つくらい書くのにむつかしいものはない。そのむつかしさに苦しめられたあげくの戒語がこうなったのだろうと思いたいところである。しかし、これだけの洞察力がありありと存在しているのに、わが国の文学には食談、食欲描写、料理の話というものが、めったに登場してこないのは、奇妙だけれど事実である。もしブンガクを〝文学〟と書かないで〝文楽〟としていたなら、はるかにおびただしいものがやすやすと包含され、吸収され、表現され、無数の変奏をつくることができていたかもしれないと思うことがよくある。小説はあくまでも小説なのに、身分もわきまえず〝士《し》大《たい》夫《ふ》〟の道の感覚で書かれたり、批評されたりしたものだから、それによって得られたものはたしかにあったけれど、失われたもののほうがはるかに夥《おびただ》しいのではあるまいかとも思うのである。わが国の文学界では食談は一貫して私生児扱いをうけてきたわけだが、今後その偽善癖を、この誌面を借りて、いささか是正したいという微意が私にある。

　性欲、権力欲、食欲と、こう三つ、ヒトを、ことにオトコをルーレットの玉のようにころころと東奔西走させるものを並べてみる。根なるものは他にもおびただしくあるけれど、この三つの力の絶大さをちらと考えてみれば、まずまず、根なるものと呼んでよろしいかと思われる。この三つは厄介なことにどれもが他を独立的に排除して純粋に表現され、発揮されるということがない。三つが三つともたがいにからみあい、かさなりあい、ときには反撥しあうこともあって発揮される。食欲をウマイ、マズイの味覚からだけで観察するのはひどい過ちである。そこを、まず、警戒しておきたいのである。そのためにマクラとして魯迅や老舎の挿話を紹介しておいたのである。もし食欲なり飲欲なりがウマイ、マズイだけであるなら、食談が味覚だけであるなら、この人たちはそれぞれの時代にとっくに最後の拠点を奪われて解体してしまっていたことだろう。無化だけがあって、それをテコにした強化は起り得なかったことだろうと思いたい。性の渇望や力への渇望がいかなる瞬間にもそれだけで発動されることがないのとおなじである。しばしばそれらは最終の結果から見ると原初の動機が完全に見失われるくらい変貌したものとなって達しられたり、果てたりするものである。性も、力も、食も、すべてがおたがいに菌糸のようにからみあい、あたえあい、奪いあいして発現される。それらは無数の変奏を生みださずにはいられないけれど、とことん追いつめたところでは、おそらく、薄明のなかの不定形としかいいようのない影の部分に根をおろしたものであろう。貪婪《どんらん》、執拗とめどがなく、しかも、いつもニコニコと微笑して登場する川又編集長は地下の無意識から力を得たと解説されている古代説話の怪物にも似た不屈の図々しさでわが家にあらわれ、私をそそのかして酒の力で無理矢理におしゃべりさせたあげく、よっしゃ、買うた、ソコです、いきましょうとおっしゃる。私はおびえて、《人間文字ヲ識《シ》ルガ憂患ノ始メナリ》といった蘇東坡《そとうば》（だったネ）をもじって、魯迅は、《人間文字ヲ識ルガ糊塗《ウヤムヤ》ノ始メナリ》というエッセイを書いたんじゃなかったかと、うろんな記憶をまさぐりつつ力弱く呟くが、とんと耳に入ったらしい気配がない。そこで、某日、とくにいい酒を飲んだわけではなかったけれど、とうとう面倒くさくなってか、よっしゃ、やったるデ、やりましょうと、口走ってしまう。蔣介石治下の物凄い反共テロのさなかでの魯迅の講演、何ひとつとしてさだかにはわからないけれど結果から見るとどうやらそれに匹敵するくらいだったらしい毛沢東治下の老舎の活字にならない食談、つねに最悪の事態を覚悟しておけという福沢諭吉の戒語、明日、東海地方に大地震が起っても不思議ではないという若い学者の論説、そこへ人口爆発、食糧危機、工業汚染、自然減退、異常気象とたてつづけに聞かされる常日頃からの朦朧《もうろう》とした恐怖の群れ。それらを総和した感覚から、題を『最後の晩餐』とつけてしまう。食談を軽蔑する知的偽善者に一矢報いるために碩学《せきがく》サミュエル・ジョンソン博士の『腹のことを考えない人は頭のことも考えない』という絶好の一行を毎号、タイトルのよこに掲げる。そして、やおら、ウヤムヤを説きおこしにかかるのである。

喝。

＊　＊　＊

ではゆっくりと参るとして、千変万化が前方にひかえているのだから、どん底から出発することとしたい。食欲のどん底となれば、これはもう誰もが指摘するように、メデューサ号の筏《いかだ》やアンデス山中の事件、つまり極限状態における人肉嗜食《ししょく》である。これには史上いくつもの例があり、文献もあり、文学作品にも書きのこされているのだが、思うところあって最終回にまわそうと考えている。そのとき、忘れずに、昔の中国の喫人の風習を考えてみたいと思っている。戦乱や飢饉や漂流などという極限状況のため、もしくは憎悪、復仇、孝行、迷信などから中国人はよく喫人したけれど、それはなにも中国人だけでなく、他のあらゆる民族と個人がやったことである。しかし、中国人が比類なくユニークなのは趣味や嗜好として人肉を食べたことで、とくに唐代にはしきりにおこなわれたらしく、〝両脚羊〟――二本足の羊――と呼んで人肉を鉤《かぎ》に吊して市場で売っていたなどという記録をのこしているのである。『東洋文明史論叢』のなかで桑原博士はこの風習の解明、考究なしに中国史の研究はあり得ないとまで断言している。私はとても長大、蒼暗な中国史を解明しようなど、思うことも、想像することもできないが、おずおず触れてみたいとは思っているのである。ゴヤの『巨人わが子を啖《くら》う』という暗澹《あんたん》、悽惨《せいさん》の作品にも触れてみたいと思っている。こういう物凄い予約をあらかじめしておくと途中で脱落したくなってもちょっとひっかかってできなくなるかもしれないから、これは自戒のための公約みたいなものである。

だから初回は、どん底はどん底でも、人肉嗜食まではいかないあたりに焦点をあててみたい。そうなると兵隊か囚人かであるが、さしあたって兵隊から眺めていくこととしたい。前口上でわが国の文学作品は食談をさげすむ習慣のために栄養失調に陥《お》ちこんだのではあるまいかと指摘しておいたけれど、ここに一つ例外がある。安岡章太郎大兄の『遁走《とんそう》』なる一篇である。これは全篇ことごとくといってよいくらい食談と糞尿談である。軍隊なり、戦場なり、兵隊なりをテーマとした作品は、古今東西、女と食と糞をのぞいては成立し得ないという宿命を負わされていて、それはまったくどうしようもなくそうなるのだから、どの国の作家も痛恨、哀切、ひたむきにこの道にいそしんできたし、今後もいそしみつづけることになるだろうと思われる。敗戦後この三〇年間に夥しい戦争作品が書かれてきて、どの作品にも多少と濃淡の差はあってもきっとこの三位一体が描かれてきたのだが、安岡大兄の場合は、オンナぬきで、ただもう食と糞に凝《こ》りかたまってしまったという一点で群を抜いているのである。

この作品はおそらくほとんど安岡大兄の私記と考えてよいかと思われる。話の外枠としての、また、背骨としてのストーリーらしいストーリーは一見したところ何もないみたいだが、よく注意して眺めると、主人公の情念の流転そのものが自然の序・破・急の秩序のうちに描かれていて、雑感の羅列ではないことがわかる。戦争の目的、道義、士気など、つまり作者のいう〃ヤル気〃をとことん欠いた二十四歳の大学生が、ある晴れた日に赤紙をもらって召集され、船に乗せられて満州（東北中国）へはこばれ、草と風があるきりの厖大《ぼうだい》な平面の一点である兵営に閉じこめられて、〃敵〃とも出会わず、銃弾にも襲われず、毎日毎日、何かするとぶざまだといって殴られ、かといって何もしないとまた殴られ、殴られるたびに、ありがたくありますと答えて暮す。何しろ〃ヤル気〃がまったくないのだから、殴られても倦怠《けんたい》をおぼえ、殴られなくても倦怠をおぼえ、とどのつまり、食欲に翻弄されてのたうちまわるだけの暮しとなる。徹底的な無化だが、ここでも魯迅や老舎に見たような、それ故の氾濫が発生するのである。いっさいを収奪されつくした一点から生の諸相がおもむろに奇怪、滑稽《こっけい》にはびこりはじめるのである。外界からいっさい切断されてしまった漂流船のような真空地帯のなかで殴るやつも殴られるやつもみじめそのものの狂気のなかでただ虫のように反応することだけで暮していくのだが、読者には氾濫がまざまざと目撃できるから、けっして漂流船内の出来事とは映らないのである。むしろ兵隊のひとりひとりがオンブオバケのように背に負わされてきた故郷や前半生が断片なのに濃厚な匂いとなってはびこりはじめる。

瓶のなかに閉じこめられて、殴られたり、罵《ののし》られたり、尻を蹴《け》られたりして暮していくうちに起居の動作のたびに倦怠しかおぼえられなくなるが、自分のなかで自由なのは内臓だけだと意識するようになり、したがってそこから噴出してくるものはまさぐりようのないものばかりである。空腹にたまりかねてとうとう残飯樽まで肘でこっそり這っていって残飯を食べちゃったと、はずかしそうに告白する仲間に、主人公は好意と尊敬をさえおぼえるようになる。

青木にとっては軍隊は自分のヒロイズムを見出す場所なのだ、と加介は思った。青木にとっては人並み以上に腹がへるということは、自分の胃袋が人並み以上に頑健である証拠なのだし、古兵の眼をかすめて残飯をひろいに行くことは愉快な冒険である。そして汚いものを腹いっぱい詰めこむことは勇ましさのあらわれなのだ。

こっそり残飯をあさりにでかけることが〝ヒロイズム〟という単語で説明されなければならないのだから、これはつらい。

これまでなら満腹するということに、ある充実感をおぼえて、それが心を明るくした。しかし、いまでは逆に食べれば食べるほど食欲がつのってくるのだ。どうしておれはこんなことになってしまったのか？　ときどき加介は、酒の害について嘆息しながら酒をのんでいる酔漢のように、食べながら考えこんだ。まったくそれは、体力の消耗に応ずるエネルギーの補給というものではない。はじめのころ、それは他人と一つの釜の食物を分けあうところからくる闘争心であったようだ。また、汽車の中での退屈しのぎのこともあった。しかし、そういったことでは、もはや現在の異常にたかぶった食欲を説明することはできない。現在では、むしろ古代ローマの吐いてはまた食うという美食家のそれに匹敵するほどになっている。

ある日曜日、加介は朝食のあとで、公用で出て行く上等兵からあたえられた食パン一斤を食べ、十一時にはさらに二斤のパンを、そして正午には炊事場の使役につかわれた代償にスイトンとウドンをそれぞれ飯盒《はんごう》に二杯、午後四時には外出した古兵のぶんを合わせて二人前の夕食を食べている。さすがに、その日は胸苦しく、卵黄くさい噯《おくび》を立てつづけに発して悩んだが、こうなっては胸苦しいまでに食うこと、胃の皮が張りつめて痛むのを押して食うこと、それ自体に快感を味わっているとしか思えない。

そういう無茶食いをすることで軍隊や、鬼伍長や、戦争にたいして自分は復讐をしているのだと加介は考えることもある。そう考えると滑稽さにいてもたってもいられなくなると感想を洩らし、ついでに下痢になってしまうのだが、これはさほど滑稽とも異常とも私には感じられない。こうなればこうなるだろうと、当然のことと感じられるのである。帝国陸軍の一人の二等兵が自分のまさぐりようのない無茶食いをローマ貴族のそれに比較しているあたりには笑わせられるけれど、食が食を呼び、欲が欲を呼んで〝玩物喪志〟に陥ちこんでしまうことは情念の朦朧とした広大な野でしじゅう起ることである。性欲でも権力欲でも人はまったくおなじ放《ほう》恣《し》に陥ちこんでひたむきになってしまう。目的を忘れて手段のための手段に陥ちこみ、過程の追及だけに全身を没してしまうことが、しばしばである。ギャンブラーもテロリストもおなじ罠《わな》に陥ちこんでいく。食うために食い、賭けるために賭け、殺すために殺す。

内還の希望がうすれて行くにつれて加介は、あの色の黒い小柄な看護婦の顔を何かにつけて憶い出すようになっていた。眼をつぶると、小さなダンゴ鼻や、黒い眼や、白い看護服の胸をふくらませている乳房の隆起や、が浮かぶ……しかし、このごろではもう、そんなものさえ想い浮ばなくなった。白い服の下にみえる胸の隆起の幻影は、ただちにふかふかしたマンジュウのそれに変った。皮の白さといい、濡れたように光るアズキの餡《あん》の色合いといい、その幻影は胸苦しいまでに真に迫って強く訴えてくるのだ。けれどもそれは、あくまでも甘美な想いにすぎない。実際に彼を苦しませるのは、となりの曹長が食事を毎度、半分以上も食べ残してしまうことだ。きょうもまた砂糖で煮た豆がどっさりのこったままの皿を残飯桶の中に自分の手でぶちまけなくてはならない。……

発熱して倒れたために部隊はそのすきに南方戦線めざして大移動してしまい、加介は移送されてハルピンの病院にはこばれ、そこでもまたまた奇妙で滑稽で無気味な諸人物と出会うことになるわけだが、病床でうつらうつらしながら女のことを考える。ここで氾濫を起すのがまたまた食欲で、白い乳房がマンジュウに、おそらく乳首らしいものが〝濡れたように光るアズキの餡の色合い〟に変っていくわけである。私はこの作品そのものが安岡大兄の作品群のなかでは抜群の明晰《めいせき》と強健を持ったものと眺めているのだが、このあたりの描写と分析をもっと綿密にやってもらったなら、食欲と性欲は条件次第でほとんど皮一枚の差にすぎなくなるのだという〝人間の条件〟のこの上ない例証になれただろうにと惜しみたくなる。条件次第である。他のすべての場合とおなじように、条件次第である。食談も性談も皮一枚の差なのである。性を忘れて食談にふける人も、食を忘れて性談にふける人も、その識閾《しきいき》下にあるものはおなじであるように思われる。一つの根の二つの幹であるかと思われるのである。それらが何かの痛切な渇えであるかぎり——しばしば痛切でなくて倦怠でもあり、即興でもあるが——食談と猥談は一つのカードの裏と表にすぎず、私たちをいわれなく解放してくれる劫初《ごうしよ》のものである。

食うことは誰にとっても最大の関心事だが、彼等はもうそれ以外には何等の興味も欲望ももたない。といって脱柵してリンゴを盗みに行くほどの機敏さもなく、いつも空罐を手にもって、よれよれの病衣をまとい、食事どきになるとスリッパをぱたぱたいわせながら、食事当番のあとを、「おねがいします。おねがいします」と追い駈けて行く。他のグループとちがって彼等はおたがいに孤立している。下士官や上等兵から、みっともないぞ、といわれると、うなだれて涙を流したりするが、あとはまた「ええい、知っちゃいねえや」とつぶやいて、空罐の中に溜めた味噌汁のダシジャコを噛んでいる。

しかし、人間はどんな状況にあっても工夫をせずにはいられないものだから、胃袋に手や足の生えたようなこういう人たちもただ空缶を持って「おねがいします」と乞食のように連呼して走りまわるだけではすまなくなる。空缶を持ってペーチカのまわりに集ると、配給のマンジュウを水でとかしてシルコをつくるとか、卵の殻やリンゴの皮を集めて焼いたり乾したりしてフリカケ粉にするとかの工夫に腐心する。廃物利用というわけだが、これまた軍隊でなくても、昨日今日、われらが周辺によく見うけられるところである。新聞の日曜版のすみっこによく誇らしげな文体のつつましい投書がでてるやろ？

こうしたエピキュリアンの一方の大家に二年兵の古川一等兵がいた。彼はいつも奇抜な方法で我慢づよく材料をあつめては、正式な方法で料理をした。たとえば豚カツが食事にあがるたびに食罐の底に残る少量の油をたくわえて、翌朝はそれで卵の目玉焼きをつくるとか、牛罐がくばられると、いちはやく部屋中の者と契約して罐カラをもらい集め、湯で洗い流した汁を煮つめて濃厚なソースをつくるといった風だ。

どこの国の軍隊でも戦闘さえなければ、ピクニックか、ままごとめいたものになってくるが、こういうあたりを読んでいると、悲哀とはべつにやっぱりその感が濃くなってくる。そして唯物的にいえば、そういうときの兵隊は内臓と大脳がぴったりうるわしく仲よく同化して、食って消化して排泄するだけの作業に無上の歓びと親和をおぼえて眼を細くするわけである。しかし、彼らは今日そういうぐあいであっても、明日、動員令が下って、フィリピンへいかなければばならないかもしれないし、十キロかなたの野原で倒れなければならないかもしれない。

「兵隊ほど高くつくものはない。何てたって、兵隊のウンコは肥料にならないんだからね。ただやたらに、たれてまわるだけだ」

　ずっと以前に、いつか安岡大兄と戦争の話をしていたら、大兄はいくらか酒に酔ってぶっきらぼうにそういったことがあったが、これは名言だと思う。都会育ちのハイカラの大兄がそういう農民の感覚を持っていることにいささか私はおどろいたけれど、よく考えてみると、日本の軍隊は市民の軍隊というよりはより濃く、より深く、より上から下まで農民の感覚で構成され、発動されていたように思えるので、そのなかでシゴキぬかれてきた大兄としては当然のところに眼をすえたのかもしれなかった。兵隊は無化され、氾濫し、そして、とどのつまりは、糞まで無化するのだ。

どん底での食欲 ii

アフリカを舞台にした動物の記録映画を見ていると、どうやら牝ライオンは必死である。餌を汗だくになって狩りたて、それを持って帰って亭主や子供に食べさせ、子供にはお乳を吸わせたり、舐《な》めてやったり、いっしょに遊んでやったりし、そのいっぽう、群れ落ちの放浪牝が近づいてきたらフウフウ吹いて追っぱらったりして、大奮闘である。ところが牡のライオンのほうは、いつも涼しい木蔭に寝そべってごろりちゃらっとしている。堂々としたタテガミを草原の微風になぶらせ、眼を細くしてうつらうつらである。妻が大汗かいてひきずってきたカモシカを食べ、食べおわったらまた昼寝にふけり、することといったら蚊取り線香や歯磨きのマークになってコマーシャルに出演するだけである。それだって演技らしい演技を何もするわけではなく、ただじッとすわっているだけである。メトロ映画では一声か二声吠えるだけである。輪廻《りんね》転生は不安と期待の相半ばした幻想だが、できることなら来世はこういうダンナに生まれかわりたいものである。威風堂々たる怠惰というものもあるのだぞということを見せつけて男たちをいらいらさせたり、羨望《せんぼう》の溜息をつかせてやるのも一興ではないか。シラミという貴族中の貴族がもぞもぞ這いだしてきて顔をつきだしたらたちまち一歩譲らねばなるまいが、ナニ、あれは田舎貴族というやつ。風貌と姿勢にもひとつ凜《りん》としたところがないテ。

牝ライオンはカモシカを見つけると風下からそっとしのびより、一歩一歩忍び足で近づき、機をつかんですかさず大跳躍、大疾走。風よりすばやく遁走するやつに爪をひっかけて倒す。ところが、それを口にくわえてひきずってもどってくると、たちまちコソ泥が姿をあらわす。草むらにはハイエナ、空にはハゲワシである。この連中は見えつかくれつしながらどこまでもついてくる。ちょっと眼をはなして口からカモシカを落したらたちまち空から地上からおそいかかって肉をかすめとっていく。こいつらを追っぱらい追っぱらいしながら牝ライオンは夫と子供のところへカモシカをはこびこむのだけれど、距離が長かったら、マイ・ホームにたどりついたときにはぼろぼろにやられてカルビしかのこっていなかったりする。それを一家でかこんで食べにかかると、ハゲワシとハイエナがちょっとはなれたところから見物する。その見物ぶりがたてこんだオデン屋の立ちん坊の客などよりはるかに執拗で、いつまでも倦《あ》きることなく待ちつづけるのである。一片でも残り物があって一瞬でもスキがあればたちまちかけよってかすめていく。まるで税務署員に見張られながら食事するようなものである。それも、ひたすら直視するのではなくて、ソッポ向いたり、何かして、知っちゃいませんよというそぶりをしながら、そのくせいつまでも立去ろうとしないのだから、いよいよ憎みたくなる。

vultureというのがこの執拗な肉食鳥の英名であるが、ハゲワシと訳されたり、ハゲタカと訳されたりしているようである。しかし、私がアフリカ東海岸で目撃したのはタカというよりはワシであったから、ハゲワシとしておく。南米在住のこの一族はコンドルと呼ばれているようである。この鳥は強大な吻《くちばし》と翼を持ち、高空を悠々と飛翔することもあるが、地べたをピョンピョンよたよたとやってくることもある。七面鳥のように顔がズルリと裸のむきだしになっていて、爛《ただ》れたようなブツブツがあるから、腐肉あさりのその食習とあわせてみんなに気味悪がられたり、憎まれたりしている。しかし、この鳥はハイエナとならべて〝アフリカの掃除屋〟とも呼ばれている。もしこの二人がいなくて動物の死体なり残骸なりが放置されるままになっていたらアフリカは疫病のためにとっくに月面のようになっていただろうとされている。その掃除ぶりは顕微鏡的といいたいくらい徹底しているから、人間は感謝しなければいけないのだが、みんな悪口をいう。貪欲なやつ、えげつないやつ、シャイロック、高利貸などといいたいところを〝ヴァルチャー！〟といいかえて罵る。

　この大きな肉食鳥はまるで人を恐れない。ナイジェリアの首都のラゴスのホテルで、雨期のために毎日毎日雨にたたられ、最前線へいく許可証もなかなかおりないので、部屋にたれこめたままで憂愁の何日かをすごしたが、ウィスキーをちびちびやりながら窓から戸外を眺めると、いつもこの鳥が何羽か垣根にとまってじっとしているのが見えた。そこにホテルの勝手口があるので、残飯が出るのをそうやって待っているのである。垣根にとまっているのもあり、地べたに佇んでいるのもあった。びしゃびしゃ降る雨のなかでそういう姿勢で忍耐強くいつまでも待ちつづけているのを見ると、ニワトリのようにチョコマカうごきまわらないから、奇妙な親和をおぼえるようになった。対象にたいして率直そのものの関心を抱いているくせにちょっとソッポを向くような姿勢をとることにも反感というよりは配慮を感ずるようになった。人、獣、肉、残飯、何であれ、そういう物があるか、匂いのする場所では、期待が持てようと持てまいと、どこからともなくこの鳥は姿をあらわし、ちょっとはなれた場所にとまって、だまってソッポを向いたまま待ちつづける。従軍許可証がおりてからジープにのってツンツン刺すような腋臭《わきが》の匂いをたてる兵隊たちといっしょに灌木《かんぼく》林のつづくなかをぬけてビアフラへの最前線めざして走っていくと、前方の空にこの鳥が何羽か舞っているときはその下に小さな市場があったり、黒人が路傍で肉をわけていたりした。その正確さがよくわかったので、慣れるうちに、私は、新しい場所にくると人の姿よりもこの鳥の姿をさがすようになった。戦闘のためにゴースト・タウンと化したウヨやアバの小さな町は道いちめんにガラスや、椅子や、バケツや、辞書や、聖書などが散乱するままになっていたが、道ばたの木の梢に四羽か五羽のこの鳥がとまって、じッとしていた。きっと何かあるのだと思って、しばらくあたりを眺めていたら、道の向うに女が何人かあらわれ、口ぐちに陽気に叫んだ。娼婦たちである。廃墟にも彼女たちは棲みつくのである。鳥は正しかった。娘たちは白い歯を輝かせ、晴朗に放埒《ほうらつ》に叫んだり、手招きしたり、腰をツイストでふってみせたりした。

イボ族は〝ビアフラ共和国〟の独立宣言をしてナイジェリア政府に叛旗をひるがえし、徹底抗戦をとなえたが、私が訪れたときにはすでに二年余を経過していて、陸路、空路、水路のいっさいを断たれた彼らは狭い不毛の内陸部に封じこまれて餓死しつつあった。ヨーロッパでは〝生きているアウシュヴィッツ〟とか、〝黒いアウシュヴィッツ〟などと呼んで新聞や週刊誌は当時のヴェトナム戦争より濃厚に報道していた。カトリック宗団とプロテスタント宗団の双方が協力して食料と医薬品の援助に乗りだしたのだったが、これも宗教史上では瞠目《どうもく》していい事件であった。それら宗教人の赤十字はナイジェリア政府とビアフラ政府の双方から〝ゴー・ホーム！〟を叫ばれて罵られたのだったが、黙々と双方を援助しつづけた。〝あなた方は透明なヒューマニズムで双方を援助するが、その結果、戦争が長引く。アフリカ国家が分断されて弱い状態にあることを望むことで旧植民地主義者とあなた方はおなじだ〟と一方がののしり、〝あなた方は見さかいなく双方を援助することでわれわれを虐殺しようとする野蛮人どもの手助けをしているのだ〟ともう一方がののしった。二つの政府がそうやってののしっているあいだに、かれこれ一〇〇万人から二〇〇万人といわれる老人、女、子供の餓死者が発生したのである。ビアフラ政府は、人民に、アリ、ミミズ、ネズミ、トカゲは貴重な蛋白源だからとって食べるようにというお布令《ふれ》をだしたが、人民はアリをとるための体力をつけるためのアリをとる体力がすでに失《う》せかかっているようであった。〝最前線〟らしい最前線がどこにも見あたらないという点でこの戦争はヴェトナム戦争とよく似ていたが、あちらこちらのブッシュに捨てられた子供が掘立小屋に集められていて、それが一人のこらず骸骨に黒い皮を張っただけという状態だった。その点ではヴェトナム戦争に似ていなかった。

とことん餓えると人間は——とくに子供は——肛門がひらいて腸が外へ落下してしまうものらしい。そこでローマでは宗団が牛乳瓶の口にかぶせるゴムの乳首によく似た形の物をプラスチックで作り、〝ストッパー〟と名づけて、ビアフラの子供に配った。それをお尻の穴にさしこみ、手でおさえていなさいというわけなのだが、私の見たところ、そんな体力、注意力、気力の残っている子は小屋にはいなかった。子供たちは薄いコンクリの壁に足を投げだしてもたれるか、床によこたわるかしていた。頭が三角おむすびのように見え、肋骨、骨盤、膝蓋骨《しつがいこつ》などが浮きあがり、肉はとことん喪失していた。手も足もマッチの軸のようであった。たまたま死んだ一人を処理するところを見ると、手や足を折りたたんでゴザでくるむのだが、小包みにしてしまうと片手にらくらくと乗るのだった。係員は片手にその小包みを乗せ、片手に鍬をにぎって、すたすたと小屋を出ていった。泣声、呻《うめ》き、叫び、いびき、何も聞えず、ただどしゃ降りの雨が無数の小さな拳のようにトタン屋根をうつ音がひびいていた。そして、ふと眼をあげると、小屋の軒さきすれすれのところに一本の木があって、そこにハゲワシがとまっていた。何度となく見慣れたこの鳥も、そんなに近くで見るのは、これがはじめてだった。爛れた眼のふち、爛れた首、ズル剝《む》けのたるんだ皺《しわ》だみ、石灰質の硬そうな嘴《くちばし》、どしゃ降りの雨のさなかでもまばたかない瞳、一瞬に全容が見えた。つぎの一瞬に鳥はいつものしぐさでソッポ向いたが、だからといって飛びたつ気配はまったく見せなかった。彼は機会がくるまで、いつまでも、そこにそうやって、雨のなかで待ちつづけるつもりらしかった。

アメリカ人をのぞいてみたらヴェトナムの戦争は同国の貧乏人同士の殺しあいだったが、アフリカのこの戦争も貧乏人同士の殺しあいであった。私はビアフラ側に入ることができないのでやむなくナイジェリア政府軍について従軍したわけだが、田舎へいけばいくほど、最前線に近づけば近づくほど、飲食をかさねればかさねるほど、朦朧が脳の表皮を蔽ってきた。前哨軍の陣地へいって隊長といっしょにビールを飲んだり、昼飯を食べたりすると、隊長の昼飯だからおそらく同級中の上物ということになるのだろうが、どこへいってもニワトリのカレー煮の汁に澱粉のダンゴをつけて食べている。ただそれだけである。ニワトリが上物か下物か、オツユのあるトリか、そうでないか、カレーの煮汁がちょっと手がこんでいるか、そうでないか。こういう相違はあるけれど、ニワトリのカレーの煮汁に澱粉のダンゴをちょいちょいつけて食べるという一点ではどこへいってもおなじことだった。貧しい市場、かそけき路傍の店、難民救済所、どこへいってもそれだった。トリのカレー煮であろうとなかろうと、食べる物さえあればもうそれで至福なのだが、どうしても注意をひかれるのは、攻めてるはずの政府軍側の地帯の子供たちが、攻められている地帯からはこびこまれてくる子供たちと、やせ方、腹のふくれぐあい、頭が大きくて首が細いぐあい、手や足がマッチの軸みたいであること、さまざまの点で、まったくおなじといっていいくらいの状態であることだった。日本人は多彩、多種の物を飲食しているが、その日本人の一人として眺めてみると、ここでは攻めるほうも攻められるほうも、子供について見ると、あまり大きな差はないのだった。

「……ビアフラ戦争がなくてもわが国はいつもこうなんです。栄養がないんです。おまけに、親が子供よりいい物を食べますしね。子供はやせますよ」

ラゴスでそういう意味のことを口早に語った若い知識人は、羞《はずか》しさのためにせきこむような口早になったのだが、うなだれて顔を赤くした。黒い人が赤面すると、異様な紫いろが一瞬顔をかすめていく。なぜ親が子供のものを奪って食べるのか。そこをつっこんで聞きこもうという気を起すスキがないくらいに彼は口早に話し、話しながらうなだれて、そのまま去っていった。そのためにこのことはいつまでも私に〝謎〟として漂っている。そして、アフリカのこの地帯の飢えの特質としては、やっぱり、あの掘立小屋の軒さきで小屋のなかをのぞきこんでいたハゲワシの姿である。ここでは食物連鎖がむきだし、ぶっちゃけ、率直そのもので短絡しているのである。人は生きているうちから鳥に狙われ、死ねば食われるのだ。そして、味覚についていえばその人が一生に味わった料理の数よりもおそらくハゲワシのほうがたくさんの種類の肉の味を知っているのではあるまいかと思う。たとえ腐肉、死肉であれ、ハゲワシのほうが、ヒトとおなじぐらいにガツガツはしていても、ヒトよりはるかに食通なのではあるまいかと思う。ある種の肉は腐る一歩手前でこそとろりとしたうまさがでてくるものなのだから、いよいよそうなのではあるまいか。大食できるかどうかはべつとしても、すくなくとも鳥の記憶する美味の数のほうがヒトよりはるかに多いであろうかと思う。

（フランス料理で〝ブルギニヨン〟というのは正統派としては牛肉をブルゴーニュ産の赤ぶどう酒で煮こんだものである。しかしその牛肉にコツがあって、自家分解を起していない新鮮なのではダメで、年功を経て切磋琢磨した男のアレのように紫ばんだ、罪深い色になった、そのあたりの日数のを選んでやるとよろしいのである。ビフテキも同様である。ただし、〝程〟というものがあって、腐りすぎ、熟しすぎると、またダメ。）

ヨーロッパの新聞であまりにしばしば〝生きているアウシュヴィッツ〟とか〝黒いアウシュ

ヴィッツ〃という文字を読みすぎたので、ビアフラのことを書くと、どうしてもイメージがそちらにころがっていってはびこらずにはいられなくなる。私があそこへいったのは一九六〇年の十一月のことで、第二次大戦後から十六年たっていたのだったが、傷を忘れるまいとするポーランド人の努力のおかげで、おなじ年にヒロシマを訪れた外国人よりはるかに濃厚に〃現場〃を味わうことができた。私は東京にいて文献や、写真や、記録映画などですでにうんざりするくらい見せられ、読まされていた物と光景を見せられたにすぎなかったのだけれど、まるでそれまで何ひとつとして知らされなかったことをはじめて知らされたような衝撃をうけた。ワルシャワにもどって、しばらく、身近に非現実の感覚が濃厚にたちこめて、口をきく気力もなかった。ホテルの部屋にこもってポーランド産の〃精選《ヴィヴォロヴァ》ウォトカ〃を毎日、夕方から飲みにかかり、酒精のキラキラする霧でどうにか中和できないものかと、あせったものだった。ポーランドのウォツカは南京虫から月ロケットまでお国自慢に夢中になるモスコォの酒通《つう》もひとことそのブランドを囁《ささや》かれると、ふとだまりこんで、やがて〃ダァ！〃といって強くうなずく、それくらいの銘品なのだが、当時、ホテルの売店ではドルで買うとひどく割引きして安くしてくれるので、毎夜私は新しい瓶を買って部屋にこもった。食堂へいって、〃ビフテク〃と呟けばビーフステーキがあらわれ、〃コンソメ〃と呟けばスープがあらわれるという正常さが、どうにも背離の感覚だったし、それは食事のあいだずっとつづき、酒瓶を抱いて部屋にもどっても、灰皿、スタンド、壁、ベッド、すべての事物にひそやかでしぶとい、鮮烈なよそよそしさがあった。何日も寝たり起きたりして垢《あか》をなすりつけたり、汗をしみこませたり、小さな傷をつけてみたりしても、それらはいつまでもペットのようになついてこようとしなかった。

イスラエル人にいわせると第二次大戦中にナチスに殺されたユダヤ人は六〇〇万人ということになっているが、ポーランドのアウシュヴィッツ委員会ではこの収容所だけで四〇〇万人が殺されたと主張している。この四〇〇万人という数字も概算だと考えておかねばならないが、正確な数字は誰にもわからないのである。四〇〇万人のうちでもっとも多いのはユダヤ人だけれど、他の民族の政治犯や捕虜もどんどん運びこまれ、その種族をかぞえると、アメリカ人、オーストリア人、イギリス人、ベルギー人、ブルガリア人……ABC順に指を折って二十九種族に達する。入ってないのはJの部で日本人くらいのものである。一口《ひとくち》に〝四〇〇万人〟というけれど、みんな靴をはいて服を着てやってくるのだから、四〇〇万足の靴、四〇〇万着の服、四〇〇万着のズボン、四〇〇万本のベルト、もし四人に一人の割で時計を持っていたとしたら一〇〇万個の時計ということになる。ほかにナイフ、スプーン、フォーク、帽子、ハンカチ、指輪、リュックサック、眼鏡、義足、義歯などがそれぞれ数万個、十数万個、数十万個という数に達したであろう。これらの物量をナチスはいちいち類別して靴は靴、服は服とそれぞれにわけて格納するバラック群を建設したのだが、それがまだ風雨に朽ちるまま残してあって、荒涼とした十一月の空の下をぎっしり埋めていた。このバラック群のことをナチスは〝カナダ〟と呼んだ。天然資源の宝庫ということだろう。痛烈、正確、徹底、みごとな一語である。

四〇〇万足の靴、四〇〇万着の服は完成品だからバラックがそれぞれいっぱいになるたび運びだしてドイツ国内で配給したりしたが、それらを運搬してきた人体もまた〝天然資源〟として世界に冠たる正確と徹底で処理された。毎日毎日、収容所で出る病死体、餓死体、栄養失調死体、ガス殺体はいちいち口をこじあけて金歯がないかどうかをたしかめ、あれば口をたたき割ってほじりだす。釘抜きでやるのである。その金を集めてとかしてインゴットにして換金のためスイスへ送ったが、このインゴットと宝石類のために第二次大戦中にスイスの相場が数度、パニックをひきおこした。〝天然資源〟を上から点検すると、まず髪ということになるが、これは織機にかけてカーペットにした。靴の泥をとるのにいいマットであった。見たところはゴワゴワの粗綿のマットのようだけれど、ふちを注意して見ると金髪、銀髪、栗毛、黒毛などがハミだしてチカチカ光っているので、それとわかる。双生児は優生学と遺伝学の実験に使った。若い娘はレントゲンを浴びせて断種の実験をし、そのあと男の囚人と性交させて効果を計測し、データをとってから殺した。生体解剖はしばしばやった。子供の去勢もよくやった。内臓や脳髄は研究材料としてベルリンへ送った。毎日出る夥しい死体は焼却炉をフルに作動して煙にしたけれど、どうやっても一日に二千人を消化するのがやっとだったから、あとのは穴で焼くことにした。松林のある低湿地帯に巨大な穴を掘り、そこで焼いた。薪と死体を交互につみかさね、ガソリンをかけて燃やすのだが、どんな餓死体でもあぶれば脂がでる。そこで穴の底に傾斜をつけて、たまった脂をバケツ（ロープをつけて）で汲みだしては死体と薪にかけさせた。それでも脂はたまるいっぽうなので、苛性ソーダといっしょに煮て石鹸を作ってみた。莫大な量の人灰が出たので袋につめて肥料として売ったが、売れのこりは川に流したり、畑にまいたりした。これは肥料としてはなかなか卓効があったらしく、ジャガイモやキャベツがむくむくと育ち、近隣のポーランド人の農民たちは〝オシュヴィェンチムの野菜〟といって讃嘆した。鞭《むち》。ゴム管。ブラック・ジャック。棍棒。ガス・バーナー。絞首台。銃殺壁。人灰。マット。石鹸。送付書。明細通知書。作業指導票。髪、眼鏡、義足、トランク、ひげ剃《そ》りブラシ、洗面器、それぞれのそそりたつ堆積。『チクロン　B』の赤錆《さ》びた空缶。ひとつずつ眺めたあとで戸外へでてみると、低い冬空に淡い陽が射し、松や白樺の林のあるじめじめした湿地帯の草むらには錆びてぼろぼろになったスプーンやフォークが無数に散らばるままになっている。土に白い粉がまじっているのはことごとく人の骨である。靴さきで蹴ってみると、どこを蹴っても出てくる。いくらでも出てくる。池の水は黄いろくにごってどろんとしているけれど、水をすかして見ると斜めになった底に無数の白い貝殻がキラキラと小さく炸裂して明滅している。その池があちらにも、こちらにもある。そして、池と、松林と、荒涼とした空の下に、北海道で見かけるサイロにそっくりの構造物が建っている。あれもナチスですか、となにげなくたずねると、案内のおばさんは、だまってうなずく。何のためのものですとたずねると、おばさんは皺だらけの顔を少し赤くし、もじもじとして、フィルターですと呟くのだ。また一歩つっこんで、何のフィルターですかとたずねると、おばさんは顔を伏せたまま、小さい声で、ウンコを濾過《ろか》するためのフィルターですと、呟くのである。収容所で出るウンコをそこに集めて濾過していたというのだ。

「何のためにです?」

「機械油をとる研究をしていたのです」

「………!?」

おばさんは顔をあげて頷《うなず》いた。

食物らしい食物をろくに与えず、過労と栄養失調と皮膚病で色を塗ってないピノキオみたいになるまで人を収奪しぬいておきながら、枯木に皮を張ったようなその体からの排泄物を集めてまだ機械油がとれないものかと研究していたとのことである。廃棄物のリサイクルは今世紀後半の最大、最深の問題の一つであるが、あっぱれな探究の典型がここにある。かつてスウィフトは学者バカを嗤《わら》うために空想の国にラガード大学なるものを想定し、キュウリから日光をとる研究や家を土台からではなく屋根から建てていく研究などに没頭している学者たちをからかったのだったが、ここではその幻想がとっくに事実となって実践されていたらしいのである。厖大な天然資源国の最終部門がここにあるらしいのだった。よろずこの世のことはとことん一つの主題を掲げて追求していくと、ある一点でふいに笑いが発生するものである。それが、赤い嘲《あざけ》りの笑いか、黒い絶望の笑いかは、その点に立ってみるまでわからないけれど、とにかく、かならず、逆転の笑いが発生するものである。しばらく以前まで私たちはアウシュヴィッツのこの痛烈を赤くか黒くか笑っていることができたのだ。しかし、全地球大で資源枯渇が叫ばれだした今日この頃ともなると、この挿話を聞いて笑ったあとで、ふと考えこまねばならないようでもあるではないか。痛烈はまさしく痛烈だが、皮裏《ひり》の陽秋のそれと、感じられはしませんか。

ここには親衛隊士官の勤務室もまた現在形のままで残してある。その小さな一室を覗くと、机と椅子と書類タンス、それぞれきわめてお粗末なものだが、洗いさらした床《ゆか》にそれらだけがある。机のうえには電話が一つあり、むきだしの白塗りの壁に吠えるヒットラーの写真が一枚かかっている。もう一つ、紙が一枚貼ってあって、

『国家は一つ、民族は一つ、総統は一人』

とある。

いわば質朴そのものの、こういう禁欲的な、修道僧めいた部屋が残してあるおかげで、社会主義国のいたるところで目撃する徹底的衛生ぶりとそっくりおなじだと感じさせられる。おかげでナチスの生活感情が、まぎれもないその本質の一つが、よくこの部屋で感じとれるのである。吠えるヒットラーの写真をにこやかな毛沢東や満足した金日成のそれに変えたり、微笑含みのスターリンや他の誰それに変えたら、この部屋は今の地表のあちらこちらにおびただしくあるのではあるまいかとも考えられる。スローガンも、また、そっくりである。

第二次大戦後になってナチスの強制収容所や絶滅キャンプの実態が詳細に報道されるにつれ、いったいこういうことがやれるのはどんな怪物だろうかという問いがのべつに発しられた。しかし、その問いにたいしてはすぐさま、いや、怪物でも何でもない、そこらの町角でにこにこしてタバコや切手を売ってくれるオジサンたちだったという返答がもどされた。事実としてその後、追求してみると、金髪の野獣のうちの大半はうんざりするほど正常なニコニコオジサンたちであった。少数の指導者や管理職位にある人物たちはハッキリと偏執者であることが判明し、また、現場でゴム管やブラック・ジャックで殴打にふけったカポのうちにも偏執者がたく

さんいたことは判明している。しかし、これだけの大事業をシステムのそれぞれの位置にあって毎日、毎週、毎月、平々淡々と遂行していった人たちの圧倒的な過半数は、〝位置〟や、〝時代〟や、〝世界観〟などからはずして後日、観察してみると、どこからどこまでも、うんざりするほど〝正常で平凡〟な、ただの人であった。彼らは質朴で無飾の官舎に住み、毎日それぞれにあたえられた仕事をタイム・レコーダーのように正確に果すことに心を砕き、夜になると、ときどき集会所に集って音楽を聞いたりした。ユダヤ人の囚人たちに音楽堂を建てさせ、囚人のなかから音楽家を選びだして、バッハやモツァルトを演奏させた。モツァルトについては、〝天使のようだ〟と呟いて涙を流した親衛隊士官が何人もいたと伝えられている。人灰でむくむく育った、オツユたっぷりのキャベツやジャガイモを彼らは食べた。キャベツは酢で煮て〝ザウァークラウト〟にして豚の脛肉《アイスバイン》につけて食べ、ジャガイモはすりつぶしてポテトケーキにして食べた。食後には配給のタバコをちびちびと大事にして吸い、ときどき一杯か二杯のシンケンヘーガーやシュタインヘーガーなど、乾いて透明な焼酎をふるまわれて感動し、少年時代にお母さんに作ってもらったおなじ料理の、何万回語ってもいつもみずみずしい、誰にも感得されない食談を、つつましく繰りかえし喋《しゃべ》った。困るのは風向きだけだった。風の向きが変ってあちらこちらの大穴で日も夜もなく焼きつづける死体の匂いが官舎の方向に吹いてくると、しばしば会話がとぎれたり、食欲が落ちたりした。しかし、食べることはつづけられた。人間は何にでも慣れられるのだ、というドストイェフスキーの言葉を思いだすものもあったかもしれないと、思いたいところである。しかし、それはくちびるまであふれてから呑みこまれてしまうか、洩れたとしてもごく低くか、しばしば冗談めかした口調であったろうとも思いたい。

この収容所でも起ったたし、似た条件におかれた、他の、ダハウのような収容所でも起ったことだけれど、当然のことながら人肉嗜食が発生している。けれど、〝臀部《でんぶ》に新しい傷のある死体があった〟というようなそっけない、暗示的な表現があるだけで、詳細がまったくわからない。どんな刃物で、いつ切りとって、生《なま》でか、煮てか、焼いてか、どうやって食べたかというようなことが、報告されていないのである。アウシュヴィッツには多種、多様の拷問室と道具があったけれど、ある棟の地下には飢餓室というのがあった。何もない、ただの小部屋だが、ここでは、ときどき、喫人がおこなわれたらしい。〝道具〟といっては何もないのだから、犬歯と爪を使うしかないのだが、ただそれだけで人体がどれくらい壊《こわ》せたか、これも詳細がわからない。道具らしい道具を何ひとつとして使わず、爪と歯だけでの喫人というのは他に類がないのだけれど、知ることができない。

註・〝オシュヴィエンチムの野菜〟。オシュヴィエンチムはアウシュヴィッツのポーランド音。もともとそう呼ばれていた。それのドイツ訛《なま》りがアウシュヴィッツである。

どん底での食欲 iii

鶏肉とお肉の野菜煮

内容

精選肉、肉の副産物、牛・羊・鶏のレバー、魚肉、大豆、乳蛋白質、植物性蛋白質、野菜、ドライ・イースト、麦芽、小麦粗粉、沃化塩、カラメル、野菜汁、硝酸ナトリウム、ビタミンA、B_1、B_6、B_{12}、D_3、塩化物コリン、コバルト、鉄分、カルシウム、亜燐酸

これはこの原稿を書くために近くのスーパーへいって眼につくまま買ってきた缶詰のレッテルである。これはオーストラリア製の缶詰だけれど、他に国産のもあり、〝内容〟や〝成分表〟はほとんど変らない。レッテルには肉とグリーンピースのまじった、うまそうなシチューの多色刷写真がでている。魚、牛肉、鶏、豆、小麦、野菜、何から何までが入っていて栄養満点。イタリア風かロシア風のスープの缶詰かと思いたいところだが、ドッグ・フードである。お犬ちゃんの餌である。もちろんお猫ちゃん用の缶詰もあって、これには『**新鮮なマグロまたはカ**

ツオの肉を特殊加工し、一段とおいしくした猫の最高の栄養食です。どんな美食になれた猫でも喜んで食べます』とある。

犬、猫ともに缶詰と紙箱入り、二種あって、紙箱入りのはビスケットみたいなドライ・フードである。私は猫好きなので子供のときからどんな貧乏をしてもきっと一匹は猫を飼っていた。多いときは六匹になったこともあるが、家じゅう動物園のような匂いがたちこめた。戸外から帰ってくると異臭にギョッとなるのだが、たちまち慣れて何でもなくなってしまう。たいていは道ばたで泣いている駄猫だったが一度だけ血統書つきのペルシャを飼ったことがある。小さいときはふわふわした毛の玉みたいで可愛いったらなかったけれど、大きくなって図太い年増になると、歩いていく後姿など、田舎の古バスといいたかった。いまいる一匹はそのペルシャがどこかの日本猫と交歓した結果の混血娘でペルパニーズとでも呼ぶべき種族である。いつもアジの水煮を食べさせているが、ときどきオカカになることもある。ネコをネタにして随筆を書いて原稿料が入るとナマブシを買って若干リベート申上げることがある。たいていの猫がそうだけれど、この猫もたいそうな鑑定家で、たまにフランス産のチーズを食べさせるとすっかり味をおぼえてしまい、一回か二回、食事をぬいてぺこぺこの空腹にしてやらないことにはもとの食事にもどろうとしない。猫もさまざまで、魚のほかに手焼センベイが好きだったのや、味付ノリが好きだったのもいた。ある一匹はどういうものか私の足の指に夢中になり、毎朝眼がさめると私の寝床にやってきて、フトンの裾《すそ》にまわり、ぺろぺろと丹念に一本ずつ、くまなく舐めるのだが、あれは水虫の匂いがくさやの干物かブルー・チーズに思えたのかもしれない。

かしかった。

猫の瞳はしばしば深遠だが、仔猫がタゴールのような眼をして水虫を舐める光景はたいへんお

アフリカや中東や東南アジアなどから帰ってきて、冒頭にあげたような成分表を、ふとキャット・フードの缶に読んだりすると、奇妙な空白の一瞬に襲われる。犬猫病院のドクターに聞くと近年は日本人も日本人の飼うペットも、ひとしく栄養過多なのだそうである。人間のほうは新聞、月刊誌、週刊誌、テレビなどでたえまなく過食、飽食にたいする警告がでているけれど、犬や猫もおなじことで、糖尿や高血圧などが流行しているとおっしゃるのである。人間のかかる〝贅沢病《ぜいたく》〟はまず一通りそのままペットも患うのだそうである。そのためだろうと思いたいが、近頃の犬猫病院の看板を見ると、内科、外科、X線治療科など、みな書いてあり、〝産科〟もちゃんとある。〝産婦人科〟と書きたいところ、〝婦人〟をぬいて〝産科〟としたあたり、ホロにがい微笑をおぼえさせられるが、諸科目ことごとくあって、ないのは、〝精神病科〟ぐらいかと気がつく。需要があるから供給するのだという経済原則から見れば、飼主がペットを大事がって口やかましくお医者に註文を発するものだから、ドクターのほうもいきおいこういうぐあいに八宗兼学の大忙しとなるのだろう。冒頭のドッグ・フードの内容をかぞえてみると合計二十七種類になるが、他に仔犬用のでは要求に応じてもう一種類、アミノ酸を入れてあるという。わが国ではドッグ・フードだけで年間四万八〇〇〇トン製造されると聞いて、電話口でちょっと息を呑んだら、

「……アメリカではドッグ・フードが二六三万トンです。キャットが六八万トンです。他に小

鳥や熱帯魚の餌が七〇万トン。合計ざっとかぞえて四〇〇万トンというところですか」

淡々とした声である。

日本の犬が四万八千トン食べ、アメリカの犬が二六三万トン食べる。犬好きはどこの国にもいるのだから、これにオーストラリア、カナダ、イギリス、ドイツ、フランス……と、こう、かぞえはじめると、何本も指を折らないうちにやめてしまいたくなる。それらを総計して、かりに千万トンという数字がでたとする。それは缶詰や紙箱につめられたものだけなのである。他にめいめいの家庭で毎日でる残飯を計算に入れないでこの数字なのである。その千万トンに使われる魚、肉、内臓類、野菜、穀物類などを数字にしたら、いったいどういうことになるのだろう？　そしてそれらの原料を人間の舌にあうよう調理して食物にしてかりに〝開発途上国〟に配給したとしたらアフリカでは何カ国が養えることになるのだろう？　また、ペットを飼うのは自由主義経済諸国だけではなく、社会主義諸国でもおなじことだが、これらの諸国のスローガンに〝犬を飼うのをやめて肉をアフリカの兄弟に！〟というのは読んだことがないし、過激派学生が時限爆弾を仕掛けるまえにそんなビラをまいたという話も聞いたことがないのだが、なぜだ？……

『食在広州』のレッテルを貼られた広東人は奔放で広大な食欲、味覚、料理術を誇り、みなさんすでに御存知のように《空を飛ぶ物で翼のある物は飛行機のほか何でも食べる。地上にある四本足は机のほか何でも食べる。二本足は両親のほか何でも食べる》というスローガンを掲げている。これはずっと昔からの話で革命後も漢字や服までは変えられたけれどこのスローガンが変えられたという気配はないようである。広東人にはペットとして犬や猫を飼う趣味がない。もしくは、ほとんどない。もしくは、他の諸民族とくらべてはなはだしく低いといってよさそうである。あるいは飼ったとしても食品として眺めているのであって、いずれ吉日に骨まで愛しちゃうことになるといってよさそうである。いつか毛沢東が、家畜を飼うのはいいけれどペットを飼うのはやめようと禁令を発したことがあるけれど、これは五〇年代末期、六〇年代頭初の〝三年飢饉〟のときのことではなかったかと思う。大陸の自然の酷烈さ、そこに人が生きていくことの困難さをおぼろながらにも想像したくなる挿話である。しかし、いずれにしても広東人の食習はあっぱれなまでに徹底しているのだから、こういう人の心性からすればドッグ・フードやキャット・フードの缶を見てアフリカの悽惨な飢渇を思い起してクヨクヨ考えこみ、もだもだと原稿を書くなど、失笑のほかない感傷と偽善だということになるであろう。香港の菜館の食譜《メニュ》に〝龍〟とあれば蛇のことで、これは骨からうまいスープがとれるうえに女の瞳が美しくなるという伝説がある。また、〝虎〟とあれば、これは猫のことである。龍虎鍋というのは蛇と猫の寄せ鍋である。こういうぐあいだから、あるとき中国に招待された日本人の小説家が広東のホテルで食事をして中国人の小説家から例の壮烈なスローガンを聞かされ、翌朝、なにげなく食卓についたらキッチンから一匹の猫がでてくるのを眼にした。そこで、さっそく、地上にある四本足は机のほか何でも食べるとおっしゃるけれどあそこに猫がいる、といったところ、中国人の小説家は淡々と、ナニ、あれは昨夜の食べのこしですと答えることになる。

　そういう例はあるとしても、ではつぎにその極端な反対の例をあげるのも何かの参考になるかと思う。サイゴンにはハム・ギというちょっとした大通りがあり、その片側はペット市場であった。ここには亜熱帯産の鳥獣虫魚がたくさん売られていた。犬、猫、猿、穿山甲《せんざんこう》、蛇、ヒキガエル、コウモリ、トカゲ、カメ、何でも売っていて、いつも人だかりしていた。どんなに戦争が激しいときでもこの市場が衰えたことはなかった。ヴェトナム人もまた猛烈であっぱれな食欲の持主で、この市場で買ったペットはいずれ餌をやって太らせてから食べるつもりなのだという説を聞かされることがあったが、たしかにそうかもしれないと頷けるふしは、ある。しかし、最前線へいってみると、政府軍の兵隊のなかには作戦に出かけるときにペットをつれていく者がよくあった。犬をつれたり、九官鳥を肩にとまらせたりして、未明の、暗い、乾いた水田の畦道《あぜみち》をいくのである。彼らはみな貧しくて、前哨陣地の小屋には床板が張られていず、ハンモックをつるすか、戸板を敷いてそこへゴロ寝するしかないというありさまなのだが、とぼしい給料をさいて餌を買ってきたり、自分の食事を小犬にわけてやったりする。指に唾《つば》をつけてニシキ蛇の頭をテカテカに磨いて恍惚としている兵の若い顔を見ると、何度も見慣れたあとでも、ふと胸をつかれることがあった。こういう兵が戦死すると、そのペットは隊の誰かに受けつがれ、つぎつぎとペットは何代もの主人につかえるのである。Dゾーンの酷烈なジャングルへ作戦に出かけた兵の一人は白い小犬をつれていたが、彼は戦死し、仲間がポンチョでぐるぐる巻きにしたうえ、棒を通し、かついで走った。黄昏《たそがれ》のジャングルをわれわれはこけつまろびつ先を争って逃走するのだが、左右の木のなかからはどこまで走ってもおなじ密度で至近弾が飛んでくる。どこかで鍋かドラかを叩く音がし、ホーウ、ホーウという叫びも聞える。必死になって走りながら、チラとふりかえると、ポンチョに巻かれた主人のあとを追って小犬がキャンキャン鳴きつつ兵たちに蹴られ蹴られ走っているのだった。

広東人から見ればバカげた感傷であり、許しがたい浪費であるかもしれないが、どうやら、ペットというものは人口のうちに入れて考えなければならないかのようである。食糧とからみあわせて人口を考えるときには犬や猫を〝扶養家族〟扱いしてかならず人口のなかに編入して考えなければならないかのようである。事実としてドッグ・フードだけでも年間に厖大な量が消費されるのだし、そのカロリー総計は異様な数字となる。そのための原料としての魚や肉や穀類の総トン数はこれまたタジタジとなるような数字となる。しかもだヨ、これはそのまま人間が食べても結構イケる製品なのだ。どうせ廃棄しなければならない屑《くず》肉や屑野菜で作ったものなんだから気にすることないじゃないかといえたらいいたいのだが、なかなかどうして。カロリーや栄養度は申分ないというより以上のものがあるうえに、味覚からいってもちょっとしたものなのである。キャット・フードはいささか魚の生臭さがあって手をだしかねるけれど、ドッグ・フードのほうはとてもゲテ趣味などという味ではない。何もいわないで出されたらボルシチかシチューの缶詰と思いたくなる。ただし犬には塩分などの調味料を避けなければいけないのでそういうものはぬいてあり、画竜点睛を欠くから、マンが食べるときには何かとまぜたり、添加したりの工夫が必要かと思われる。用心がいいというか、探求心が旺盛というか、世のなかにはそういう人がいて、とっくにドッグ・フードをマン・フードにする研究をしてらっしゃるのだ。治にいて乱を忘れず。すっかり恐縮して教えられた。その料理法を左にあげる。市販品としては缶詰よりも紙箱入りのビスケット風の物のほうがたくさんなので、それで研究してみましたとのこと。

犬飯風……味噌汁の残りを御飯にぶっかけ、ドッグ・フードをほどよくパラパラ。以上をあたためて。つまり犬にやるために作ったのをそのまま頂く。

キャベツと……ベーコンをフライ・パンで炒め、少しキツネ色に焦げてきたところへキャベツを入れて炒める。固形スープをとかして作ったスープにドッグ・フードを入れ、片栗粉でトロ味をつける。そこへ炒めたキャベツとベーコンを入れ、塩、胡椒、パセリのこまかくきざんだのをパラパラ。

雑炊として……御飯にキャベツやニンジンのきざんだのを入れ、ほどよくドッグ・フードを入れ、水を加えて煮る。ダシにはカツオブシ。煮えたらその上へマグロ缶、サケ缶、好みのものをあけ、軽く醬油をかけて出来上り。

ポタージュとして……ジャガイモをゆでて裏漉《ご》しする。そこへバター、固形スープ、牛乳を少しずつ加える。全体がポタージュ状になるまで煮る。煮えたのをドッグ・フードにかける。このまま食べてもいいが、マグロ缶をあけて盛りつけてもよろしい。

調味料として……シチューに入れる。スパゲティといっしょに炒める。ハンバーガーに入れる。オムレツに入れる。無限の用途がある。ハイキングに固形スープを持っていくのならついでのことにリュックヘドッグ・フードの一箱か一缶を入れなさい。

ソルジェニツィンの『収容所群島』の冒頭にはシベリアのある河で発掘作業をしていたところ地下氷層があらわれ、そのなかに数万年前の動物が氷詰めになっているのが発見された。それが魚であったか、サンショウウオであったかはわからない。その場にいた人びとは氷をたたき割り、大喜びしてみんなでそれを食べてしまったという。一九四九年のこと。『自然』という科学アカデミー発行の雑誌に学者がその記事を書いた。ソルジェニツィンはたまたまそれを読み、この貴重な発掘物をよろこんで貪《むさぼ》り食べたのは囚人たちであろうとしている。囚人のほかに誰がそんな食欲を持つだろうかというのである。ここにもレ・バ・フォン（どん底）がある。

現在までのところこの本は四冊刊行されているけれど、あと二冊出なければ〝完〟とならない。四冊はいずれも上下二段に活字が組まれ、一冊が三〇〇頁から六〇〇頁余という濃厚さで、ことごとく逮捕、流刑、徒刑、拷問、悲鳴、呻吟《しんぎん》、忍苦、絶叫、落涙、沈黙のエピソードの大洪水である。この書物はやむを得ないときをのぞいてあとはいつも人名や地名や年号を入れ、あくまでも〝事実〟を伝える姿勢で書かれている。

しかし、何百万という数の人間が極寒地に追放され、栄養失調になって強制労働をさせられながら、その大半の人は無実であって、何故自分が逮捕されたかわかっていなかったというのである。そして、これは何かのまちがいだ、そのうちによくなるだろう、と思ってロシア人独特の底知れぬ忍耐力で我慢し、沈黙していたというのである。対ナチスの第二次大戦で西欧へまっさきに突入した将兵がただそれだけの理由で貨車につめこまれてシベリアへ送られるというようなことも発生する。十月革命後、資本主義国ではひとにぎりの山高帽をかぶった栄養満点の資本家が何百万、何千万という人間を搾取して着のみ着のままドブやぬかるみのなかを四つン這いで這いまわらせているのだというような学校教育だけをうけて育ったのがじっさいに西欧へいって街頭にことごとく教科書とは異なりすぎる光景を目撃した。そこで狼狽《ろうばい》して考えこみはじめる。近頃の用語でいうと〝カルチュラル・ショック〟というものだが、クレムリンは〝汚染〟と呼んだ。そこで大祖国防衛戦争の最先端の英雄たちが、ある朝、目がさめたら貨車につめこまれ、シベリア行きの囚人となっている。祖国の命ずるままに突撃したところが西欧を見たというだけのことで〝害虫〟扱いされるのである。

これは一例にすぎないけれど、これをメチャクチャというのなら、この書物は厖大な枚数を費してひたすらメチャクチャの記述に没頭しているのである。つぎからつぎへと、とめどない。コミュニストに骨髄からの怨恨や憎悪を抱いている人でないかぎり全巻を読みとおすことはできないのではあるまいかと思いたくなる。描写が精緻で執拗で不屈なのはいいけれど、何しろどこまでつづくぬかるみかわからないので、やがて朦朧となってくるのである。〝実感〟とか〝手ごたえ〟などというそもそもの理解、感情移入のきっかけがどこにもない。シベリアの寒さというものが、まずわからない。身にオボエがないのにそんな目に会ってもこれは何かのまちがいだと思って我慢するということがわからない。遊びにきた友人を見送りに駅へいったところが顔見知りのポリスに会い、そのままプラットフォームからシベリアへ送られるということがわからない。あれも、これも、毎頁、毎行、まさぐりようのないことばかりなのに記述は精緻で執拗である。そこで、次第に、カフカの小説の読後感に似てくる。カフカの長篇は人名としては〝K〟と頭文字があるきりだが、偏執狂的な自然主義リアリズムの描写が綿々とつづく。それが一語、一語、作者が確信をこめて書いているらしき気配があり、明晰で堅固なのだが、二行、三行と連続するにつれて朦朧となっていく。そのカフカの長篇のそこかしこに任意のままロシア語で人名や地名や年号を入れたらこの本の読後感に似てくるかと思えてくる。ソルジェニツィンは徹底的に〝事実〟、つまり具体を記述したはずなのに、その読後にのこされるのはカフカである。

あるギリシャ生れの映画監督が狂信的な右翼国の恐怖政治を映画にし、その直後に左翼国のそれを映画にしたことがあった。二つともイヴ・モンタンが主演したのだが、きわめて当然のことながら、映画館を出るときの私の膚《はだ》にある腐蝕の感触はまったくおなじだった。右翼国はギリシャかと想像され、左翼国はチェコかと想像される。それぞれが体験者のドキュメントをテクストにして作られ、右翼国の場合のは失念したが、左翼国のはアルトゥール・ロンドンの『告白』ではなかったかと思う。この左翼国の映画のなかでは囚人を焼いた灰を河原にふりまく光景があったが、これは前回に書いた《オシュヴィェンチムの野菜》とまったくおなじである。この二つの映画を見たあとでは、おなじテーマを扱ったものとしてはやっぱりチャップリンがすでにとっくの昔にみごとに暗示の手法で演じのけていることをあらためて思いださせられた。例の有名なラスト・シーンである。黄昏のほの白い道が一本地平線までのびていて、それは国境線なのだが、例のダブダブのズボンにドカ靴の小男がチョコマカと必死になって右の国へとびこんではあわててもどり、左の国へとびこんではあわててもどりしつつ、とどのつまり、迷い迷いその一本道を走って、いずこへともなく消えていく光景である。コスタ・ガヴラスはその小男のとびこむ右と左の国を精緻に描いてみせたわけだが、その二本をていねいに見たあとでは、やっぱりチャップリンの黄昏のほの白い一本道へ思いがもどっていくのである。この映画が作られて以後にたくさんの水が橋の下を流れ、国と人の治乱興亡もおびただしかったが、時代がたつにつれて人口増加とともに独裁の技術は精練され、それとともに、心の内と外で、どこへいきようもなくハミだす人口の数字は巨大化、肥大化するばかりのように思われる。現代ではこのほの白いチャップリンのノー・マンズ・ランドの一本道をどれだけの数の人口が夜ふけや町角を曲りしなのふとした一瞬に全心で憧れることだろうか。

『収容所群島』は六冊全部の刊行を待ってからあらためて眺めるとして、いまはその群島の住人たちの食事だけを一瞥《いちべつ》してみたい。ラーゲルと聞くと、そのとたんに私たちはシベリアを連想するが、新潮社版の第三巻についている図版によると、アジア・ロシアからヨーロッパ・ロシアの広大無辺な全土にわたってそれは設けられてあったし、いまも、設けられてあるらしい。著者はそれを〝ベーリング海峡からボスポラスまで〟と表現している。すでにこの一事だけでクラクラとなり、手がかりが失われ、朦朧が沁みだしてくる。しかし、温暖な地方よりは極寒の地方のほうが酷烈を訴えるのは当然のことだから、読むうちにはどうしても、やっぱりシベリアのそれへ想像が這っていく。全巻いたるところで〝野菜汁〟という単語を読まされるが、〝バランダー〟とルビがふってあるので、新しくロシア語のカタコトをおぼえこませられる。

私の知ってるロシア語のカタコトの食事に関するものといえば、〝キャヴィア〟、〝ボルシチ〟、〝グリブイ（茸）〟、〝タバカ（グルジア風の鶏料理）〟、〝シャシリク〟、それに食中の乾杯の〝ミール・ミール（世界平和のために）〟と、食後の〝スパシーボ（ありがとう）〟ぐらいであるが、この〝野菜汁〟というものは少年時代から読みつづけてきたロシア文学の翻訳のなかでもっとも使用頻度の高い単語となってしまった。それからつぎにおぼえたのは、〝バラーシャ〟である。これは〝用便箱〟のことである。二ついっしょにして同時におぼえる。

野菜汁が野菜のスープということであるなら世界中にゴマンと種類がある。あたたかいのならミネストローネ、冷たいのならヴィシソワーズやガスパッチョというのがある。わが国には味噌汁という逸品がある。ラーゲルの野菜汁にはどんな野菜が入り、ダシがあったのか、なかったのか、あったとすればそれは魚からとったのか鶏からとったのか、ということなどは説明されていないけれど、たえまなく怨恨をこめて嘲罵《ちょうば》の口調で語られているところを見れば、あまりありがたいしろものではなさそうである。寒冷地ならば現地のキャベツ、ジャガイモ、砂糖大根などをザクザクと乱切りにしてほりこんで水といっしょに煮たてただけのものだったのかもしれない。ところが、それがどんな濃淡のものだったにせよ、配給のやりかたに奇想天外なところがある。

……一九三八年のクニャージ・ポゴストでは、囚人たちは毎日まったく同じものしか食わせてもらえなかった。それは細かく潰したひきわり麦と魚の骨のごった煮だった。これは便利な食べ物だった。なぜなら中継地点には食器も、コップも、スプーンもなかったし、囚人たちに至っては、むろん、そんなものを持っているはずもなかった。そこで一度に何十人も釜のそばへかき集め、柄杓《ひしゃく》でこのごった煮を軍帽、帽子、服の裾に配ったからだ。

ところで同時に五千人が収容されていたヴォグヴォズジノの中継監獄（ウスチ・ヴイミから数キロ）では（この行を読むまでヴォグヴォズジノのことを知っていた者がいるだろうか？　このような名もない中継監獄がどんなに多いことだろう！　これらの数を五千倍してみてごらんなさい！）、どろどろした煮物をつくってくれたものだが、そこにもやはり食器はなかった。だが、なんとかやりくりすることができた（私たちロシア人の知恵はどうしてこうも優れているのだろう！）。その野菜汁は十人分ずつ洗面器に入れて配給し、囚人たちがわれ先に争ってそれをがぶ飲みする楽しみを残してやったのである。

服の裾を折りかえしてそこへ野菜汁を入れてもらう。一度に十人が一つの洗面器から汁をすする。どんぶり鉢もスプーンもないというのだ。もしこういうことになってるのだとあらかじめわかっていたら、何しろ一日二十四時間のうち、いつ、どこで逮捕されるかわからないのだし、逮捕されたらそれっきり流刑地へ送られて家へ物をとりに帰ることなど許されないのだから、バスに乗るときも役所へ出かけるときも、かならずスプーンと飯盒を携行していなければならないということになりそうである。つぎに食べることは食べたとしてそれを排泄する段になると、またまた厄介事が起る。監獄によっては用便桶のないところがあるというのである。囚人が急増、激増したものだから用便桶の製造が追っつかなかったのだそうである。そこで防水頭巾のなかへ放尿したり、長靴のなかへやったりしたもんだという。長靴のなかへ御叱呼するというのはこれまた意表をつかれるが、長靴をぬいで逆さまにし、胴の部分を外へ折りかえし、その溝へやるのだそうである。

わが国では途方もないことが人びとによって体験されてきたが、ほとんど何も描かれていないし、正しい名前で呼ばれてもいない。ところが、日常生活の生きている細胞を拡大鏡で凝視したり、強烈な光線の中で試験管を振ったりする西欧の作家なら、これはそのまま一大叙事詩であり、もう一つの『失われし時を求めて』十巻になるのだ。

まったくそのとおりだろう。この四冊だけでもほとんど毎頁に〝途方もないこと〟がでてくるので、いちいち驚いたり、記憶したりしているゆとりがなくなる。この書物はある面でソルジェニツィンの創作メモと見てよいと思われるのだが、どの一つの挿話も異様にして怪奇である。西側の文学界ではとっくの昔に事実より奇な小説は書かれなくなっているが、ここでは《事実は小説より奇なり》の大古典時代であるらしい。あまりにも奇すぎるので作家の怨恨から発した空想ではあるまいかと思いたくなることがしばしばである。

無数の拷問の方法と実例が列挙されてあるがそのなかには石器時代からあらゆる時代、あらゆる国においてやられてきたのがある。食欲による拷問である。餓死寸前まで干しておいてから御馳走をつきだし、指一本も触れさせないで、自白しろの、サインしろのと脅迫する。あちらこちらでとても頻繁におこなわれたということだが、これくらいなら私にも想像がつけられそうである。三日間も干しておいてから突然、〝脂肪の浮いたウクライナ風ボルシチ、炒めたジャガイモ、おいしそうなカツレツ、それに赤ぶどう酒入りのカット・グラスの水差し〟などを眼のまえにずらずらと並べて、吐け、という。供述しろ、自白しろ、サインしろとおどかすのである。それを拒みぬいた剛の者もあったが、なかには食べて飲んでサインしたあと銃殺された者もあったという。銃殺はいうまでもなく極刑だけれど、一つの終止符なのだから、いっそ一思いに殺してくれと叫びたくなるような状態で生かしておくのは極極刑といえそうである。殺さなかったからといってその処置をただちに〝温情〟と考えるのは短絡である。止めの一撃は〝グー・ド・グラース（慈悲の一撃）〟と呼ばれているのである。ある意味では殺すことはそれだけその人物を危険視し、実力を認めたことになるのだから、酷烈な状態のままで生かしておくのはさらに侮辱を加えたことになる。

モスコォ市のどこか中心部近くにルビヤンカという監獄がある。その監獄には図書館があって、本を借りだすことができた。ソルジェニツィンはひりつきそうな空腹をまぎらすために本を読むのだが、食欲描写がでてくるたびにいたたまれなくなったと告白している。

——いや、そんな本は捨てろ！　ゴーゴリは捨てろ！　チェーホフも捨てろ！　あまりに食べ物のことが多すぎる！「彼は満腹だったが、それでも仔牛の肉を一人前平らげて（畜生！）ビールを飲んだ」。精神的なものを読むことだ！　ドストイェフスキー——そうだ、彼の本こそ囚人が読むべきなのだ！　だが、ちょっと、待ってくれ。そのドストイェフスキーにしてからが、こんな個所があるのだ。「子供たちは飢えていた。もう何日も彼らはパンとソーセージ以外に何もお目にかかっていなかった」。

女帝を食うか、女帝に食われるか

ビスマルクの政策は『右手に鞭、左手に飴《あめ》』のスローガンで代表されるものだった。マンデス・フランスは『ぶどう酒より牛乳を飲もう』と叫んだ。元オリンピック選手のザトペックは《プラハの春》のとき二千語宣言の署名者の一人であったが弾圧がはじまると転向して『パンと水だけのコミュニストになりたい』といった。東方の列島では某首相が某年、『貧乏人は麦飯を食え』と発言して吊し上げを食らい、後日、あれはカレーライスをというくらいの意味だったのだがと側近に洩らしたと伝えられる。その国では一九七六年、外国の飛行機会社の政治献金が問題になったが、億単位の金額が〝ピーナッツ〟と呼ばれると知って、さしもインフレぼけした国民もいささか鮮明におどろいた。

〝食〟にまつわる表現は古今東西、政治の世界と現象に明滅出没してやまないが、今、たまたま、思いつくままに自動記述してみると、以上のようなことになった。ほんの思いつくままの数例にすぎないのであって、これを系統樹の方式で蒼古の時代からさぐりだしたらとめどないことになるだろうと思う。徹底的にこの面からだけ歴史を書いてみたら鮮烈で有益な書物ができあがるだろうと思われる。その書物は政治なるまやかしにみちた現象の本質の一つを痛烈に教えてくれることになるはずである。飴や、ぶどう酒や、牛乳や、パンや、麦飯や、ピーナッツなどという親愛な事物から出発してそれぞれの時代と思考をさぐろうとする努力は形而下と形而上の双面神に翻弄されてやまない人間の苦悩にたいして真摯《しんし》である。飴は飴であり、ピーナッツはピーナッツなのであって、イメージは徹底的に有限であり具体であるし、誰にでも一言でわかることなのだから、せいぜい言いかえ、すりぬけ、論点移動を試みても原点のところでは〝ピーナッツ〟が〝南京豆〟、もしくは〝落花生〟となる程度である。これをたとえば、〝自由〟という魔物じみた抽象語とくらべてみれば、たとえ〝ピーナッツ〟が〝キャヴィア〟であったところで、あくまでも具体の限界内にとどまろうとする謙虚は変らないのであるから、われら無告の民にとってはまことにありがたい。五億、十億、二十億などという莫大がピーナッツなどという莫小で表現される反語法の意図も何となく理解されるし、その着想の妙におどろいたり笑ったりしているうちにだんだんとモンダイがぼやけて果てはどうでもよくなっていくあたりの精神生理は荘厳悲壮な抽象語の場合とまったくおなじだなということも、ある晴れた日、よくわかるのである。

マクラとしてあげた例はビスマルク、M・フランス、ザトペック、池田勇人など、みな男であるが、この世界にはしばしば女もまぎれこんできて負けず劣らずの様相を呈する。これまた系統樹方式で整理していけば、政治の本質の理解とともに男と女の相違もクッキリと浮彫りされて、たいそう有益なのではあるまいかと思う。たとえばつぎの三例はいかがであろうか。

汗と空腹と公平の観念で激昂した群衆がヴェルサイユ宮殿におしかけてくると、マリー・アントワネットがバルコンに出てきて『**パンがなければお菓子をお食べ**』といった。汗と垢と公平の観念、そして失う私物といっては頭髪すらもない仏僧のクァン・ドック師がガソリンをかぶって火を放つと、知らせを聞くや、マダム・ニューは激昂して、『**坊主なんかどんどんバーベキューにしてやるといいんだわ**』と叫んだ。いかなる情報もつねに一方的にしか中国では流されないが、一九七四年に『毛澤東　文化大革命を語る』という書名で刊行された一書には、当時の最高幹部たちの座談風の討論の速記録が党公認のものとして収録されていて、その一つ、『首都紅代会責任者を召集接見したさいの談話』によると、江青《こうせい》女史が毛沢東、陳伯達《ちんはくたつ》、姚文《ようぶん》元《げん》、汪東興《おうとうこう》などといっしょに出席し、談が反対派のことになると、『**反革命が何十人といたとしても、若い人です。私を縛り首にしなさい。誰に油で揚げられようと私は怕《おそ》れませんよ。北大**（北京大学）**井崗山《せいこうざん》は「江青を油で揚げろ」といってますが**』といった。

みなさんそれぞれに育ちや気質や観念の相違を持っていらっしゃるが、一歩しりぞいて冷静に眺めてみると、いずれも状況のクライマックスの時点での発言であることと、せっぱつまったあげくの率直きわまる、なりふりかまわぬ発言であることという点で共通している。お菓子だ、バーベキューだ、天ぷらだと三人とも結構な御身分なのに食欲ばかりで表現してるじゃないか、女だネといいたいお方はもう一度、マクラの部分の、男たちの発言をゆっくりと読みかえして頂きたい。私としては、たとえばマリー・アントワネットの場合はこれ以後、急転して〝大革命〟時代が始まったのであり、マダム・ニューの場合はこれ以後、ゴ・ディン・ディエム体制の転覆となって彼女自身も亡命しなければならなくなったのであり、江青女史はこの時点ですでにある人口のグループから極度に憎まれていたが八年後に過半数の人口から〝犬の糞〟と罵られ、食欲を失った身分に転落して消息不明になってしまったという事実に注目したい。それぞれの発言とその後の悲運を対照してみると、三人とも形を失った漂流物のひしめきあう時代のさなかにクッキリと独立した、抜群の名言をお残しになったものだと感じ入らずにはいられない。同時に、政治とはまさに食うか、食われるかの夜のジャングルだとの感があらためて胸にくるのである。どうやらこれは名実ともにそうなのであって、テーマも文体も〝食〟に凝縮されつつ展開されていく。三人ともそろって〝革命〟とスタンプをおされた動乱期に生きた美女、鬼女、猛女であるが、〝革命とはパーティーに出席して議論することでもなければエッセイを書くことでもなく、それは銃をもっておこなう純然たる暴力行為である〟という毛沢東のあけすけで当然きわまる言葉を連想すれば、とどのつまり、このフィールドでも〝食〟は暴力であるかの感慨もあらためて湧いてくるのである。

　暴力の状況に三人とも煮つめられたあげくせっぱつまったとはいえそれにふさわしい表現を選びとったわけだが、状況を極限に表現することにはみごとに成功したけれど、状況の消化はできず、とうとう食べられてしまった。とりわけ江青女史など、人民が世界に冠たる食史を持つ国民だからか、ひとたび水に落ちたとなると、ことごとく舌と胃で非難罵倒され、やれ茉莉花入りの湯《スープ》や茉莉花茶入りの飯を食べたがったとか、やれ西洋料理やケーキなどを持ちこんで食べたとか、日本風にいえば茶飯を食べたとかオヤツを食べたなどということで打ち、また、打たれている。そこではからずも中国人の強いられている日常感覚もしくは価値観というものが露呈されて、何やら私はおぼろながらも暗くならずにはいられない。女史は憎かったかも知れないし、ひたすら憎めと強いられたからかも知れないが、その表現にはからずも日頃の不満が爆発している。読みかたによっては女史は人民の日常のある痛切の感覚を表現するための媒体ではなかったのか、その感覚の切実と深刻にくらべれば女史自身はさほどのことではなかったのではあるまいかとさえ、見えてくることがある。火災は原因となったタバコの火よりもいつも大きいという鉄則があるのだ。

この三人の女帝のうちで時間と資料に蒸溜されたのはマリー・アントワネットである。彼女は同時代においては反対派からは〝血に渇えた牝虎〟、〝この猛毒を持ったマムシ〟、〝この人喰い女〟などと口をきわめて罵倒されている。〝牝虎〟という評語は、はからずもマダム・ニューにもあの頃そのまま冠せられたし、おそらく今後、ハノイでヴェトナム共産党史が発行されるときにはそのまま使われることになるかと思われる。〝マムシ〟、〝人喰い女〟が江青女史に冠せられた評語であるかどうかを私は知らないけれど、少くとも〝犬の糞〟と呼ばれていたのだから、それ以下の扱いであるらしいことはハッキリしている。ただし、それはこの原稿を書いている一九七七年二月某日現在の株価なのであって、ある晴れた日、もしや毛沢東＝江青派という一派がいて権力を握ったならまたまたどう光復するか、まったく予測の外である。フランス大革命の沸騰期にマリー・アントワネットは反対派からはマムシ呼ばわりされたけれど、王党派からは英明の天使、人知の美女、才色兼備の魅惑そのものなどと天上的評語で鑽仰《さんぎよう》されていた。そして振子が青血にまみれてゆっくりとまた慌《あわただ》しくもとへもどって王政復古の時代が何年かたってやってくるとその天上的評語はかなりのものがそのままもどってきて〝名誉回復〟をすることになるのである。シュテファン・ツヴァイクはこの両極端の評価に挑戦して資料を博《ひろ》く探究した結果、〝足して二で割る〟という基本的態度を決定するにいたった。そのイデーに彼は冷たい探索と熱い抒情を二つながらにつぎこみ、天使でもなければマムシでもないマリー・アントワネットを描写したのだった。ツヴァイクの仕事は労作であり傑作であるが、しばしば詩的雄弁が〝事実〟を消化しすぎているきらいがあり、全編の全箇処が熱で火照《ほて》っていて、史実としてある挿話を引用するにはいささかためらいたくなるところがある。その点では訳者も賢く指摘しているカストロの労作には〝述べテ作ラズ〟のイデーと気迫が文体のそこかしこに感じられるので、はるかに安堵《あんど》できるものである。このような史伝が今後、マダム・ニューについて江青女史について書かれ得るものなのかどうかということをまったく私は知らないし、予想もできない。いまはただ三人の女のうち一人の女についてたまたま二〇〇年ヤスリにかけられた結果、現在、どうやらこうであったらしいと見られていることについて書くだけである。

さて。

何冊かの研究書を読み、何人かの研究家にたずねてみたところ、ヴェルサイユ宮殿におしかけた空腹と公平観念の人民にむかってマリー・アントワネットがバルコンから、『パンがなかったらお菓子をお食べ』といったというのは、事実としてはたいそう疑わしいということになってきた。速記者もいなければテープ・レコーダーもないのだから、そんな事実はありませんと誰も断定することはできないのだが、そして、昂揚して大喚呼する群衆に会うためにマリーは何度かバルコンに出ていって姿を見せ、ときには子供を胸に抱いて出ていったりもしているので、ひょっとしてひょっと何かそれらしいことを口走ったかもしれないと疑うことはいくらでもできる。それまでの彼女の生れ、育ち、気質、言動などからすると、そのような事態に彼女が遭遇してそういうことを口にしてもけっして不自然ではないし、むしろ、その言葉は彼女の純真、無邪気、軽佻、無関心、気まぐれ、お嬢さんぶりを表現するものとしてはこの上なくみごとな一句ですらあるので、発案者の観察眼の鋭さと時代感覚の表現のあっぱれさに感心したくなるほどである。しかし、何冊かの〝世に問う〟気迫にみちた研究書をあらためて読んでみたところ、どれにもそれは記載されていないし、言及もされていない。ある研究書によると、ルイ十五世の娘のヴィクトワール内親王が、パリ市民は税金が高くてパンの値段があがって飢えているという話を聞いたときに、なにげなく、『飢饉で食べる物がないというのなら、あの人たち、パイの皮を食べたらいいのに』と洩らしたと伝えている。しかし、それは大革命よりちょっと以前のことだし、宮廷での世間話のはしきれであって、バルコンから大群衆にむかって発しられたものではない。のちに〝革命〟が煮えたってくると、フーロンという参議は、飢えたら草を食え、辛抱しろ、おれが大臣になったら干草を食べさせてやる、それはおれの馬だって食べてるんだといったが、バスチーユが人民に陥落させられてからは、形勢非ナリと見て、卒中で頓死したといいふらして姿をくらます。しかし、たちまち見つかって市役所に連行される。群衆はこの男に馬扱いされたものだから絞首刑にしろといきりたつ。フーロンは街燈にぶらさげられたが二度綱が切れて三度めにやっと果てる。その首を群衆は切り落し、口に干草をくわえさせてパリじゅうをひきまわしたという挿話がある。かなり物凄い話だし、いまでもどこかで起りそうな話ではあるけれど、マリーとは関係のない挿話である。

ジャン・ジャック・ルソーは『告白』の第六章で、社交嫌いだった若い頃、部屋に閉じこもってひとりで小説を読みつつ菓子パンをサカナにぶどう酒をちびちびやる無上の愉しみを書いた。そのことにふれて、つぎのように書いている。

パンを手に入れるには、どうしたらいいか。貯えておくわけにもいかない。下男に買わせたりすれば、ばれるし、また、一家の主人を侮辱することにもなる。自分で買いに行く勇気はない。腰に剣をつったりっぱな紳士がパン屋へパンを買いに行ったりできようか。ついにわたしは、「百姓どもにはパンがございません」といわれて、「では菓子パンを食べるがよい」と答えたという、さる大公夫人の苦しまぎれの文句を思いだした。

ある研究家にこの件《くだ》りを指摘されて、この話がマリー・アントワネットにすりかえられたのではないでしょうかという意見を頂く。同時に、ルソーは革命以前に没しているという指摘も頂く。しかし、ルソーの自然讃美は革命をうながした知的醱酵素の不可欠の一つであったし、宮廷でも大流行で、それに影響をうけてマリーは田園生活にあこがれ、莫大な国庫を傾けてトリアノンの離宮を造り、徹底的に人工的な農家や牛小屋などを設けてたのしんだと伝えられているのだから、まったく無関係というわけではない。ここにいう〝さる大公夫人〟とは誰であるかはついにわからないのだけれど、もしこれが当時かなり有名な挿話として囁かれていたのであれば、いささか年月がズレても、大革命の右往左往の熱湯の泡のなかでマリーの言葉だとされてしまっても、さほど、不自然ではない。はじめのうちはマリーの言葉だとはされなくて、〝奥方様ってそんなものさネ〟と語られているうちに、飢餓と流血の狂瀾《きょうらん》のなかではたちまち註が消えて〝マムシ女〟の言葉だとすりかえられるくらい、何でもないことだろう。

フランス語とフランス料理に飛躍的な磨きをかけたのがイタリア人であることはよく知られているが、メディチ家のカトリーヌがフランスのアンリ二世と結婚したのは一五三三年である。彼女はコックをたくさんつれてフランス宮廷にのりこみ、菓子と料理にフランス貴族たちを開眼させた。十八世紀のいわゆるヴェルサイユ時代には、その後半期、料理と料理法はほぼ現在とおなじものがすでに出揃っていたらしい。それを日夜たのしんだのは王侯、貴族、大ブルジヨワジーなどで、国民の大半はお話にも何にもならないようなものを食べていたらしく、これはちょっとあとで一瞥する。この時代はめちゃくちゃな格差の時代で、それが革命を生みだす原動力になるのだが、暴君、暴政、抑圧、格差などがあるとそのあとできまって料理が発達して美女が生まれるという奇現象が人類史にはあるようだ。これはフランスでも中国でもおなじことである。戦争があるとそのあとできまって医学が長足の進歩を見せるという習癖と似たところがある。富の偏在するところには時間も味覚も肉も偏在するからそこで料理と料理法が実験室のようにああでもないこうでもないと苦心、工夫、研究され、美食と運動不足でぐったりとなったおえら方の舌と鼻をめざめさせるための、かの錬金術にも似た精進と秘技が集中されるわけである。それが極点に達すると飽満で仮死に陥ちた王様は人民に首を切りおとされ、その台所は開放され、御馳走とコックが巷《ちまた》へ流れていって花を咲かせるのである。〝食〟はここでも無残を含む。

マリー・アントワネットは十四歳のときにウィーンの王宮から送りだされ、馬車でフランスへ結婚にいく。ウィーンからヴェルサイユまで馬車旅行である。女官、侍女、髪結い、書記、お針子、外科医、小姓、宿舎係、宮中司祭、薬剤師、従僕、料理係、あらゆる種類の僕童、これらお附きの者が合計一三二名である。当時の王様の旅行となると二千名、三千名の人間をつれて歩くのはざらだったそうだから、これはむしろ簡素、質朴といってよいくらいのものである。たいしたことではない。途中で何泊もするけれど、宿駅としてのある修道院でホンのおしるしまでにだした料理の明細表がのこっていて、それによると、雛鶏一五〇羽、牛肉二七〇ポンド（約一三〇キロ）、仔牛肉二二〇ポンド（約一一〇キロ）、ラード五五ポンド（約二七キロ）、鳩五〇羽、卵三〇〇箇とある。伝記作家のカストロ氏はこの数字を列挙しつつ、〝たいしたことではないが〟と書いている。このお嬢さんがヴェルサイユ宮殿で〝王大妃殿下〟となってからは食事の世話人だけで一六八名というけたたましい大群団があてがわれる。その内訳は菜園係、酒倉係、ぶどう酒係、厨房小頭、下働きの僕童、料理人頭、酌取、罠係、料理人、ぶどう酒運搬係、果物係……ちょっとシンドなってきたのでこのあたりでよしたいが、これくらいなら、マ、そんなもんだというところ。何しろ一代前のルイ十五世のときには国王の身辺に奉公する者の数が、治政の末期には約四〇〇〇人に達していたというのだから、果樹にたとえたら果実がなりすぎて枝はもちろん幹まで折れてしまっても不思議ではない。

この時代の研究書を二、三読んでいて面白いと思わせられるのは、フランスの王家では宮殿のなかまで人民に立入ることを許し、食事、お化粧、着つけ、結婚式など、何でも立見をさせたという習慣である。犬と乞食坊主と新しいアバタのある者、および無帽の者、丸腰の者だけは追いかえされたが、誰かの帽子なり剣なりをチョイと拝借すれば木戸御免になったというのである。人民はすきっ腹をかかえてパリからてくてくヴェルサイユまで歩いていき、ルイ十五世の食事ぶりを見物して、ゆで卵の殻の剝き方が上手だといって感心して帰ってきたそうである。何しろ王妃のお産の現場に立会って肉眼でシカと見とどけることも許されていたし、マリー・アントワネットもその習慣に従うわけだが、王太子が生まれたとなると、全宮廷、全国民、全土くまなく歓声でどよめきたち、魚市場のおかみさん連中がお祝いだといってヴェルサイユ宮殿におしかけ、ルイ十六世のまえで、シャンソンを合唱したというのである。それも特別に〝きわどくてあらけずり〟なやつだったという。カストロ氏はあまりに〝あらけずり〟だから三行だけ紹介しておきましょうという。勉強家だけれど、不粋な人だネ。

おらのかわいいアントワネットが

ちっぽけなきれはしを作っただよ
それで、おらはコロッケを見ただ

ルイ十六世はニコニコ笑って大喜びし、もう一度やってくれとたのむ。おかみさん連中はいよいよはずみ、大声で身ぶり手ぶりを入れつつ合唱したとのことである。こういうエピソードを読んでいると、つい、どうしても千代田区丸の内・一の一の一にある竹の園生と思いくらべずにはいられなくなるが、これだけあけすけに人民的《ポピュレール》なところがあったのなら、フランスの王様は共和制要求の革命前にすでに〝市民王〟になっていたといってもよいのではないかと、日本人の私などは思いたくなる。現代ではスウェーデンの王様が雨の日にはコウモリ傘を持って満員の市電にお乗りになるという暮しようだけれど、すでにフランスでは二〇〇年前にごく気さくに実践しておられたらしき気配である。

これからたった八年後におなじ階層の、おなじ気質の、おなじ職業の女たちがアマゾンと化し、棍棒、槍、大鎌などを手に手に、なかにはほとんど裸のもいたとのことだが、パリからヴェルサイユへ喚声あげてなだれこんでくる。

「ばいたのやつがあそこにいるぞ」「あいつの心臓がほしいんだよ」「あたいたちはね、あいつの体なんかいらないよ。あいつの首をパリへ持っていきさえすりゃいいんだよ」「やくざ女め」「こいつで頭をちょん切ってやるんだよ」「オーストリア女め」

バルコンへマリー・アントワネットが二人の子供の手をひいて出ていくと、撃て、撃ての叫び声があがる。しかし、彼女がそれを聞いて会釈すると、その大胆不敵ぶりにうたれてか、群集は一変して〝王妃万歳！〟と叫び、そのどよめきは宮殿の広大な前庭のはしからはしまでとどろきわたったとのことである。これからあと、やがて断頭台で切断される日まで彼女の耳は〝殺せ！〟と〝万歳！〟を事あるごとに相半ばしつつ聞いたかのように見える。

ヴェルサイユ宮殿で夜な夜な大宴会と舞踏会がおこなわれていたとき、国民の八〇パーセントか九〇パーセントはひどい食生活をしていた。ある研究家の調べたところによると、おおむねつぎのようなことであったらしい。日常の食物はパンとバターと水である。町民は一応、小麦粉で作ったパンを食べ、ときにはパン・ケーキを食べた。ときたまオカズに脂身を食べ、非常に稀れに牛肉のはしきれを食べる。飲物はいつも水だが、地方によってはぶどう酒のしぼりカスを水で薄めて飲んだ。ある刃物製造人の小さな親方は日に数回、パンとスープ。スープはごくありきたりのもので、薬味草、ニンジン、タマネギなどをちょっぴり入れ、脂を入れ、塩で味つけしたものである。日曜日だけ弟子の職人をつれて居酒屋へぶどう酒を飲みにいった。この時代のフランスの人口は八〇パーセント以上が農民であるが、彼らは黒パンを常食とした。黒パンは大麦、ライ麦、ソバ、カラス麦、粟、豆などで作った。これはすぐに石のように固くなるのが特徴だった。一〇キロか一五キロくらいの〝岩〟を一カ月かかって食べた。〝岩〟を少しずつ削って水にひたして食べるのである。パン焼は一年に二回。そのときにかためてどっさり焼いておく。スープは塩味だけ。たまにバターかラードを入れた。日曜日には奮発して牛乳を入れることがあった。野菜を食べるのはこれまた非常に稀れだったが、食べるとすればいつもキャベツであった。サヤインゲンやソラマメなど、ときどき食べた。ブルターニュではパンのほかにソバ粉の粥《かゆ》、ソバ粉のクレープ、ソバ粉のケーキ。中部では粟の粥。南部ではトウモロコシの粥。貧農をのぞいてふつうの農家では豚、牝牛、牝山羊がそれぞれ一頭、牝鶏は数羽といったところであった。牛は肉を食べるよりは牛乳をとるのが目的で、牛乳はすべてバターとチーズにかえられた。牝鶏を飼ってはいるものの、卵を食べるのはごく稀れで、よほど特別の日であった。さきに十四歳のマリー・アントワネットが結婚のための馬車旅行をしたとき、一三二名のお附きの者に〝たいしたことではない〟食事が供されているが、卵だけでも三〇〇箇使われたということをちょっと思いだしておきたい。十八世紀の冬は非常に寒かったそうだが、暖房などはないから、せいぜい肉食して内燃したく、冬になると虎の子の豚をつぶした。豚は農村で食べる唯一の肉だったが、それも直接、肉そのものを食べるというよりは、スープの味つけとして貴重なのだった。つぶした豚からラードをとって、冬のあいだ、ちびちびとスープなどに入れて、酷寒をしのいだ。牛や羊はきわめて少く、肉は祭りや婚礼のときだけ食べ、食べ残しは塩漬けにして保存した。これも特別の日にだけとりだして食べた。ぶどう酒はお国柄、当時すでにかなり生産されてはいたけれど、国民はみんな水を飲んでいた。酒を飲むのは、これまた特別の日だけであった。酔うのは悪徳と見られていたが、それは何よりも浪費だからという見地からであった。四〇〇〇人近くの召使いを抱えていたルイ十五世の平均的な一日の食費は当時の貴族の家の執事の約一カ月の給料に相当した。

ルイ十六世がマリー・アントワネットの夫であるが、これはムシャムシャ食いの大食漢で、彼が裸になって豚の耳と足を持ってぶどう酒桶に浸っているところを御先祖のアンリ四世が見て、余の子孫のルイとは御身のことかと嘆いている諷刺画があるほど、食うことにおぼれた人物である。しかし、どうやら、お人よしではあるけれど暗君ではなく、決断力には欠けるけれど残酷が嫌いで、趣味は狩りと錠前いじり、少年時代には大工の真似《まね》が好きで、いつも漆喰《しっくい》をこねて上機嫌であったと伝えられている。安逸と飽満の時代には仁慈ある王でいられるが、外套と短剣、機略と胆力の時代を綱渡りできる王ではなかった。後年彼はぶくぶくの肥大漢となり、蝶のような貴族や女官たちにとりかこまれて、まなざしのように素速くてたわごとのようにうつろな、甘美にして無為の日を送ることになるが、シャンデリアのしたにもっさりと鷹揚にそそりたって取巻き連中のひそひそ声やクスクス笑いに耳をたてるよりは、早寝早起き、朝は森へ鹿狩りにいって泥まみれになり、夜は仕事場にもぐりこんで油まみれになって錠前いじりにふけるのが何より好きであった。日記をまめにつける習慣もあったが、ほとんど毎日、〝リアン（なし）〟と一語書いたら、それでおしまいになるのだった。

ルイ十六世は少年として幼妻のマリー・アントワネットと結婚するのだが、彼は妻を心底から愛し、信頼して、それは生涯変ることがなかった。フランス一国を破滅に追いこむような妻の底抜けの浪費もまったく影を射すことがなく、どんなに物凄いツケがまわってきても彼はたじろぐことなく、ひとことも叱言《こごと》をいわず、すべてレッセ・フェールで許していたが、結婚式をあげてから七年間か八年間、彼は妻と未通のままですごした。不能なのではなく、力も意志もあるのだけれど、器官に欠陥があって努力を果させてくれない。きつすぎる包茎なのだ。幼い少年とその妻は何をなすべきかをよく知っているので毎夜のように励むのだが、その奥深い寝室は少年の苦痛の汗にまみれはしても妻の熱い声でふるえるということがないのだった。母のマリア・テレジアは娘から手紙でそのことを知らされ、夫をいたわることや、侮辱してはいけないことなどを綿々と手紙に書き、〝愛撫を二倍にしなさい〟と指図し、アントワネットもそれに従うのだが、励めば励むほど〝少年〟は尻込みしてしまう。アントワネットの兄のヨーゼフ二世がヴェルサイユ宮殿に乗りこんでルイ十六世と親しく男同士の話をしあい、外科医のメスで〝辺縁切除手術〟をうける約束をとりつける。このことを母のマリア・テレジアに彼は手紙でこう説明している。

彼はいささか気が弱いが、少しも愚かではありません。彼には考えもあり、判断力もあります。ただし、才気とおなじく肉体も無感覚なのです……。かの fiat lux（光あれ）がまだ訪れていないので、物質がいまなお丸まったままなのです。

おそらくこの期間、マリー・アントワネットにとっては心身ともに拷問であっただろうかと察したい。奢侈《しゃし》と逸楽に眼のないウィーンッ児らしく彼女はヘアー・スタイル、ファッション、香水、宝石、オペラ、舞踏会、晩餐会につぎからつぎへ、とめどなく、日夜、狂気のエクスト

ラヴァガンツァにうちこんでいくけれど、あるとき、ふと、

私、退屈するのがこわいの。

と洩らしている。

いわゆる〝ヴェルサイユ時代〟なるものをもし一語に濃縮しようとなると、この呟きのほかにない。〝近代〟はこの呟きから出発している。

手術の結果、ルイ十六世は〝男〟になり、それまでの空白をとりかえそうとしてか、夫妻はたてつづけに四子を儲《もう》けることになる。第一子を儲けてからはマリー・アントワネットは天上的至福にみたされるが、同時にウィーンッ児は後姿を向けることになる。奢侈と軽佻はあいかわらず続行されるが、彼女の言動には簡素・質朴・英邁《えいまい》・剛毅・仁慈の母の面影が出没しはじめる。しかし、もうそのときはすでに遅かった。国庫はすでに傾きつくしていた。人民は飢え、眼の映るようなスープに飽き、啓蒙思想家たちは新しい文体を獲得した昂揚でいらだち、貴族の巣は中傷、密告、二枚舌、譎詐《けつさ》、毒ある密語で腐敗していた。人民の貧窮と激昂はパンと公平を求めてヴェルサイユ宮殿へおしかけた最初の一隊がほとんど女ばかりであったことや、はだし、ボロ、汗、垢、にんにくの匂いにまみれてほとんど裸体も同然の者がいたという事実にまざまざ語られているように思うが、この女たちの母も、祖母も、曾祖母も、みなおなじように飢えていたはずなのに沈黙して消えていったのは、それが自然であり、季節であると感じら

れていたからだった。突然といってもよいくらい、女たちは、飢えを知ったのだった。季節ではないと知ったのだった。この〝知〟はとめどない血を要求したが、その後に来たもののことを考えると、はたして女たちが祖母よりも賢かったかどうかについては、考えれば考えるほど、まだ誰もグランド・トータルをだすことができないでいる。二〇〇年後の現代でもその収支決算書は書かれないでいる。としか、書けないのでは、あるまいか。たとえ一人の少年がそもそものはじめに、包茎であったところで、なかったところで……。

華夏、人あれば食あり　ⅰ

世界の料理をかりに〝西〟派と〝東〟派に大別してみると、私は文句なしに〝東〟派に属する。これまでフランス料理、もしくは西洋料理につぎこんだお金と中国料理につぎこんだお金をくらべてみると、後者の方がお話にならないくらい大きいのである。ヨーロッパを流れ歩いているときは三日に一度か四日に一度はきっと中華料理店へいって麵《めん》を食べないことにはソワソワして落着けないのだが、東南アジアではまったくそういうことがなかった。不定愁訴、情動不穏は少年時代からの宿痾《しゅくあ》だからどこにいても避けようがなく、中華料理を食べていてもそれだけは逃げられないが、食べるとなれば何といっても華国風味であった。中華料理にあって西洋料理にないものはいくらでもあげられるけれど、たとえば素菜（精進料理）や漢方薬料理など、広大、多様、深遠なフィールドを占めていて、これは西洋料理ではまず思いつかないものではないだろうかと思う。漢方薬に使う草根木皮がそのままスパイスとして中華菜に入れられることが少からずあるが、薬餌《やくじ》と料理に境界を設けず、混然一体とするあたり、発想そのものが彼にはなくて此にある。この朦朧となるくらい広大な地帯の探究がアチラではなおざりにされているように見える。中華料理にないものは何かと頭をひねっていくうちにやっとサラダと刺身がないと気がつくけれど、蘇州近辺では槍蝦といって生きている川エビの踊りを食べるじゃないかと思いあたると、にわかにぐらついてくる。結局のこされるのはサラダぐらいである。

盤古《ばんこ》氏、神農《しんのう》氏以来のこの深広な中国料理も外国へ輸出されると、それぞれの出先国で独特の変化を演じずにはいられなくなり、おそらくそれはその国の人びとの嗜好にミートしたいがためであろうと思う。日本の中華料理、ドイツの中華料理、フランスの中華料理、みなそれぞれの特色を帯びる。日本の中華料理はやたら砂糖と化学調味料をほりこむ癖があって困ったものだが、これがドイツへいくと、ベルリン、ミュンヘン、デュッセルドルフ、フランクフルト、流れるままに食べてみたけれど、ことごとくダメだった。帳場にも料理場にも中国人の顔がチラホラ見えるので安心していたところ、出されたものは分量ばかりドイツ風にごってりとあるけれど味はひどいものだった。イェルサレムにも『マンダリン・ハウス』と凄い看板をあげた店が一軒だけあって、ユダヤ料理（コシャーと申すが……）がそろそろ鼻につきかけていた私は一も二もなく聞いてとんでいったが、これまたものすごいしろもので、独身大学生がヤケクソで作った焼きソバのほうがまだマシなのじゃないかと思いたくなるようなものだった。モスコォの『北京飯店』の水餃子ときたら、これは箸《はし》にも棒にもかからない誤訳・悪訳・珍訳で、中ソ論争はこのあたりから発生したのではあるまいかと思いたくなるほどだった。おそらくキッチンではロシア人のコックがグローブほどもある無骨な手で見よう見真似で餃子の皮をこねていたのではあるまいかと思うが、いっそ朗らかな笑いがこみあげてくるようなしろものであった。（ロシア料理には少からず中華料理の伝統と発想が入っているはずなのだけれど……）

中国人ほどの深甚なる食いしん坊なんだからと敬して思いたいのに、文学、史記、講談にはいっこうに食談がでてこないのはどういうわけだろうか。もちろんこまかく探せばいろいろとあるのだけれど、これだけ世界に冠たる探究と発達を遂げた料理と史があるのにと思えば、ひどく少いのである。少し眼をこすって読んでいくと、英雄や詩人たちはのべつに飲んだり食べたりして、その席で兄弟同盟を約したり、毒を盛ってやろうと企んだり、離合集散、目くるめくばかりなのだが、どういう料理、どういう酒であったかとなると、たいそう稀薄なのである。おそらく食を語ることは男子、君子にふさわしくないことなのだとする人格美学が伝統としてあるものだから、ついつい禁欲してしまうのだろうと思いたいが、さびしいことである。

御馳走を表現する言葉というと、きまって〝山海珍羞〟とか、〝龍肝鳳髄〟とか〝熊掌燕窩〟となる。わが国の講談に美女が登場すると、きまって〝沈魚落雁、閉月羞花〟になるのと似ている。リアリズムと思える筆法で綿々と叙述してきたはずなのに、その場面になると、にわかに慣用句を使って逃げてしまうのである。もっともよく登場するきまり文句は〝龍肝鳳髄〟である。現今の中華料理のメニュだと、蛇が〝龍〟、ニワトリが〝鳳〟と書かれているから、蛇の肝にニワトリの髄か、そんなものならいくらでも食べたよと私はいいたいところだけれど、この場合にかぎって龍はほんとの龍、鳳はほんとの不死鳥ということになっていて誰も食べたことのない稀有《けう》の御馳走なのだという次第。

食いしん坊のことを古語では饕餮《とうてつ》とむつかしい字を作って呼んだが、詩人の蘇東坡は自分のことを老饕などと呼んでいた。この、とうてつ先生の、おそらく史上ナンバー・ワンと思われるのが、あの孔子である。この聖哲はあちらこちらのべつに放浪して歩いたが、食うことにかけては当時の生活水準ではピカ一の贅沢をいいたい放題にいってのけている。何しろ、この聖哲、料理が下手だからといって一も二もなく細君と離婚しているのだから、こういう点は末世のわれらもよくよく記憶にとどめておいて座右の訓としなければいけないのだが、それ以上にくどくどとハウツーも語っておられるので、いよいよありがたいのである。子曰《いわ》く。『穀物はいくら精白しても足りない。白ければ白いほどよろしい。膾《なます》は細く刻めば刻むほどいいのであって、いくら細くてもよろしい。酸《す》っぱい飯、プンとくる魚、いかれかかった肉は食べない。わるい匂いのするものは食べない。時間外には食べない。切りかたが下手だと食べない。ソースがミートしないと食べない。肉が多すぎて飯とアンバランスになるのは食べない。酒はいくら多くてもいいが、酔って乱れてはいかん。店売りの酒や肉は食べない』と。これを一つずつ現代の常識と照合してみれば、酸っぱい飯やプンとくる魚など、あたりまえの禁忌を並べたにすぎないと見えるけれど、料理法そのものが物を直火で焼く段階からようやく容器に入れて煮る段階に達したばかりの当時の状況、しかも冷凍装置もなければ流通過程もない当時の日常生活のなかでは、聖哲、とんでもない気楽天をぬけぬけといってのけてるといいたいところである。衆庶の眼からすれば衛生学を教えられたのはありがたいけれどとてもとても実践不可能だと呟きたいところをついていらっしゃるのである。

膾というのは肉を薄く切って酢で化粧したものだが、それはいくら薄く切っても薄すぎるということはないとの仰せであるから現今のスライサーで切るしゃぶしゃぶ用の凍肉など、聖哲のもっともお好みになるところかと思いたい。それでいて聖哲は、店売りの肉や酒には手を出さないゾと宣言してらっしゃるのだから、どうなる。肉を食べたくなると弟子の顔回《がんかい》や子路《しろ》がいちいち野山へかけだして獣をとりにいったのだろうか。肉はまああとしても、酒は自家製手作りでないといかんとおっしゃるし、それでいて飲むのはいくら飲んでもエエが、乱れてはいかんとおっしゃるのだから、放浪の牛車のすみにはいつもドブロクの壺が積んであったということなのだろうか。これまたドブではいけない、タヌキや熊ン乳は君子のよく飲むところではない、酒はしぼればしぼるほどよろしいのだとおっしゃったのではないかしら。渺《びょう》たる数千年後、毛沢東晩年の大陸ではつぎからつぎへとナンバー・ツー・マンを屠《ほふ》っていったものだから、ついに〝敵〟に事欠いて、孔子批判という集団動員がおこなわれ、幼稚園の子供までがサクランボのような唇で〝ピー・クン！（批孔）〟と叫びだしたけれど、まさか聖哲の正食、正飲の説がその起因になったとは考えられない。

〝龍肝鳳髄〟や〝熊掌燕窩〟についでよく登場するのは〝太牢〟、〝小牢〟の文字だが、〝太牢〟は牛肉のこと、〝小牢〟は羊肉のことである。肉は序列でいくと牛、羊、犬、豚、魚という順であった時代が、かなりつづくらしい。犬は豚より上だとされ、食用犬としての品種の開発と養殖が熱心におこなわれた。後代になって食いしん坊詩人の蘇東坡は豚肉が泥土よりも安いといってるくらいだから、ポークはよほど軽んじられていたのであろう。詩人はこれに妙法を凝らした結果、現今、〝東坡肉《トンポーロウ》〟と伝えられる名菜を編みだしたわけだが、犬が豚よりもうまいという古人の味覚を私たちは知らないでいる。魚が最下位におかれていることにわれら日本人は首を傾《かし》げずにはいられないけれど、大陸国であってみれば、どこでも手に入るのは淡水魚しかないのだから、やむを得ないと察しをつける。

しかし、治乱興亡果てしない中国のことだから、〝食〟が史の両面に出没する例は、たいそうある。ある宋の将軍は出陣前夜に羊を屠って将兵にふるまったけれど、自分自身の戦車の馭者を呼んでやるのを忘れたために恨みを抱かれ、翌日、戦車ごと敵陣へ持っていかれて捕虜になった。ある王様は羊の煮物を臣下にふるまったけれど分量が少すぎて、全員にくまなくいきわたるというぐあいにはいかなかった。すると食いはぐれたのが憤慨して敵国に走り、軍を導いてその国を滅亡させてしまった。王様（中山君）は事情を知って『われ一杯の羊羹《ようこう》を以て国を亡ぼす』と嘆いたとか。熊掌は現今でも珍味の一つとされていて、私も三度ほど紅焼（醬油煮込み）を試したことがあるけれど、ふれこみがもったいぶって恐ろしいほどにはいっこうにピンとこない御馳走で、ただ珍しいというだけのことである。ただし、これはフカの鰭《ひれ》とおなじように干物なので、軟らかく煮崩すのに時間がかかる。それは古今変ることがない。だから楚の成王が叛乱軍にとらえられたとき、援軍がくるまでの時間を稼ごうと考えて、今生の思い出に熊掌を食べさせてくれと申出たことは、よくわかるのである。ただし王の願いは却下されて、殺されてしまうけれど……

中国史を食史の面から眺めて世界に冠たるユニークと思わせられることがいくつかあるけれ

ど、料理人や屠畜業者で天下国家をいじる英雄豪傑が輩出しているのも他にあまり例を見ないことである。コックでは易牙、伊尹《いいん》、屠者では庖丁、樊噲《はんかい》など、いくらも例がある。幸田露伴《こうだろはん》の研究によれば釣師の鼻祖であるはずの太公望が文王に出会ってキッシンジャーとなるまではいろいろ雑仕事をやっていたが、その一つにどうやら屠畜業があったらしいとのこと。だから、《釣れますかなどと文王そばへ寄り》の一句は《ヒレを呉れなどと文王みせへ寄り》と書きかえなければなるまいと露伴は洒落《しゃれ》のめしている。釣師と屠者の他に露伴によれば太公望は〝食堂経営者、乃至《ないし》おでんや〟もやっていたし、〝船頭〟もやっていたらしいとのことである。孔子は料理が下手だからといって細君を追いだしたけれど、太公望の場合は釣りばかりしてるといって細君に逃げられている。それで男ヤモメになって川岸にすわってみたり、豚を切ってみたり、船頭をしてみたり、雄心をおさえて悶々《もんもん》の暮しだったわけだが、とうとう眼のある人に見出されて天下を牛耳ることになるわけである。ある人物が野に埋もれたある人物を発見し、手厚く遇して偉業をやらせるというエピソードは中国史にはそれこそゴマンとあって、読むたびに、今に見ていろボクだって誰かに見つけられて……などと怠惰な幻想がちらと閃《ひらめ》いて、たまゆら慰められる。

『三国志』は英雄、豪傑、美女、智将、宦官《かんがん》、上下左右に入りみだれての乱闘で、宴会と乾杯ものべつにおこなわれているのだが、御馳走は例によって〝龍肝鳳髄〟だし、美女は〝沈魚落雁〟とくるから、どんな物を食べて関羽《かんう》や張飛《ちょうひ》のエネルギーが養われたのか、よくわからない。そこで篠田統《おさむ》氏の非凡な労作『中国食物史』をひらいてみる。幸田露伴と青木正児《まさる》の二氏は博大な学殖の手すさび、業余のこととして、しかし、圧倒的な精密さで中国の食物についての研究をしているが、篠田氏はこれを業余ではなく攻めて、ちょっと類のない書物を完成させた。おかげで張り扇の音ばかり高くひびく三国時代の食物のこともよくわかるようになった。御馳走としてはすでに〝しおから〟や〝なれずし〟があり、乾飯、鳥の乾肉、モヤシの煮つめたの、一夜酒、それから、すでに糖蜜がある。サトウキビをしぼって煮つめたシロップである。粉砂糖を作る技術はまだ開発されていない。中央アジア西部から小アジアにかけての地帯が原産地であるらしいパン用小麦が入ってきて黄河流域で栽培され、ようやく粉食がはじまる。

南方の特産であった米も、戦争のいったり来たりで人も車もそれにつれていったり来たりするものだから、アワやキビしか知らなかった北方人も大いに米食にふけることとなる。米が漢民族の重要な主食となる。小麦にしても米にしても、初期には粉にしたのを女の化粧品として使っていたらしいので眼をひかれる。董卓《とうたく》と呂布《りょふ》の父子を手玉にとって殺しあいをさせた貂蝉《ちょうせん》が頰に米の粉を〝パウダー〟としてつけていたのかもしれないと思うと、それをめぐって父と子が殺しあうなど、まるでダンゴ戦争じゃないかといいたくなるけれど、食習の変化がそう見させるだけのことで、パウダーはパウダーなんである。英語なら〝火薬〟の意味もある。ユメ、油断召さるな。

『三国志』では曹操《そうそう》は斬人斬馬の覇道の梟雄《きょうゆう》として悪役を受け持たされ、勝ったり負けたり、東奔西走のモウレツぶりだが、その第十四回に食にちなんでこういう話がある。劉玄徳《りゅうげんとく》の軍と闘って峠の入口にたてこもった曹操は進めば押しかえされ、退けば笑いものになるというので二進《にっち》も三進《さっち》もならず、考えあぐねて茫然となる。ある夜の食事に鶏の湯《スープ》が出たので、彼は鶏の骨とつぶやく。そこへ夏侯惇《かこうとん》将軍がその夜の合言葉を聞きにくるが、曹操はあいかわらず鶏の骨、鶏の骨とつぶやいている。そこで将軍、夜の合言葉は《鶏の骨》だと全軍に知らせる。秘書役はそれを聞いて全軍に引揚げの準備をさせる。夏将軍がおどろいてたずねると、

「鶏の骨には肉がないけれどスープがとれるから捨てるのは惜しい。そういうもんです。進めばやられるし、といって退却したら笑いものになる現在の状況にピッタリです。いずれ曹操様は帰還の命令をだされるはずですから、あらかじめ準備しておこうと思いましてネ」

との返答。

夏将軍、なるほど筋が通ってると思って全軍に引揚げの準備を命ずる。その夜、懊悩で眠れない曹操が陣中を見まわると、兵隊がみんな行李をまとめている。おどろいて聞くと秘書が《鶏の骨》から判断してのこととわかり、激怒して秘書の首を切りおとしたという。

大元帥のウワゴトめいた呟きから全軍帰還と判断するあたり、それが《鶏の骨》だから食いもならず捨てもならぬと読んだあたり奇抜だけれどなかなかうがっている。この秘書、かなり料理のことにも嗜《たしな》みの深い、頭の回転の速い人物であったかと察しられる。事実であったかどうかはべつとしてなかなか含蓄のあるエピソードである。食いだおれの中国人の面目がよくでている。メッテルニッヒなどが聞いたら哄笑したあとで頭をふって感心したかもしれない。小説家の大デュマが聞けばこれはこれでデュマ小説製造株式会社として日夜、咳唾《がいだ》ことごとく

稿料となる暮しに没頭しながらも食いまくりと飲みまくりにも没頭し、自分で買物籠をさげていちいち市場へネタの仕込みに出かけていたほどで、余技として料理大全科という書物を書いていたくらいだから、このエピソードにはきっと耳を傾けることであろう。当時すでに作戦の合言葉つまり暗号が使われていたらしいという察しもついて、興味をそそられる。しかもどうやら毎夜毎夜変えていたらしいなとも察しがつく。何しろ《壁ニ耳アリ》の慣用句は『詩経』からでていて、これは紀元前十二世紀から前七世紀頃までの歌集なのだから、人間、楽じゃない。変れば変るほど、いよいよ同じと、何千回めかの呟きを洩らしたくなる。

その道のバイブルのことを〝経〟と呼ぶのは中国の習慣だが、茶のバイブルは陸羽《りくう》の『茶経』、料理のそれなら袁枚《えんばい》の『随園食単』をあげるのが相場になっている。西洋で釣経と聞けばウォルトンの『釣魚大全』、食経ならサヴァランの『美味礼讃』とうってかえすようなものである。『随園食単』のほかにも食経は時代を追ってたくさんあるのに、どういうものかこの書物と作者の名だけが独立的に声高くいいかわされるのはどうしてだろうかと思わせられる。中華料理店の屋号にも『随園』はよく使われ、東南アジアを専攻していた頃の私はずいぶん何軒もの随園で随時小吃したものだった。東京にも一軒、某所にあって、店内は何やら薄汚いけれど聞える言葉は中国語ばかりで、でてくる皿の味つけは何やら志あって日本化を拒んでいるらしき気配があるので、ときどき小吃することにしている(特ニ町名ヲ秘ス)。

『随園食単』の全訳はわが国には三種あって山田政平訳、青木正児訳、および中山時子編訳。このうち私が読んだのは青木訳と中山編訳の二種で、山田訳は残念ながら入手していない。青木訳と中山訳、両方ともそれぞれの味わいがあって、思いぞ屈してうつろに白想で時間をうっちゃりたいときには開いてみたくなる本である。十八世紀、乾隆《けんりゅう》時代に書かれた書物だけれど、そこにあげてあるたくさんの料理のメニュと材料のなかには私が食べたのとまったく同じのがいくつかあるから、読んでいてなつかしくなるのである。しかし、全体としていうと、この本は中国料理を自分で料理する人が読めば言々句々思いあたるところがあるだろうと思われるハウツー・ブックであるから、ただ鑑賞したあとおなかをさすって讃嘆して寝こんでしまう私などにはいささか退屈であると、率直に申上げたい。著者の袁枚は高名な詩人であったが、さきに書いたように詩人で食いしん坊でしかも自分で台所にたって料理もしたというのでは蘇東坡があり、ずいぶん詩や文で美味礼讃を書きつらねているが、私などにはそちらのほうが愉しい。袁枚のこの書にもそういう要素がたっぷりと盛られていたらもっと違ったものになっただろうにと残念に思われる。袁枚は蘇東坡を知っていただろうからひょっとしたらすでに先覚の踏んだ道だとして、わざと避けたのかもしれないと思うこともある。袁枚が克明に書きのこした豚肉の煮方や鶏肉の炒め方のメモをここに書き写してもただのコピーになるだけだから面白くない。むしろ彼の生涯とその邸園である随園そのものの命運を書くほうが、アジアの一人のエピキュリアンの面影を伝える意味があってよろしいかと思われる。

袁枚は一七一六年、浙江《せっこう》省杭州府銭塘《せんとう》県に生まれる。父は読書人だったが官につかなかったので家は貧しかった。しかし、母なる人がよっぽどのしっかり者らしく、夫は諸国へ居候に出かけて留守ばっかりなのにどういう無理をしてか息子には七歳から家庭教師をつけて四書五経の勉強をさせる。頭のいい子だったので二十四歳で進士となり、やがて江蘇《こうそ》省の郡長となる。彼の前半生はお役人、後半生が美食家で詩人である。南京の西郊にある隋氏の別荘が廃園となったままなのを三十三歳のときに買いとり、三十七歳のときに上役が気に食わないからといって役所をやめたあと、この別荘で遊んで、うまいものを食べて、詩を書いて暮す。この別荘に彼は二十年かかって手を加え、杭州の西湖《せいこ》の一部を模倣して作ったり、知人、友人を呼んで宴会、花見、詩吟の風流と旅をかさねる。八十二歳、一七九七年没する。小倉山房《しようそうさんぼう》詩文集七十余巻、詩話・随筆・筆記小説など三十余種。ずいぶん多才多作の人のように見えるが、詩を書くだけで梅が百本もある大邸園を維持し、厖大な御馳走を食べ、友人知己と宴会、乾杯をかさね、あちらこちら旅もして歩くというような〝優游自適〟ができるとはうらやましきかぎりと、私などは、すぐ思いたくなる。

青木博士もその点気になったらしく、ちょっと調べておられて、詩を書くほかに詩人は墓誌などもたのまれれば書き、なかには一篇のそれに数万金を贈るものもあったという。旅をするといたるところで争って贈物をするものがあったので旅費などいらなかったとお孫さんが書きのこしているそうである。いわゆる潤筆料などの形式での収入が莫大にあっただろうと推測されている。しかし、マ、それにしても、『随園食単』に目白押しに並んでいる御馳走の莫大さを眺めると、ただもううらやましいかぎりである。こんなことでは美食譚など書けないゾと、弱るこころをはげますけれど、どうも出るのは吐息ばかり。渡辺一夫先生に倣《なら》って幽幽自擲と書きたくなる。

この詩人のエピキュールの園、随園は、さきに書いたように南京の西郊にあった。小倉山という名の山の一部が邸内にとりこんであり、前方には広い池があって渓流が流れている。二十年の歳月をかけて完成し、杭州の西湖の一部を模して造園したことはさきに書いた。花、果物、野菜などはすべて園で育成して台所にはこんだ。春は藤、玉蘭、夏は枇杷《びわ》、蓮、秋は菊と栗、冬は竹と薺菜《なずな》。山では筍《たけのこ》がとれ、これは深く柔らかい土をかけて育てた。梅の木だけで百本からあったらしいが、桜桃、蓮根、芡実《おにばす》、菱、銀杏、梧桐の実なども食膳を飾った。主人は茶通でもあったので、冬、梅の花といっしょにかこっておいた龍井の銘茶を夕暮れにつぼもうとする蓮の花のなかに入れ、翌朝花のひらくときにとりだし、蓮の葉にたまる露を集めて茶を淹《い》れたという。店売りのものでは豚肉と豆腐だけを買い、あとはすべて園内のものでまかなった。どんなに不意に客があらわれても料理はすぐにできた。池には魚がたくさん飼われていて、客たちは鱖魚《けつぎょ》のような珍羞《ごちそう》を食べ飽いた。明代の磁器の皿、碗、壺などが食卓では使われ、店売りのではない自家秘蔵の銘酒が供され、食後には蓮の露で淹れた龍井茶をほのぼのとすすり、主客ともに眉をひらいて、ホ、ホ、ホと笑った。

今吾が園を視《み》るに、奥深く且《か》つ環の如くにめぐって、一房終って復《ま》た一房生じ、その間から澄みきった池の水面が光って見える。高楼は西を障り、清流はめぐりめぐって、万竿の竹は緑海の如くにして夏は涼しく、玻瑠《ガラス》を窓にはめてあるので冬は風の吹きこむ恐れなくして雪が見られる。梅が百枝、木犀が十余叢、月が出れば影明らかに、風がくれば香りが聞える。且つ長廊が相続いているから、雷電風雨も往来を防げない。余が園を得たときは、このようにまでなろうとは思いもよらなかったが、だんだんとよくなってきた。

この楽園に文人、詩人、知識人、読書人、編集者、食通、酒通、茶人、音楽家、町のただの人、女弟子——これは型破りだが——群がって、そろそろと歩き、ホ、ホ、ホと笑った。食べ、飲み、すすり、嗅ぎ、賞め、論じ、奏《かな》で、釣りをし、恋をし、ときには〆切日の話も声低くちょっとかわした。しかし、主人の没後、長髪賊の乱起り、園は破壊されて、墓石と数枚の敷瓦のほかは、すべて灰となったという。凄《さび》しき寡婦《やもめ》のごとき荒庭に月光のみすさまじかったとか。

『壁ニ耳アリ』がさきに出たので、昔、中学生時代に教室や小説でおぼえこませられた中国の古諺《こげん》を思いだすままにつらねてみると、これまた食にちなんだものがなかなか多いとあらためて気がつく。『羹《アツモノ》ニ懲リテ膾《ナマス》ヲ吹ク』だとか、『狡兎死シテ走狗烹《ニ》ラル』だとか、『羊頭ヲ懸《カカ》ゲテ狗肉ヲ売ル』だとか、『雞ヲ裂クニイズクンゾ牛刀ヲ用イン』など、名句が多い。前回に政治の言語生活に食の登場がおびただしくあって、限界のとらえようのない抽象語でやられるよりはこちらのほうが誰にもわかってしかもしたたか肚にこたえるという点でむしろ結構なものだという意味のことを書いたけれど、これらの古諺も日常じかに膚で親しんでいる物を駆使して警告を発してくれるのでピシャリ、ズシンと脳にひびく。たとえば自分が失政をやって災禍をまねいたところ、つぎの男がでてきて苦心工夫のあげくそれを回復し、そのためにその男の勢力がのびたら、いろいろ難クセをつけてその男を葬ってしまうというような現象があったとして、つぎつぎと新陳代謝してやまないイデオロギー用語がその渦のさなかからたちのぼるために容易に事態の本質をとらえかねるが、さんざん考えたあげく、これは、兎が死んだらそれを追っかけてた犬がつぎに煮て食べられちゃうということではないのかと、薄暗い脳に閃くものがあって、にわかにちょっとわかったような気になれる。ただし、現代日本人としては兎はわかるけれど犬を煮て食べるということはちょっと連想の環をつないでくれないから、せっかくの英知も脳の表皮に浮いてくるまでには少し時間がかかるかもしれない。『羊頭ヲ懸ゲテ狗肉ヲ売ル』というのもあるが、羊、犬とも食肉としてはわれらにはなじみが薄いものだから、いっそ、看板ニ偽リアリとおぼえたほうが早いということになる。しかし、そうなると、含み味と連想が消えて図太さだけがのこされ、砂を嚙むようである。

　これらの古諺は羹、膾、兎、犬、羊などをそれぞれ食べた結果から出てきたが、ここに一つ、断固として食を拒むという成句がある。『周ノ粟ヲ食《は》マズ』というやつ。世と強権を憤るあまり山にこもってワラビばかり食べているうちに死んじゃったと伝えられる伯夷《はくい》と叔斉《しゅくせい》の兄弟の故事からでている。魯迅の短篇集『故事新編』にはこれが『采薇』という題で納められている。魯迅は謹厳、深刻、痛烈な人だが、よくよく注意して読むと食についてはなかなか関心のあった人で——当然のことだが——あちらこちらでちらほら言及がある。『彷徨』の『祝福』では絶望して帰郷した主人公がそこでも不吉な不安をおぼえてならないので明日は城内へでかけてフカの鰭でも食べてみようと思いたち、「むかし、いっしょに遊んだ友だちは、ちりぢりになってしまったが、フカの鰭だけは食わずにはおけない。たとい私ひとりでも……」と呟いている。『酒楼にて』ではうらぶれた旧友二人が雪の日に酒楼の二階で懐旧談にふけるが飲んだのは紹興酒、食べたのは茴香豆《ホイシャントウ》、凍肉《トンロー》、油豆腐《ユートウフ》、青魚乾《チンユーカン》と料理名がちゃんとでている。『幸福な家庭』では小説家の主人公が作品にいきづまってあれこれ考え、登場人物に溜裏背《リウリーチー》や蝦子海参《シャツハイシエン》、つまり豚の背肉やエビとナマコなどを食べさせたのでは平凡すぎるから『龍虎闘《ロンフートウ》』あたりにしよう、広東ではこれは蛇と猫のことで大宴会にしか出ない料理だが江蘇料理店のメニュで見かけたこともある。江蘇人が蛇や猫を食べるということは聞いたことがないから、これは蛙と鰻のことだろう……などと思案に暮れる場面がある。

『采薇』でも、伯夷が、近頃、烙餅《ラオピン》が一日一日と小さくなるからきっと何か起るにちがいないと呟いたりしている。この短篇では断食者が主人公だからか魯迅はちょっとイタズラをやってみたくなったと見えて、時間を表現するのに〝およそ十枚の烙餅が焼き上る時間がたったころ〟とか、〝およそ三百五十二枚の大餅《ターピン》が焼き上る時間が過ぎてから〟とか、〝およそ一百三、四枚の大餅が焼き上る時間がたったが〟などという言葉を使っている。さらに念入りなのは、このことをこそ紹介しておきたかったことなのだが、伯夷と叔斉の二人は首陽山にこもって毎日毎日、ワラビを食べたのだが、そうやっているうちに料理も進歩してつぎのようなものになったというのである。

薇湯《ウエイタン》

薇羹《ウエイカン》

薇醬《ウエイチャン》
清燉薇《チントンウエイ》
原湯燜薇芽《ユアンタンメンウエイヤー》
生曬嫩薇葉《ションシャイノンウエイイエ》

野暮な註をいささかつけると、湯はスープ。羹はあつもの。ふつう肉とウドン粉が少し入っているけれどこの際はヌキであろう。ワラビだけのあつものということになる。燉は文火《とろび》で長時間煮こんだ料理だけれど、それが〝清〟というのだからワラビだけをそのままということだろうか。燜というのは、たしか、水炊き風のことではなかったかと思う。ワラビのおつゆ、ワラビのあつもの、ワラビの××、ワラビの△△△、ワラビの○○○○。胸苦しくてか即興でか魯迅はからかってみたくなってこういうメニュを書きつけたわけだが、ひょっとするとそのどこかでは料理店のもったいぶりをチクリとやってみたかったのかもしれない。兄弟二人は日夜こういう心細いものを食べて操志を貫こうとするが、ある詩人肌の大官のインテリが聞いて嘲笑し、「『普天《ふてん》の下《もと》、まさに非ざるなし』だ、彼らの食べるワラビだってわが聖上陛下のものでないといえるか」という。どうやらそれの受売りらしいどこかの女中が山へやってきて賢い冷嘲の口調で同じ言葉をそのまま兄弟に投げつける。それを聞いて兄弟はいよいよ絶望し、ついに岩穴で餓死してしまう。魯迅がいいたかったのは何だろうか。賢《さか》しらの女の一言が二人の男を死に追いやるという警告だろうか。あるいは、隠遁、断食ぐらいで政治悪からは逃げられるものでもなければ抵抗したことにもならないのだぞという絶望だろうか。それとも、女、政治、双方ともへの絶望だろうか。

華夏、人あれば食あり　ii

「これは毎回何枚だ？」

「三十枚です」

「毎回か？」

「ハイ」

「三十枚では不足だね」

「いや。私はひどい遅筆なんです。三十枚でもアップアップです。毎月十五枚ずつ二回にわけて編集部にわたしてるんです。乾いたタオルをしぼるような気持です。白髪がふえましたよ。背中も痛む、腰も痛む、ひいひいいってます」

「前々回はヴェルサイユ時代だった。飢えた貧民が宮殿におしかけたとき、パンがなければお菓子をお食べとマリー・アントワネットがいったかいわなかったかの研究だった。これはいまでも観光ガイドがお客をヴェルサイユへつれていってマリー・アントワネッドがそういいましたといって説明してるらしいけどね。なかなか面白い着眼点だったよ。ところがそのあとで、坊主をバーベキューにしろといったマダム・ニューや私を油で揚げたいのならどんどんおやりと叫んだ江青女史の話などがでてきて、ヴェルサイユ時代がどこかへ消えてしまった。私としてはウンコの話がでてくるものと期待してたんだ。あの頃の宮殿は垂れ流しなんだ。植込み、中庭、後庭、おかまいなしさ。貴族の女や男、女官や召使い、身分の上下なくことごとくそこらあたりへ放尿、脱糞、やりたい放題だったという。ある女が若いときヴェルサイユに出入りし、大革命のほとぼりがさめてから、二十年めか三十年めに老女になって宮殿へやってきて、中庭のウンコの匂いを嗅いだとたん、ああこの匂いです、あの頃がまざまざと思いだせますといって恍惚となり、眼がうるんだと伝えられている。シシババの匂いを嗅いで大宴会や大舞踏会を思いだすというんだ。食べ物の話を書いてその後始末を書かないのは片手落ちだね。三十枚じゃ足りないよ」

「おっしゃることはよくわかりますが、一度に何もかも書くわけにはいきませんからね。御馳走もウンコもといったって、なかなかそうはいかないもんです。何しろ私は遅筆だし、白髪がでるし、乾いたタオルをしぼるようなありさまで」

「ソルジェニツィンを引用して長靴の胴を折ってそこへオシッコするラーゲル生活をいつか紹介していたじゃないか。ならば、ヴェルサイユの垂れ流し生活も書いておかなければ不公平というもんだ。一方は貴族中の貴族が連日連夜の宴会騒ぎで垂れ流し、一方は囚人中の囚人が連日連夜、酷寒のさなかで目玉の映るような野菜汁をすすりながら垂れ流しだ。両極端ハ一致スルという定理を証明すべきだった」

「ハイ」

「前回は中国がテーマで、いろいろと読ませてもらったが、脱漏が多かった。古代中国では食いしん坊のことを饕餮《とうてつ》と呼んだという紹介はいいけれど、それっきりだ。これはもうちょっと説明がほしかったね。それから、あの国ではコックで天下国家をいじるやつがよくでたという話があって伊尹《いいん》や易牙の名がでているが、名をだしただけで、何の説明もなかった。それから、最後に魯迅の短篇がでてきて、これが伯夷と叔斉の話だが、首陽山にこもってワラビを食べたとある。これはゼンマイのことじゃないのかね。ワラビは『蕨』、ゼンマイは『薇』。魯迅の短篇の題は『采薇』だから、これはゼンマイだろう。君のタオルは乾いてるかもしれないけれど、穴だらけでもある」

「すみません」

「ワラビもゼンマイも似たようなものだけれど、原作に『薇』とあるのならそれに従わねばなるまい。ワラビはワラビ、ゼンマイはゼンマイだ。君はイワナを釣りによく山奥へでかけるそうだが、それなら緑便がでるくらい山菜を食べてるはずで、ワラビとゼンマイのけじめくらいはつくだろう。いくら編集部がモーレツでヤイヤイガミガミいうからといって執筆者がそれにつられて浮足立つようではプロとはいえないね。今月は前月分のお詫びと訂正から書きだしなさい」

「ハイ」

「もっと大きな声でいえ」

「ハイ、ハイ、ハイ」

「以後、気をつけろ」

某日、夜ふけに、わが書斎に朦朧とした影のようなものがあらわれ、机のよこにたちはだかって、粗暴な口調で以上のようなことをつべこべ述べたてる。口調は乱暴だけれど、いうことは一つ一つ的にあたっている。一言もない。まことに申訳ありませんでした。

では、饕餮から。

これは古代の中国人が創造した食いしん坊、大食家、美食家の文字であり、イメージであるが、ただの美食家、大食家ではすまないで、貪婪の怪物だというイメージである。殷代の青銅の鼎《かなえ》の胴によく文字とも文様ともつかぬ古怪、玄妖の獣がうずくまってこちらをギロギロ睨《にら》んでいるが、あれだ。ほとんど抽象化されかかっているけれど、怪獣である。一つの体に頭が二つあって、足は六本。顔は竜、虎、人間、さまざまである。左右、正確な対称になっている。『饕餮文』と呼ばれているが、青銅器だけではなく、ときどき皿に描かれていることもある。食というものの底知れなさ、物凄さという本質を古人はすでに早く見抜いてそれに対する畏怖からこういう怪物を創りあげたのだとすると、それら無名人たちの想像力と抽象力は非凡なものだといわねばなるまい。大食いをするとこんな怪物になっちまうぞという警告であるのならば、それもまたみごと。

つぎにコックと政治の件。

コックが政治に手をだして天下国家を料理するというのはあまり他の文化圏では聞かないこ

とだけれど中国史にはよくでてくる。何しろ食は饕餮などという怪物でもあるのだからそれを料理する男が台所だけでおさまりきれないで国家や人民を食いにかかっても不思議ではないのである。その第一号の例が伊尹かと思われる。ところがこの人物が出たのは殷代であって、ほとんど神話時代といってよい時代だから、出生ぶりもはなはだ玄怪である。少くとも『呂氏春秋』あたりに字になって伝承されているところではそうなのである。

一人の女が川（伊水）のほとりに住んでいて、妊娠したところ、ある夜の夢に神様がでてきて、臼《うす》から水がでたら東へ走れとお告げになる。その翌日、臼から水がふきだしたので、女は東へ東へと走り、村をふりかえってみたら、村はすっかり水に沈んで見えなくなっているので、それを見て悲しんだとたんに女は一本の桑の木に変った。妊娠したままで桑の木に変ったから、その幹からやがて赤ン坊が生まれた。その子が拾われて成長して伊尹となったと……

木下謙次郎は昭和十二年に『続美味求真』を書き、その博学ぶりと饕餮ぶりを世に問うたが、『古代支那に於ける美食』という一章を設けて、伊尹の論を紹介している。そこでは伊尹は〝父も分らず、母も分らぬ、桑畑の中の捨て子であった〟とだけ説明されていて、さきの洪水や、母が桑になったことや、その幹から伊尹は生まれたのだという神仙譚は紹介されていない。そして、その『本味論』なるものも、まったく伊尹その人の説であるとされている。

それ三群の虫、水居するものは腥、肉玃するものは臊、草食するものは羶、臭悪なほ美の如し、みな所以あり、凡そ味の本は、水最も始たり。五味三材、九沸九変、火之れが紀たり。時に疾に時に徐に、腥を減じ臊を去り、羶を除き必ずその勝を以てし、その理を失ふなし。調和のこと、必ず甘酸苦辛鹹を以てし、先後多少、その斉甚だ微にして、みな自《よ》りて起るあり。鼎中の変、精妙微繊、口言ふ能はず、志喩《たと》ふる能はず。射御の微、陰陽の化、四時の数の若《ごと》し。故に久しうして弊せず、熱して爛せず、甘にして噥せず、酸にして酷せず。鹹にして減ぜず、辛にして烈ならず、澹にして薄ならず、肥にして腴ならず。

これを木下謙次郎は〝光彩陸離として真に万代不易なる斯道の教典〟と絶讃しているのである。まったくこれが遙かな後代の、たとえば前回に紹介した袁枚のような人の論であるなら一も二もなく脱帽したいところである。しかし、四千年以前の料理法といっては焼くか蒸すか、あとは天日の乾燥と塩漬ぐらいしか知られていなかった時代に、しかも桑の幹から生まれた人物が書いたものなんだとなると、眉に唾して、それがしすぎたために眼までカスんでしまいそうである。『中国食物史』の著者はこの論にはいっさい言及せず、「この時代の料理については『だろう、だろう』の域を大きく離れることは出来そうにもない」と章をしめくくっている。

しかし、伝説だとしても、事の本質がもしそこに提示されてあるのならば、やっぱり注視しないわけにはいかないのである。それさえ見られるのであれば、あとは桑の木から生まれようとバオバブの木から生まれようと御自由である。伊尹は長じてから料理人として湯王に仕えるが、あるとき白鳥の炙《あぶ》りものを作ってさしだす。湯王はそれを食べて感動し、世のなかにはほかにもまだこんなウマイモンがあるかとお尋ねになる。そこで伊尹は待ってましたとばかり名物の一覧表を作って提出する。肉、魚、野菜、果物、穀類、米、塩、さいごには水の名所まで書きこむのである。その領域は中国全土から中央アジアをこえてインドにまで達したというのだから凄い味覚帝国主義である。そして、ゆるゆると湯王に、天下を手に入れなければこれら名品を食べることはできません。天下をとれば何でも御自由です。『此の如きもの天子たるにあらずんば得て具ふべからず、天子彊《し》いて為すべからず、必ずまづ道を知る、道は彼に止り、己に在り、己れ成りて天子成る、天子成れば則ち至味具はる』と進言申上げた。湯王の心ゆらいで、たちまちまたしても戦争。夏を滅して帝位につく。伊尹は宰相となる。コショウがほしくてインドを征服したイギリスの植民地主義より遙か以前、蒼古の伝説の時代にすでにこういうぐあいであった。だから無名人たちが青銅の鼎にせっせと怪物の像を精魂こめて鋳こみつづけたのはまったく正確であった。本質は双頭の怪物なのだ。

もう一人の易牙はどうだ？

じつはこの連載の最終回——いつになるのかネ——そのときに人肉嗜食の話を書こうと思うのでこの人物はその回のためにとっておきたかったのだけれど、事の次第でここで出てもらわなければならなくなった。これは斉の桓公の料理人だが、あるとき桓公が、いろいろ御馳走は食べたけれどまだ人肉を食べたことがないといったので、さっそくわが子を殺して蒸焼きにして進上したという人物である。この点に興味を抱いて『中国食物史』の篠田氏と対談して尋ねたところ、おそらく妾が何人もいたにちがいないからそのうちの一人の子をやったんじゃないかとの御意見であった。ここでも饕餮ぶりはみごとに表現されているのだが、誰もこの易牙の行為を非難しないやつはいない。同時代でも後世になってからでも。

しかしわが子を料ったのは人道に反すると非難するのである。易牙は料理の天才だがと半ば認めておいて、しかし、その否定のしかたが全否定ではなくて、中国的なものの一つが表現されているように思われる。それから、易牙を非難はするけれど、桓公を非難したやつがあるとは聞いたことがない。コックを非難するのならばそういう人肉料理を命じたやつも同時に非難しなければ片手落ちだと思われるのだが、これをいっこうに聞いたことがない。もとより私は薄学寡聞、どこかで誰かがすでに非難しているのかもしれないが、それならば知りたいものである。(というわけで易牙は半否定、半肯定の形だけれど、料理人のあいだでは神様扱いで、大きな中華料理店のコックの部屋には今でも像がかかげてあるとのことである。今度、香港へいったら、『陸羽』あたりの名店のコック部屋を覗いてみようと思う。)

易牙と同時代に彼を非難したのは忠臣、管仲《かんちゅう》である。親友をとことん大事にした『管鮑《かんぽう》ノ交リ』のあの管仲である。桓公は饕餮だったから易牙を重用して、一時は宰相にしようかと思って管仲に意見を聞いたことがある。管仲は易牙の人肉料理をあげて、主君の意を迎えるためにわが子を殺して料理にするなど、人倫に背くもはなはだしいと進言する。桓公はそこで易牙を追放するが、桓公の死後、妾腹の子を太子にたてようとして易牙はカムバックし、ここで毎度おなじみの跡目争いのお家騒動となって宮中はてんやわんや。そのため桓公の死体はほりっぱなしで、死後六十七日めになってやっと棺に入れられたが、蛆《うじ》がわきにわいて部屋の外までぞろぞろ這いだしていたという。美食家で好色家でもあった桓公は三人の正妻のほかに六人の愛妾を持って、日夜、漂っていたのだとされているが、死ねば蛆の巣なのだから、ひどい話である。昔から中国にはこういう話がたくさんあってその政治的風土は酷烈をきわめ、オール・オア・ナシングである。現代の北京だけの話ではないのである。そんなもんなんだととっくに承知し覚悟したはずで——と思いたいが——政界に入ったのがやっぱりおなじようにオール・オア・ナシングの命運をたどって消えていき、いつまでも伝統が途絶えようとしないが、いったいこの酷烈が何からくるものなのか、私にはよくわからない。いや、まったくわからない。ただ読むたびに、ああまたかと思わせられて考えこむだけである。考えこんだところでやっぱりわからないので、ただもう、そんなもんなんだなと思っておくしかない。

つぎはワラビとゼンマイ。

魯迅の『采薇』を引用して、前回、伯夷・叔斉の新解釈を持出したのだが、これは竹内好氏の訳であって、竹内訳では『薇《わらび》』となっている。わが影はワラビとゼンマイのけじめもつかないのかと嘲るが、訳文に私は忠実だったたまでなのである。竹内氏にこの点をたずねてみたいところだが、氏はすでに白玉楼中の人である。

ただし、魚でも植物でも中国とわが国では字がおなじでも物がちがう場合がおびただしくあり、たとえば鮎はアユではなくてナマズのこと、鮪がマグロではなくてチョウザメのことだったりするので、『薇』がはたしてワラビであるのか、ゼンマイであるのか、それともまったくちがうものであるのか、ほんとのところはタイム・マシンに乗って周代までさかのぼり、首陽山へいってみなければわからないのである。篠田氏もこの点をとりあげ、『薇』がゼンマイなのかどうか、豆科植物だという人も多いと困惑しておられる。『薇』をゼンマイの漢名だとするのは誤りで、これはスズメノエンドウというあまり聞き慣れない植物なのだそうである。いっぽうワラビのほうは『蕨』が正しいという。しからば『薇』に『ワラビ』とふるのはどうなるのか。

どういうものか魚や植物の名はどの国でも地方地方によってコロコロと変るので、面白くもあるが悩まされもする。これが鉱物になると、ほとんど変らないので、奇妙である。魚や植物はそれだけ人びとの日常に親しまれて愛着が深いのだということなのだろうか。私は北海道へよく釣りにでかけるが、ヤマメがヤマべと呼ばれることと、海岸にすぐ近い野原の川でそれが釣れるという事実にいつまでも慣れることができないので、そのたびごとに新鮮な違和感が味わえて愉しいのである。しかし、物の本によると、ヤマメはヤマべのほかに、ヤモ、アメウオ、タナビラ、シマメ、アマメ、アマグ、アマゴ、クロソブ、ヒラメ、ヒラべ、アメゴ、エノハ、マダラ、マンダラなどの異名があるそうである。語源、語幹、語尾、どこをどうまさぐってもヤマメに接近、想起できないようなのがいくつもあるので、手を焼いてしまう。これが日本だけではなくて、アメリカでも、ヨーロッパでも、中国でもおなじなので、ナルホドネと呟きたくなるのである。たとえばキング・サーモンはアラスカでは、キングのほかに、タイイー、チヌーク、キナット、ブラック・マウス、クロスなどと呼ばれ、しばしば、ただフィッシュとだけ呼ばれることもある。川の王様だからである。

蘇東坡が詩で美味を絶讃した〝巨口細鱗〟の〝松江鱸魚〟とはいったいどんな魚なのだろうかという疑問がわが国の文人や釣師や文人釣師のあいだで永いあいだ論じられている。もっとも熱中したのは幸田露伴で、この人は一度疑いを起すと、とことん究めないではいられない気質の持主であった。あるとき、やっぱり蘇東坡のこの詩にひっかかり、わが国の鱸（スズキ）とおなじものなのかどうかと迷っていたところ、当時上海で『松江鱸魚』と銘うった魚の缶詰があると知り、にわかに金を送ってとりよせたところ、缶からでてきたのは小魚のドンコだったのでガッカリする。しかし、ドンコもよく考え、よく眺めてみれば、口は大きいし、鱗はこまかい。味はゴリやアラレガコその他の同族に見るようにたいへん繊美なものである。だから蘇東坡がこの小魚を食べてたちまち一筆走らせたということは充分考えられることである。しかし、露伴としては、ドンコよりはむしろ鱖魚ではなかったのかと思いたいところである。これはマンダリン・フィッシュと西洋人に呼ばれ、日本人はヨロシと呼んでいた魚で、形体はブラック・バスにそっくりの魚である。絶品の美味で鳴る。やっぱり巨口細鱗である。別名を桂魚、季花魚、花鯽魚とも呼ぶ。私はまだ食べたこともなく、見たこともないので、いずれ何とかしてと思ってるのだが、チャンスがない。ところが、いっぽう、中国の海へそそぐ河の河口には日本のスズキとまったくおなじ魚がやっぱり鱸魚と呼ばれて泳いでいる。スズキは河口からずいぶん上流まで河をさかのぼる魚で、川魚なのか海魚なのか見当のつけようのない魚だから、これが蘇東坡の口に入るあたりまで松江をさかのぼっていたとしたら、この魚はやっぱり巨口細鱗なのだから、当時そのあたりの鱸魚は日本の現在のスズキとまったくおなじ魚だったのだという一説をたてることも、それほど無理な説ではないということになってきそうである。

しかし、なかには〝鯉〟とか〝河豚〟などは和漢共通だから、こんなヤヤコしい想像で迷わなくてもすみ、蘇東坡が河豚のことを讃美して、死んでもいいと書いているのを読むと、ニヤリ、微笑したくなるのである。肉、魚、野菜、酒、茶、この詩人は行く手の前方と左右にあるものは何でも食べ、自分で料理も作り、かたっぱしから字におきかえて、流謫《るたく》、憂悶、配所の月を鬱々とながらもたまゆらたのしんだかと見える。幸田露伴の蘇東坡論は詩人への敬愛が随所にあふれた論であるが、篠田統さんのは〝食〟から詩人の業績を徹底的に調べあげたユニークな労働で、これはそのまま引用させて頂くことにする。莫大な数の蘇東坡の詩を総まくりして特に食膳をとりあつかったもののリストを作ってみたとおっしゃるのだ。それで、どんな野菜や果物や肉が登場しているかを分類してみたと。

蔬菜　菠薐草《ほうれんそう》・蘆菔《だいこん》・蔓菁《かぶら》・薺《なずな》・芥《からしな》・茵蔯・青蒿（ともにヨモギの類）・甘菊・藤菜・元脩菜（四川省名産）・蓴菜・韮・筍（猫頭筍・苦筍・凍筍など）・蘆笋（アシの芽）・椶筍（シュロの若い芽）・蕨・藷《さといも》・山芋・紫芋《つくねいも》・蓽撥（コショウの類）・白芽薑（ショウガ）・雪菌・黄耳菌（キクラゲの類）・乾菌

果実　梅・桃・李・桜桃・楂梨（サンザシ？）・枇杷・楊梅《やまもも》・葡萄・荔枝《れいし》・石蜜（ハチミツ）・柿霜（乾柿の白い粉）

魚介　鱸・白魚・河豚・鮆《えつ》・渼陂魚・縮頭鯿（ヒラウオの類）・蟹・江瑤柱（貝柱）

鳥獣　鶏・鴨《あひる》・豚・江豚《いるか》・羔（仔羊）・牛尾狸（ヤマネコの類）・竹鼴（野ネズミの属）・黄雀披綿鮓（スズメの鮓）・牛乳・杏酪（アーモンド入りヨーグルト）

茶　茶・建茶（福建省建州の茶）・山茗（茗は茶）・月兎茶（丸くてまんなかに兎が浮彫りされている団茶《固めた茶》）

他に無数の酒の詩。また、朝粥や豌豆《えんどう》大麦粥や湯餅（スイトン）、酢、醬《ひしお》、塩、豉（カラナットウ）、紅螺《にし》など……

竹外桃花両三枝
春江水暖鴨先知
蔞蒿満地蘆芽短

正是河豚欲上時

竹藪の外で桃の花が二、三本の枝にひらき、春の河水があたたかくなったことはまずアヒルが知り、ヨモギは地面にいっぱいだけれどアシの芽はまだ短い。いまこそフグが河をさかのぼってくるときだ。

というぐあいに詩人は食べに食べ、書きに書き、どんどん自分でも料理したのだが、死後に息子がバラしたところでは桂酒をつくったところが薬くさくてお屠蘇《とそ》みたいだったし、蜜酒をつくったところが腐っていたために飲んだ人がみな下痢したので二度とはつくらなかったとのことである。どうやらこの人、『解釈と鑑賞』には長じていたけれど実践のほうは怪しかったのではあるまいかと思われる。天二物をあたえずと微笑したくなる。

わが国の草野心平氏はハコネサンショウウオをピクピク生きたままのを丸呑みにしたり、シヨウブの花をサンドイッチにして食べたり、奇想天外だけれど、その生涯に食べた物と飲んだ物をことごとく詩になさったら東坡居士をたじたじさせることができるかも知れないのに残念なことである。〝食〟が現代詩に登場しないことが貧血症の最大の原因の一つではあるまいかとまじめに思うことがしばしばあるけれど、高村光太郎の浅草のスキヤキ屋の詩や佐藤春夫のサンマの詩など、すぐに思いだせるのはごくわずかしかない。この三十年間にいたってはほとんど何も思いだせないのは何としたことだろうか。

〝饕餮〟をとって東坡居士は自分で自分のことを〝老饕〟と号していたくらいであった。しかし、居士の潔癖や隠忍のことを思いあわせ、その文藻を思いあわせると、饕餮は饕餮だとしても双頭の怪物の形相はあらわれてこない。ゴヤの名作の一つに『巨人わが子を啖《くら》う』という画がある。巨人が白髪をふりみだして血みどろになり、わが子をにぎりしめて頭からバリバリと食べている図だが、その巨人の眼が爛々《らんらん》と輝きながらもおびえすくんでいるところに対照を妙法と体得していたゴヤの手腕がみごとに発揮されている。これは画集で見ると巨大な画のように思われるけれど、プラド美術館へいってみると、その小ささにおどろかされるのである。しかし、画面からたちのぼる暗澹たる気迫は館いっぱいにみなぎり、あふれて、あらゆる種類の怪異のスレッカラシとなったはずの現代の人間にもひたひたと迫り、のしかかってくるものがある。巨人の筋肉の怒張と眼にあふれる恐怖の形相は渾身の力技といいたい。いったい晩年に近づくにつれてゴヤは異形の者たちを描きつづけたけれど、怪異を描いた画家はたくさんあるのにそれをのびのびとした雄渾で提示したのは彼一人である。これとまったくおなじ構図で子供の血を吸う老怪をルーベンスが描いているのだが、天才と秀才はこうも違うものかと、まざまざ教えられる気がする。作家や詩人とちがって画家たちは東西ともに〝食〟をのんのんずいずい描きつづけたし、傑作はいちいち指を折ってかぞえていられないくらいたくさんあるが、ゴヤのこの作品は白眉、筆頭のそれとしなければなるまい。饕餮文様を見ても知覚できないときにはこの画を見ればよい。〝食〟の無残と悽惨の本質が一瞥で体感できる。ゴヤこそは饕餮中の饕餮であった。

さて。

さきの管仲が易牙を桓公から遠ざけさせたのは、主君に媚《こ》びてわが子を蒸焼きにするなど人の道に反するも甚だしいというのが理由であった。たしかに易牙は桓公の意に添いたくて子供を殺したかもしれないが、いっぽう〝食〟と料理の本質を考えると、そして、ほんとに易牙が骨の髄から美味求真の料理人だったとすると――いまは仮りにそうしておくが――かならずしもエライさんの御機嫌をとりたいだけが動機だったとは私には思えないのである。仮りに桓公が人肉料理をいいださなくても、いつか、どこかで、何かのチャンスに彼はおなじ行動に出たのではないか。出ずにはいられなかったのではないか。そういう人物ではなかったかと思いたいのである。

なぜかというと美食は即物そのものの行為ではあるけれど、同時に想像力に深遠に支えられた行為でもあるのだから、そうなれば人間、武器の開発や芸術や拷問などとおなじようにモラルもへったくれもあったものか、底なしのトコトン、昂進、邁進せずにはいられないのである。核心に想像力がひそむために創造という行為にはとめどがないこと、その実例の千変万化は日常に見聞するとおりである。百人の料理人や美食家が百人とも、いつか一度は、ちらりと、人間を食ってみたらと思うことだろうが、易牙はそれをすばやく実践にうつしたまでではなかったのかと思いたい。思うこととやることのあいだには一歩の差しかなく、同時に万歩の差もあるが、思うことがなければやることはないはずだから、易牙はやるべくしてやっちまったのだと思いたい。

　斉はいわゆる春秋戦国時代の一つの国で、かなりの大国であったらしいが、この頃ようやく鉄器が開発、増加はしたものの、武器と農具とにまわされて、衆庶の家には庖丁以外の鉄器は何もなかったらしい。すべて土器である。それも素焼きの土器である。料理法も素朴なもので、焼くのと、蒸すのと、煮るの、それに生《なま》食いか、乾燥品、つまり冷食、コールド・ディッシュが主流であった。一天万乗の君も小宴会ではコールド・ディッシュだった。乾肉がメインである。薄切り、厚切り、条《すじ》切り、骨つきの差はあるし、生《なま》肉、塩漬、塩辛、ひしお、膾（酢のもの）、米のとぎ汁につけたの、脂につけこんだものなどもあったけれど、マ、百花斉放、百家争鳴の現代のような飽食時代に棲む人間から見れば薄膳も薄膳、粗食も粗食、トテモ、トテモというような段階である。だから桓公が山海の珍羞に飽いて八珍をことごとく知ってしまったのでたいくつだといいだしたところで、タカが知れてるのである。このうえは人肉料理あるのみなどというのは無知も甚だしいとしなければなるまい。しかし、想像の原材料がそんなにとぼしいものであっても当時としてはそれだけしか知られていないのだから、それらを全部食べてしまえば、天下の美味をことごとく究めたことになるのであり、しかも想像力が疼《うず》いてやまず、トコトン昂進せずにはいられないとあってみれば、それだけは古今変ることがないのだから、やっぱり、人を食ってみたいといいださずにはいられまい。当然である。現代の美食家も古代の美食家もこの一点ではまったく変るまい。そこで、やおら、易牙は家へ帰って、濁酒をすすりながら庭で泥をこねてママごと遊びに夢中のわが子の肉づきぐあいをじろじろと観察することになる。つぎつぎと抱いてみて、それとなくわき腹や、お尻や、腿などを撫でたり、つまんだりもしたことであろう。精神としては現代日本の一人の作家が腹を切ったように彼はわが子を切ったのではなかったか。

スパイは食いしん坊

この分野でスリラーを書く技術についてわたしがした貢献は、諸君のどこもかしこも、それこそ味蕾《みらい》に至るまで、一切を刺激しようと努めたことである。たとえば、わたしにはどうしてもわからないことだが、どうして本の中の人物たちは、あんなにもあっさりした貧弱な食事をしなければならないのだろうか。イギリスの小説の主人公たちはお茶とビールだけで生きているように思えるし、その連中がたっぷりした食事をとる時には、それがどんな内容なのか、ついぞ聞かされたことがない。

００７の生みの親のイアン・フレミングはスパイ小説の書き方についてのエッセイを書き、そのなかでこう呟いている。まことに適切な指摘である。マンガじみたスパイ小説だろうと純文学だろうと、これは共通の現象であるが、イギリスの小説だけについていえることではなくて、古今東西の文学についていえることだろう。この傾向は時代を追うにつれて激しくなり、濃くなり、顕著になるようである。それが作品そのものを栄養失調にさせる重大原因の一つではあるまいかと思えるが、これは今迄《まで》の回で指摘しておいた。しかし、ここでもう一度、繰りかえしておくのである。

フレミングのこのエッセイは楽屋裏を語っていてなかなか面白いのだが、ダンナ自身は美食家でもないし、通《つう》ぶるのも嫌いなのだそうである。自分としては炒り卵が好きなのだそうで、これは作品のなかでよくミスター・ジェイムズ・ボンドの食卓に登場する。たいてい一日の始りの朝の食事である。細菌狂や黄金狂の悪玉を相手に命がけの荒業を挑まなければならない一日を炒り卵でスタートさせるというのは対照の妙があって笑わせられるが、ちょっとシンミリさせる効果もあるようだ。ところがダンナはつい熱中するあまり、『死ぬのは奴らだ』で何度も何度もボンドに炒り卵を食わせたところ、出版社から忠告がきたという。つまりこうしばしば炒り卵を食べるようだと、ボンドが尾行された場合、尾行者はレストランに入って、ここに炒り卵を食べる男がこなかったかとたずねさえすればよいことになって、たちまち一巻の終りである。ナルホドと思ってさっそくダンナはゲラを読みかえしてメニュを変更したとのことである。ひところ松本清張氏の下積み刑事はエビの天丼ばかり食べていたが、ベテラン中のベテランもついつい私情に犯される。心すべきことにこそ。

フレミングのダンナはスパイ・スリラーに御馳走話を挿入するのは苛烈、無残、流血で終始する物語を単調と陳腐から救うためだったと書いているが、たしかにこれは賢明である。ボンドはのべつ綱渡りさながらの荒業に挺身しなければならないのだから、こなれのいい物を食べてから出動しなければならないわけだし、荒業が完了すれば美女と休暇と金が待っているけれど、たいていのアクション小説がそうなのだから、ここは一番、ブルゴーニュの飛切りを一本添えた御馳走を食べさせて、読者諸兄姉にもリラックスして頂きましょうとダンナは考えたのである。しかし、それにもいろいろとコツがあって、その一例をあげれば、たとえばつぎのようである。

つまり、「彼は〝本日の特別料理《プラ・デュ・ジュール》〟——すばらしいコテージ・パイと野菜と、それから自家製トライフル（これはおかしなところは少しもない、まず穏当なイギリス風メニューだとわたしは思う）——であわただしく食事をすませた」と書くかわりに、「〝本日の特別料理〟というやつは一切本能的に信用してなかったので、彼は両側を焼いた目玉焼き四つと、バターをつけた熱いトーストと、それからブラック・コーヒーの大きなカップとを注文した」と書くのである。この場合値段には違いがないが、次の諸点に注意すべきである。まず第一に、われわれはみな普通昼食とか夕食に取るような食事より、朝食の食べ物の方を好む。第二に、これは自分の好むものを知っており、しかもそれを手に入れる自主的な人物である。第三に、目玉焼き四つはいかにも男の食事といった感じがあり、しかもわれわれの想像の中では、ブラック・コーヒーの大きなカップは、目玉焼きとバターをつけた熱いトーストという、たっぷりした脂っぽい感じのあとの味蕾にいかにもしっくりくる。

炒り卵が目玉焼きに変っただけのことで、このダンナ、よくよく卵に目がなかったと見えるが、世界中の美食はすでにあれこれと作品のなかで紹介しておいたから、極意皆伝のほうは軽くすませておこうということなのかもしれない。しかし、その〝極意〟も本質はたった一つで、自分を喜ばせ刺激するものをペン先から流れるままに書くまでのことだとのことである。つまり娯楽小説の妙諦もまた、自分がしてもらいたいと思うところのものを他人にあたえようと努めることにあるという鉄則である。

007シリーズはサーヴィス満点の大人の紙芝居であった。カー・マニア、ガン・マニア、ファッション・マニア、あらゆる種類のマニアを満足させると同時に観光案内としてはベデカーであり、美食案内としてはギィド・ミシュランの役も果した。お噺《はなし》そのものが突飛きわまるものなのでスポーツカーのエンジンだの、ピストルの弾倉だの、リッツ・ホテルだの、カスピ海でとれたチョウザメのキャヴィアだのというあれこれの細部をしっかりみっちりと書きこんで現実感を確保し、気球が空へ舞いあがってしまわないように作品を地上に縛りつけて、読者を安堵させたのである。少しいいかたを変えると猥本が〝スー〟、〝ハー〟と書くところをカーだのガンだのの細部でやったのだから、これはポルノグラフィではなくてカーログラフィ、ガンノグラフィと呼んでいいようなものだった。そして春本は出来のよしあしにかかわらずいつでも〝大人の童話〟なのだから、これもまたそうであった。今からちょうど二十年前に007は登場し、たちまちボンド旋風を発生させ、本がホット・ケーキのように売れたのだったが、当時ロンドンで出た批評のなかにはこのシリーズにあふれるサディズムがいかんとか、思考する人間のスピレーンだとか、インテリ好みのファシストだとか、いろいろあったが、私にはことごとく大人気なく見えた。フレミングのダンナは、威風堂々、私は金のために書くのだ、私の本は汽車や飛行機のなかで読まれ、そしてそこへ置き忘れられるのだといいきった。しばらくしてからフォーサイスが登場して『ジャッカルの日』を発表し、これまた徹夜で読まずにいられないパルプ小説だったが、著者は満々の自信をこめて私のは文学じゃないといいきり、二作か三作書いて金をつかむとスペインに牧場を買ってさっさと引退してしまった。こういうダンナ衆のあざやかな進退ぶりには毎度のことながら脱帽したくなる。まるで居合抜きである。おれは職人だ、ゲイジュツ家じゃないといいきって職人芸に徹するところが気持がいいのだ。思わせぶりなブンガク・ムードを漂わせたりしてもぐもぐと二枚舌を使ったりしないところが爽やかなのである。汽車や飛行機や新幹線の網棚に捨てていきたいパルプはゴマンとあるのだからそいつらをおしわけかきのけて時代と事物と人生にくたびれきったオトナたちを二時間か三時間、忘我にさせるにはよほどの芸がなければなるまいが、ダンナたちの職人仕事はあっぱれなものであった。

推理小説のトリックが種切れになって犯罪小説、風俗小説、警官小説などに転生してからというもの、私はこの種のものをすっかり読まなくなったが、スパイ小説を読む愉しみはやめられそうにない。新作が出るときっと買ってきて読むことにしている。本業のほうの締切日が切迫してドンづまりになった日でもイライラはらはらしながら読みふけってしまう。子供のとき、試験の日が迫れば迫るほどいよいよ押入れのすみっこに這いこんで山中峯太郎や江戸川乱歩にうつつを抜かさずにいられなかったけれど、いつまでたっても変らない。スパイ小説はどんな傑作でも一度読んだらそれきりで、二度と繰りかえして読む気は起らないので、かたっぱしから忘れてしまうが、二十年も三十年もたつと、オトナになってから蛸《たこ》の八ちゃんやのらくろの漫画を読みかえすような、ほのぼのとした懐しさが頁からたってくる。あの阿呆なスピレーンですらそんなことになるから、時間の作用はおそろしい。昔のスパイ小説を読みかえすこの愉しみは昔の漫画を読みかえすそれであるが、同時に昔の新聞を読みかえすときに味わうものと一脈通じあっているような気もする。スパイ小説は冒険小説から派生して独立的に発達した大人の童話ではあるけれど、ジャーナリズムでもあるのだから、日焼けして黄ばんだ新聞におぼえるのとおなじ匂いがたってくるのはきわめて自然なことである。

初期のスパイ小説の名作の一つにジョン・バカンの『三十九階段』がある。これを久しぶりに読みかえしてみると、ドイツのスパイ団を向うにまわしての大活躍がストーリーの骨子となっているが、晴朗、爽快、温厚、優雅の筆致に時代のへだたりをまざまざと感じさせられる。それは『三銃士』や『鉄仮面』や『紅はこべ』などとおなじ騎士道ロマンで、その亜種または変種と呼ぶよりはそのもの自体だといってもよさそうである。この著者の略歴を〝解説〟で読むと、十九世紀に輩出したあの圧倒的な、多面的な巨人族の一人であったとあらためて教えられる。バカンはその生涯のうちに弁護士、政治家、軍人、総督、ビジネスマン、小説家、歴史家、評論家、詩人、戦時特派員、情報局員などを経験し、死んだときはカナダ総督だったそうである。スパイ小説は趣味で書き、バスのなかやヒゲを剃ってるときなどにプロットを考えたという。ずっと後世になってフレミングが登場するが、ダンナも経歴はなかなか多彩である。ロイター通信の記者、証券会社の共同経営者、タイムズ特派員、海軍中佐、海軍情報局員など、など、など。語学は母国語の英語のほかにフランス語、ドイツ語、ロシア語。四十三歳まで独身生活をエンジョイし、その年で結婚したが、独身時代のように気ままに暮せなくなってイライラしたものだから、その解消にスパイ小説を書きだしたという。バカンにしてもフレミングにしてもおびただしい〝経験〟という身銭を払って生きた。金そのものもおびただしくかかっているが、書くについては何よりも経験の豊富さが文体を肉厚く裏うちしたものと思われる。彼らの一生そのものを私小説として書いてもスパイ小説や冒険小説になりそうである。淡々と私小説として書いても経験そのものが多彩だから、執筆の意図にまったく反した結果のものとなりそうである。昔、芥川龍之介はスペインの作家、ブラスコ・イバニェスの波瀾多い生涯をつくづく羨《うらや》む一文を書いたことがあったけれど、その羨望、反省、嘆息はいまだにわが国では吐きつづけられている。夜ふけに。ひそかに。あらかさまに。あちらで。こちらで。

推理小説やスパイ小説はまぎれもなく〝近代〟の分泌物である。少くともこれまでに判明しているところでは、〝近代〟のない国ではこれらの知的遊びは生産されなかった。外国産のそれらが輸入され翻訳されてエンジョイされることはあってもその国で生産されることは、まず、なかったし、いまでもないし、おそらく今後もないだろうと思われる。活字による将棋とも呼ぶべきこの種の遊びが許されて楽しまれて成熟するためにはその社会の知的エネルギーの総和からあらゆる種類の禁欲的戒律による抑圧を引算してもまだまだ残る余剰がなければならない。それがどう利用されようとも法的に保護される余剰がなければならない。それが保護するものを制度の面から眺めると、少くともこれまでに判明しているところでは複数党制による議会制度であった。たとえそれがあってもこういう遊びが創案されなかった国、またはほとんど評判を聞かなかった国は、たとえばスイスのように、いくつかありはするけれど、まずまずこれが原則であることはハッキリしているようだ。たとえばわが国で推理小説が生産されたのは戦前と戦後であって、軍部独裁による戦中にはまったく圧殺されてしまったという事実を見れば、一つの例証となるだろう。しかし、推理小説はかなり品質の高いものが早くにわが国では生産されているのに、その兄弟であるスパイ小説となると貧困、お粗末をきわめているという事実は何からくるのだろうか。雨の降る日に薄暗い寝床のなかにもぐりこんで、外国産の、輸入物のスパイ小説ばかり読みながら、ときどき考えることがある。007シリーズは現実感あふれるナンセンスだけれど、読み方によってはフレミングの意図とはまったく離れてそれはスパイ小説そのもの、または現代の政治そのものにたいする痛烈な嘲罵となることがある。どの分野でもナンセンスとかパロディーというものはセンスがよほど成熟、爛熟して種切れになりかかるところまできてから発生するものである。そしてスパイ小説というものは政治的現実とそれを報道するジャーナリズムの成熟と平行して発達してきたものなのだから、あちら産のこれと、こちら産のこれとのお話にならない落差は、こちらの書き手の政治感覚が半煮え、ジャーナリズムが半煮え、民主主義が半煮え、外国と外国人についての知識が半煮え、感覚が半煮え、職人根性が半煮えだということになる。ヴィーナー・シュニッツェルからトンカツを創案し、それのつけあわせにキャベツきざみを添えるという非凡の妙手を編みだし、さらにカツ丼というあっぱれな異種へそれを発展させ、ついでにショウガ焼きという奇手まで考えだした料理人の職人感覚とくらべると、わが国のパルプ作家の怠慢はどう罵られても反論のしようがない。

さて。

食卓談話というものはいきあたりバッタリの乱調のうちに自然の調和がとれるという性質のものである。そのつもりで私もこの連載をひきうけ、毎度毎度デタトコ勝負でよしなしごとを書きつづってきたのだが、どういうものか、毎度毎度、酷烈、無残、悲惨に終るエピソードばかりであった。特にそればかりをめざして〝史実〟をあさったわけではないのだけれど、資料をそろえて書きにかかってみると、いつもそんなふうに終ってしまうのだった。人の一生の本質は二十五歳までの経験と思考が決定するという原則を考えれば、やっぱり、サクランボのような唇をしていた年頃にオトナになりたい一心で闇市で空《すき》ッ腹にドブロクだの、バクダンだのというまやかしをしたたかに飲んだために、ついついこうなってしまうのだろうかと、反省してみるけれど、いまさらどうしようもない。そこで今回はちょっと気分を転換してみたくなってスパイの味覚というテーマを選んでみたのである。スパイ、ギャング、殺し屋、マフィアという連中、ことごとく本の白い紙のなかで教えられるばかりで、私の身辺には一回も観察の機会がない。芥川龍之介とおなじように生活圏の狭小を嘆くしかないが、フレミング・ダンナは作品に現実感をあたえるためと、対照の妙をだすためと、読者をリラックスさせるためにボンドに朝食は炒り卵だとか、両側を焼いた目玉焼き四コだのを食べさせ、一件落着前後にはフロリダの石蟹のバター揚げだの、カスピ海の南でとれたチョウザメのキャヴィアだのを食べさせた。それは小説作法としてなかなか賢明な手段であり、取材も愉しくて、趣味と実益がさぞや一致したことだろうと羨望したくなるが、現実でもどうやら手荒い連中は御馳走に目がないらしい。いろいろなギャングや殺し屋やスパイのドキュメント——まじめなの。もしくは、そう思えるもの——を読みあさってみると、これらすばしっこい右手の持主たちは、たいてい食いだおれで、めいめい自分のひいきのレストランを裏町に持っている。または、お好みの料理というものを持っていて、なかには自分でキッチンへいって、手の血を洗ったあとで、コトコト鍋を煮る者もあるらしい。殺しのあとの神経を鎮めるためには絶好の妙法だと思えるけれど、しばしばこれが度を越すことになり、金につまって、ただうまいモンを食いたいためにだけ人を殺しにでかけるということも発生するらしい。前回にわが子を蒸焼きにした易牙のことを書いたけれど、こうなれば一歩か二歩の違いである。

ジェイムズ・ボンド氏は自分では料理を作らない。彼は註文し、解釈し、鑑賞するが、料理は作られたのを食べるだけである。ボンド氏以後——著者たちはめいめいそれ以前からだといいたいだろうが——スパイ小説ではチラホラしきりに食事の話が登場するようになったけれど、それでも、たいてい、ヒーローたちは、作られた御馳走に眼を細くしているだけである。ところがここに一冊のスパイ小説があって、これは全篇ことごとくといってよいくらい食談が登場するばかりか、主人公がじかにキッチンへいって自分で料理をする。しかもそれがたいてい危機の肉薄してきた状況で、追手というのがナチスのゲシュタポ、ソヴィエトのKGB、イギリスのM機関、フランスの第二局、マルセイユのギャング、アメリカのCIA、世界中のその道の猛烈屋ばかり。それらをかたっぱしから手玉にとって御馳走を作ってたぶらかして逃げるという愉快で優雅な悪漢小説である。よくできたスパイ小説を読むたびにまだこんな手がのこっていたのかと感心させられるが、この作品を読んだときにも、着想の非凡さに唸《うな》らされるばかりだった。しかも著者が食いだおれのフランス人ではなくてウィーン生れだけれどドイツ人だというのだから、虚を突かれた。J・M・ジンメルの『白い国籍のスパイ』である。（原名は『必ずしもキャヴィアがある必要はない』。このほうが内容にピッタリ照応しているし、ピリッとくるし、想像を刺激されてよろしいのだが……）

　この翻訳は三年前に出版され、当時一読して脱帽したものだからそのころ某誌に連載していたエッセイ一回分を費して紹介したのだけれど、その後スパイ小説は何冊も出版されはしたもののの食談のユニークさでこれをしのぐのは一冊もないから、ここでもう一回とりあげることにする。バートランド・ラッセルはこれを読んで作者はイギリス人だろうと思ったそうで、こんなにユーモアに富むドイツ人がいるとは考えられなかったからだと洩らしたというが、同感である。イギリス人のことを〝牛肉食い《ビーフ・イーター》〟、フランス人のことを〝蛙〟、イタリア人のことを〝マカロニ〟、ドイツ人のことを〝クラウツ（キャベツ）〟と呼ぶアダ名の例があるが、人を罵るのにその好物料理を持ちだすのは優雅と鋭さが同時に味わえるので悪くない手法である。ドイツ人は例の骨付の豚《アイスバイン》の脛肉にたっぷりとザウアークラウト（キャベツの酢漬の煮たの）を添え、キャベツと肉とマスタードをたっぷりまぜあわせて食べるのが大好きで、だからキャベツ野郎などと呼ばれるようになったのだろうが、むしろ〝カルトッフェル（ジャガイモ）〟というほうがピッタリくるように私などは感じる。ビーフ野郎については『イギリス人にセックスはない。あるのは湯タンポだ』という悪口がある。キャベツ野郎については『一人のドイツ人は哲学を書く。二人のドイツ人はオーケストラを演奏する。三人のドイツ人は戦争をする』などと痛烈な一口噺が流布された時代があったけれど、この三十年間の平和はゲルマン史上稀有《けう》の出来事といってよろしいかと思われる。何しろドイツ人が毎夏休暇にでかけ、ドイツ男がラードや水ではなくてヘヤトニックを頭へふりかけ、ポルノが公認され、ドイツ・マルクが久しくドルより強力を誇り……などという一切の現象がことごとくそのたびに〝ゲルマン史上空前〟と呼ばれる。そういう背景だものだからイギリス人のようにユーモアに富んで、フランス人のように料理に精通した、洒落た、そして痛烈なこういう作家が登場することとなったのかもしれない。この人のこの作品のユーモア、痛烈、優雅の舌ざわりをしいて他のドイツ作家に求めるとすればケストナーがあるが、ほんとに珍しい例である。

この作品にはジョセフィン・ベーカーやイヴ・クーストーやフーヴァー長官などが実名のまま登場してそれぞれの役を演ずる。そしてこのトーマス・リーヴェンという主人公が実在の人物であるかのように書かれているが、どうやらそれは事実らしい。あるフランスの作家の書いた『赤いオーケストラ』というスパイ・ドキュメントにこの人物と会ったときの印象記が書かれてあったので、その部分はごく短いものだが、おかげでモデルがあったのだなとわかった。ところがこの作品とそのインタヴュー記事とでは同一人物のはずなのに性格がまるで正反対となって書かれてあるので、その点が興味深く読める。この作品に登場するトーマス・リーヴェンはドイツ人だけれど、お洒落なプレイボーイの平和主義者で、酒と女と唄、そしてパイプと古い家具とクラブが大好きで、どこへいくにも蓋《ふた》つきのチンチンと鳴る古風な懐中時計を持ち歩き、その場その場のありあわせの材料でみごとな料理を作りあげる。そういう青年がひょんなことからスパイ戦争に巻きこまれて心ならずも各国の情報機関からつけ狙われ、全ヨーロッパを転々として歩く遍歴記が物語になっている。『寒い国から帰ってきたスパイ』の暗鬱もなく、むしろスパイ小説の元祖である騎士道ロマンに先祖返りしたような朗らかさがいたるところに漂っている。それでいて現実感と痛罵があり、現代のスパイ小説としてはまったく横紙破りである。こういう珍重は何年かたてばまた読みかえしたくなるにちがいないから、私としては稀れなことだが、本棚にのこしておくこととする。

００７シリーズは観光旅行と美味珍味のガイドブックでもあるとさきに書いたが、こちらは料理のハウツーであり教科書でもあって、ひとつひとつ材料の選び方、焼き方、煮方まで書きこんであるのだから、凝りようでいけば００７はとても足もとにも寄れない。著者のジンメルのこの面での取材、投資、勉強熱心はまことにあっぱれである。一例をひくと開巻冒頭から主人公が若い女中にサラダの極意を伝授する光景があるが、つぎのようである。

「オーケー、じゃあひとつ、すてきなサラダの作り方を伝授しよう。ところで、これまでやってきたことは？」

キティは、バレリーナのように膝をかがめてうやうやしくお辞儀した。

「二時間前に中ぐらいの大きさのレタスを二つ、水に浸しました、旦那様。それから固い柄を捨てて、柔らかい葉だけをより出しましたわ」

「その柔らかい葉をどうしたのだっけ」

と彼は促した。

「それをナプキンに入れて、ナプキンの四隅を結んで、旦那様がナプキンをお振りになったのです」

「振りまわしたんだ、キティ。水気を最後の一滴まで切るために振りまわしたんだよ。葉っぱを完全に乾かすことが一番肝腎な点だ。さて、これからがサラダソースの調味に細心の注意を払わなければいけないところだ。ガラスボウルとサラダフォークをこっちへよこして」

キティがたまたま主人の長いほっそりした手に触れたとき、甘美な戦慄《せんりつ》が彼女の体内を走った。

ナチスがパリを占領したときに主人公はアメリカ人だと偽って、いやいやながらフランスの諜報機関に強制的に組みこまれるままその機関員全員のアドレスを記した重要書類を持たされて逃亡を計るけれど逮捕され、ジョルジュ五世ホテルにあるナチスの本拠につれてこられ、フォン・フェルゼネック将軍にじきじき訊問されることになる。将軍は彼をアメリカ大使館員だと思いこんでいるので食事でもしながらゆっくり話しあいましょうといいだす。そこで〝野戦食〟をといって提供したところ、主人公はドイツ人だと見破られないよう、重要書類を持っていることに気づかれないよう、冷汗をたらたら流しながらもさあらぬ顔つきで野戦食を改善するよう、その料理法を将軍にむかって説くのである。

「ずっと以前から知りたいと思っていたことを、ひとつお尋ねしたいのですが。閣下、ドイツの軍事食にはソーダを混ぜるというのは本当ですか？」

「そういう噂《うわさ》が根強くはびこっていますな。私としては、それについて何とも言えません。私も知らないのです。ただ、兵たちは数カ月も戦闘に出向いていることが多いし、妻からも遠くはなれて従軍しているわけだし……これ以上申す必要はありますまい」

「おっしゃる通りです、閣下。それはともかく、いかなる場合にも役に立つのは玉葱《たまねぎ》です」

「玉葱？」

「ジャガイモ・シチューのこつは、一にも二にも玉葱です。幸いフランスには玉葱はふんだんにあります。からくりは至って簡単。牛肉と同量のジャガイモ、それにマヨラナと細かく刻んだ砂糖酢漬けの胡瓜を用意します。そして……」

こういうあたりを読んでいると、アメリカ兵の精力を減退させるためにサイゴンのPXに送りこまれるメンソール・タバコはとくに薄荷を強くしてあるんだそうだと、まことしやかな口調で、十二年前、九年前、よく耳もとでささやかれたことを思いだして、ニンマリ微笑したくなってくる。また、二十余年前、作家として登録されるより以前の頃、洋酒会社の宣伝部員として、明けても暮れても私はハイボールの宣伝に没頭していたが、いつからか誰がいいだしたのか、ウィスキーをソーダ水で割るとインポになるから水割りのほうがいいのだという噂がたち、必死になって防戦につとめたけれど、とうとう水割りにやられてしまったこと、いまだにそれがつづいて水割り大流行がいっこうに衰える兆しのないことなどを思いあわせたりする。薄荷やソーダ水でほんとにアレはおとなしくなるものなのだろうかネ？　たかが煙や泡水《あぶく》で？……

《心に通ずる道は胃袋を経由する》という意味の諺はたしかイギリスのものだったと思うが、危機に襲われるたびに、どうです、何かうまいモンでも食べながら相談しましょうやといって主人公がいそいそ鍋のまえにたち、影の戦争の猛烈屋を手玉にとったりとられたりするこの一篇は、ねじれゆがんで萎《しな》びてしまった現代人の頭と心を、雨のしとしと降る夜ふけ、枕のうえで、ひとときときほぐしてくれる。イデオロギー闘争や、戦争や、陰謀や、ナショナリズム狂熱などを〝食〟で解毒《げどく》しようとする著者のラブレー風の意図はみごとに成功している。くつろぎと、優雅と、素朴がこの複雑の時代にたいする硫酸より強い批評、または嘲罵となることを、この人はとことん、さりげない口調で実証してみせたのである。こういう卓抜な大人の童話を読んでいると、ついついチェーホフの呟きを思いださずにはいられない。『おなじことをするにもいろいろな方法があるというものですよ、あなた』という、あの低いが耳にしみる呟きを。

日本の作家たちの食欲

文豪、文学者、文士、作家、小説家、物書き、ライター、先生、センセー……呼び方はいろいろと変る。これが新聞や雑誌の広告面では、〝才〟についてもさまざまな呼び方をされ、〝天才〟からはじまって〝鬼才〟、〝奇才〟、〝英才〟、〝俊英〟、〝俊秀〟、いろいろと変る。わが国にも一応、広告の規制法というものがあって、誇大広告はいけないということになっているから、たとえば万人渇仰の毛生え薬についてなら、〝サッとひとふり、一夜でフサフサ〟というのは事実に反する誇大広告ということになるから禁止されるので、せいぜい、〝チクチクと嬉しいキザシ〟のあたりでおさえておかなければいけない。しかし、〝才〟などというものは、科学的測定がまったく不可能なので、〝天才〟と呼ぼうが〝鬼才〟と呼ぼうがまったく自由である。それが〝誇大〟であるか〝事実〟であるか、人によってどうにでも変ることなのだから、出版の世界だけはまったく野放しのアナーキーを愉しんでいる。呼ばれたほうも呼ばれたほうで、どう呼ばれようがただもう呼ばれるだけでソワソワとなるたちだから、しばらく〝天才〟と呼ばれつけたのがいつからか〝鬼才〟や〝巨匠〟と変ることがあっても、いっこうに差別だ、蔑視だといってダダをこねたという噂は聞いたことがない。だから、〝質〟の表現に関するかぎり、出版界には誇大広告というものがないのである。

しかし、ひょいと石を投げたらあたる程度のどこにでもいる鬼才なのか、女房に鼻さきであしらわれてる異才なのか、また文豪なのかセンセーなのか、呼ばれ方は呼ばれ方だとしても、暮しぶりにはさほどの差がない。ドストイェフスキーのようなバクチ狂のテンカン病みの噂も聞かないし、バルザックのような破滅的大食漢の噂も聞かされない。みんなモノを書くときにはホテルか自宅かはべつとして一室にたれこめたきり、すわったきりで、タバコ、酒、睡眠薬、覚醒剤などをチャンポンにして胸苦しくもうつろな〆切日を送ったり迎えたりするのにやたらいそがしがっている。こう書いている小生もその一人として沼沢地のボウフラの一匹として二〇年間浮いたり沈んだりを繰りかえしつづけてきて、昨今は、髪がぬける、腹がでる、物おぼえがわるくなる、酒に弱くなる、胆嚢をぬかれると、ないないづくしのお手本みたいである。一室にすわりこんだきりでアルコールとニコチンに攻められっぱなしだから、日夜ひたすら精出して諸病万病の製造にいそしんでいるようなものである。だからこういう先生方の舌と胃はめちゃくちゃになっているはずで、そういう舌と胃に歓迎されるものは、こなれのいい、口あたりのいい、よわよわしい、淡々《あわあわ》としたものということに、どうしてもなってくる。こってりとした、何種もの香辛料を含んで何時間もかかって層々累々と煮込んだソースで攻めたてにかかる西洋料理よりは、せいぜいベーコン炒めが一片か二片入っているきりの淡々とした玉子雑炊をふうふう吹きつつ食べるほうが心身にミートする、というぐあいになってくる。そのうちにそんな西洋雑炊よりは何も入っていないお粥、茶粥がいちばんいいということになり、もっぱら懐石料理をホメてまわるということになる。つい昨日まで、フォアグラはストラスブールかペリゴールか、煮てソースをかけたのがいいか、それとも〝素《す》〟のフレ・ナチュレルがいいかとリキんだ議論にふけっていたのが、今日になると、ソバは無味の味が身上だ、『一茶庵』か『藪本家《ほんけ》』かと声低く論じだすようになる。

明治以後の作家の書いたものをあれこれと考えて、〝食〟を正面からとらえたものがあっただろうかと指を折ってみるが、焦点がいつもボヤけてしまう。仮名垣魯文《かながきろぶん》の『安愚楽鍋《あぐらなべ》』とか、村井弦斎の『食道楽』とか、木下謙次郎の『美味求真』などは誰でもすぐに思いつくところだし、ずっと後代になってからは大谷光瑞《こうずい》の『食』という労作の名作も登場し、これらをつなげるだけで立派な、それぞれの時代の、食習史、食思考史、文明史、または文化史というものが書ける。日本史をこの面から通貫して追求したのでは宮本常一氏の実篤な労作がある。それらを点綴《てんてい》していけば少くとも一回分の〝論〟は書けるわけだけれど、ことごとく他人の労作のダイジェストであるし、子引き、孫引きで終ってしまう。これまでにすでに中国を扱った章で篠田統氏の非凡の労作を引用して半ば近くを埋める仕事をしたことなので、それはどうしても気がすすまないのである。作家たちはくたびれた舌と胃をなだめるために私生活上ではこなれのいい、口あたりのいいものを食べ、そしてしばしば、そこへいったというだけで肩身の広い思いをできる名家や老舗《しにせ》へ食べにでかけているし、そのことを日記や随筆などでちらほら書きもしているのだけれど、それだけで口を拭ってしまう。〝食〟をあげつらうのはいやしいことだと感ずる武士道や、葉隠れや、儒教や、修身教科書などの禁欲原理に束縛されて、たとえ御馳走を食べたその瞬間には骨髄から恍惚とすることはあっても、その家を出て自宅の書斎にもどると、チャッと黙ってしまうのだった。

つまり、〝食〟は、ことに〝美食〟は、放蕩であり、情婦であって、あらわには語れないことなのだった。女についての放蕩や耽溺《たんでき》はあることないことここを先途と書きたてるのに、死ぬまでつきまとうもう一つの深刻な欲望についてはピタとペンをとめてしまうのだった。性、金、虚栄、権力、食、眠と、人をふりまわす根源的にして不定形なるものはいくつもあるけれど、明治以後、今日までの作家が、これらの原衝動のうちのどれだけにうちこんでみごとな成果をあげはしたものの、他のどれだけを無視してしまったかは、読者のほうがよくごぞんじである。〝食〟をさまざまな文体と、あらゆる瞬間の一瞥で直視したあとで作品の核ともし、痛切な細部としても活用したのは、よく考えてみると、明治以後の作家ではなくて、むしろ江戸期では芭蕉《ばしょう》と西鶴《さいかく》であったと気がつくのだが、これはべつの稿で書くこととする。事ほどさようなくらい貧寒をきわめているわれらが文学識域なのだけれど、それでいて作家として一度登録されてバー通《がよ》いをはじめると、おどおどと何夜もたたないうちに〝先輩〟の一人、二人につかまり、耳もとで、女と食いものが書けなけりゃ一人前じゃねえよ、おまえさんと、それ自体は身ぶるいのでるほど痛烈的確な啓示を浴びせられるのだから、この識域の暮しは楽じゃない。女も食いものも書いていない先輩がそういってしごいて下さるのだ。

英明なる読者《みなさん》はすでに食欲と想像力、または食欲と創作についての隠微にして深広なる関係ぶりをくわしくごぞんじである。また、そういうことをいいだせば、何人かの人はたちまち高村光太郎の牛鍋、かのむらむらとねちっこい詩を思いだされることであろう。この詩は最高のスキヤキ・ソングであるが、誰でも発端の二、三行は知っているものの、誰もまともに最後まで読みとおした人はいないらしいので、それではピーナツを肴《さかな》にビールを飲んだだけでギュウには箸もつけないでダウンということになるから、この際、ゆっくりと、一行一行、最後まで読んで頂くこととする。いささか中途で退屈してモタレてくるところがあるが、何しろテーマがテーマなんだから、それは避けられない。むしろこの詩のそういう悪モタレのする野暮なところが、一篇の本質となっているかと思われる。いまどきこんな野暮なむきつけの詩を書いて下さる人はいないから、〝わからない現代詩〟の解毒剤としてもうってつけかと思われる。

米久の晩餐

八月の夜は今米久《よねきう》にもうもうと煮え立つ。

鍵なりにあけひろげた二つの大部屋に
べつたり坐り込んだ生きものの海。
バツトの黄塵と人間くさい流電とうづまきのなか、
右もひだりも前もうしろも、
顔とシヤツポと鉢巻と裸と怒号と喧騒と、

麦酒瓶《ビールびん》と徳利と箸《はし》とコップと猪口《ちよこ》と、
こげつく牛鍋とぼろぼろな南京米と、
さうしてこの一切の汗にまみれた熱気の嵐を統御しながら、
ばねを仕かけて縦横に飛びまはる
おうあのかくれた第六官の眼と耳とを手の平に持つ
銀杏返しの獰猛《だうまう》なアマゾンの群と。

八月の夜は今米久にもうもうと煮え立つ。

室に満ちる玉葱《たまねぎ》と燐とのにほひを
蝎《さそり》の逆立つ瑠璃《るり》いろの南天から来る寛濶な風が、
程よい頃にさつと吹き払つて
遠い海のオゾンを皆《みんな》の団扇《うちは》に配つてゆく。
わたしは食後に好む濃厚な渋茶の味ひにふけり、
友はいつもの絶品《ノンパレイユ》朝日《アサヒ》に火をつける。
飲みかつ食つてすつかり黙つてゐる。
海鳴りの底にささやく夢幻と現実との交響音。
まあおとうさんお久しぶり、そつちは駄目よ、ここへお坐んなさい……

おきんさん、時計下のお会計よ……
そこでね、をぢさん、僕の小隊がその鉄橋を……
おいこら酒はまだか、酒、酒……
米久へ来てそんなに威張つても駄目よ……
まだ、づぶ、わかいの……
ほらあすこへ来てゐるのが何とかいふ社会主義の女、随分おとなしいのよ……
ところで棟梁《とうりやう》、あつしの方の野郎のことも……
それやれおれも知つてる、おれも知つてるがまあ待て……
かんばんは何時……
十一時半よ、まあごゆつくりなさい……
きびきびと暑いね、汗びつしより……
あなた何、お愛想、お一人前の玉《ぎよく》にビールの、一円三十五銭……
おつと大違ひ、一本こんな処にかくれてゐましたね、一円と八十銭……
まあすみません……はあい、およびはどちら……

八月の夜は今米久にもうもうと煮え立つ。

ぎつしり並べた鍋台の前を

この世でいちばん居心地のいい自分の巣にして
正直まつたうの食慾とおしやべりに今歓楽をつくす群集、
まるで魂の銭湯のやうに
自分の心を平気でまる裸にする群集、
かくしてゐたへんな隅隅の暗さまですつかりさらけ出して
のみ、むさぼり、わめき、笑ひ、そしてたまには怒る群集、
人の世の内壁の無限の陰影に花咲かせて
せめて今夜は機嫌よく一ぱいきこしめす群集、
まつ黒になつてはたらかねばならぬ明日を忘れて
年寄やわかい女房に気前を見せてどんぶりの財布をはたく群集、
アマゾンに叱られて小さくなるしかもくりからもんもんの群集、
出来たての洋服を気にして四角にロオスをつつく群集、
自分でかせいだ金のうまさをぢつとかみしめる群集、
群集、群集、群集。

八月の夜は今米久にもうもうと煮え立つ。

わたしと友とは有頂天になつて、

いかにも身になる米久の山盛牛肉をほめたたへ、
この剛健な人間の食慾と野獣性とにやみがたい自然の声をきき、
むしろこの世の機動力に斯《か》かる盲目の一要素を与へたものの深い心を感じ、
又随処に目にふれる純美な人情の一小景に涙ぐみ、
老いたる女中頭の世相に澄み切つた言葉ずくなの挨拶《あいさつ》にまで
抱かれるやうな又抱くやうな愛をおくり、
この群集の一員として心からの熱情をかけかまひの無い彼等の頭に浴せかけ、
不思議な潑溂《はつらつ》の力を心に育《はぐく》みながら静かに座を起つた。

八月の夜は今米久にもうもうと煮え立つ。

この詩には見えるもの、聞えるものが夥しくあるので貴重である。〝食〟の無残さ、物凄さ、可憐さ、混沌、不定形がとらえられていて、わが国の詩人の作としては稀れなものである。壁も畳もが汗と牛脂と熱と煙でねとねとになったギュウ屋の閃光と歯にみちた夜がみごとに字になっている。〝食〟についてのわれらが文学識域のタブー感を木《こ》ッ端《ぱ》微塵《みじん》に粉砕してくれる功徳がある。そこでそのあと口なおしに佐藤春夫の『秋刀魚《さんま》の歌』を念のためにあげることにする。これまたどうやら誰もが発端の二、三行を知っていて誰も最後まで読みとおしていないのではあるまいかと邪推するので、あらためて頭から尾までを提出することにする。近頃は、シュンの、生きのいい、ぽってり脂ののった、安いサンマが食べにくくなったから、まぎらすのにちょうどよろしいか。

秋刀魚の歌

あはれ
秋風よ
情《こころ》あらば伝へてよ
――男ありて
今日の夕餉《ゆうげ》に　ひとり
さんまを食《くら》ひて
思ひにふける　と。

さんま、さんま、
その上に青き蜜柑《みかん》の酸《す》をしたたらせて
さんまを食ふはその男がふる里のならひなり。
そのならひをあやしみなつかしみて女は
いくたびか青き蜜柑をもぎ来て夕餉にむかひけむ。

あはれ、人に捨てられんとする人妻と
妻にそむかれた男と食卓にむかへば、
愛うすき父を持ちし女の児は
小さき箸《はし》をあやつりなやみつつ
父ならぬ男にさんまの腸《はら》をくれむと言ふにあらずや。

あはれ
秋風よ
汝《なれ》こそは見つらめ
世のつねならぬかの団欒《まどゐ》を。
いかに
秋風よ
いとせめて
証《あかし》せよ　かの一ときの団欒ゆめに非ずと。

あはれ
秋風よ
情あらば伝へてよ、

夫を失はざりし妻と
父を失はざりし幼児とに伝へてよ
――男ありて
今日の夕餉に　ひとり
さんまを食ひて
涙をながす　と。

さんま、さんま、
さんま苦いか塩っぱいか。
そが上に熱き涙をしたたらせて
さんまを食ふはいづこの里のならひぞや。
あはれ
げにそは問はまほしくをかし。

これらの詩をはじめて読んだのは、たしか中学一年生ぐらいのときで、その後ときたま眼にふれたときに読みかえしはしたものの、久しく忘れたきりであったから、こういう機会に読みかえしてみると、何よりもまずなつかしさが胸にくる。文体は異なるけれども二つとも直下《じきげ》であることでは変らないので、すりきれてくたびれた心にはまるで童謡を聞くようであり、その点がありがたい。〝食〟をテーマにした詩だから、それにからめていうと、子供のときに食べたオニギリの淡い塩味がどうあっても記憶のなかで消すことができないようなもので、そういう種類のなつかしさである。

それに釣られて、詩集をつぎつぎとぬきだして読みかえしてみるが、酒についてはいくらでもあるのに、食となると、まるっきり糸が切れてしまう。日本酒、洋酒を問わず、酒の詩は酔いをうたうのだから、名作、凡作、いくらでもあり、小説でもまた無限に例があって、引用に困るくらいだが、味覚についての探求はほとんどなされていない。うまいものを食べる、もしくはおなかがいっぱいになる。すると、あとはニコニコして寝てしまうだけだから、書こうにも書きようがないというわけだろうか。酔いがもたらす千変万化の幻像にくらべると、とても創作欲を刺激されるということにはならないというわけだろうか。これが戦場もしくは軍隊をテーマにした作品となるとにわかに食が飲とならんで主役となって活躍をはじめ、作品の中心だろうと細部だろうとおかまいなしに出没して、作家たちは妄念、執念のありたっけをそそぎこむ。それが奇妙なことに明治以後の日本文学だけではなく、古今東西ことごとくの文学がそうだといいきってもいいくらいである。その一つの例を最初の回に安岡章太郎の『遁走』であげておいたから、重複を避けるために他の例をひくのはさしひかえたいのだが、こういう様相を眺めていると、飲はさておき食が文学の素材となるのは、私生児扱いをされなくなるのは、もしくは妾や情婦の扱いをされなくなるのは、テーマが極限状況になったときだけだとさえいえる。古代ギリシャの誰もが名を知っていて誰も最後まで読みとおしたことのない長篇叙事詩の一節で、水夫たちはある島の女怪に仲間たちが頭から貪り食われるのを見て船に逃げ帰った夜、死者を悼《いた》んで嘆いたり泣いたりしたあと大いに食って飲んだという有名な記述があるが、二〇世紀文学はこういう種類のさりげない剛健のリアリズムを失ってしまったといって、一人の高名なイギリス人の詩人批評家が指摘したことがある。この場合も食は極限状況のなかに登場しているわけだが、これくらい根源的なものがこれくらい無視される例は他にないのである。だからイギリス人の詩人批評家の聡明で痛烈な指摘のとおり、文学は夥しいものを失ってしまったわけである。失ってしまったし、失いつつあるし、今後も失いつづけることであろう。毎回どこかで言葉をかえてそう書きつけてきたようだが、またまたおなじ愚痴をこぼさねばならない。もう、ウンザリしてきた。

明治以後の一流の作家が随筆や日記ではなくて、また戦場や軍隊や漂流などの極限状況ではなくて作品のテーマとして食をとりあげた例としては国木田独歩の『牛肉と馬鈴薯』、芥川龍之介の『芋粥』、谷崎潤一郎の『美食倶楽部』などがある。こう三人を並べてみると、谷崎潤一郎の場合は他の二者とクッキリ異なって、そもそものデビュー作の頃から食魔であったなと、あらためて思いかえすことができる。そこで、しばらく、この人の食欲の変遷ぶりをたどってみたい。それはこの人の感性と、したがって作品そのものの変遷ぶり、そういうものに平行しているように思われるのである。『美食倶楽部』という作品は短篇だけれど、この人がいわゆる〝日本的回帰〟を起す以前の時期の感性、その特質をフルに動員してある一点に到達した作品である。その一点はそれ以後、いまだに模倣者を一人も生みだしていないし、追随者も生みだしていないように思われるのである。これは食欲の本質をみごとにえぐりぬいてわが国では他にまったくといってよいくらい類がない。あらためてこの作品の前後を読みかえしてみると、この作品が発表されたのは大正八年の一月の大阪朝日新聞で、おなじ年の十月、おなじ新聞に『支那の料理』と題する短文が発表されている。それは中国へ旅行したときの料理についての感想を述べたものだが、この短文とこの短篇を並べて読んでみると、作家の体験と創作の関係がよく読みとれて、たいへん興味が深い。手品があってからその種明しをされたような面白さである。ただし谷崎氏は短文のなかで中国料理への傾倒と感嘆をわざわざ北京の菜館から持って帰ったメニュを引用して綿々と語りつつ、その体験からヒントを得て『美食倶楽部』という短篇を書いたのだとはひとことも書いていない。

この連載は文学論ではないのだから、今から約六〇年以前の北京の菜館と料理がどんなぐあいであったかを眺めることにして、創作のメモからまず入り、つぎにそれが作品としてどう化けたかを眺める。谷崎氏は子供のときから『偕楽園』の主人と親友で、しじゅう家へ遊びにいって御馳走になっていたものだから、西洋料理、日本料理よりも中国料理が好物だったのだが、本場へいってみて日本の中国料理とはお話にならないうまさを教えられる。そして、菜館の不潔さに閉口して箸をだされると熱燗の紹興酒にまず浸して消毒してから食べたらしい。氏が中国料理に感嘆したのはその美味のほかに、材料の底知れない多彩、豊饒《ほうじよう》さと、値の安さである。この、値の安さということは、のちに氏が日本的回帰を起して関西料理に没頭するようになってからもよく随筆にでてくることで、趣味の方角は変っても、料理は安くてそしてうまくなければならぬという一点だけは生涯変らなかったようである。これはまったく賛成したくなる。高価で珍しい材料に高価な手間をかけてうまい料理を作るのはむつかしいことだけれど、安くてうまい料理を作るのはさらにむつかしいはずである。

さて、北京の、山東料理を食べさせる『新豊楼』という菜館に入り、メニュを見てその品数の夥しさに谷崎氏は圧倒され、驚かされて、記念に日本へ持って帰るのだが、たしかにこれはすごい。種類が二八あり、一種について何品となくあるから、それを総計すると、五〇〇種以上になるというのだ。そんな菜単はまだ私もお目にかかったことがない。

一　燕菜類　　二　魚翅類
三　魚唇類　　四　海参類
五　魚肚類　　六　鮑魚類
七　蝓柱類　　八　鰡魚類
九　鮮魚類　　十　魚皮類
十一　鱔魚類　　十二　元魚類
十三　鮮蝦類　　十四　塡鴨類
十五　子鶏類　　十六　火腿類
十七　肉　類　　十八　肚　類

十九　腰　類　　廿　肫肝類
廿一　蹄筋類　　廿二　蛋　類
廿三　篠菌類　　廿四　鮮菜類
廿五　豆腐類　　廿六　甜菜類
廿七　燻滷類　　廿八　点心類

中国料理ではスープのなかへニンニクを入れることが多いから、自分としてはニンニクはきらいではないけれど、ただ翌日までおしっこが臭いのではじめのうちは閉口したと谷崎氏は洩らしている。しかし、結論として氏はつぎのように書くのである。

神韻縹渺とした風格を尚《たつと》ぶ支那の詩を読んで、夫《それ》からあの毒々しい料理を喰べると其処に著《いちじる》しい矛盾があるやうに感ぜられるが、此の両極端を併せ備《そな》へて居る所に支那の偉大性があるやうに思はれる。あんな複雑な料理を拵《こしら》へてそれを鱈腹喰ふ国民は兎に角偉大な国民だと云ふ気持がする。一体に支那人には日本人よりも大酒飲みが多いけれども、グデ〳〵に酔つたりするやうな事は滅多にないさうである。私は支那の国民性を知るには支那料理を喰はなければ駄目だと思ふ。

メニュの品数が五〇〇種以上も記載されているからといってすべてがすべて註文次第にオイ

ソレとできるわけではあるまいと臆測しながらも氏は壮観にうたれて帰国し、やがて『美食倶楽部』という短篇を書くのである。旅、恋、賭博、放蕩、浪費、悪妻、悪友などがしばしば傑作を生みだしてきたけれど、作品の出来からするとこの旅は氏にとっていい栄養だったようである。他の作家ならたいてい蒼白い自意識で削りたてていって二進《にっち》も三進《さっち》も身うごきならなくなるところをしばしば氏はぬうぬうと開いてなにげなく通過してしまうか、思いがけない効果を生むかという特質を持っている人だったが、それがこの場合は食欲のとめどない昂進、感官の無辺際というテーマにミートしたものと思われる。ただ残念なのは、冒頭から末尾までひたすら舌のそよぎにつれて生ずる心のそよぎを描いた作品だから、部分をとって引用してもあまり意味がないと感じられる一点である。全文を掲載するよりほかにあるまいと思われるのである。しかし、それはとても許されることではないので、オムレツのはしっこをちぎったり皿の絵柄の一部を模写したりするのに似たことをやらせてもらうしかない。あまり有名な作品ではないし、よく知られてもいない短篇なのでことさら惜しまれるのだけれど、いたしかたない。

〝G伯爵〟という人物を会長にして五人の食魔がクラブをつくり、ひたすらうまいもんを食べることだけに没頭している。毎日のようにめいめいのお屋敷に集って昼間は賭博をし、夜になるとそれで集った金を美食に投ずるという暮しぶり。〝赤坂の三河屋、浜町の錦水、麻布の興津庵、田端の自笑軒、日本橋の島村、大常盤、小常盤、八新、なには屋〟などの名店はとっくにことごとく食いつくし、京都のスッポン、大阪の鯛茶漬、下関の河豚、秋田の鰰《はたはた》と汽車で追いかけて食べまくり、とうとう食べるものがなくなって、夜店の今川焼だの、芸者町の屋台のシューマイだのとあられもないゲテまで試しては失望し、とうとうおたがいにコックの天才をさがしだすか真に驚嘆すべき料理を考えだしたものには賞金を贈ろうじゃないかということになるのである。〝料理のオーケストラ〟がほしいのだということになる。

「芸術に天才があるとすれば、料理にも天才がなければならない」といふのが、彼等の持論であつた。なぜかと云ふのに、彼等の意見に従ふと、料理は芸術の一種であつて、少くとも彼等にだけは、詩よりも音楽よりも絵画よりも、芸術的効果が最も著しいやうに感ぜられたからである。彼等は美食に飽満すると――、いや、単に数々の美食を盛つたテエブルの周囲に集まつた一刹那の際にでも――、ちやうど素晴しい管弦楽を聞く時のやうな興奮と陶酔とを覚えてそのまゝ魂が天へ昇つて行くやうな有頂天な気持ちに引きあげられるのである。美食が与へる快楽の中には、肉の喜びばかりでなく霊の喜びが含まれて居るのだと、彼等は考へざるを得なかつた。尤も、悪魔は神と同じほどの権力を持つて居るらしいから、料理に限らず凡ての肉の喜びも、それが極端にまで到達すれば其の喜びと一致するかも知れない。……

貝の蓋が頻《しきり》に明いたり閉ぢたりして居る。そのうちにすうツと一杯に開いたかと思ふと、蛤《はまぐり》でもなければ蠣《かき》でもない不思議な貝の身が、貝殻の中に生きて蠢《うごめ》いて居る。……身は上の方が黒く堅さうで下の方が痰《たん》のやうに白くとろとろしたものらしい。其のとろとろした白い物の表面へ、見てゐるうちに奇怪な皺が刻まれて行く。始めは梅干のやうな皺だつたのが、だんだん深く喰ひ込んで、しまひには自身全体が噛んで吐き出した紙屑のやうにコチコチになる。かと思ふと身の両側から蟹の泡のやうなあぶくがぶつぶつと沸き出して忽《たちま》ちの間に綿の如くふくれ上り貝殻一面に泡だらけになつて中身も何も見えなくなつてしまふ。……はゝあ、貝が煮られて居るのだなと、G伯爵は独りで考へる。同時にぷーんと蛤鍋を煮るやうな、さうして其れより数倍も旨《うま》さうな匂が伯爵の鼻を襲つて来る。泡はやがて一つ一つ破れてシヤボンを溶かしたやうな汁になつて、貝殻の縁《ふち》を伝はりながら暖かさうな煙を立てゝ地面へ流れ落ちる。流れ落ちた跡の貝殻には、いつの間にやらコチ〳〵になつた中身の左右にちやうどお供への餅に似た円いものがぽくりと二つ出来上つて居る。それは餅よりもずつと柔かさうで、水に浸された絹ごし豆腐のやうにゆら〳〵ふは〳〵と揺めいて居る。……大方あれは貝の柱なんだらうとG伯爵は又考へる。すると柱は次第に茶色に変色して来てところ〴〵にひゞが這入つて来た。……

やがて、其処《そこ》にならんで居る無数の喰ひ物が、一度にごろごろと転がり始める。それ等を載せて居る地面が俄《にはか》に下から持ち上り出したかと思ふと、今迄あまり大きい為めに気が付かなかつたが、地面と見えたものは実は巨人の舌であつて、その口腔の中に其れ等の食物がゴヂヤゴヂヤと這入って居たのである。

間もなくその舌に相応した上歯の列と下歯の列とが、さながら天と地の底から山脈が迫《せ》り上げ迫り下つて来るが如く悠々と現はれて来て、舌の上にある物をぴちや〳〵と圧し潰して居る。圧し潰された食物は腫物《できもの》の膿《うみ》のやうな流動物になつて舌の上にどろどろと崩れて居る。舌はさもさも旨さうに口腔の四壁を舐め廻してまるであかえが動くやうに伸びたり縮んだりする。さうして時々ぐつと喉の方へ流動物を嚥《の》み下す。嚥み下してもまだ歯の間や齦歯《むしば》の奥の穴の底などに嚙み砕かれた細かい切れ切れが重なり合ひ縺《もつ》れ合つてくつ着いて居る。其処へ楊枝が現はれて来て、それ等の切れ切れを一つ一つほじくり出しては舌の上へ落し込んで居る。と、今度は喉の方から折角今しがた嚥み下した物が噫《おくび》になつて逆に口腔へ殺到して来る。舌は再び流動物の為めにどろどろになる。嚥み下しても嚥み下しても何度でも噫が戻つて来る。……

会長のＧ伯は某夜中国料理のアワビの清湯を食べ、おくびといっしょにそんな夢を見る。作品のなかで夢を描写する作家はたくさんいるし、まぎれもなく夢も現実の一つなのだから、それは避けてはならないのだけれど、たいていの場合、作家のひとりよがりのたわごとで終るものであるが、この部分のぬらぬらした描写を読んでいると、谷崎文学にいささかでも通じた人なら、そらはじまったゾと舌なめずりをしなければいけない。

某夜、Ｇ伯は散歩にでかけ、一ツ橋のあたりで三階建の西洋館からにぎやかな人声と、胡弓の音と、たまらない匂いが洩れてくるのを発見する。たまたまそこからでてきた一人の中国人に誘われるままふらふらと家へ入っていくと一団の中国人が飲食にふけっていて、Ｇ伯は見るなりくらくらとなるのだが、会長の中国人は今日はもう料理場がしまいになったからといんぎんにことわって、いくらたのみこんでも食べさせてくれない。しかし、Ｇ伯は食いさがり、美食のほかに何の野心もないのだと身分を名乗って、阿片喫煙室の穴から隣室の宴会のありさまを覗き見させてもらう。その眼による観察だけでＧ伯はヒントを得、さっそくクラブにもどって料理をつくり、会員一同に食べさせ、驚嘆と賞讃を獲得するのだが、どこでおぼえたかはひたかくしにかくすのである。会員たちはまっ暗な部屋に入れられ、三〇分近くも闇のなかにたたされるが、やがてひそひそと女の入ってくる気配がする。会員Aは闇のなかで女の髪や香油の匂いを嗅ぐ。女の冷たい、柔らかい手が寄ってきてAの両頬を撫でまわしはじめる。

Aは其の掌の肉のふくらみと指のしなやかさから、若い女の手であるに違ひないと思ふ。けれども、その手は抑《そもそ》も何の目的で自分の顔を撫でゝ居るのやら明瞭でない。最初に左右の蟀谷《こめかみ》を押へて其処をグリ〳〵と擦つた後、今度は眼蓋の上へ両の掌《てのひら》をぺつたりと蓋《かぶ》せて、そろ〳〵と撫で下しながら、眼を潰《つぶ》らせようと努めるものゝ如くである。次にはだん〳〵と頬の方へ移つて、鼻の両側をさすり始める。手には右にも左にも数個の指輪が嵌まつて居るらしく、小さい堅い金属製の冷たさが感ぜられる。――以上の手術(?)は、殆ど顔のマツサーヂと変りはない。Aは大人しく撫でられて居るうちに、美顔術でも施された跡のやうな爽かな生理的快感が、脳髄の心の方まで沁み渡るのを覚えるのである。

其の快感は、直ぐ其の次に行はれる一層巧妙な手術に依つて、更に〳〵昂められる。顔中を残らず摩擦し終つた手は、最後にAの唇を摘まんで、ゴムを伸び縮みさせるやうに引張つたり弛《たる》ませたりする。或は頤《おとがい》に手をかけて、奥歯のあるあたりを頬の上からぐいぐいと揉んで見たり、口の周囲を縫ふやうにしながら、上唇と下唇の縁を指の先で微かにとんとんと叩いて見たりする。それから口の両端へ指をあてゝ、口中の唾液を少しづゝ外へ誘《いざな》ひ出しつゝ、しまひには唇全体がびしよ〳〵に濡れるまで其の辺一体へ唾吐《つばき》を塗りこくる。塗りこくつた指の先で、何度も〳〵ぬる〳〵と唇の閉ぢ目を擦る。Aは、まだ何物をも喰はないのに、既に何かを頬張つて涎《よだれ》を垂らしつゝあるやうな感触を、その唇に与へられる。Aの食慾は自然と旺盛にならざるを得ない。彼の口腔には美食を促す意地の穢《きたな》い唾吐が、奥歯の後から滾々《こんこん》湧き出て一杯になつて居る。

……

Aが、もう溜らなくなつて、誘ひ出されるまでもなく、自分から涎をだら〳〵と垂らしさうになつた刹那である。今迄彼の唇を弄《もてあそ》んで居た女の指頭は、突如として彼の口腔内へ挿し込まれる。さうして、唇の裏側と歯齦との間をごろ〳〵と掻き廻した揚句、次第に舌の方へまで侵入して来る。涎は其れ等の五本の指へこつてりと纏はつて、指だか何だか分らないやうなどろ〴〵な物にさせてしまふ。その時始めてAの注意を惹いたのは、それ等の指が、いかに涎に漬かつて居るにもせよ、到底人間の肉体の一部とは信ぜられないくらゐ、余りにぬら〳〵と柔か過ぎる事であつた。五本の指を口の中へ押し込まれて居れば可なり苦しい筈であるのに、Aにはさう云ふ切なさが感ぜられない。仮りにいくらか切ないとしても、大きな餅を頬張つたほどの切なさである。若し誤つて歯をあてたりしたらば、それ等の指は三つにも四つにも咬み切られてしまひさうである。とたんにAは、舌と一緒に其の手へ粘り着いて居る自分の唾吐が、どう云ふ加減でか奇妙な味を帯びて居る事を感じ出す。ほんのりと甘いやうな、又芳ばしい塩気をも含んで居るやうな味が、唾吐の中からひとりでにじと〳〵と泌み出しつゝあるのである。唾吐がこんな味を持つて居る筈《はず》はない。さうかと云つて、勿論女の手の味でもあらう筈はない。……Aはしきりに舌を動かして其の味を舐めすゝつて見る。舐めても舐めても、尽きざる味が何処からか泌み出して来る。遂には口中の唾吐を悉《ことごと》く嚥み込んでしまつても、やつぱり舌の上に怪しい液体が、何物からか搾り出されるやうにして滴々と湧いて出る。此処に至つて、Aはどうしても其れが女の指の股から生じつゝあるのだと云ふ事実を、認めざるを得ないのである。彼の口の中には、その手より外に別段外部から這入つて来たものは一つもない。さうして其の手は、五本の指を揃へて、先からぢつと彼の舌の上に載つて居る。それ等の指に附着して居るぬら〳〵した流動物は、今迄たしかにAの唾吐であるらしく思はれたのに、指自身からも唾吐のやうな粘つこい汁が、脂汗の湧き出るやうに漸々に滲み出て居るのであつた。

「それにしても此のぬら〳〵した物質は何だらう。――此の汁の味は決して自分に経験のない味ではない。自分は何かで此のやうな味を味はつた覚えがある。」

Aは猶も舌の先でべろ〳〵と指を舐め尽しながら考へて見る。と、何だか其れが支那料理のハムの匂に似て居ることを想ひ浮べる。正直を云ふと、彼は疾《と》うから想ひ浮べて居たのかも知れないのだが、あまり取り合はせが意外なので、ハツキリ其れとは心付かずに居たのであつた。

「さうだ、明かにハムの味がする。而も支那料理の火腿の味がするのだ。」

此の判断をたしかめる為に、Aは一層味覚神経を舌端に集めて、ますます〳〵指の周りを執拗に撫でゝ見たりしやぶつて見たりする。怪しい事には、指の柔かさは舌を持つて圧せば圧すほど度を増して来て、たとへば葱か何かのやうにくたくたになつて居るのである。Aは俄然として、人間の手に違ひなかつた物がいつの間にやら白菜の茎《ぢく》に化けてしまつた事を発見する。いや、化けたと云ふのは或は適当でないかも知れない。なぜかと云ふのに、それは立派に白菜の味と物質とから成り立つて居ながら、いまだに完全な人間の指の形を備へて居るからである。現に人さし指と中指には元の通りにちやんと指輪が嵌まつてゐる。さうして掌《たなごゝろ》から手頸の肉の方へ完全に連絡して居る。何処から白菜になり、何処から女の手になつて居るのか、その境目は全く分らない。云はゞ指と白菜との合《あひ》の子《こ》のやうな物質なのである。

不思議は啻《ただ》にそればかりには止まらない。Aがそんな事を考へて居る暇に、その白菜――だか人間の手だか分らない物質は、恰《あたか》も舌の動くやうに口腔の内で動き始める。五本の指が一本々々運動を起して或る者は奥歯のウロの中を突ツ衝いたり、或る者は舌の周囲へ絡み着いたり、或る者は歯と歯の間へ挟まつて自ら進んで嚙まれるやうにする。「動く」と云ふ点からすれば、どうしても人間の手に違ひないのだが、動きつゝあるうちに紛ふべくもない植物性の繊維から出来た白菜である事が、益《ます〳〵》明かに暴露される。Aは試みに、アスパラガスの穂を喰ふ時のやうに、先の方を嚙んで見ると、直にグサリと嚙み潰されて、潰された部分の肉は完全なる白菜と化してしまふ。而も此れ迄に嘗《かつ》て経験したことのないやうな、甘味のある、たつぷりとした水気を含んだ、まるでふろふき大根のやうに柔軟《やはらか》な白菜なのである。

Aは其の美味に釣り込まれつゝ思はず五本の指の先を悉く嚙み潰しては嚥み下す。ところが、嚙み潰された指の先は少しも指の形を損じないのみか、依然としてぬら〳〵した汁を出しながら、歯だの舌だのへ白菜の繊維を絡み着かせる。嚙み潰しても跡から跡からと指の頭に白菜が生じる。

……ちやうど魔術師の手の中から長い長い万国旗が繋がつて出るやうな工合にである。かうしてAが腹一杯に白菜の美味を貪り喰つたと思ふ頃、植物性の纖維から出来て居た手の先は、再び正真正銘の人間の肉を以て成り立つた指に変つてしまふ。さうして、それ等の五本の指は、口の中に残つて居る喰ひ余りの糟《かす》をきれいに掃除して、薄荷のやうなヒリヒリした爽かな刺戟物を歯の間へ撒《ま》き散らした後、すつぽりと口の外へ脱け出てしまふ。

連日連夜の美食つづきでG伯以下会員一同は舌、胃、鼻、全身の神経と感官が爛れきっているのだという設定になっているのだから、それをふるいたたせるにはどうするかと谷崎氏は考えぬいたあげく、闇のなかに人をたたせて触覚や嗅覚から訴えることを開始し、何よりも想像力をかきたてて凝縮と展開を計ることにしたのである。涎と唾という谷崎好みの二大宗がフルに動員されて活躍するけれど、食欲の核心に深く広くはびこるのは想像力なのだという洞察とその表現はみごとである。その一点をめざしてひたすら徹底的に攻めぬき、えぐりぬき、執念深く食いさがっていくこの作品はついに澄明な抽象となる。その転生があるために肉なるものの氾濫がじつは一つの知性なのだとさえいえる一点に到達している。そこがみごとなのである。この時期からあとに氏の日本的回帰がはじまって私生活上の好みも作品そのものも関西料理の豪奢な淡味をめざして新しい展開がおこなわれ、〝支那趣味〟は前面から姿を消すのだけれど、一見淡泊と見える文体も随所に明澄な艶を光らせていることを見れば、涎だらけのこのヌラヌラの爛熟《らんじゆく》は必須の過程だったのだとさとらされるのである。

G伯邸ではその後も毎晩のように宴が続行され、もはやその美食は、味わうのでもなければ食べるのでもなく、ただ狂っているとしか見えない。いずれ彼らは発狂するか病死するかであるが、最も珍しい料理の名だけを若干あげてそれがどんなものであるかは読者の賢察にゆだねたいと作者はいいそえる。

鴿蛋温泉　葡萄噴水　咳唾玉液　雪梨花皮
紅焼唇肉　胡蝶羹　天鵞絨湯　玻璃豆腐

お一つ、いかが？

芭蕉の食欲

一年前から約束をきめてあったブラジル行きの出発の期日が迫ってきて、八月初めに釣竿と風狂ごころを抱いて羽田から出発し、十月半ばに帰国した。サンタレンを拠点にしてアマゾン河を上ったり下ったり、それからマット・グロッソ州に移動してパンタナル（大湿原）やパラグァイ河に出没した。パンタナルというのはレヴィ・ストロースの『悲しき熱帯』の舞台になったところで、ある日本人の測量技師の計算によると全日本の面積の一倍半という途方もない面積が湿原になっているのである。アマゾン河でもパンタナルでも私の前後左右と視野にはつねに水平線か、地平線か、ジャングルの緑の長壁があり、徹底的に清浄苛酷に無化されて寝起きした。それらの無窮を膚にいくらかでもプリント・インして帰国し、秋の窓にむかって芭蕉の句の数かずを読んでみる。コンニャクや、白魚や、海苔《のり》の砂を嚙んで老いを知覚する句など、ことごとくあわれはかなくいじらしい句である。そういう句を読みつつ、ブラジリアの郊外の高原で一五〇キロの二歳半の牛をまるまる一頭、街灯の鉄柱で串刺にして焼き、めいめいナイフで腰や腹を削って食べた壮烈な野宴のことを思いだすと、極大と極小、その両極をわが心はあやしくも朦朧とさまようて定まらぬ。原稿用紙はいつまでも純白のまま、うつらうつらと日が夜について過ぎた。どこかで何かを試みて軌道修正をしなければならないのだが、支点をどこにおいていいのやら、見当のつけようがない。おまけにアマゾン住民はその日その日の暮しがたちさえすればあとは寝て暮し、金をやってもはたらかないという、まことにあっぱれな、帝力をせせら笑う、筋金入りのナマケモノぞろいであって、それを親しく眺めつづけてきたものだから、〆切日だの電話だの編集長の威嚇《いかく》などで不意にチョコマカ血眼で机にむかうなど、あわれ、おろか、まことに情けないという気持がある。しかし、記憶は記憶でこころの冷暗所にそッとよこにして寝かせておくとして、いっぽう〆切日に汗ダクですべりこむ術もいまのうちに回復しておかなければわが国では暮していけないので、朦朧のうちの私評、私解、まずは左の如し。

蒟蒻《こんにやく》にけふは売かつ若菜哉《かな》　芭蕉一周忌
こんにゃくに今朝は売かつ若菜哉　蕉翁句集
はまぐりにけふは売勝ツわかなかな　俳人真蹟全集

あとの二句は類句である。春の七草の節句に詠んだもの。いつもはコンニャクが売れてるのに今日は若菜のほうがよく売れているという叙景である。芭蕉はコンニャクが好きだったと見えて、蕉翁句集には他に『蒟蒻のさしみもすこし梅の花』という句がある。コンニャクを薄く切って湯をくぐらせ、辛子酢味噌で食べる習慣は当時すでにあったらしい。コンニャクをテンプラにするのも俳味のある食べものだが、それは句になっていないようである。昨今のコンニャクはやたらに色が薄くて水っぽくてヘナヘナし、噛んでもブリブリと歯ごたえがないのでまったく面白くないが、昔風のまッ黒の弾力にみちたヤツなら薄切りの刺身にしてもたのしかっただろうと思う。遠い国で牛の丸焼きを食べてきた男が帰国してから国風にふたたびなじむために心のリハビリテーションとして読むにふさわしい句。

麦めしにやつるゝ恋か猫の妻　猿蓑
麦めしにやつるゝ比《ころ》か猫の恋　鏽鏡
麦めしにやつるゝ恋か里の猫　泊船集書入

農家の恋猫が麦飯ばかり食べさせられてやせ衰えている有様を詩人が眺めている。いささか滑稽の〝軽み〟があって新人当時の談林風がのぞいていると思われるが、こういう飄逸《ひょういつ》はのどかでよろしい。人間にあっては古来から美食と好色は両立しにくい——できないとはいえないが——という事情があるが、麦飯を食べながら恋もしなければならないとあっては猫もしんどいことだろう。猫はアジの水炊きが好物であるだけではなくて、必要とあれば何でも食べる。昔私が飼っていた猫にはヨウカンを食べるのや、手焼センベイに目のないのや、八百屋の店さきからナスビをくわえて走るのがいたりして、そのたびにおどろかされたものだが、そういう広大な変化の適応力がなければとてもペットとして生きのこれなかったということなのかもしれない。非凡な食欲である。

⊙藻にすだく白魚やとらば消《きえ》ぬべき　東日記
　藻にすだく白魚やとらば消ぬべし　真蹟短冊
　藻にすだく白魚も取らば消ぬべき　蕉翁句集

⊙明《あけ》ぼのやしら魚しろきこと一寸　甲子吟行
　曙や白魚のしろきこと一寸　孤松
　雪薄し白魚しろき事一寸　笈日記

鮎の子の白魚送る別《わかれ》かな　伊達衣

白魚や黒き目を明《あ》ク法《のり》の網　韻塞

⊙印をつけた二句は白魚について書くとなるときっと引用される。『明ぼのや……』は詩人が木曾川の河口に遊んだときの句で、この白魚は淡水と海水のまじりあう汽水区で遊んでいるところを眺められたわけだろう。この魚は汚染で激減するばかりなので、いまのうちにしっかり見参しておこうと、まるで永別を告げるような気持で、某年某月、ようやく宍道《しんじ》湖にはまだいると聞きつけて繰りだしたことがあった。湖には竹竿をたてて袋網が張ってあって、白魚はハヤなどといっしょに回遊するうち、網に沿って奥へ奥へと泳いでいって末端の袋網に入ってしまうという漁法である。舟に辛口の熱燗をつめた魔法瓶と辛子酢味噌のどんぶり鉢をのせて湖へ繰りだし、少し膚寒い朝風のなかで、網からあげたてのピチピチ跳ねる白魚を茶漉しでしゃくってどんぶり鉢へあける。白魚は辛子酢味噌のなかでは跳ねない。ふれたとたんに一瞬でおとなしくなってしまう。透明な〝一寸〟の体に黒い眼をまじまじ瞑《みは》ったまま息絶える。それをつるつるとすするのだが、コリコリした歯あたりと、ほのかなホロ苦みであるきりで、生臭さも、肉らしい味も、何もなかったと記憶している。まるで極上質の寒天で魚形につくった何かの和菓子みたいな姿である。あとで旅館へもどってからいろいろな料理にしてもらったが、極上の澄ましに卵とじにして浮べたのがもっとも淡麗であった。踊りの生《なま》食いも、海苔でかこって握り寿司にのせるのもわるくはないけれど、このお澄ましの淡麗にはとても及ばないと思う。その可憐、その澄明、鮎や鯉や鯛をさしおいて〝国魚〟に指定したいと思ったほどである。こんな少女に出会ったらいつまでもあとをつけていきたくなることだろう。

水無月や鯛はあれども塩くぢら　葛の松原

水無月とあるからには六月。ここにいう塩くじらは鯨のベーコンのことではなく、関西でオバケ、関東でサラシクジラと呼ぶ物。鯨の脂身を塩漬にしたのを薄く切って熱湯を通すとペロペロしたのがちぢれる。それを酢味噌や酢醤油でやるわけだが、ガラス鉢に氷をうんとつめ、そのうえにならべてよく冷やしたの、サンショウの葉などをその純白にちょっと添え、これまたよく冷やした辛口でちびりちびりとやれば、芭蕉のいうように鯛があってもこちらのほうがいいということになるだろう。東京でもこれは入手できるけれど、どういうものか関西ではその純白のふちに黒皮を一筋つけて切ってあるのに、東京のはただ白いだけである。氷づめの切子のガラス鉢に一枚ずつならべてみると黒筋のついたほうがはるかに眼にたのしい。誰かこのことを指摘してくれないものかと、年来ひそかに思っていたところ、いつか檀一雄氏がピタリといいあてているのを読み、ささやかながら心に銘記したことがある。これはやっぱりそうでなければならぬものであろう。

総じて東京の人は鯨を知らない。せいぜいこのサラシクジラか、大和煮の缶詰か、ゲイコン(鯨のベーコン)くらいであろうか。よく知っている人で尾の身を刺身にして一回か二回食べたことを誇りにしているくらいで、サエズリ(舌)、コロ(脂の煎《い》り殻)、ヒャクヒロ(腸)、軟骨、それらのオデン、スキヤキ、辛子酢味噌和えなど、話に持出してもいっこうに乗ってもらえないのがさびしいのである。関西一円をのぞくと八戸《はちのへ》や下関など、鯨を陸揚げする港のある地方の人びとがさすがによく知っていて、鄙味ながら旅をゆたかにしてくれる。芭蕉は伊賀の人だが、塩くじらに接することはよくあったのだろう。夏の味覚としてはその淡泊さが鯛より上だと断言してはばからないのだから、当時の日本人の保存食の技術は鯨について見ればなかなかのものであったと思う。

いつかイワナを釣りに新潟の山奥にもぐりこみ、山の宿に泊ったとき、塩くじらの壮烈な食べ方を教えられたことがある。現在でもゲイコンのほかに塩くじらといって白い脂身を粗塩につけた、見るからにギトギトとした物が売られている。ゼンマイとりの季節がくると町でその塊りを買って山にこもる。湧水のあるところを見つけて簡単なさしかけ小屋をつくり、天井の棟木からロープでその塊りをぶらさげる。食事時になると鉄の大鍋に味噌汁をグラグラと煮たて、ロープをひっぱって塩くじらを鍋にじゃぶんといれる。ギラギラと脂の輪がいくつもいくつも鍋にひろがる。頃はよしとロープをひっぱるとスルスル、塩くじらは上昇し、どこかでとまってぶらりとさがる。三度三度これを繰りかえすうち、ゼンマイの季節が終る頃になると、塩くじらはすっかり小さくなり、石鹸のかけらぐらいになるそうである。これが生臭いの、アブラッぽいの、ギンギンしてるなどと、山の男は文句をいってられない。それを食べないことには栄養不足と超重労働で眼が見えなくなるのである。『笈《おい》の小文《こぶみ》』に《此《この》山のかなしさ告《つげ》よ野老掘《ところほり》》の一句が蕉翁にあるが、このゼンマイとりの話を聞けば、末尾をトコロのかわりにどう変えるのだろうか。

木のもとに汁《しる》も膾《なます》も桜かな　ひさご

木のもとにしるも膾も桜かな　真蹟

木のもとは汁も膾も桜かな　渡し船

花にうき世我《わが》酒白く食黒《めし》し　虚栗《みなしぐり》

飲むほうは濁酒で白くにごっているし、食べるほうは玄米でまっ黒だと、俳聖、満開の桜の下でにがりきっておられる。しかし、汁の椀、膾の小鉢、そこらいちめんに花が降りかかる光景もあった。

苔汁《のりじる》の手ぎは見せけり浅黄椀　茶のさうし

蠣《かき》よりは海苔をば老《おい》の売《うり》もせで　続虚栗

衰《おとろひ》や歯に喰《くひ》あてし海苔の砂　をのが光
おとろひや歯に喰あてし海苔の砂　けふの昔
噛当《かみあ》つる身のおとろひや苔の砂　西の雲

大谷篤蔵氏の校註を読まないと〝苔汁〟とはどういうものなのかわからなかったが、これは海苔の味噌汁だそうである。浅黄椀は、黒漆の上に浅黄と赤と白の漆で花鳥などを描いた椀だと。海苔の香りと味噌の香りのほかにとりたてていうほどのこともない汁を気品高い浅黄椀に入れてさしだした嗜みに翁は感心しておられるのだが、ま、それだけの寸感。老人が海苔を売歩いたほうが軽くていいはずなのに重いカキを担って歩いている光景は老いを認めまいとする頑固不屈ともとれ、この生の苛酷ともとれる句である。海苔にまじった砂粒を噛んでそれが歯にこたえ、思わず老いを感じてしまうのは日本人でなければ洩らすことのできない偶感だろう。ところで。

草の戸に我は蓼《たで》くふほたる哉

弟子の其角《きかく》がそう詠んだところ、

あさがほに我《われ》は食《めし》くふをとこ哉　虚栗

芭蕉はそう返す。
またべつに其角が詠む。

声かれて猿の歯白し峰の月

すると芭蕉はこう返す。

塩鯛の歯ぐきも寒し魚の店《たな》　薦獅子集

つまりこの芭蕉の二句が二句とも歌を歌としない彼の詩法を告げて、キラキラと鋭敏な其角の奇骨を衒気《げんき》としてたしなめているのだけれど、二句ともあまりの凡句なのでちょっと吹きだしたくなる。歌を歌としないのは結構だけれど、それをいうのに《あさがほに我は食《めし》くふをとこ哉》とは語るに落ちたといいたい月並みではないか。月並みもまたときによっては至難の作法なのだゾといいたくてこんな凡句を詠んだのかどうか。俳聖のお考えがよくわからない。素直、無飾、直下《じきげ》が俳句の真髄なんだゾと弟子をいましめたいばかりにわざと凡凡の凡という方法をとったのかとも思うが、それにしてももちとひどすぎる。俳聖は、発句なら弟子の何名もが上手だけれど連句なら私こそが骨髄だと自信満々でいいきっているので、この際、その宣言を額面通りにうけとって、弟子の其角のほうが少くともこの二句では俊才であったといいたい。冬を表現するのに其角は野猿の歯をいい、芭蕉は塩漬の鯛の歯ぐきをいう。イメージで訴えにかかった其角を師は身辺の嘱目《しょくもく》でおさえたのだろうが、読むままに評価を下すとすれば私としては一も二もなく弟子に点を入れたいところである。

柚《ゆ》の花やむかししのばん料理の間《ま》　嵯峨日記
　柚の花にむかしを忍ぶ料理の間　小文庫
柚の花にむかししのべと料理の間　蕉翁句集草稿

柚の花にむかし忍ばん料理の間　蕉翁句集

柚の花のあの清浄でいきいきとうごく、高い香りを知ってさえいたら、それが思いだせさえするのなら、この句、よろしいね。ただしその香りを知らなかったら、ほとんど何も見えてこないのではあるまいか。

清滝の水くませてやところてん　泊船集

清滝の水汲《くみ》よせてところてん　笈日記

このところてんが冷たいのはあの清滝川の水で冷やしたからであろうかという。大阪から出てきて東京に住みつくようになってからもう二十二、三年になるが東の味覚に感心したのは人なみにソバ、にぎり寿司、ウナギの蒲焼き、中華料理。あとはウドンから何から何までおよそゾッとなるものばかりでお話にならなかったが、ある夏の夜、浅草界隈の古い居酒屋につれていかれ、枡《ます》で冷や酒をだされて肴にトコロテンを添えてきた。トコロテンが酒の肴になろうとは当時の私には思いもよらないことだったが、酢醬油に辛子もついていて、そのヒリヒリが舌を洗い洗い酒を飲ませてくれていうことなかった。意表をつかれたのとそのクッキリとした味蕾のたてかた、ざわめかせかたにすっかり感心して〝東〟を、以来、見なおす気持になったものだった。芭蕉がトコロテンを酒の肴にしたかどうか、句ではまったく触れてないけれど、読んでいて連想飛躍が起るのは涼しい愉しみである。トコロテンや煮こごりを酒の肴とするわれわれの風習は肉汁やスープをたっぷりしみこませたジェリーをフランス人が白ぶどう酒の肴にするのとそっくりで、こんなことだけ見ていると、〝東は東、西は西〟といいにくくなってくる。海苔に砂粒を嚙みあてて無常迅速におびえた俳聖もトコロテンではのびのび渓流のせせらぎに心耳を傾けていることができる。

鎌倉を生《いき》て出《いで》けむ初鰹　葛の松原
かまくらは活《いき》て出けむはつがつを　芭蕉翁真蹟集

初夏の味覚としては他に長良川の鮎膾を詠んだ句がある。この初鰹はいうまでもなく日本列島を南方から潮に乗って北上していくカツオだが、これが北海道にさしかかったあたりでUターンし、来たときよりはずっと沖合をふたたび南方へ下りていく一群の季節がある。これは北上組が〝上りガツオ〟と呼ばれるのにたいし、〝下りガツオ〟と呼ばれる集群だが、上りよりは下りのほうがずっと脂がのっていてうまいとよろこぶ向きもある。おまけに上り組のようにシュンの評判にならないからお値段がぐっと気安いのでありがたいのである。

カツオは鰭の強い遠洋航海の魚だからか、鈎にかかるとジャンプはしないけれど猛烈な力とスピードで右に左にジグザグに走りまわる。漁師はごぞんじのように顎のない鈎でゴボウぬきに海面からひき抜くが、それにはコツがあってなまじっかなことでは体得できない。陸《おか》で新米を養成するのに煉瓦を魚に見たててひっこ抜かせる訓練をすることがある。釣ったばかりのカツオよりは少し時間をおいたほうがうまくなる。漁師は錆び庖丁一本で肉をザグザグと切り、醬油と酢を入れた鍋にほりこんでしばらくほっておく。そのうちカツオの血と脂が醬油ににじみでてギラギラの輪が光るようになる。これを炊きたての御飯にのせてハフハフといいつつ頰張るのである。つまりは〝ズケ〟寿司の原型みたいなもので、コツも秘伝もないが、海上はるかのその現場でなくてはならぬという最大、最深の前提がある。こうして裸虫になって潮風と日光のなかでむさぼり食べるカツオは肉がむっちりと餅のように歯ごたえがあって眼を瞠りたくなるのである。青ヶ島とベヨネーズ列岩の周囲にいいカツオ漁場があって咽喉までつめこんで堪能《たんのう》したことがある。これからさき十年間はもう初ガツオのニュースに影響をうけることがないといいたくなるところまで質と量を探求したものである。

乳麵の下たきたつる夜寒哉　葛の松原

行秋《ゆくあき》や手をひろげたる栗のいが　笈日記

身にしみて大根からし秋の風　更科紀行

海士《あま》の屋は小海老にまじるいとゞ哉　猿蓑

（いどというのは背中の曲った、ヒゲの長い、鳴かないコオロギ。エビコオロギ。カマドウマとも。）

色付《いろづく》や豆腐に落《おち》て薄紅葉　両吟百員

朝茶のむ僧静也菊の花　芭蕉盥

てふも来て酢をすふ菊の膾かな　蕉翁句集

かくさぬぞ宿は菜汁《なじる》に唐がらし　猫の耳

秋のいろぬかみそつぼもなかりけり　砟原集

から鮭も空也《くうや》の痩《やせ》も寒《かん》の内　猿蓑

から鮭というのは、〝鮭の腸を除いてそのまま干し乾かしたもの。冬季のもので寒中に薬食いとして用いる〟と註にある。北海道の知床半島を釣り歩いていた頃、〝トバ〟というものを教えられたことがある。鮭の腸をぬいたのを冬の雪のなかで軒に吊して乾燥させたものでアイヌ伝来とのことだったが、から鮭のことだろうか。塩辛いカツオ節といった外見だが、これをナイフで削り削り一杯やるのがあのあたりの寒《かん》の叙景である。ぬいた腸（ことに胃）は麴《こうじ》をまぶして塩辛にする。これが〝チュ〟というもの。血管をそうしたのが〝メフン〟。頭を酢につけたのが〝氷頭《ひず》〟。鮭は全身捨ててよい部分がない。

わすれ草菜飯につまん年の暮　江戸蛇之鮓

くれ〳〵て餅を木魂のわびね哉　歳旦発句牒

酒のめばいとゞ寝られぬ夜の雪　勧進牒

あられせば網代《あじろ》の氷魚《ひを》を煮て出さん　花摘

みぞれせば網代の氷魚を煮て出さむ　忘梅

丸雪せよ網代の氷魚煮て出さん　蕉翁句集

雑水に琵琶きく軒の霰《あられ》哉　有磯海

納豆きる音しばしまて鉢叩《はちたたき》　韻塞

有明《ありあけ》もみそかにちかし餅の音　笈日記

あら何ともなやきのふは過《すぎ》てふくと汁《じる》　江戸三吟

いきながら一つに冰《こほ》る海鼠《なまこ》哉　続別座敷

寒菊や醴《あまざけ》造る窓の前《さき》　荊口宛書簡

塩にしてもいざことづてん都鳥　江戸十歌仙

獣肉は禁忌だから一句も登場しないのはやむを得ないが、この最後の一句で稀れに鳥が食物としてとりあげられている。それも〝都鳥〟だというのだから現実に何かの鳥をさしているようでもあり、そうでないようでもありと読めたりする。

栗、大根、小海老、豆腐、朝茶、菊の花の三杯酢、菜汁、から鮭、餅、氷魚（アユの子）、雑炊、納豆、フグ汁、ナマコ、甘酒、詰抜きで以上に並列した句に、叙事と叙情の別なく、登場するまま、食べものの名をぬきだしてみると、そういうものばかりである。芭蕉が俳人だからこういうわびしいものばかりに眼がそそがれたというよりは当時の大半の人びとの食べるものがこういう水準だったのだろうと思う。こういう時代がさほど怪しまれることもなくわが国で永くつづいていたのだと思う。明治の御一新で日本人の舌はドンデンをうってにわかに眼をさまし、以後今日にいたる次第はみなさまよくごぞんじの通りだけれど、芭蕉が俳句の形式で書きとめてくれたおかげで、現代の私たちの雑炊だのフグ汁だのの故郷を望見することができる。しかも翁は季節という潮流に乗って漂っていたのだから、菊の花の三杯酢であれ、カツオであれ、いつもシュンのものを、その美味を閃光でとらえることに心を砕いた。塩くじらは保存食なのだから年中いつでも入手できたはずだけれどタイよりもうまいと感ずる季節にだけそれを詠んだので、後代から見ればはからずも一時代の食習と、風俗と、感性の、淡影ながら壁面が出現することとなった。

こうして一瞥したにすぎないけれど、どの句を見ても、詠まれているのは大根の辛《から》さであり、白魚の可憐な澄明さであって、その物自体の美質を簡朴に、直下に訴えることに力がそそがれたために、料理らしい料理は光景も香りもほとんど読みとることができない。桜の花吹雪のさなかでの酒宴、あたりいちめんすべての物に花びらが降りかかることを表現するのが《汁も膾も》で、この七字が《すべて》をあらわす成語になるほどである。味噌汁、膾、刺身など、ほとんど生食を一歩出たか出ないかという程度の料理ばかりである。鮎、鯛、河豚、白魚、稀に鯨など、魚はしきりに詠まれるけれど、料理らしい料理はめったに登場せず、それぞれの魚の美質、特質の描出に心がくばられているだけである。蕉風にふさわしい魚、蕉風にあう料理ばかりがとりあげられるのはどうにも避けられないところである。そのため、これらの句を並列して書いたら現代ではどこかの精進料理店の献立表か品書きを見るような気持がすることだろう。懐石ほどの手も加えられていないのである。しかし、考え方によっては、すべて料理というものは、単純であればあるほどいよいよむつかしくなるという鉄則があるのだから、いま、もし、『芭蕉』という看板をかけた料理店を開くとなると、ネタの仕込みに庖丁氏は庖丁をおいて東奔西走、四苦八苦ということになるかもしれない。世捨人の喰べものがもっとも高価につくとは時代の皮肉である。

終宵《よもすがら》尼の持病を押へける　野坡

こんにやくばかりのこる名月　芭蕉

『炭俵』のなかにそういう句がある。またしてもコンニャクで恐縮だが、俳聖、このものが大の好物だったから、詠まずにいられない。名月にコンニャクだけが照らされている叙景だから、月見の宴か何かのあと。いわば杯盤狼藉のなかにコンニャクだけがのこされているのだけれど、どの程度の御馳走のでた〝宴〟であったか。〝宴〟といえるほどのものだったかどうか。コンニャクは砂おろしによろしいということに当時すでにおそらくなっていたから、前句の尼の持病を秋冷にあてられて癪《しゃく》がでたものと読めばコンニャクが食べのこされてあると詠んだのかと推察または邪察をつけたくなる。しかし、いずれにしても月光にコンニャクの皿が冷えびえと照らされている秋の夜は見えるけれど、〝宴〟と呼べるほどの艶はほとんど残香を漂わせていない。それが俳宴というものだ。といえばいえるけれど。そういうこと。

家のながれたあとを見に行《ゆく》　利牛

鰌《どぢやう》汁わかい者よりよくなりて　芭蕉

前句、洪水で家が流された跡を見物にいく者があるといったところ、それはドジョウ汁を若い者よりたくさん食べている元気者の老人だと、俳聖、いささか意地わるいような諧謔《かいぎやく》味をまじえる。ドジョウは現代の栄養学ではたしかウナギよりも栄養価が高く、全魚類中でも屈指の高位にあると分析されているのだが、この頃すでに薬食いとして知られていたのだろう。ついこないだまで小生がさまよい歩いていた国の大河のほとりではピラニヤの頭の煮込みが強精補腎にベン（よい）ということになっていて、ときどき、食わされたが、煮とろかされたピラニヤの頭というものは頭蓋骨とギラギラの牙だけになり、それが大きな深皿のなかにひしめいているのはちょっとした壮観であった。ドジョウ汁が壮陽補腎だと詠まれているものだからついついそんなことを思いあわせてしまうのは連想飛躍を愉しむことを旨とした連句がひき起す当然の反作用である。（ついでに書いておくとあそこでは唐辛子はオトコを弱く小指ほどにしてしまうということになっているから、ピラニヤ汁に唐辛子を入れて食べるとプラスマイナス相殺しあうという次第であった。）

一流の書き手による食欲描写を江戸期について見たいばかりにこうして蕉風を瞥見《べっけん》してきたけれど、日頃、研鑽の素養や蓄積が何もあるわけではなく、よしなしごとを書きつらねただけで終ってしまったようである。

物いへば唇寒し穐《あき》の風　小文庫（泊船集）

王様の食事

こういうことである。

かねがね、私、食べれば食べるだけいよいよ食べられる御馳走はないものかしらと、夢想していた。寝言かたわごとに似ているが、真剣に思いつめることもある。ローマ時代の貴族やその真似をした菊池寛のように食べて満腹したら口に指をつっこんでモドして腹をあけちゃあまた食べるというのではなくて、食べるあとあとから形も痕もなく消化されてしまっていくらでも食べられ、そして眠くならないというのがほんとの御馳走というものではあるまいかと思うのである。文学作品も、ほんとの名作というものは、読後に爽快な無か、無そのものの充実をのこし、何も批評したくなくなる。いわゆる問題作とされる作品の大半は作品中の不消化のものが論議の対象となるもので、これは素人《しろうと》だましにいいけれど、読み巧者の玄人《くろうと》はだまってそっぽ向いてにがりきった顔をしている。だから問題作はおしつけがましいが、名作にはつつましやかさがある。食後に爽快な無か、無そのものの充実をのこしてくれる御馳走を食べてみたい。何とかならないものか。

そういうことを編集者氏にブツクサ訴えつづけていたら、とうとう、やってみようという人物が登場した。他でもない。大阪の辻調理師学校の辻静雄氏である。今年の六月にたまたま東京へ出てきたときの氏と築地の『吉兆』で二回会って相談をした。そして十一月末か十二月初めに決行しようと、辻氏はきめた。八月から私はブラジルへ出かけ、十月半ばに帰国して、すぐ辻氏と会って、プランを聞いた。約六カ月間氏は構想を練りつづけたわけである。その詳細はまったくわからない。当日までのおたのしみの秘密である。ただ、朝の十一時頃から開始して、第一ラウンドが朝食、第二ラウンドが昼食、第三ラウンドが夕食で、終るのが夜の十時か十一時頃。料理は十八世紀、十九世紀のヨーロッパの王侯貴族の長夜の宴の作法にならい、一皿に一片か二片ずつのせてだすことにするが、料理そのものはあくまでも現代である。出席者御一同、べつにタキシードに蝶ネクタイなどと凝《こ》る必要はまったくなく、あくまでもくつろいでたのしくやらなければ胸につかえるから、ノー・ネクタイで結構である。ただし、一皿ごとにちがう選りぬきぶどう酒をつけるから、ソルベ（シャーベット）のときをのぞいては厳にタバコを慎んで頂くこと、いうまでもない。すべて物事には表と裏がある。当日は私どものつくるフランス料理を食べて頂くが、翌日は大阪の日本橋一丁目の『福喜鮨』を試し、それでフィニッシュとする。よろしか。……ということに相成った。

　辻静雄氏についてはいまさらくどくど私が書くまでもあるまい。すでにフランス料理についての著書が多数あり、その読者を総計した数はつつましい本誌の発行部数をおそらくはるかに上回ることであろう。この人の趣味はフランス料理の歴史を古文献を渉猟して調べること、家具食器の超一流品をコレクションすることなど、ことごとく本職そのものにつながるが、あとは飲まず、打たず、買わず、ステレオ（うるさいゾ）と、シャンソン（うるさいゾ）と、夜の執筆にいそしむのが何よりのたのしみで、シャンソンはブラッサンスが最高だと渋いのである。こめかみにロマンス・グレイがある。プロのコックを養成する学校の校長先生だからのべつ西洋料理を食べなければならないので日常の個人的食生活には強い反動が起り、おにぎりにオカカなど、涙がでるほどうれしいとか。毎年多数の生徒をつれてヨーロッパへいき、本場のレストランを食べ歩いて特訓をするが、好きではあってもそれはプロとしての義務でもある。プロというものはどんな分野でも人知れぬ苦闘と苦痛を抱えこんでいるが、この人のように食べることが職業だとなると、つらいゼ。毎日毎日明けても暮れてもフランス料理、それが朝、昼、晩、朝、昼、晩とつづき、一週間、十日、一カ月、二カ月、しかも毎回新しいメニュを選んで食べ、二食とおなじ皿はとらず、うまいもんがあればすかさず料理長と会って話を聞いてお世辞をいいつつメモもとらなければならない。そのうえ、ゴマンとあるぶどう酒をいい年ごとのを選んで飲んで料理との組合わせを考えなければいけない。それが義務だというのだ。いくらフランス料理が好きでもこれはつらいゼ。パリにいると、リヨンにいると、ブルゴーニュの田舎を歩いていると、どうかしたはずみに胸がつかえて冷たい脂汁がでてきたり、心臓がドキドキしてくることがあるという。フランス人の料理研究家なら生まれたときからフランス料理だけ食べて育つのだからいいけれど、日本人のような混食民族だと、こうなってくると、おにぎりにオカカを見たら涙がでそうになるのもまことに当然の反射だろうと思う。私など想像もつかないな。私はヨーロッパへいくとドイツだろうとフランスだろうと、三日めか四日めにはどんな怪しげなチャプスイ屋でもいいから中華料理店にとびこんで湯麵か炒飯かをやらないことにはどうにもならないのだから、この人の真似は逆立ちしてもできそうにない。その人にしてからが悲痛な喜劇に陥《お》ちこまずにはいられないのだから、プロはつらい。男はつらい。職業は苦業である。

さて、十二月二日。

かなり以前からこういうことの好きそうな東京在住の作家仲間にくどくどと趣旨を説明して史上空前の饗宴に誘ったのだったが、どれもこれもみんないそがしがっていて、ドロップしてしまい、阿川弘之氏と私だけになってしまった。これがフランス人の作家ならたとえグルメ（食通）でなくても話を聞いたら一も二もなくその場でとびつくことだろうと思われるのに何ということだろう。民度が低い。想像力の貧困だ。作家的良心を欠いてる。どだい心がけがいけない。不吉な時代だ。阿川氏と二人して口ぐちにののしったり嘆いたりしながら大阪へいった。集ったのは大半が地元関西勢で（阿川氏も私も出身からいくと関西勢であるが——）、その顔ぶれは当の辻静雄夫妻の他に阿川夫妻、開高夫妻、谷沢永一夫妻、陳舜臣夫妻、野口武彦夫妻、山崎正和夫妻（アイウエオ順）、それに審判役（？）として文春側から川又庖丁、高松たべ子、竹内ボクチャンの選りぬき三選手。総計十七名。いずれも風貌と姿勢のあちらこちらに中年の薄禿、白髪、枯痩、歯抜、肥厚、胆石、遠視、猫背などのデフォルムを見せた銀鞍公子と銀鞍公女たち、ひそかにポケットにめいめい消化薬をしのばせて辻邸に集結した。トイレでこっそり嚥《の》もうという魂胆である。公女のなかにはすでに自宅を出るときからベルトのない、ゆったりとしたマタニティ・ドレスまがいのものを着ているひともあったが、みんなまるで申しあわせたみたいに手に手に紙袋をさげ、ムウムウとか、マタニティ・ドレスとか、何かしらそういうユッタリ着をしのばせていた。だされるものを何でものこらず呑みこむためにはおなかを締めつけないほうがいいだろうと前夜考えたらしく思われた。これまたコースのどこかでこっそりぬけだしてトイレで着かえようという魂胆。たったひとり阿川公女は和服に身を固め、厚く硬く帯を締め、終始にこやかに端然として日本婦道健在なりを思わせたが、あとでよくよく聞いてみるとタオルを二枚、帯のなかにはさんでおき、おなかがふくれるにつれてトイレに入って一枚ずつぬいていったとのこと。いったいニューヨークやパリで同水準の饗宴が催された場合、そこに集ってくるレディーとかマダムたちもトイレによくおかよいになるものなのだろうか?……

数年前、某日、この辻邸に私は小松左京といっしょに招かれて食事をしたことがあったが、モエのシャンパンにイランのベルーガのキャヴィア、灰緑色の大粒をカナペにのせたのをつまむという破天荒な開幕のコースだった。ところが大酔した左京が大声で古渡りシャンソンを釜ヶ崎訛りのフランス語でうたいだしたのについついひきこまれ、こちらはサイゴン訛りのフランス語でこたえて、吠えるやら、いななくやらの大失敗を演じてしまった。その冷汗まみれの記憶がチリチリと熱くよみがえってきたものだから、長楕円形の一〇メートルはあろうかと思われる大テーブルに整然と勢揃いしたサン・ルイのグラス類、ふちに金線の入ったリモージュの皿、クリストフルの銀のフォーク、ナイフ類、グッチの上履き、一目でそれと知れる名品のいずれもが正視できかねる。この部屋の主人が完全主義者であるらしいことはそれらの品の閃光や光沢や色彩の燦《きら》めき、または燦めきを沈々と吸いこんではじきかえさない重厚などで、一瞬のうちにのみこめる。大テーブルはそんな長大さなのに一枚板で、一本の木からの切りだしの無垢。フランスのナラ材。これをはこびこんですえつけてから部屋の壁をつくったという途方もない名作である。この館にはほかに別館もあり、いちいち説明を聞かなくても一目でそれと知れる家具、調度品、いずれもヴレ・ド・ヴレ（本物中の本物）がたくさんあって、見ていくうちにあまりにみごとなものだから美術館へさまよいこんだような気持になる。書棚のドイツのクルミの木目やカーペットのペルシャの織目などに視線は吸いこまれたきりしばらくもどってこず、こころまことにほのぼのとし、度胆をぬかれたはずみにちゃちな嫉妬や羨望や競争心などもどこかへ吸いとられてしまい、解毒剤として最高である。何しろさきのナラ材の大テーブルはゲランの息子が見て二の句がつげなかったのだから、この家の完全主義はすでに半ば静謐《せいひつ》な狂気にさしかかってるのじゃないかと呟きたくなってくる。それが釜ヶ崎のすぐお隣りの阿倍野松崎町にあるというのだから、そのコントラストの絶妙。哄笑することも忘れてしまう。（この界隈は、少年時代、私は毎日のように歩きまわって、当時、ネズミの穴まで一つのこらず知っていると思うほどだった。）

学校の入口のすぐ右よこがガラス張りの広大なキッチンで、コック帽の白服姿がおびただしい数で、煮たり、練ったり、切ったり、走ったりしているのが見える。ジーパン姿の学生たちがぞろぞろと廊下をいく。それにまぎれて入っていってドア一枚めくったらいま描写したばかりの輝かしい異境となる。白のコック服に身を固めた辻氏がわれら銀鞍公子と銀鞍公女全員にタイプ印刷したメニュを二枚わたし、これはワイン・リストも兼ねているのだが、全部フランス語なので、料理一品ずつについて簡単な講義をして下さる。公子、公女すなおにいっせいに万年筆をとりだして要点筆記にとりかかる。久しぶりの学生気分で、みなさま皺だみかけたる中年の頰に夕焼けが射して。オオ。ボニート（美男）。オオ。ボニータ（美女）。

☆第一ラウンド。朝食。軽く。

クロワッサンまたはブリオッシュ。

紅茶またはコーヒー。

バターはフレッシュ・バター。

ジャムはストロベリー、ラズベリー、ブラックベリー、プラム、珍品としてはトマト、キウイのなど。

☆第二ラウンド。昼食。正統的に少し重く。

小エビ添えサヤインゲンのサラダ。

ペリゴー風ソースのウズラの熱いパテ。

クレッソン添えのスズキのクーサン。
シャンピニオンを工夫したヒラメのフィレにバターのフォンデュをかけたもの。
レモンのソルベ（シャーベット）。
カルヴァドスを工夫したカモのササ身。
ボルドレーズ風ソースで牛肉の小さなソテー。
サルディニヤ風ジャガイモ炒め。
アンディーヴのムニエール。

⦿お菓子類。

イチゴのタルト。
レモンのタルト。
モカのガトォ。
大統領のガトォ。
アップェルストルーデル（ウィーン風）。
フルーツのサラダ。
パリ・ブレスト。

栗のアイスクリーム。
ヴァニラのアイスクリーム。

⦿ぶどう酒

ピュリニー・モンラシェ　七一年
コルトン・シャルルマーニュ　七〇年
グラン・エシェゾォ　七〇年
ロマネ・コンティ　七〇年
ランソン。シャンパン。赤ラベル　六九年

☆第三ラウンド。夕食。正統的にさらに重く。

ジェリーにくるんだ生《き》のフォアグラ。
ソーテルヌを工夫した川ザリガニの身。
グリモ風ニワトリのフリアンティーヌ。
アーモンドのポタージュ。

コンソメのジェリーにキャヴィア。
ドボォジュ風伊勢エビの煮込み。
オルレアン風のヒラメとカキ。
シャンパンのソルベ（シャーベット）。
ガストロノーム風仔牛のフィレ。
アミアン風仔ガモのパテ。
コムピエーニュ風の牛の肋肉。
花咲けるサラダ。
⦿お菓子類。
チーズのタルト。
梨のタルト。
イチゴのバガテル。

ガトォ〝黒い森〟。
カルディナルシュニッテン（ウィーン風）。
アーモンドのピチヴィエ。
東洋風オレンジ。
赤ぶどう酒を工夫した梨。

モカのアイスクリーム。

⊙ぶどう酒。

シャトォ・ディケム　七一年
ミュールソー　七一年
シャッサーニュ・モンラシェ　六九年
シャトォ・フィジャック　六七年
シャトォ・ラトゥール　六六年
シャトォ・ラフィット・ロトシルド　四五年
アベル・レピトル（シャンパン）　六九年
シャトォ・カイユー　二九年

以上のうちでもっとも簡潔、素朴なのは第二ラウンドの昼食のとっかかりに登場する『小エビ添えサヤインゲンのサラダ』であろうかと思われる。じっさいお皿にのってでてきたのを見ると、湯掻いたサヤインゲンを芝エビの湯掻いたのとあわせ、ほのかなお酢、それもあるかないかという程度のきかせかたをしたもので、小松左京と大声で古渡りシャンソンのいななきあいをしていたら、とてもとても気がつかないだろうと思う。そして、その酢のことは料理の名のなかにあらわれていないのである。しかし、辻氏の説明によると、これはシェリーでつくったお酢をかくし味につかったのだとのこと。ぶどう酒でつくったお酢というのならわかるけれど、ブランデーをブレンドしてぶどう酒を殺したはずのシェリーでどうして酢がつくれるのですとたずねると、彼氏、ニタリと笑った。シェリー酒の栓をとってしばらくほっておくのだという。なるほど、それなら度数の高いブランデーがさっさと蒸発して、あとにのこったぶどう酒が酸化してヴィネーグル（酢）になるのは不思議でも何でもないわけである。お面一本だね。小松が今日はいないので、ほんとによかった。

しかしだ。

辻氏からいろいろとプロ用語のフランス語をまじえて講義して下さるのを聞いていると、私、だんだん朦朧となっていった。ペリゴー風ソースの説明になって、これは仔牛のフォン（ダシ汁）をコトコト煮つめたあげくマデイラ酒を入れ、それからまた煮つめにかかり、ええかげんのところでトリュッフ（西洋松露）を入れる。それもコニャックに浸けたやつを眼にぎわしの象徴的にチマチマとではなく本日はガタガタと入れ、そして、それから……聞いているうちに、ただもう朦朧となってしまうのである。銀鞍公子と公女たちはハァハァ、フンフンと相槌をうちながら何やらチョコマカと書きこむのに熱中、もしくはそのそぶりに没頭しているが、リポーターの私はとっくに匙《さじ》を投げてしまった。私だけに辻教授はホイといって第二ラウンドと第三ラウンドの各品のつくり方を書いたフランス語の原本のコピーをわたして下さったが、感謝はしたものの茫然とする。これを翻訳するのはさほどむつかしくはあるまいが（ホントかね）、自分が何もわかっていないことを逐語訳して紹介したところで何にもならない。仏つくって魂入れずである。本日、私は不肖ながら鑑賞家の役を演じなければならないので、ここは一番、辻氏とその麾下《きか》精鋭のマジック、手品に、ただ恍惚、ただ陶然と身心をゆだねることとする。その種明しなど——いくら聞いたところでわからないのだから——どうでもいいじゃないか。諸君。作家の日記を読んでその作家の作品がわかったなどと思えたことは一度もないのだから、ソレはソレ。コレはコレさ。

講義中に誰かが、

「これだけの料理をつくるのにコックさんは全部で何人ぐらいですか。さっきそこでガラス張りを見たらずいぶんいらっしゃったようですけれど」

おずおずたずねたら、

「全部で二十一人ですワ」

こともなげに辻氏は答え、講義をすすめた。誰かさんがグンニャリとなって深く息を吸いこむ気配がした。一同、何もいわないけれど、やっぱりグンニャリとなったらしい気配があった。もちろん私もグンニャリとなり、何やら底冷えの凄みをおぼえた。えらいことになってきた。それもフランス語で尊称をつければ、ド・えらいことになってきた。これまで私は辻氏と『吉兆』で会ってその淡々の口調についうかうか乗って寝言じみたことを喋《しゃべ》ってきたのだが、これはフル・メンバーのオーケストラというものではないか。その費用と労働と経験と神経の莫大な投入をどう考えたらいいのだろう。数字の思いうかべようもないではないか。

たじたじとなって横眼でそっと見ると、

「ホ、ホウ」

阿川提督は平然と呟いて老眼鏡をかけた。

第一ラウンドの朝食は軽いジャブが顎をかすめたというところですんだが、クロワッサンがみごとな出来栄えであった。キウイとトマトのジャムが珍しくて、いまから甘いものを腹に入れると、あとがつづかなくなると用心しつつ、おずおずクロワッサンにぬったのだったが、これは淡泊で、後腐れがなく、モタレもカラミもしないで舌のかなたへ消えた。このクロワッサンも、ブリオッシュも、あとからでたローフも、すべて自家製とのことだが、クロワッサンについていうと、パリからこちら、長年月にわたってさまざまな都のホテルでこの三日月パンを私は食べたけれど、その軽さ、そのはしゃぎよう、原作以上の出来であった。これだけのパンができるのなら、あとはもういうことなしとさえ思えたほどだった。このパンはパリで食べると、どんな学生町の安カフェでも、パリパリサクサクともろく軽いのだけれど、一歩パリからで外国へいくと、どういうものか、たちまち軽さが消える。ねとねとモニャモニャしてきて、あの愉しい軽快さが姿を消してしまうのである。東京のパン屋もあちらこちらでこのパンをつくるようになったけれど、こんがり陽焼けした若い娘の肌のように軽快で、乾いて、すこやかなのには出会ったためしがない。

阿川提督はイライラして腹を撫で、

「オレ、これだけでエエなあ。もっと食べたいなあ。これを腹いっぱい食べられるんやったら、もう満足やなァ」

育ちのよい率直と無邪気の声をあげるのだったが、たしかにそれは、爽やかな朝の第一撃に出会った実感があった。人徳というものだろうか。だいたいこの人の言動、万事古い大阪弁でいう〝坊《ぼ》ン〟のようなところがあって、誰にも憎まれない。しかし、大兄は容赦ない食欲の持主で、憚《はばか》ることを知らないのである。翌日の正午、『福喜鮨』の二階で、数かずの逸品を食べ、その逸品ぶりに声を呑み、最後に玉子焼を感嘆してつくづく眺めていたら、サッと大兄が手をのばし、私の嚙み跡のついたのをものもいわずに呑みこんでしまった。その早業におどろいてぼんやりしていると、ホイーッ、ホッ、ホッ、ホッ、ホイーッと大兄は声をあげ、ヨーロッパの汽車はこういって鳴くのだといった。

第一ラウンドと第二ラウンドのあいだに一時間ほどの休憩があり、第二ラウンドと第三ラウンドのあいだに三時間ほどの休憩があって別室で白木張りのスタインウェイのピアノでムソルグスキーの『展覧会の絵』などが演奏されるのを聞いて遊んだ。第二ラウンドのコースは何もかも入れると十八品である。第三ラウンドはさらに三品ふえて二十一品である。隣室のキッチンからつぎつぎと皿が程よい間合いをとってはこびこまれ、おだやかに流れこんで、ひそやかに去っていく。辻夫妻は作法通りに長椅円形の大テーブルのはるかな一端と一端に向きあって椅子におすわりになるが、見ていると辻氏は新しい皿がはこびこまれるたびにちょっと口をつけ、すぐ席をたって奥さんのところまで歩いていき、その料理についての意見を聞く。奥さんはひそひそと低い声で辻氏の耳に何かささやく。そこでたずねてみると、

「……お客さんはなかなか率直に意見をおっしゃって下さいません。どうしてもお世辞になるし、甘うなります。それでは私どものタメにもならないし、勉強にもなれへんのです。そこでこうやって私が及ばずながら批評家になって憎まれ役をするわけです。なかなかこう見えてもむつかしいもんですよ」

「毎回ですか？」

「そうです」

「ずっと以前から？」

「そうです」

慣れきったそぶりで奥さんは淡々とそう説明なさるが、端然としたその姿勢には熟練と真摯《しんし》があり、見ていて、うたれるものがある。この人も、もとは教室で料理をつくって、生徒に講義をしていたとのことである。この二人のひそひそ話の姿態には、何となく、勝ッテ傲《おご》ラズという戒語を思いださせるものがあり、爽やかであった。

静謐にして豪壮、深遠にして端麗でもあるオーケストラがはじまった。スズキ、ヒラメ、カモ、牛肉、どの皿も一片か二片のせているきりだけれど、それは氷山の一角なのであってその背後または下方に秘められたものはおびただしい。どの皿にもとろりとソースがかかっているが、これが曲者《くせもの》である。つぎからつぎへと何種類もの野菜を入れ、香辛料を入れ、肉を入れ、ことことと、あるものは十数時間、あるものは三十時間、ときには煮つづけ、ときには煮たりさましたりまた煮たりした錬金術さながらのものである。それは鬱蒼として深遠なのだが、あくまでも作為を舌に感じさせてはならず、魚や肉にひそむ味と香りのエッサンスを抽出して高揚させつつもそれらを凌いだり、圧倒したりしてはならないのである。深くて冷たい森であると同時に、しらしら明けの早朝に射す日光の清鮮でもなければならないのである。われらはそれを舌にしみこませ、それで舌を洗い、歯ぐきにまわして教えこみ、咽喉を愛撫してめざめさせる。舌ざわり、咽喉ざわり、香り、歯あたり、色、形、そして愉しい笑声や、思わずたてる嘆声や、ジョークなどの花を添える。また魚にはモンラシェ（七一年）やシャルルマーニュ（七〇年）のよく冷えてキリッとしているけれど舌を刺したり、もたれかかったりしない白のセック、鴨のささ身や肉にはエシェゾォ（七〇年）とロマネ・コンティ（七〇年）の赤を抱きつかせて、粛々と駒をすすめる。一皿一皿が独立しながらも全体にとけこみ、その場で眼を瞠らせつつもはるかな食後にまでひめやかで広大なこだまをほのぼのとひびかせていく。鮮。美。淡。清。爽。滑。甘。香。脆。肥。濃。軟。嫩……

「ロマネ・コンティの説明、開高さん」

「いつぞやおれは一九三五年と三七年のこれを飲んだことがあって短篇を一つ書きました。いずれ本にいたしますが、そのときみなさんに一冊ずつさしあげますので」

「待ってられへんねん」

「君は怠けものやからね」

「毒蛇はいそがないといいます」

「今この場で説明してんか」

「長うなるねッ、話が」

「三百字以内に要約せよ」

「それではですね。上等のいいぶどう酒のことをフランス語ではボン・ヴァン・ファンといいますが、偉大な酒はグラン・ヴァン。この酒はグランで、ボンで、ファンだ。ブルゴーニュ地方にコート・ドール、黄金の丘と呼ばれる帯みたいに細長い地帯がある。ここがグランどころや。グラン・ヴァンの目白押しや。土質は赤ちゃけた煉瓦質のガサガサで、ぶどうしかできない。すばらしいぶどうしかできない。その一角にドメェヌ・ド・ロマネ、ロマネ領というのがある。ここではロマネ・コンティのほかにラ・ターシュ、リシュブール、ラ・ロマネ、いろいろの酒がとれる。どれもこれも逸品で、ほぼ等質、等格だ。だのにロマネ・コンティだけ雷名がとどろくようになったのはただ名前のひびきがええからや。ほかにさほどの理由は考えられない。とれる分量が少いのでこの酒は今でも一本一本手で栓詰めをしてる。そのはずや。この酒だけでなくブルゴーニュの酒すべてがそうやけど、ボルドォは強健だけれどブルゴーニュはデリケートで、とくに動揺に弱いとされてる」

「ゆさぶるなというわけやな」

「そうや。飲みたかったらフランスへいって飲みなさい。そうでなかったら飛行機で持って帰ってきたとハッキリわかってるのを飲みなさい。船ではこぶとブルゴーニュはインド洋の波で目をまわしてしまう。以上、終り。三百字。今日のこの瓶、辻さんは飛行機で持って帰ったはずや」

「そのとおり。私は十一月、フランスにいましたからね、今日のためにわざわざ飛行機で持って帰ったんです。日本でフランスのぶどう酒、ことにブルゴーニュを買うと、フランスから日本までの道中と日本へ上陸して以後お酒屋さんでどんな扱いをうけたか。それがわからないし、ひどいもんだから、ある年号のあるブルゴーニュが東京で飲むのとパリで飲むのとではひどく味が違うことがあるんです」

「氏も育ちもいい箱入娘がヒッピー旅行したためにまるでワヤになってしまうことがときどきあるやろ。あれや」

「なるほどなるほど」

「女にたとえるとすぐわかるね」

「男にたとえたらどうなりますのン？」

「昔からぶどう酒は女にたとえることになっとるです。ついでにフランスの諺を一つ。水は酒をダメにする。車は道をダメにする。女は男をダメにする」

「マ、きゃらしい」

「いうたわね」

「好かんタコ」

「フランス人がそういうてるんです。おれじゃないです」

宝石のような一滴一滴を舌にのせてコロコロところがす。砕いて香りを鼻へぬく。歯ぐきにまんべんなくまわし、しみこませて、滴の内奥からやおらあらわれてくる顔をつくづく眺める。

今日、第三ラウンドの最終にお菓子のでたところでソォテルヌの一つであるシャトォ・カイユー、それも一九二九年産という途方もない一瓶が登場し、ラベルの古色を見てクラクラとなった。ふつう若いソォテルヌは淡い黄緑色をしているが、これは四十八年間、あの第二次大戦中もひたすらひっそりとすごすうちにすっかり色づいて、紅茶に朱を点滴したような色になっていた。こういう瓶を見るたびに、私、ぶどう酒は冷暗の闇と瓶のなかで眠りこけるのではけっしてなくて、じつは火のでるような修業をしているのではないかといいたくなるのである。それを痛烈に暗示されただけでも今日の饗宴には意義があった。

夜の十一時。

全行程を終った。

銀鞍公子、公女、一同、頬が紅潮し、眼がうるんで輝き、誰一人として眠そうにしているものがなかった。これだけぶっつづけにすわりこんだままで食べて飲んだのに私はアップェルストルーデルと、カルディナルシュニッテンとチーズのタルト、辻夫妻に声をそろえてすすめられるので、おそるおそる手をだしたら、三片ともするすると咽喉をすべって消えてしまい、茫然となってしまった。辻学説によると、どんなにおなかが料理でいっぱいになっても、もしまっとうに手をぬかずに上手につくったお菓子であるなら、つるりと入るものである。それはまるで舞台が変るようなことなのだとのことであった。いくつとなく味わった今日の驚愕の一つがこれである。これが最後かと思ったが、ホテルへもどってみたら、しきりにウ、ド、ン、かお茶漬を自分が食べたがっていることを発見し、最大の驚愕を味わった。飽食のあとの空腹をなだめなだめシートンの動物記を二頁読んで寝た。

このあわただしげに書いた一文の末尾にオーケストラの指揮者としての辻静雄氏と夫人、コンサート・マスターとして同校の小川氏、第二ヴァイオリンのトップとしての水野氏、お菓子は料理とちがってたった一人でつくるからフルート奏者とでもいうべき川北氏、終始にこやかに瓶をとりかえて十二時間にわたって酒を注ぎつづけ、楽譜をめくりつづけた浅野氏、および二十一人のコックさん全員のみなさんにあらためてお礼申上げます。

（またしてネ、の声あり）

自然に反逆して自然へ帰る

『最近本邦に支那料理勃興し、都市に尽《ことごと》く是ありと雖《いへど》も、一として口にすべきものなし。我邦人は支那料理は此の如き物なりと信ぜるが如し。不肖は曾て客に饗するに、支那料理を以てせり。来客皆その言ふ所を一にして曰く、是の如き支那料理は、始めて之を食へりと。蓋《けだ》し本邦の支那料理と云ふは、全然別物なるが如く、支那に非らず、日本に非らざる物なり。唯その味を問はず、その量を問ひ、その価を問ひ、その形を問ふを以てなり』

昭和六年に出版された大谷光瑞『食』の一節である。近頃ではあまり珍しくないことになってしまったけれど、これは当時の日本知識人としては稀有のことといってよい世界食べ歩る記で、和・漢・洋にインド、インドネシアなども入れ、徹底的に食いまくった記録である。正統の味覚を追求しながらも、しばしば南方中国の水田に棲むネズミやインドネシアのコウモリなどもおかまいなしに食べて紹介している。この人、雲客にしてはなりふりかまわぬ食徒であったらしい。自分のことを終始〝不肖〟とへりくだった呼びかたをしながら一貫して自信満々、ときには倨傲《きよごう》とさえ感じられる文体で断言、論断を下していくあたり、この短い引用文にも特徴がよくでているが、その対照の妙がおもしろい。

今年は昭和五十三年だから、この本からすでに四十七年という時間がたったことになる。しかし、中華料理はいよいよ盛大の一途をたどっているのに、その味が〝支那に非らず、日本に非らざる〟という事態はいっこうに改まらないばかりか、いよいよこれまた流行の一途のように見うけられる。大陸や香港へでかける人は数知れずあるのに誰も本場のソレとのひどい落差をあげて菜館に不平、不満を述べないらしく、菜館の経営者も厨師《コック》も安心して堕落をはげみつづけているかのようである。厨師は経営者にいわれるまま自身を殺して日本人受けのする味をつくりつづけるしかないのだろうから、非難してもはじまらないが、経営者は経営者で日本人を見くびって、媚びて、パルプ小説めいた皿をだしつづける。しかし、そういうものをはびこらせるのは客である日本人の責任でもあるのだから、非難するとなれば日本人を非難するしかないわけである。味の素を発明し、トンカツを創案し、カキをフライにすることを思いつくなど、日本人の味覚と創意はなかなかのものであるのに中華料理とモツ料理についてはまるでミミズのように眼もなく耳もないかのようである。日本式中華料理の堕落はいくつでも特徴をあげることができるけれど、筆頭のソレはやっぱりむやみに砂糖をほりこんでドタドタと甘くしてしまうことだろうし、香辛料の香りの角《かど》がたっていないことだろうし、粉飾に熱中して本質の抽出を怠っていることであろう。日本全国どこの大衆食堂でも食べられるスブタはただもうキャラメルみたいにドド甘くねばついているが、秋の水のような澄明が酢にはあるのだ、それこそ酢の持味なのだということがまったく忘れ去られていると思いませんかね、アナタ。文学だろうと、音楽だろうと、香水だろうと、料理だろうと、甘はもっとも幼稚、ことに砂糖のソレはまったく浅薄なものなのである。シュンの山菜に含まれるあの気品高いほろにがさに眼のないアナタが、いっぽうでキャンディーみたいなスブタをよく平気で食べられるものですネ。何も私は雲上の珍羞《ごちそう》のことをいってるのではなくて、誰もが食べられるスブタのことをいってるのですよ。話はスブタなんだ。スブタ。

北方中国料理の特徴は濃、南方は淡ということになっているが、わが国の中国人経営の菜館では久しい以前から八宗兼学で、北も、南も、濃も、淡も、御註文次第でどれでもできますという態勢になっているようである。北京料理を看板にした菜館の食譜に四川料理であるはずの麻婆豆腐が平気で顔をだしている。そしてそのことを誰も怪しまない。こういう傾向はわが国の菜館だけではなくて、たとえば香港でも一軒の店が北菜、南菜、何でも御申しつけ下され、である。この八宗兼学ぶりは、出版社、輸出入商社、家電メーカー、ナニや、カや、全企業がことごとくマルチになって何でもかでも手をだす現代産業の世界的な傾性と奇妙に一致しているかのように見える。そういう店が標準的にふえてくるので、こちらはひねくれてしまい、一品料理、麵、オカユ、飲茶、それぞれ一つのテーマだけを売りものにしている店を選んで訪れたくなるわけである。しかし、今月書くのは、スブタでもなければ飲茶でもなく、北京烤鴨でもなければ塩焗雞でもない。百花斉放、百家争鳴のわが国の中華料理界に誰ひとりとしてその専業の看板を掲げるものがなく、しかも蒼古から数千年の伝統を持ち、もうひとつ重要なことをあげれば西洋料理にその片影もなければ伝統もないものである。中華料理の精進料理である。

この特異な、あっぱれな料理のことは誰もまともにふれた人がないので、不肖あえてとりくんでみようと思いたった。もし読者にこれがちょっと稀れで、思いつきようがなく、しかも何やら鬱蒼としているらしいぞと感じさせることができたなら、それだけで筆者は眼をつむっていいのであるが……

素食、斉食、素斉、素菜などが精進料理をあらわす中国語で、店名も如意斉とか、菜根香素食館とか、七宝斉厨素食専家というぐあいになっているから、町をぶらぶら歩きしていても何となく見当がつけられる。しかし、東京、横浜、神戸、京都、大阪、どこにもそういう看板をあげた店は見たこともないし、聞いたこともないので、取材には香港へいかなければならないかと思っていたところ、横浜の中華街の『四五六菜館』の中国人の主人がこれをよくするという聞きこみがあって、編集部にかけあってもらったら、すぐに快諾してもらえた。この菜館にはずっと以前のことになるけれど何度か食べにいったことがある。小さくて、地味で、薄暗い店だったけれど、料理は鉢にも皿にも思いきりの大盛りで、それが魅力だった。いつも店には髪をひっつめにした中国人のおばさんがいて、こちらが何か註文すると、ソレオイシクナイヨといって、べつのを推薦してくれる。そういう奇骨、または気骨が魅力になっている店でもあった。店名の『四五六』というのがいつも謎だったが、のちに香港で『三六九』という麻雀の手を屋号にした店があるのを発見し、これまたバクチの何かいい手と関係があるのじゃないかと連想することがあった。

中華料理の精進料理について私は度重なる経験を持っているわけではない。建物でいえば入口の敷居のところにたって、なかをちらりのぞきこんだだけで目を丸くしていると、いったところだろうか。サイゴンの寺で何度かと、香港で二度食べただけである。サイゴンの坊さんたちはなかなかきびしく戒律を守っていて、昼食や夕食に私にだしてくれる料理はすべて精進料理であったが、それらは豚肉や魚肉にそっくり見せかけてつくってありはするものの、原料はことごとく野菜や穀物や植物油であり、最後の味つけにニョクマムをふりかけるということもしないのだった。ヴェトナム人は空気を吸うときに酸素や窒素といっしょにニョクマムを吸うのだといってもいいくらいなのだから、それはちょっと目を瞠っていいことだった。貧しい二皿か三皿に大豆や豆腐でつくった雲白肉や炸鶏などをのせてさしだし、私が一口ごとに豚肉そっくりだ、鶏そっくりだと呟いてびっくりしているのを見て、よれよれの僧衣を針金細工のようにやせこけた体にひっかけた坊さんたちはおだやかに微笑するのだった。そして、どうやってこういうものをつくるのかと私が何度たずねても、ただニコニコするだけで、何も答えてくれなかった。これが香港の素菜専門の菜館へいくと、さらに手がこみ、さらに洗練されて、形、色、匂い、歯ざわり、舌ざわり、ことごとく本物そっくりになる。本物そっくりといっても、一口食べれば植物食だとはっきりわかるのだし、どこまでいっても物足りない淡泊に終始するのだけれど、皿ごとに驚かされつづけるのである。熊掌も燕窩もこの町では食べたけれど、驚きの鮮やかさということなら大豆でつくった豚肉のほうがはるかに上だった。

さて。

本日の菜単は左の如し。

一、四冷盆双拼
二、紅焼魚翅
三、炒蝦仁
四、炸双味
五、炒三冬
六、一品豆腐
七、紅焼素鶏
八、点心
九、揚州素伶
十、獅子大頭
十一、糖醋蓮魚
十二、芥菜蓋雪
十三、氷糖銀耳
十四、水菓（フルーツ）

本日のゲストは遠藤周作氏と辻静雄夫妻。解説者として横浜中華学院の校長先生の張枢氏。編集部と四五六菜館の橋わたしをして頂いた新谷波夫氏。そこへ審判役（?）として文春側から前回とおなじく川又庖丁、高松たべ子、竹内ボクチャン、そこへ湯川アングリングが飛入で入っての大一座。例によって私はメモをとり、講義を聞かなければならないから、紙とペンを持って張氏のとなりにすわる。みんなはニコニコざわざわと、食べて冗談をいって、おっとりとしているのに、私だけは、教室にすわったみたいに張先生の解説を聞いてメモをとらなければならない。これがなかなか楽ではないのである。料理というものはメモ帳とペンを手にして食べるものではないのだから、味わう、聞く、書く、考える、喋るを一度に演ずるのはしばしば苦痛である。もとよりそれが役であり義務であると買ってでたのはこちらなのだから、万事覚悟の上のつもりだが、内心しばしば苦痛である。ニコニコ食べて笑うだけに没頭しているヤツらの横顔が憎いぜ。

久しぶりにきてみると四五六菜館は小さくて薄暗かったのが増改築してすっかり明るくなり華やかになっていて眼をこすった。その二階の小さな宴会ルームで大円卓をかこんですわり、私は張先生のとなりにすわって、もっぱら講義を聞く。先生は長身、銀髪、頬の血色がよく、温顔の童顔で、ちょっと斎藤茂太氏に似ている。挨拶にでてきた菜館の主人で厨師の孫氏はちょっと鳫治郎に似たいい顔だちである。この人の名刺を見ると《横浜中華料理同業公会　監事》とあるから、よほどの技の持主かと思われる。江蘇省の出身。日本語は少し話すけれど、おぼつかない。張先生とはたいそう仲がいいように見かけられる。料理にさきだって張先生が手短に解説して下さったところによると、中国の精進料理の淵源は道教であるとのこと。道教の寺だけでやってた頃はその哲学からしてあくまでも自然に帰一せよとの主張通り、野菜も穀物もなるべく人工を加えないで食べる風習だったが、仏教が入ってきてからは、菜食として変りはないとしてもにぎやかになり、華やかになった。この食事は何も料理店でだすだけではなく、ふつうの民家でもよくやることである。正月の三日間とか。何かの祭りのときとか。月の一日と十五日にとか。もし正式にやるとなれば、一切の不浄を排さなければならない。日頃の肉や魚を切る庖丁はやめだ、新しい庖丁、新しい俎《まないた》を使わねばならない。料理は徹底的に菜食でなければならぬ。刺激を排すという立場からして、ニラ、ニンニク、ネギなどを入れてはならないが、例外としてショウガはべつだとされている。それから、卵は白身も黄身も認められている。海のものではカキだけは血が見えないのでという理由で認められている。素菜の食後にはどこかで魚なり鳥なりを買って放生《ほうじょう》してやることになっている。いったいこの素菜料理は品数が何十、何百とあるのだが、ふつうの中華料理のほかに一流のコックともなればかならずこれがこなせなければならない。精進料理ができない厨師は二流、三流である。牛、豚、鶏、鴨、魚、蝦、いっさいがっさいを植物でつくり、形、色、香り、歯ざわり、徹底的に本物に似せてつくるのが本願であるが、そのうちもっともむつかしいとされているのは魚と鶏である。

そういう解説を聞いているうちに前菜が四つの皿に盛りわけられて登場する。『四冷盆双拼』というものである。その四つの皿には白蒸鶏、ハム、レバー、腸を模したものがきれいに切りわけられ、盛りわけられて、のっている。これがことごとく豆や、豆腐や、湯葉や、野菜などでつくられているのだが、通りがかりにうかつに一瞥したら本物そのものと見えることだろう。

このつぎに『紅焼魚翅』がでる。紅焼は醤油煮込み、魚翅はごぞんじフカの鰭のこと。これは筍《たけのこ》を薄く薄く切ったうえでこまかくこまかく櫛《くし》の歯のように庖丁を入れてつくった。それがとろりと飴いろに艶っぽく輝いているところは、イヤハヤ、脱帽のほかない。もともと魚翅は歯ざわりだけをたのしむようなものなのだから、そのコリコリとした歯あたりを筍でやらせるというのは英知である。もぐもぐと食べているうちに感嘆といっしょに微笑もわいてくる。世捨人になって寺に閉じこもったはずの僧たちが故郷忘じ難く候と呟いて、ああでもない、こうでもないと、ママゴトをするみたいに、試しぬき考えぬき工夫しぬいたあげくの労作がこれである。悲痛なような、おかしいような、深遠なような努力である。徹底的に自然に反逆しながらふたたび自然へ帰るという志向が一貫して脈々とある。わが国の精進料理にもたとえば湯葉の蒲焼のような名品があることはあるけれど、自然そのものと融即しようとする志向のほうがさきにたって、反逆しつつ融即しようとはしたがらないから、味と、技と、渉猟が浅く、狭くなってしまう。残念ながら、清淡はあるけれど、濃と、厚と、深については十歩も百歩も譲らねばなるまいかと思われる。おなじ字を使って沙門斉食といっても中国人と日本人とでは僧の現世にたいする執着そのものが相違するのであろう。奇想の遊び、何をおもしろがるか、それにどれだけ耽溺したくなるか、できるか、といった精神の諸相で、両者はそのまさぐりにくい深部でひどく相違する。

そのうちに新谷波夫氏が台湾と香港で見聞した異味、奇味、珍味の話をはじめた。この人は名刺を見ると《国際取材プロ　国際報道作家》とあり、台北と香港に支社を設けて、とびまわっておられるらしい。壮年の立派な体軀に浅黒く日焼けした顔がのっていて眼光鋭い。スカルノ大統領がかぶっていたのとそっくりの帽子をかぶり、ライターを紐で首からぶらさげていらっしゃる。中華街の通《つう》ということで編集部の希望を張先生や四五六菜館主人に橋渡しして面倒を見て下さった人物である。この人がおっしゃるには、台湾にはヒルのスープというものがあって、シコシコした歯ざわりがとてもよろしいとのことである。はじめのうちは何のスープかわからないけれど、ただおいしいと思ってすすっていたところ、同席の台湾人が〝蛭〟という字を書いて教えてくれたのでそれとわかった。また台湾には酒のサカナに無二の逸品としてミミズの串刺しというものがある。ミミズを細い竹の串へ、靴下を裏返すように裏返して刺してのばしたのを陽にさらして乾かす。それを火にちょいちょいとあぶって食べると酒の友として絶妙なのだそうである。つぎに、これはまだ試したことがないけれど、幻の奇味として、蚊の目玉というものがある。重慶だ。重慶の洞穴にたくさんのコウモリが棲んでいて、しきりに蚊を食べるが、目玉だけが消化されないで雲古にまじって排出される。その雲古をとってきて、水にとかすかどうかして、それを漉して蚊の目玉だけのこす。それを極上のスープに入れて供す。ただしこれはそんじょそこらのコウモリではいけないのであって、あくまでも重慶の洞穴に棲むヤツでないといけないとのことである。

「蚊の目玉ってとけないの？」

「黒ゴマみたいなんだナ」

「コウモリの雲古の蚊の目玉がねえ」

「化学変化で固くなるんじゃないの」

「仁丹より小さいんだろな」

「そりゃあ、もう」

「おれの目玉で、どうや？」

「気味悪くって。わるいけど」

「蚊の目玉。ねぇ」

「蚊の目玉だって」

「さすがだなァ」


一同、わいわいがやがやと歓ばしげにさえずりはじめ、雲古という単語が出没しはじめたので、それまで肩をすくめてうなだれ気味に、料理がでるときだけ短くウンといったり、ホゥといったりして息を吐いたり吸ったりしていた遠藤周作氏が、やっと顔をあげてニコニコしはじめた。昔から、この人、よほどのはにかみ屋なので、雲古、御鳴楽、御叱呼の話が場にでないことにはどうにもならないらしいのである。それを見てホストとしてはゲストが元気づいたのでホッとする。

このあたりで『炒三冬』という皿がでる。〝冬《トン》〟の字を持つ三つの植物の料理である。それは〝金冬菜〟、〝冬荀〟、〝冬茹〟の三種である。その、さいごの〝冬茹〟に私の女房がひっかかり、どうしても究明したくなって、甲ン高い声でカタコトの北京語でナントカ、カントカ、トングウ？　と張先生に二度、三度たしかめる。張先生はおっとりとした声でそのたびに、とろとろたらり、トングウ！ という。それでも女房が納得できなくて、キンキン、トングウ？ とたずねる。張先生は、とろとろ、トングウ！ と答える。このやりとりを聞いているうちに厨師の孫氏がニコニコしつつも重厚な迫力をこめ、江蘇訛りらしく、ズシリ、

「どんぐう！」

ひとこといったら、女房も張先生もたちまち静かになった。何やら納得して二人とも、トングートングーと呟いて微笑した。これはシイタケを小さく丸くつぼめたようなキノコの一種で、中華料理ではよく使われる。

タンツーリーユイという料理は〝糖醋鯉魚〟であるが、わが国ではコイを使うのに、アチラでは草魚や蓮魚を使う。どちらもコイに似た草食のおとなしい魚で、姿も口もコイによく似ているけれど、その白い肉はコイよりもねっちり、ねっとりしていて、コクがあるような気がする。この二種が手に入るのは関東近辺では利根川だけだから、中華料理店の大皿にのってでてくるのは、いつでもコイである。これが〝姿〟で、まるのまま一匹油で揚げられて大皿にのってでるものだから、みんなそこで目を奪われてしまい、味はどうでもよくなってしまう。何度となく私はこの料理を食べたけれど、揚げたコイにどろりとかぶせた餡《あん》が、シイタケやニンジンやタケノコやいろいろまぶして工夫してあるにもかかわらず、スブタとおなじようにやたらネトネトべたべたクソ甘いので、やりきれない思いをさせられる。せっかくのコイの白い肥肉の妙味がキャラメルにまぶされてしまって、何もわからなくなるのである。さきにスブタのところで書いたけれど、酢には秋の水のような爽快と澄明があるのだから、それを発揮しつつそ

れでコイの肥肉の妙味をぬきだし、かつ、きわだたせてやらなければいけないのに、どこで食べてもキャラメルまぶしになっていて、うんざりさせられる。外見を粉飾することに没頭して本質の抽出を忘却しているのである。食前に、今日、あらかじめ厨師の孫氏が書きだした菜単の一つに『糖醋蓮魚』とあったし、席についてから張先生に精進では鶏と魚がもっともむつかしいのだと教えられたので、内心ひそかにこれがでてくるのを期待していた。『炒蝦仁』というのも菜単の一つで、これはエビの炒めたものであるが、でてきたのを見ると、ハスの実を芯にしてエビの形にきざみ、それをメリケン粉と卵の白身を工夫してまぶしたとのこと。歯あたりはサクサクとしてまったくエビではないけれど、それを巻いた肉がむっちりとエビにそっくりで、清淡の遊びぶりにおどろかされたものであった。そこで、これが鯉魚なり、蓮魚なりを模して追うとなると、どうなるのだろうかという期待がしきりにうごいた。

歓声に迎えられて登場した大皿にはコンガリと油で揚げられた金色の魚がよこたわり、そこにシイタケやタケノコやニンジンの餡がとろりとかけられ、大根を剝いてつくったらしい白い網がお座興としてかけられてある。この網をとって、ざっくりと魚にレンゲを入れてひとかたまりを皿にとったのが辻静雄氏で、ひとくち口に含むや、たちまちニッコリした。

「いける。いけるわ。皮が魚にそっくりや。魚の味がする。野菜でつくったのに魚の味がする。ふしぎやね。ほんまにふしぎや。勝子、食べてごらん」

華やぎつつ、すかさず愛妻の皿に一片とって、供す。どうもこのあたりの呼吸が、ヨーロッパ風のエチケットが、われらには、うまくすかさず体や動作で表現できないというウラミがある。

前号の言語に絶する長夜の宴のお返しとしてはいくら中華といっても精進料理なのだから、この夫妻をお招きするのはいささか気恥しい思いをしたのだが、ほかに何の妙案もないので、お誘いをかけたところ、さっそく快諾して光臨頂けたのはまことに欣快と存ずる。この人、席につくと、たちまち眼がいきいきとしはじめて、タケノコのフカの鰭ではスープが野菜だけでとったにしてはじつに深いといい、ハスの実のエビ炒めには衣の軽さに感動を述べ、ふとした会話の切れめにはお飾りとしてでた赤大根を菊の花のように切りきざんだ細工をとりあげて、これはちょっとしたもんだと、評価した。われらの眼や舌のつけどころとは一歩はずしたところで評価を下すあたりにさすがプロ中のプロの素養が見られるので、われらのうちの何人かは、氏の評語のあとで、いそいでスープをすすってみたり、赤大根の菊花をとりあげてみたりして、勉強にいそしむ。あわれにもいじらしかりき。その人が、びっくりした声をあげて、野菜でつくってあるのに揚げ魚そっくりの味がするといいだしたものだから、みんないっせいに起きなおってレンゲをつっこんだ。口に入れてみたところ、たしかに、この魚の皮は熱い油で揚げた本物の魚の皮にそっくりのパリパリした味がして、おどろかされた。香ばしい魚くささが口にひろがるのである。みんなの口ぐせの歓声や歎声を聞いて厨師の孫氏は鴈治郎風の年老いた美貌をニッコリ皺ばませた。誰かが、この魚は何でつくってあるのですかと、たずねると、厨師はおっとりと口ごもり、サカナノカワハ×××デ、魚ハジャガイモヤナニカデ△△△と、呟いた。けっして秘匿する意図からではなくて、作業の複雑さと苦心に、氏の日本語が追いつかないだけの口ごもりであるようだ。そっけなくてたよりなくて淡泊な穀物や野菜や植物油だけでこのねっとりとした魚の皮の膩味《じみ》がだせるのだから、この人はやっぱりその道の大師なのだろうと思う。事物の生々流転もここまでくれば、一片、みごとに舌にきざまれる。

本日、十四品の皿がでたけれど、清淡を基調音としつつも、濃、厚、深、奇、さまざまな変奏の花を咲かせた。これらがことごとく赤い生血と白い肥膩《ひじ》を持たない穀物と野菜からつくられたものであると、皿ごとに信じられもし、信じにくくもある変奏の妙であった。みなさんごぞんじのように西欧には精進料理というものがない。そもそもそういう発想がないのだから、料理はあり得なかった。これをずず黒い禁欲僧たちの現世にたいする断っても断っても断ちきれない執着または怨恨の、東洋の心の陰火の産物と見るかどうかはその人の自由だが、筍のフカの鰭とか、ハスの実のエビとか、湯葉でつくった鶏など、皿にのってでてくるのを見るたびに、私としては感嘆しつつも笑わずにはいられないのである。禁欲僧の執着または怨恨だと見るとしてもその笑いには徹底的な自己諷刺がただようのである。この笑いからして、可憐、優雅、罪のない深謀などをおぼえさせられ、まことに華《はな》あるふるまいと感じたくなってくる。科学は大豆を分析してその栄養の豊かさに驚き、〝畑の牛肉〟などと命名し、グルテンなる食品を抽出して病人用、コレステロール沈着の予防用にと大騒動だが、これはぶざま、野暮、無用きわまる半湿り豆腐である。そんなことは東洋ではすでに千年も二千年も以前に知覚し開発されていた。何をいまさらといいたいところである。あれだけ格物致知の発明の才に富んだはずの西欧が大豆から豆腐をつくることを思いつかなかったのは奇妙というしかないが、彼らの味覚や舌覚にいまだに豆腐が迎えられないらしいのも不思議の一つである。

冒頭にあげた大谷光瑞の『食』に中国で素菜を食べた経験がつぶさに書かれていないのは残念だけれど、巻末に当時の上海の素食の菜館のものらしいメニュがあるので、それを以下に掲げることとする。字はいかめしいけれどただ菜ッ葉を油で炒めただけというものもあり、かなり手のこんだものもある。中国料理はこのジャンルでも鬱蒼とした深苑なんだなと感じて頂けたら、それでよろしいのである。

（一）冷盆類

醃白筍　筍を煮てゴマ醬油をかけたもの
拌麪筋　なまのふを千切りにしキノコと一緒に砂糖醬油アブラで煮たもの
醃荳腐　豆腐を煮て油醬油をかけたもの
拌黄瓜片　生瓜を二つに割つて白砂糖を加へ種油ゴマ油をかけてあげたもの
醃蘿蔔絲　大根を細切し塩でもみ、砂糖菜種油をかけたもの
拌粉皮　麦粉をねり細く切りマクハ瓜の細く切つたものを入れ塩、醬油、油で煮たもの
醃黄荳芽　大豆モヤシを煮て油醬油をかけたもの

醃蠶荳瓣　新蚕豆の皮を去り、中の豆を煮てゴマ油醬油をかけたもの
醃茭白　マコモの芽を煮て油醬油をかけたもの
醃蓬蒿　春菊を煮て油醬油をかけたもの
玉堂菜　白菜の芯を煮て砂糖醬油をかけたもの
醃泡菜　野菜を細く切り白砂糖、ゴマ油を入れて煮たもの
醃荳腐乾　豆腐を煮て油醬油をかけたもの
醃膠菜　白菜を煮て砂糖酢をかけたもの
醃洋胡蘿蔔　ニンジンを塩でもみ、砂糖、菜種油をかけたもの
醃馬蘭頭　野菜を煮て細切りにし塩と油砂糖を入れて煮たもの
醃磨腐　麦粉をネツテ四角に切りシヤウガを入れ醬油とゴマ油にて煮たもの
拌洋菜　豆の粉を煮て小さく切り豆を入れ一緒に醬油、油で煮たもの
醃芹菜　セリを煮て油醬油をかけたもの
醃萵苣笋　チシヤの芯を煮て油醬油をかけたもの
醃草頭　クローバを煮て油醬油をかけたもの
醃百葉　ユバを煮て油醬油をかけたもの
醃乳腐　豆腐を小切りして味噌豆腐やコセウ酒ミカンの皮などを入れて塩付にしたもの
糟乳腐　豆腐のカスに食塩と酒カラシを加へ二ケ月ばかり塩付にしたもの
醃油菜梗　菜種の軸を煮て油醬油をかけたもの

醃西瓜皮　西瓜の皮を煮て油醤油をかけたもの

醃榨菜　四川の榨菜に雪裡紅を混じ油醤油をかけたもの

拌刀荳　さや豆を醤油ゴマ油カラシなどで煮たもの

醃灰料頭　豆を煮て砂糖塩ゴマ油で一緒に煮たもの

醃紅花　紅花の雑草をとりきれいに洗ひ油で煮て沸騰するのをまつて少し醤油をさし□を入れ食塩と酒を入れて煮たもの

茅荳莢　もやしの茎をとり上下の両端をハサミとり水できれいに洗ひ鍋に入れ清水をさし食塩を入れてふかしたもの

氽荳腐乾　白の生豆腐を乾かし塩水に一昼夜つけそれを又乾かし油で煮て味噌豆腐をまぜ黄色になるまで煎つたもの

醤乳腐　ほし豆腐を塩付にし小がめにしまひ石で蓋して空気のかよはないやうにし中に酒少し加へ泥で封じ二ケ月ばかりして食べる事が出来る

拌青菜　青菜とユバを細切し混ぜるもの

搶筍　筍を熱灰に入れて蒸し取り出して油醤油をかけたもの

拌茄子　茄子を煮て、それをさき、油醤油を混ぜるもの

醃枸杞頭　野菜を煮て塩、砂糖ゴマ油を入れて煮たもの

焼沿籠荳　藤豆の筋を去り、油煎りとして醤油をかける

焼長荳　ナタ豆を小切にし醤油、食塩で煮たもの

素炙骨　蓮根を細切とし酢、砂糖、醤油を混ぜるもの(豚の炙骨の形に似せたもの)

荳腐鬆　豆腐を煮つゝ水を蒸発し、絹で圧搾し醤油漬の木瓜薑で味をつける

醃素皮蛋　カブを卵の形に切り塩を加へて煮たもの

拌菜梗　菜の芯を塩で混じて水を去りゴマの油で攪拌《かくはん》し、醬油をかける

拌絲瓜　ヘチマの皮を去り塩でもみ少しく乾かし油、砂糖で蒸し、油、酢をかける

素鰽魚　ふを団子につくり鰽魚の形に切り白砂糖と醋で煮たもの

蘿蔔鬆　大根を用ゐ同右の方法

醃香菜梗　白菜の葉を去り心茎を細く糸状に横断し、塩（塩と味噌とタウガラシを混ぜたもの）でもみスリゴマを加へ素焼の甕《かめ》に入れて圧して半ケ月後に食す

醃白菜梗　醃白菜梗の速成　白菜の心茎を細切し鍋中に入れ油塩で煎りそれを素焼の甕に入れ封口し一夜漬として食す

（二）熱炒類

炒蘑菇　椎茸（シヤキ〳〵した）を油でいためたもの

炒三鮮　油豆腐を四つ切りにし干筍千切りにしキクラゲを加へ醬油と塩で煮たもの

炒素鶏　ユバを圧して鶏肉に似せ油でいためたもの

炒冬菰　椎茸（南支の）を油でいためたもの

炒素肉　ウドン粉で豚肉に似せ油でいためたもの

炒素鵝　山芋で鵝肉に似せ油でいためたもの

炒素鴨　千層で鴨に似せ油でいためたもの

炒素海参　豆粉と胡麻粉でナマコに似せ油でいためたもの
炒十錦　シヒタケ冬瓜キノコにふや筍を加へ醬油で煮たもの
炒芹菜　セリを油でいためたもの
炒新蠶荳子　新蚕豆を油でいためたもの
炒青菜　青菜を油でいためたもの
炒白菜　白菜を油でいためたもの
炒蘿蔔絲　大根を油でいためたもの
炒磨腐　豆の粉をネリ小さく切り菜種油でいり、醬油、塩を入れて煮たもの
炒雪笋　漬物の雪裡紅と菜を油でいためたもの
炒莧菜　セリの茎を短く切り干豆腐を入れ、醬油、食塩、油で煮たもの
炒芥藍菜　野菜の葉をこまかに切り醬油、酒を入れて煮たもの
炒素肉円　豆腐で肉団子に似せ油でいためたもの
炒素鱔絲　細く椎茸を切り、細切の鰻肉に似せ油でいためたもの
炒粉皮　ユバを油でいためたもの
炒辣茄　大タウガラシを油でいためたもの
炒蠶荳瓣　蚕豆を割り、油でいためたもの
炒東瓜　トウガンを油でいためたもの
炒茭白　茭白を油でいためたもの　ガマノ子

炒葱荳腐	葱、豆腐を油でいためたもの
炒茄子	茄子を油でいためたもの
炒夏大蒜	夏のニラを油でいためたもの
炒榨菜	榨菜を油でいためたもの
炒芥菜	カラシ菜を油でいためたもの
炒菠菜	ハウレン草を油でいためたもの
炒蓬蒿菜	シュンギクを油でいためたもの
炒腐乾	豆腐乾を油でいためたもの
炒番瓜	カボチヤを油でいためたもの
炒玉蜀黍梗	玉蜀黍の極く若い軸を油でいためたもの
炒百葉包素	ユバで豆腐椎茸等を包み油でいためたもの
炒荳瓣酥	蚕豆の中だけを糊状にし油でいためたもの
炒素肉絲	ウドン粉で豚肉の形に似せ油でいためたもの
炒冬筍	筍を油でいためたもの
炒素肉餅子	豆腐で肉団子の形に似せ油でいためたもの
炒百葉	ユバを油でいためたもの
炒筍絲	細筍を油でいためたもの
炒韮菜	ニラを油でいためたもの

炒荳腐衣包素　豆腐の上ガハを小さく切りキノコ筍豌豆をまぜ醤油と塩で煮たもの
炒麪筋包素　ウドン粉で豆腐や木耳《きくらげ》を入れて包んだのを油でいためたもの
炒荳腐乾絲　豆腐乾を細くし油でいためたもの
炒素蟹　桃の種を油で固めて蟹の形に似せて油でいためたもの
炒素腰脳　豆腐乾でキモ等の形に似せ、油でいためたもの
炒香菜　パセリの様な香ひの菜を油でいためたもの
炒素包円　ユバ、豆腐等を円く包み油でいためたもの

(三) 小湯類

蘼菇鶏　シヒタケをとり肉をうす切りにしたやうな形に切り筍、モヤシを加へ醤油、砂糖、塩で煮たもの
蘼菇湯　椎茸(シヤキ〳〵した)の汁
冬菰湯　椎茸(南支の)の汁
鮮菌湯　シヒタケを食塩水で洗ひキクラゲを加へ食塩酒ゴマ油などで煮たつゆ
焼湯三鮮　豆腐のウス皮を重ね筍キノコを一緒に醤油で煮たもの
黄瓜塞荳腐　マクハ瓜の皮をとり豆腐キクラゲと一緒に砂糖、油、醤油で煮たもの
三絲湯　キノコとコセウタケノコを小切りにし食塩、ゴマ油で煮た汁
素薺菜肉絲羹　野菜を煮て小さく切り干豆腐、キノコと一緒にゴマ油で煮たもの

焼豆腐丸	豆腐を細く切り筍やキノコをまぜ肉団子をつくり醬油や油で煮たもの
香菌鴨	豆腐のウス皮を重ね小さく鴨の肉みたいに切り筍を入れゴマ油、塩キノコの汁を入れ煮たもの
萸玉湯	野菜と筍、キノコ、モヤシを入れ一緒に食塩、醬油、ゴマ油で煮たもの
葛仙米湯	西貢米を煮てキノコ、シヒタケ筍を小切りにし一緒に酒、塩で煮たもの
菠菜荳腐羹	ハウレン草と豆腐とを砂糖、ゴマ油、醬油食塩で煮たもの
焼乾三鮮	豆腐を四切りにし水分を去り麦粉をまぜ団子をこしらへフやキクラゲを入れて食塩砂糖油で煮たもの
冬菰鶏	豆腐のウス皮を小さく切り筍を小キザミにしゴマ油、醬油、酒を入れ煮たもの
冰荳腐湯	冷とうふのつゆ
菠菜湯	ハウレン草の汁
焼素捲	豆腐のウス皮を巻いて中に野菜を入れゴマ油醬油で煮たもの
焼素腰片	豆腐を細く切り油で煮てそれに筍のうす切りを加へ醬油と油で煮たもの
小焼荳腐	豆腐を小切りにし醬油、油、白砂糖で煮たもの
蓴菜湯	ハウレン草のつゆ
油荳腐湯	油豆腐のつゆ
蓴菜荳腐湯	ハウレン草と豆腐のつゆ
扁尖湯	筍のすまし
榨菜湯	榨菜の汁

素湯巻　豆腐のウス皮を巻いて筍を入れ醬油、砂糖で煮た汁
細粉湯　豆そうめんのつゆ
荳腐衣湯　豆腐のウス皮を煮た汁
人参條湯　人参を小切りにし筍を入れ醬油とゴマ油で煮たつゆ
素鵝湯　豆腐のウス皮を切り醬油、砂糖ゴマ油で煮た汁
蘿蔔湯　大根の汁
冬笋湯　筍の汁
茅荳子湯　モヤシのつゆ
水荳腐花　豆腐に筍のうす切りを加へモヤシを入れ一緒に醬油やゴマ油で煮たもの
蘆笋湯　アシの根のつゆ
冬菜湯　筍を小切りにし野菜を加へ醬油やゴマ油で煮た汁
香菌湯　キノコ汁
素肉丸湯　キノコと干豆腐をまぜ肉団子をつくり食塩と油で煮たつゆ
海帯絲湯　昆布を小切りにし筍と一緒に食塩ゴマ油で煮た汁
絲瓜湯　ヘチマを小切りにしモヤシ、筍を加へ食塩や油で煮たつゆ
香菜湯　パセリの様な香ひの菜の汁
荳腐乾湯　豆腐乾の汁
雪笋湯　漬物の雪裡紅の汁

香菌荳腐湯　キノコと豆腐の汁
茅荳子羹　モヤシの煮付
粉皮鬆湯　豆の粉をネリ細く切り醤油、油で煮た汁
蘑菇荳腐湯　シヒタケと豆腐のつゆ
木耳湯　木耳の汁
荳腐鬆湯　豆腐の汁をシボリとりキノコと一緒に醤油やゴマ油で煮た汁
蘿蔔鬆湯　大根汁

(四) 大湯類

焼素獅子頭　大根を小切りしてゆでて其の汁を去り山芋やネギを細切りして一緒に餅のやうなものをこしらへ砂糖や醤油、油で煮たもの
焼八宝素肉丸　豆腐の汁をとりそれに筍やキノコを小切りして一緒にまるめ醤油、油、砂糖で煮たもの
荳葉羹　ゑんどうの葉の煮付
素鶏湯　シヒタケキノコ、豆腐の汁をシボリ取つたものを一緒に肉団子の如きものをつくり醤油や油で煮た汁
焼素鶏　キノコ筍を小切りにして豆腐のウス皮で包み醤油砂糖油で煮たもの
荳腐湯　とうふのつゆ
杏仁荳腐羹　杏仁と豆腐とを砂糖食塩で煮たもの

素　　　状　豆腐のウス皮と豆腐を醬油やゴマ油や砂糖を入れて煮たもの
焼素三鮮　アシの根やキノコを細く切りふを入れ醬油砂糖ゴマ油で煮たもの
蓴　菜　羹　ハウレン草の煮付
焼素蹄胖　山芋を煮て麦の粉で包み之を小切りにし食塩、醬油、油で煮たもの
人参八宝湯　人参にレイシ、ナツメ梅の小切りを一緒に煮たつゆ
莧　玉　湯　野菜を煮て細く切り筍シヒタケを入れ醬油、油で煮たもの
刺　参　湯　筍を細く切りシヒタケやキノコを入れ醬油、油で煮たつゆ
蘑菇香菌湯　シヒタケときのこのつゆ
蘑菇荳腐湯　シヒタケと豆腐のつゆ
紅焼麪筋　やきふ
素　魚　魂　豆の粉をネリ四角に切りシヒタケ、キノコを入れ一緒に煮たもの
紅焼素海参　瓜の皮をむき四角に切り筍、白菜、シヒタケと一緒に醬油、油で煮たもの
焼素鱔和　トウガンを細く切り醬油、油白砂糖を入れて煮たもの
冬　菰　茄　トウガンのつゆ
紅焼山薬　山芋の煮付
蘑　菇　湯　シヒタケのつゆ
焼　羅　漢　シヒタケ、キノコそれに豆腐をまぜて肉団子をつくり醬油、砂糖油で煮たもの
甜　　　菜　ナツメや蓮の実、レイシなどを一緒に煮た汁

大焼荳腐　豆腐の煮付

焼神仙茄　茄子の中の肉をとり豆腐をつめシヒタケを加へ醬油、砂糖で煮たもの

紅焼腐乾　干豆腐の煮付

素栗子鶏　栗の実を切り人参を加へ豆腐ウス皮で包みゴマ油醬油砂糖で煮たもの

清笋湯　シヒタケとキノコを筍と一緒に醬油、油、酒を入れて煮た汁

大焼茄子　茄子を切りフを加へ食塩砂糖醬油で煮たもの

雑色湯　ゴツタ煮の汁

焼紅棗　ナツメのうま煮

素米鴨　糯米を煮て更に豆腐を加へ筍やキノコを入れ食塩、醬油、ゴマ油で煮たもの

水荳腐花湯　豆腐モヤシ、筍を一緒に醬油やゴマ油で煮たつゆ

粉皮湯　豆の粉を細く切りキノコ、シヒタケを入れ醬油、ゴマ油で煮たつゆ

絲瓜湯　ヘチマのつゆ

紅熱東瓜　トウガンの煮付

木耳茅荳羹　キクラゲとモヤシの煮付

焼青蠶荳子　青豆の煮付

焼豇荳　豆の煮付

油麪筋湯　ふをゴマ油でコナシ、ツユにたいたもの

焼葱椒芋艿　ネギとコセウと芋の芽の煮付

榨菜湯　野菜、キノコ、タケノコを細く切り一緒に食塩やゴマ油で煮た汁

焼油包子　あぶらあげの饅頭

三鮮湯　シヒタケにアシの根野菜を小切りにし醬油とゴマ油で煮たつゆ

紅焼白菜　白菜の煮付

焼荳腐乾絲　乾豆腐を細切りにして煮付にしたもの

荳瓣湯　豆の皮をむきキノコ、シヒタケ、筍を入れて煮たつゆ

冬菰荳腐湯　トウガンと豆腐のつゆ

一匹のサケ

味覚は一瞬のうちに至境に達し、それを展開するが、しばしば一生つきまとって忘れられない記憶ともなる。幼少時におぼえた味となると、それはもうどうしようもない一瞬の永遠で、たとえオニギリにオカカだろうと、弁当箱のすみっこの冷たいタラコだろうと、メザシのほろにがいはらわただろうと、これには易牙やエスコフィエなどの料理の天才諸氏も歯のたてようがない。だから幼少時におぼえた味というものは、手術後の一杯の水や、山で食べるヤマメや、飢えの一歩手前でありついたカレーライスなどとおなじように〝料理〟として取扱っていいものか、どうか。広義としてはこれらも料理のうちに入るのだろうけれど、むしろ超越的な天恵と考えなければならないのであって、いくら他人に説明したところで通ずるものではなく、ただ黙っていつくしみ愛撫するしかない決定的瞬間である。このなかにしばしば登場するのが母の手作りの味というもので、どんな気むずかしい抽象家や厭世家もこれにはとろけてしまう。この知覚は絶大であると同時に無限に多様だという特徴があり、しかも一つ一つがまったく独立していて他者には通じないという特徴もある。千人の母がいたら最低千の母の味があるわけだが、それぞれ子でないかぎり理解されないのだから、これほど易しくて同時に難しい味はないといえる。

しかし、共分母がまったくないわけでもない。たとえば、もし誰かが、しみじみとしてつつましやかなものということをいいたくて、子供の頃、遠足に持たされたオニギリのほんのりした塩味、その核として入っていた一片のサケの味、ということをいいだせば、表現はそこで尽きてしまうとしても、聞くオッサンたちの荒《すさ》んで枯渇した胸や腹のあたりに不意にあたたかく喚起されてくるものは莫大で精緻で、抵抗しようのない力を持っていることだろうと思いたい。奈良の若草山を思いだす人もあれば札幌の藻岩山《もいわやま》を思いだす人もあるだろうが、わきたってくる音楽はおなじだろうと思うのである。さてそこで、プルーストにとっての紅茶に浸したマドレーヌにも匹敵する喚起力を持つサケの一片について、もう一歩進めるとして、サケはどう料理したのがいちばんおいしいかという質問をしたら、たちまちこれまた母の味だが、百家争鳴、百花斉放ということになるだろう。あるものは寒い冬の夜のはらわたにしみこむ粕汁をいい、あるものは麴で漬けこんだ鮓《すし》をいい、あるものは塩焼の皮だと力説し、あるものは、いやいやカマの部分だと主張し、北海道出身者なら、海から川に入って三日めか四日めのサケならどこをどう料理したって最高よと宣言し、もう一人のドサン子は、いやいや、そうはいってもそのサケの生《なま》の卵を一晩醬油につけたのを翌日、あつあつの御飯にのせてハフ、ハフといいつつ食べるのが……といいかけて、そのまま声を呑んでしまうことであろう。桶はめいめいの底で立つ。

冬の窓ぎわでうつらうつらそういうことを考えながら、手もとの『鮭鱒聚苑《さけますしゆうえん》』という古書を繰る。これは昭和十七年、水産社という見慣れない出版社からでた本だが、背表紙がサケの皮で装丁してある珍しいものである。この本には親しい記憶がある。『諸君！』の末尾近くで『雑木林通信』という一滴の光を毎号書いていらっしゃるナチュラリストの足田輝一氏が『週刊朝日』の編集長だった頃、今から十三年、十五年以前のことになるが、私は『日本人の遊び場』、『ずばり東京』、『ベトナム戦記』などのルポを連載していて、毎週のように顔をあわせていたのだが、あるとき、釣りの本を出版した。そのうち三十冊を私家版として何か面白い装丁をしようと考えたが、考えあぐねているうちに、足田氏から、サケの皮をあしらってみてはどうですかとヒントされて、この本を見せられたのだった。読んでみて内容の周到と精緻にすっかり感服したが、装丁のアイデアもいいので、私としては自分の本をインドのヤンピの皮で蔽ったうえにサケの形に切りとったサケのなめし皮を埋めこんで私家版を作ることにしたのだった。この原稿を書くために同書を、編集部を通じて、名古屋の金森コレクションから借出してもらった。金森コレクションというのは明治以後のわが国で出版された釣りと魚に関する本いっさいがっさい細大洩らさずのコレクションであって、令名は有識者のあいだにとどろいている。十数年をへだてて稀書にもう一度出会ったわけだが、あらためて読みかえしてみて、ふたたび感服した。これは七二二頁にもなる大部の本だが、そのなかにサケに関する古今東西の伝承、民話、漁法、料理法、缶詰や燻製の作り方、習俗、生態、魚種、何から何までが網羅してあって、まったく古くないのである。これが松下高と高山謙治二人の共著で、松下氏は東洋製罐という缶詰会社の副社長、高山氏は食料品店の経営者である。そういう身分の人物たちが寸暇を提供して原稿を書きすすめた結果としてこういうあっぱれな本ができあがったのだろうが、文体から拝見するその知力、その素養、まことになみなみならぬものがある。二氏が傑出した人物であったことは疑えないが、黄ばんだ頁を眺めていると、一つの社会、見えない水面下の氷山に厖大な知力と蓄積をひそめた一つの社会の気風がうかがえるような気がしてくる。ためしに最近刊のサケに関する書物を五、六冊、通読してみたところ、どの一冊もことごとくこの書物の一部でしかなかった。この書物一冊で現在なら五冊か六冊の本が出版できるといえそうなのである。現代日本の知的枯渇と不毛をまざまざ見せつけられるような気がして、ウソ寒くなってくる。

サケというと、反射的に思いだす一匹がある。これまでの四十七年間にいったい私は何匹のサケを食べたことになるのか、見当のつけようがないが、この一匹だけは記憶が群を抜いているのである。今から十八年か十九年の昔、芥川賞をもらってちょっとたった頃、某日、突然、東京都杉並区井草町の拙宅に新潟から電話がかかってきた。見知らぬ人だが、たしか、小川屋と名のったかと思う。含み笑いのおっとりとした声で、三面《みおもて》川のサケを送りましたから食べてごらんなさいと、それだけいって電話が切れた。翌日、その荷がとどいて、ほどいてみるとむっちり肥った銀いろのサケがでてきたが、これを焼いてみると、まことに気品高い香りが肉の年輪からたちあがり、しっとりとしたそのおつゆ気、ほどよいあぶらの乗りぐあい、はんなりした塩加減、ことごとく眼を瞠らせられた。これをそれまでに食べた塩引ザケとくらべてみたら、美女とそのミイラぐらいの違いがあった。新潟の三面川は大昔からサケの名川として著名だが、さすがと舌を巻いた。そこでいそいで包装紙にある電話番号に電話したところ、昨夜とおなじ人のおっとりとした声がでて、私の絶讃を自信満々ながらおだやかに愉しそうに聞いていたが、お金を送りますからぜひもう一匹とたのんだところ、残念そうに、あれはもうおしまいなんですと呟いて、切れた。この声はその後ふたたび聞くことなくて歳月が過ぎてしまったけれど、サケの記憶があまりに鮮明、あまりに傑出しているので、ときどき窓ぎわでよしなしごとに思いふけっていると、なつかしく親しく思いだすことがある。もしかしてこの拙文をお読みになることがあるなら、小川屋御主人、便りを下さいな。

　釧路の佐々木栄松画伯にイトウ釣りの手ほどきをうけてからよく北海道、とくに道東方面へ釣りにいくようになったが、画伯がなかなかのグルメなので、そのあとについていくと、いろいろ思いがけない珍味に出会うことができた。これは、すでに芭蕉の句の私解のところで書いておいたが、サケの大動脈を塩辛にしたのがメフン、胃や腸を塩辛にしたのがチュ、サケそのものを風干にしたのがトバ、頭の軟骨を薄く切って二杯酢で化粧したのが氷頭《ひず》である。これらはことごとく酒の肴として最高だが、わが国では非常に古い歴史をもつものである。北海道の人はさすがにサケと羊肉の目ききに長じていて、適切な料理法を工夫し、感心させられる。彼らはたいていの場合、サケとはいわないでアキアジというが、これはアイヌ語からの転訛にひっかけて秋に川へのぼってきたのが最高の味だといいたくてだろう。その他の季節、たとえば夏などにとれたのはトキシラズ、産卵を終ってボロ雑巾のようになって流れていくのをホッチャレといい、婚姻色の褐色がかった赤紫の縞が体にでるのをブナの木に似ているところから、ブナがでるとか、ブナなどと呼ぶ。ほかに彼らが絶讃するケーソン族ではホンマスというマスがいる。これはサクラマスのことである。体側に季節になると淡いチェリー・ピンクの縞がでるのでこの名がある。このサクラマスの生んだ子で海へおりないで川にのこるもの、およびそれが川で産卵してできた子供がヤマメ——北海道ではヤマベ——である。いつぞや川に入ろうか入るまいかと沿岸をうろうろしていたサクラマスが網にかかったといって佐々木画伯から一四、とれたてのをもらったことがあったが、これはまことに気品高い味がして脱帽したことだった。ふつうマスはサケにくらべるとひどく値が落ちるけれど、そして事実、味はよくないが、シュンの、とれたての、塩をしてないホンマスはすばらしいものなのだということがそのとき身にしみてわかった。

　ドサン子の釣師と夜になってあたたかい酒で凍《しば》れた体をほぐしつつ話をしていると、サケはどうして食べるのがいちばんうまいかという話がよく登場するが、凍らしたのを切って食べる刺身、つまりルイベをべつとして、たいていは薄く塩したのを焼いて食べる、それも塩をした翌日ぐらいがいちばんうまい。そして部分としては鰓《えら》ぎわのカマと下腹のところが最高だということになっていて、事実、私もそのとおりだと思っている。ある味覚学説によると、甘、酸、鹹、苦、辛の五味のうち、甘は舌端、苦は舌根、酸は舌縁の中部、鹹は舌全体で感ずるのだそうである。そして、甘と苦、甘と鹹、鹹と酸、酸と苦はそれぞれ相殺しあうということになっている。いいサケの塩焼、それも汗がでるほど塩辛いのではなくて、はんなりと塩したの、これがいちばんうまいのは舌全体で味わうからだ。塩以外に何もつけないから相殺されることがないからだ、といえる。しかし、サケそのものがうまいのは餌としてエビをとるからだということになっている。エビをたっぷり食べて川にもどってきたサケは身がサーモン・ピンクに染まっていて、いい味がする。エビをとらなかったサケはホワイト・サーモンといって肉が白くて味がよくないということになっているが、これは噂ばかりで、まだ見たことも食べたこともないので風聞をつたえるだけである。エビを食べると肉が赤くなるのは何もサケだけではなくて、アミの粉を錦鯉に食べさせるとみごとな赤がでる。おなじものを柿の木にやると、富有柿がみごとな夕焼色になると、岡山の初平名人に教えられたことがある。『北越雪譜』その他の古書ではサケがおいしいのは川の激流、困苦にさからいさからいこの魚がひたすら力闘するからであって、そこで肉が練られてうまくなるのだと説いているが、古人の〝文学〟とうけとっておくべきものと思われる。科学はエビにあるカロチンが貯蔵されるためだとしている。

ドサン子釣師はサケの味についてじつにくわしいが、諸説定まらないところもある。アキアジは海から川に入って一日たったのがいいという人や、いや、三、四日ぐらいが最高だという人や、一週間だと力説する人もある。いずれにしても海から川に入ってちょっと時間がたってから肉がうまくなりはじめるということである。釣師たちはアキアジの頭から尻尾まで、骨や鰭《ひれ》は干してから火であぶって砕いてお茶漬にするなど、徹底的に愛しちゃうし、そのことを誇りにしてよく語るが、彼らが触れないのは密漁——竿とリールによる——その話だけである。アキアジとホンマスは釣ってはいけないことになっているが、本職の密漁師はべつとして、ルアー釣りが導入されてからは、これがアキアジやホンマスにすばらしくきくものだから、ずいぶん釣師にやられているらしい噂を聞くようになった。そこで道東の釣師にそのことをたずね、愚の骨頂だが、まともに、あなたはルアーでやったことがありますかと聞くと、誰も彼も、冗談いっちゃいけませんと、こわい顔をする。しかし、手を変えて、アラスカのキング・サーモン釣りの話をはじめ、竿がミシミシ音をたてるんだ、糸がヴァイオリンの高音部みたいに鳴るんだ、キングは一匹ずつ闘争方法が異なるんだけど、十キロ、十五キロの体が水しぶきたてて白夜のなかでハイ・ジャンプするんだなどと話しはじめると、きまって何人かがモゾモゾしはじめる。かまわずにアラスカ話をつづける。いよいよあらわにモゾモゾする。そしてそのうち、キョロキョロとあたりを見まわし、声をひそめて、アキアジはルアーに食いつくと川じゅう走りまわってこちらがよろよろするけれどジャンプしてくれないからつまらない。しかし、これがホンマスとなると、もがくの、跳ねるのなんてもんじゃないです。やるならホンマスです。これをやった日には、もう、あなた……早口にそこまで喋ってフッと声を呑み、いきなり大きな声でアハハハと笑うのである。この私のアラスカ話に釣られなかったのは佐々木画伯ぐらいのもので、この人は私の話を何やら煙《けむ》たそうな、酸《す》っぱそうな顔つきで聞いている。そこでじわじわと攻めてみると、ホンマスが今日どの川のどこにいるかは知ってるけれど釣ったことはないですとの答えである。何度、文体を変えてたずねても、その答えしかなさらぬ。クセ者だぞ。

このあたりのプロの密漁師は地元の人もいるが札幌あたりから乗りこんでくるヤクザが多いとのことである。彼らは湿原にもぐりこみ、三本鈎にオモリをつけたのを川へ投げて、グイグイとしゃくる。つまりゴロ引きをやる。鈎がアキアジに刺さると、暴れるのを手元へひきよせ、腹をひらいて卵だけとりだしてスーツケースに入れ、身は捨ててしまうという無法ぶりである。警官が小舟に乗って川をさかのぼって巡視するのだが、何しろ湿原の葦は背が高く、湿原そのものが広大なので、すばやくもぐりこまれるとどうしようもない。しかし、ヤア公のほうも無事に逃げられるとはかぎらない。この湿原にはヤチとかヤチの目などと呼ばれる穴が草のなかにできていて、それにはまると人一人ぐらい平気で呑みこみ跡も形ものこさないのである。だから佐々木画伯は私をつれて湿原に入るときは長い竿を持っていき、一歩一歩用心して歩く。もし人喰い穴に落ちこんだらすかさずその竿を穴にさしわたし、それにすがって這いだそうというのである。しかし、ヤチに呑みこまれたヤア公はズブズブともぐってそれきりだから、いったいこれまでに何人ぐらい吸収されたものか、見当のつけようもないという。

その話をはじめて聞いたとき、しばらくしてから盃をおき、あてずっぽうに、

「ひょっとして御当地では方言で女のあそこのことをヤチといいませんか?」

とたずねると、画伯は軽くおどろき、

「よく御存知ですね。そのとおりです。どうしてわかりました?」

「いや、マ、何となく」

言葉をにごしながら私は盃に酒をつぐ。どこの男も悩みはおなじであるナと、ほろにがい微笑。

ヨーロッパのサケはアトランチック・サーモンだが、昔はライン河にもテームズ河にもわき

かえるくらいおびただしくのぼってきたのだが、乱獲と汚染がたたってすっかり少くなってしまい、したがって食卓ではたいそうな高級魚となった。釣師は何年もまえから予約を申しこまないと川を割当てられないし、せっかく順番がまわってきても許可の短い時間内に釣れるとはかぎらないから、ノルウェー、グリーンランド、アイスランドなどへ遠征にでかけるが、そこでも制限はきびしく、魚は少くて——例外の場所や年はもちろんあるが——切歯扼腕、ただ釣具店のウィンドーの竿やルアーや毛鈎をハッタとにらみつける。ことに一九六九年頃、この世界にはサケ戦争といいたくなるような騒ぎがあった。というのは、デンマークのトロール船がグリーンランドの沖に広大な岩床を発見し、そこに餌をとるためにおびただしいサケが集っているのを嗅ぎつけ、網でごっそりととったのである。数年間それは知られていなかったが、スコットランド、アイルランド、その他各地で釣師たちが毎年毎年サケが釣れないものだから、自分のツキのなさや腕の低さを差引いても圧倒的に魚の数が少いのだということに気がついて騒ぎはじめた。それがきっかけとなっていろいろと調べたところデンマークのトロール船がサケの巣をからっぽにしたことがわかり、たいへんな国際問題となったのだった。しかもデンマークは国内にサケの孵化場を持たず、放流をまったくやってないことも判明し、これではやらずぶったくりだ、牧場を持たないで牛から牛乳だけを盗むようなものだと、八方に火の手があがった。そこへもってきてパリ駐在のデンマーク大使が記者会見で吊しあげられ、頭についついウロがきて、どれだけ乱獲すれば生物が絶滅するかについてはかならずしもハッキリした数字がでているわけではないなどと口走ったものだから、いよいよ騒ぎに火がついた。

私はアトランチック・サーモンをさほどたくさん食べたわけではないので大きな声で語る資格がないが、このサケはパシフィック・サーモンよりも脂肪が多く、肉が軟らかく、色も薄いように思う。だからソフト・スモークにするのは頭のいいやり方だと思う。イギリス人はキッパー（ニシンの燻製）やハディー（ハドックという小さなタラの燻製）など、なかなかすぐれた燻製の伝統を持っているから、彼らがスモークしたサケはみごとである。この高貴な魚にふさわしい気品高い味と香りがある。ごぞんじのように玉ネギのリング切りとケパーを添え、レモンをチュッとやって召上るのだが、一片、二片なのに豪奢そのものの気分になれるのである。スエーデンの南部、モラム河畔のアブ社の山荘を提供されて、毎日、釣りや読書をしていたとき、某日、アブ社の重役氏につれられて森かげの小さなスモールガスボール料理店へいったことがある。ここはモラム河へサケ釣りにきた釣師たちの穴場であるらしく、壁にギッシリと小さな額入りの写真がかけてあり、どの写真も巨大な獲物と釣竿を持ってニコニコ笑っている釣師たちであった。バラとゼラニウムの花にとりかこまれたこの白い料理店で食べたサケの味を私は思いだすことができないけれど、サケの皮をバター炒めにしたものがついてきて、それが西欧では非常に珍しいことだと感心したことをクッキリ、おぼえている。そこで重役氏に、日本人は世界でもトップ・クラスのフィッシュ・イーターで、あらゆる魚の、あらゆる部分を、あらゆる方法で調理して食べるけれど、わけても魚の皮はもっとも美味なものの一つだと思っている。さすがあなた方はよく知っていらっしゃると讃辞をさしあげた。重役氏はくすぐったそうな顔つきで、フムフム、イエス、イエスと呟いたけれど、その皮には手をつけようとしなかった。あとでこのことを思いかえすと、ひょっとしたらあの皮は料理としてではなく、ガルニ、つまりお添えものか飾りとしてつけられていたのかもしれないと思うことがある。刺身につくパセリみたいなもんだ。しかし、それはたいそうコクとこまやかさのあるもので、皿の主役の料理よりも私はおぼえているのである。

延喜式の大昔から日本人はサケを食べつづけてきたが、何しろこの貴重な魚はその気になりさえすれば頭から尻尾まで一片も残さずに食べられるものだから、生《なま》、風干、塩蔵、粕漬、塩辛、缶詰、鮓《すし》、燻製、煮る、焼く、蒸す、粉にする、醱酵させると、あらゆる演出がきく。うまくやりさえすればどれがどうと比較のしようがないくらいそれぞれ妙味を発揮する。そのなかでもとりわけ塩引は保存がきくので山奥のすみずみまで浸透し、ユリカゴから墓場まで、日本人の生涯そのものにつきまとうこととなった。貧しい山のなかでは味噌、醬油、漬物など、ことごとくに塩分がしみとおっているが、そこへ塩ザケが入り、ほとんど塩そのものがオカズだといいたくなるくらいの食習が永く永くつづいた。いささか誇張すると日本人は世界じゅうでもっとも塩辛い肉を持つ人種となったのである。さきに紹介した味覚神経学の説によれば日本人は舌端や舌縁や舌根よりも舌全体で味わう味に全身を浸して一生を送ることとなったのである。とりわけ戦前はそうであった。明治、大正、昭和とそれがつづいていた。だから、祖国に愛想をつかして異国へ流亡しても、たとえばブラジルへ移民しても、塩辛い舌と肉と血はやっぱり塩辛い祖国を求めつづけ、しばしばそれだけが孤愁をうっちゃる唯一の手段となった。そこで、たとえばアマゾン流域に入植したとなると、ここには世界の淡水産魚類中最大の魚であるピラルクーが棲むが、その肉は〝アマゾンのタラ〟と呼ばれるくらい美味で、どっぷりと塩にまぶして保存される。この地域には春夏秋冬がなくて、濡れるか乾くかの二つしかなく、雨期になれば無窮の氾濫原がぼうぼうと展開するばかりで、住民は塩魚や干魚を食べるしかないのである。しかし塩辛い日本人はそのこと自体には耐えられたし、適応もできた。ひょっとすると、適応しすぎて、溺《おぼ》れてしまったともいえるのである。故国の塩引ザケがここでは塩引のピラルクーやトクナレやタンバッキーとなって再登場して日本人を慰め、誘惑した。かなりたくさんの日本人移民が三度、三度の食事のオカズとして塩蔵魚ばかりを食べる習慣にふけり、赤道の炎天下の重労働に栄養失調となって、河畔やジャングルに朽ちていったのである。そういう人の話はよく読まされるし聞かされもするので哀切がひとしお迫ってくる。豆と豚のモツをラードで煮込んだフェジョアーダという料理があるが、これはアフリカからつれてこられた黒人奴隷が主人の眼をかすめて台所の屑物をかき集めてつくった料理である。屑物料理は必死のあげくの知恵の作品だが世界のあちらこちらでしばしば名品となった。フェジョアーダもその一つで、昔はどん底の住人の食べものだったのに今では金持がひっぱりだこで食べる料理となった。ブラジル人が食べるのを見ていると、このネトネトねばねばのモツ料理を壺から皿にとり、さらにオリーヴ油をコテコテとまぜて眼を細くして頬張っている。炎暑に耐えるためにはそれくらい猛烈な脂肪の濃厚がなければならないかと、見ていて呆れるよりさきに脱帽したくなるのだが、日本人はあまりこの料理を歓迎しない。ブラジルに四十年も住んでいながらフェジョアーダやファリーニャに手をだしたことがないという日本人によく出会うが、潔癖もこうなると偏執に似てくる。幼少時に祖国で注入された塩辛い血がどこまでもこだまするのである。

(一般論としていうと北方の料理は濃厚で南方の料理は淡泊だという原則があるけれど、しばしば例外もあって、ブラジルのフェジョアーダもその一つである。ピラルクーでも部分によっては、たとえばヴェントレーシュと呼ぶ砂ズリの部分にはねっとりギラギラの脂肪があるし、タンバッキーもそうである。現地人はこの部分を大歓迎して食べる。)

こういうことを書いていると、いったい日本にはサケの料理が何種類ぐらいあるものだろうかという興味がわいてくる。サケぐらいなじみの深い、応用のきく魚になると、それぞれの家に伝家の秘法があるだろうと想像したくなって、列挙することなど、あまり意味があることとは思えないのだが、ためしにさきの精緻な『鮭鱒聚苑』に収載されているものだけでも書きだしてみよう。これは昭和十七年に出版された書物だが、おそらくサケ料理の数はその後もっとふえていることだろう。あるいはすでに廃れてしまったものもあるかもしれない。

塩引
燻製
すし
メフン
三平汁

粕汁
筋子の皮煮
紅葉漬
粕揉み
鮞《はらご》飯
鰓たたき
にぎり飯
川煮
黒漬
シモツカリ
オパウシサパ
チタタプ
チウ
ユクラ
キースラヤ
アダチ
氷頭
皮の酢味噌

骨のフリカケ
塩焼
照焼
みぞれ焼
魚田
ウニ焼
焙焼
味噌漬
麹漬
刺身
天ぷら
フライ
サラサ揚げ
煮付
あんかけ
船場煮
切畳
味噌煮

清汁
三杯酢
こけら鮨
子籠鮨
握り鮨
早鮨
巻鮨
ひと塩
捺り塩
筋子山かけ
筋子卸和
筋子山葵《わさび》酢
筋子清汁
筋子味噌汁
筋子甘酢かけ
筋子から汁
イクラ・オン・トースト
白子の清汁

白子の味噌汁
白子のあんかけ
白子のとろろ

ところで読者諸兄姉《みなさん》は〝トトチャブ〟というものを御存知であろうか。字面《づら》を見れば何かの魚のお茶漬かと想像したいところだが、そんなチャチなものではない。峻厳、苛烈をきわめたものである。ありとあらゆる料理の始源にあるもので、一度これを味わったらすべてのものがおいしくありがたく食べられるようになる。水をたらふく飲んでバンドをギュウギュウしめて空腹をごまかすことをそう呼ぶのである。朝鮮語でそう呼ぶのだと、朝鮮人の友人に教えられた。今から三十余年前、私は毎日、これをやっていた。十三歳のときのことである。

敗戦の年は秋と冬の暗さ、冷たさ、水道のカルキくさい水の味でおぼえている。教室では占領軍指令であちらこちらに墨を塗って軍国臭をかくした教科書を読むのだが、ついこないだまで兵舎になっていたものだから、いたるところ窓ガラスが破れていて、台風がくると風も雨も吹きこむままで、床《ゆか》には池のような水たまりができて、しらじらと光っていた。先生は栄養失調のために授業中に音たてたおれることがあった。ヨメナ、ノビル、ハコベ、マメカスなど、小鳥の餌のようなものばかり食べさせられてきたものだから私もしじゅうたちぐらみがし、ちょっと強い動作をすると、たちまち視野が暗くなって無数の眼華がキラめき、吐気におそわれた。父はとっくに亡くなっていたから、稼ぎ手のない家のなかは戦争中の売喰いのためにがらんどうの洞穴のようになり、タンスのなかはことごとくイモやカボチャに消化されてからっぽであった。母は毎日、水の虫のように泣いていたが、二人の妹は泣く気力もなくてぐったり寝そべっていた。私は学校へ持っていく弁当がないので、いつも昼飯時になると、こっそり教室をぬけだして運動場のすみの水飲場へいって水を飲み、ベルトをしめつけ、そのあとぶらぶら歩きまわって、また教室へもどるということを繰りかえしていた。誰にも気づかれないようにと気を配ったつもりでいたが、みんな知っているらしかった。あるとき廊下ですれちがった朝鮮人の友人が、いたましい眼つきを半ばの冗談にかくして、トトチャブはつらいやろと、ささやいたことがある。そのときこの単語が火のように背骨に食いこみ、そのまま居坐って今日まで棲息しつづけているのである。この単語を思いだすたび、いまでも私の背の皮膚のどこか一点がたちまちチリチリと熱くなってくる。

それから十六年か十七年たち、私は東京で小説家になって暮していたが、某年、某月、新宿の三流の映画館へ入って時間をつぶすことにした。するとニュース映画があって、東北の冷害におそわれた山村の小学校の教室が画面にでてきた。東欧を歩きまわっていたので私は知らなかったのだが、その年はひどい冷害で東北地方が塗炭の苦しみにおそわれたらしかった。東京の小学校から東北の小学校へ塩ザケが送られ、先生がそれを箸でひときれずつつまんで生徒に配る。机のうえに半紙をひろげ、たったひときれコロンところがった塩ザケの切身を子供たちは顔を伏せて凝視しているという画面である。ところがどういうものか、たった一人、教室からでて、運動場のすみっこで砂など蹴って遊んでいる男の子がいる。カメラが接近すると、その子は、テレたような、陽がまぶしいような、いじけた顔でニヤニヤ薄笑いして、とぼとぼと、消えてしまった。とたんに歳月が消え、水と火が私の全身によみがえった。まぎれもなくその子の顔はかつての私であった。かつて私も冬の運動場のすみっこでそんな顔をしてぶらぶら歩いていたにちがいないのである。いたたまれなくなって私は席をたち、暗くて、くさくて、落書だらけのトイレに入り、だまって泣いた。

玄人はだし

作品のなかに一時代をまざまざと体現し、そしてそれがいつまでも風化しないでいるという画家の一人にロートレックがいる。彼の画は流暢なのに精緻で、にがにがしく辛辣なのにどことなく共生の親密さがあり、歓楽を描きながらふとした瞬間に覗くグロテスクをとらえている。伝えられるところによると、日常生活ではこの人は熱烈な食徒で、自分で台所にたって料理をつくり、それを親密な知人に食べさせることを無上の愉しみとしていたらしい。画で予感できるようにこの人は女の腿を熱愛するように仔鹿の腿肉を貪ったらしい。料理といっしょにカクテルをつくることにも熱心だったので、いつもポケットにオロシ金《がね》とナツメグの実を入れて持歩いていた。料理のさなかに水を飲まれてはオジャンだというので食卓のまんなかに金魚鉢をおくのは愉しい教訓だし、食後のチーズをふいにやめてお客を附近のアパートにつれていき、壁にかかっているドガの画を見せて、みなさん、これがデザートですとやったのは機智ある敬意であった。彼がつくった料理の処方を親友が死後に整理して本にしたが、それを見ると、魚、肉、スープ、お菓子、全科目に及んでいる。ローマ帝国時代に迫害された一人の聖人は、私の片側が焼けたら、ひっくり返して、よく焼いて、それを食べるがいいと、ローマ皇帝をなじって死んでいったそうだが、それを結びのあたりに持ってきて、『聖人の網焼き』などという空想料理が掲げてある。(『美食三昧』座右宝刊行会)

男でもときどき料理を趣味にしている人がいて、玄人はだしの腕をふるってみせる。賞品つきのゴルフなどよりこのほうがどれだけ優雅かと、私などは思いたい。これまでにときどきそういう人と料理に出会って唸らされたことがある。玄人はだしのアマチュア料理のよさは、一心不乱であること、材料と手間と時間を一切惜しまない、儲けを考えないでつくるなど、スレたプロに見られない美徳があることで、それらこそ料理の真髄かと思われる。欠陥をあげると、どちらかといえば天才肌の気まぐれがあって、いつもいつも望んだときにつくってもらえるとはかぎらないし、ときに作品の出来にバラつきがある、という二点ぐらいだろうか。こういうアマチュアが昂進して本業を捨ててとうとうプロのコックとなって店を開くということもときどき発生するが、これは首をひねりたくなる。アマチュアでなければ抽出できない美徳や美味が今度は悪趣味や悪洒落に転じかねないと思うのである。やっぱりこういうことは在野主義がいいので、いつまでも《心はアマ、腕はプロ》というぐあいであってほしいもんである。ささやかな一例をあげるならば、たとえば拙者の釣りのようなもんダ(?……)。

そこで今回は三人の心=アマ・腕=プロ者に一週間おきに拙宅へ御光臨願い、その妙技と精進をデモンストレーションしてもらった。三人のお得意のテーマは、水餃子、アンコウの友和《あ》え、チーズケーキである。もちろん取材費を惜しんではいい仕事ができないし、アマチュアリズムの第一の美徳が損傷することになるから、気に入りの極上の素材を気に入った量だけ調達してもらい、請求書は食後に冷徹に編集部に提出して頂くということで開始したのだったが、みなさん、テーマが謙虚なので、まるでドッテコトなかった。感性の精緻、良心の機微、想像力の展開、みなさんそれぞれに妙技を発揮なさったので、こういう私小説、珠玉短篇、随筆の名品も結構だが、今後は『失われし時を求めて』並みの長・大・力作にも挑まれんことを、願ってやみませぬ。たとえば和、漢、洋それぞれにフルコースでなど、いかがでしょうか。期して待ちますゾ。

第一回は『文學界』編集部の内藤厚君の水餃子。俳人の松村月渓は物の味のわからないヤツに文学ができるものかという説を掲げていて、入門希望の弟子を選ぶにあたってはかならずその眼で選んでいたと伝えられる。物の味といっても人それぞれに好き嫌いという厄介な問題があるし、わかるように見えながらじつは見当違いやら、てんで味はわからないのに作品はあっぱれなのをつくる例外者やら、さまざまなので、何を基準にしていいものか、迷うばかりであるが、月渓は自身の直感を信ずること深かったと思われる。しかし、いろいろなことはあるにしても、やっぱりそれは至言、至当と思えるのである。わが内藤君は餃子が好きなために文学雑誌の編集部にいるのではなく、それよりはるか以前、もともと好きだったのである。たまたまこういう料理好きの人が文学雑誌の編集部にいることを同誌のためによろこびたい。この人は鑑賞だけでは満足できず、まっさきにキッチンに入りこんで実践にかかる。どこかよそでうまいもんに出会うと、その味をおぼえておいて深夜や日曜の午後などに一人であああだろうかこうだろうかと工夫にふける。休暇の季節に入ると台湾へ飛んでいき、屋台を歩きまわって見参と吸収に没頭する。屋台だからオッサンの手もとは丸見えで、何をどう料理するかがまざまざ見える。ときには漢文と白話文をまじえて筆談することもあるという。もともとこの人は高校のときにラーメン屋でアルバイトをしたことがあるうえにそういう熱心さだから、本場仕込みの味ということになるのだ。餃子だけがこの人のレパートリーではなくて、東坡肉、雲白肉、お粥、何でも試みるが、餃子のために台湾までフッ飛んでいくというその実学精神が貴重じゃないか。精神が。

ある晴れた土曜の午後、内藤君はサンタクロースのように大荷物をかついで拙宅にあらわれ、いろいろな物を袋からとりだしたが、醬油、辣油、いずれも中国食品で買いこんだ本場品だった。ところがその瓶のなかに一本、鎮江の特産品である黒酢がまじっていたので、たじたじとなりつつよろこんだ。これが名品であることを知っている人は、近頃、ぼつぼついるが、まだまだ少いのである。『鎮江香醋』。これは醬油のような、まッ黒の色をした酢だが、キリキリと鋭く酸っぱくなくて、どことなくおっとりと柔らかい。これを醬油と辣油をまぜたのにポトン、ポトンと二滴ほど落し、そこへドンブリ鉢からアツアツの餃子をひきあげ、つけて、食すのである。台所で前掛けをつけて粉まみれ、汗だくになって内藤君が実力者によくある寡黙さでポツリ、ポツリと内藤学説を述べるが、それによると、餃子はこうであってほしいという。

まず皮だが、これは強力粉と薄力粉を半々にまぜて水で練る。中身の餡《あん》には白菜と豚肉である。豚の背脂があれば香ばしくていうことなし。脂身の多い豚肉を二度挽きしたうえ、さらに庖丁でトントン叩く。これを怠けているのが大半の餃子店で、舌ざわりがわるい。そのうえニラを入れるから、ますます品がわるくなる。トントン、トントン叩きつづけて肉と野菜が原型を失うまでやる。白菜のほかにネギとショウガも少しあしらってみるとよろし。豚肉に水を少しずつ入れて手でこねる。さらに老酒、香油（ゴマ油）、塩、醬油、腐乳（中国製の豆腐のチーズ）の汁なども少し入れる。大半の餃子店がこれを怠っておる。だからプーハオ（不好）なんである。品と奥深さがないのだ。われらはいいかげんに投げないでイープー、イープー（一歩一歩）進むのだ。仕上げにサラダオイル少しにニンニク少しを入れるがこれはオマジナイ程度。あとは皮で包んで蒸す、ゆでるはお好みのまま。つぎにタレであるが、これは酢醬油に辣油でよろしいが、ていねいにやるなら、芝麻醬（ゴマペースト）、ゴマ油、醬油、棘醬、甜醬油、ニンニク、ネギ、ショウガ、スープ、砂糖を、ほどよくイープー、イープーまぜていくと絶佳である。

やがて湯気のほかほかたつ大鍋を台所から静しずとはこびだしてテーブルにそっとおく。みんなは眼をキラキラさせて体をのりだし、小鉢にチリレンゲで餃子をすくいにかかった。一口、口に含んで、じゅうッとほとばしって口いっぱいにひろがるものがあり、何かいおうとしたら、一足さきに内藤君が、

「失敗だ。皮がいけない。柔らかすぎる。失敗した。久しぶりの大失敗だ。もう一回やりなおしましょう」

みんな口ぐちにほめにかかろうとするのには目もくれず、冷徹に自己批判をし、さっさと台

所にもどって、でてこなくなった。自己を責めるのに、この人、よほど急で深いようである。

そのうちに第二作が仕上って、ふたたび大鍋をテーブルにすえつけたが、このときは内藤君もいっしょに着席し、一口、一口、吟味しながらレンゲを口にはこんだ。内藤君にいわせると第一作は〝大失敗〟だとのことだが、私には瑕瑾《かきん》だったように思える。皮が柔らかすぎてとろけかかっていた。つまりスープのなかで餃子が溺れかかっていたとおっしゃるのだ。しかし、たしかにそういうことはあったけれど、深沈とうなだれるほどの傷ではなかった。みんなは第一作も第二作も、プロ以上だ、上品な餃子だ、これなら銭《ぜに》がとれるといいつつ、ぺろぺろと平らげ、たちまちなくなってしまった。それが何よりの名作の証拠である。たちまちなくなるか。だまって二杯めの茶碗なりグラスなりをさしだすか。食と飲のよしあしは最低そのあたりを見てれば根本がわかるのだ。東坡肉は時間がかかるので、昨夜、うちでつくったのだといって内藤君はつぎに東坡肉をだしたが、これは日本風にべた甘くせず、八角の香りがピンとたっていて、とてもよかった。銭がとれる、おみごとだといって、みんな、たちまち平らげてしまい、湯川アングリングは、これなら痔にさわらない、お尻が微笑してくれそうだといって、いささか奇妙だけれど誰も思いつけない評語を洩らした。この人、ドえらい大痔主なので、飲むのと食べるのにはなみなみならぬ苦慮をしなければならないのである。山の湖へ釣りにでかけて氷雨でも降ろうものなら幽鬼なみの蒼白になる。どんなに魚が機嫌よく毛鉤にとびついてくれても、つねに血のにじむ思いがすると呟くのだ。

内藤君の手作りの薄餅を手にひろげ、ネギを条に切ったのに醬鴨の熱い一片をそえ、それにこの人の手作りの味噌をつけ、クルクルと巻いて一口頬張ったら、声が消えてしまった。醬鴨というのは合鴨の蒸焼きで、赤坂の某中華料理店であらかじめ私が二羽、補給用に買ってきておいたのである。味噌は内藤手製。一同もぐもぐしながら呻いたが、味噌の出来がまことにあっぱれなのだ。どうやってつくったのと内藤君にたずねると、台北の『真北平』という店で食べた味噌の味をおぼえて帰国し、その後自分で工夫してみたんだという。海鮮醬にスープ（手製）、老酒、五香粉、腐乳の汁、唐辛子、醬油、ゴマ油などを少しずつ入れて二、三分煮つめたんだと。日本の甘味噌だと、どうしても味が浅くなるので、花椒、陳皮、ゴマ油、五香粉、老酒、蠔油、乾貝、干海老などを入れて煮つめたらちょっとはサマになってくるとの学説であった。その探求の微細、深広なのに、あらためて脱帽させられた。アレを入れたらコウなるからソレを入れてバランスをとる……というぐあいに表にでる味と裏にでる味を考えあわせたあげくの錬金術である。この人はピアノにも堪能で、餃子の研究にくたびれたら、やおら、モーツァルトをひきにかかるのだそうである。竹内ボクチャンはそう説明したあと、何やら、フッとだまってしまった。列席者一同も、何となく、フッとだまってしまった。

（『五香粉』というのは中国人の大好きな調合香辛料で、たいていの料理に入る。かならずしも字面《づら》どおりに五種の香料のブレンドというわけではなく、この場合の〝五〟は〝八〟のように、多い、複雑、華麗ということをさす言葉と考えていい。たまたま手元にある文献によると、肉桂、八角、甘草、山奈、橘皮、小茴香、草蔻、丁香、肉蔻、砂仁の十種の粉がブレンドされている。家庭で使うのなら市販のものでも充分すぎるくらいである。これの入ってない中華料理など、ウィスキーぬきのハイボールみたいなもんだ。)

さて。

つぎのつぎの週末は川又庖丁の演出である。この人、目下は事業部長だが、ついこないだまで『諸君!』の編集長であった。本職でも業余でも猛烈な頑張り屋で、一度食いついたら二度と離そうとしない。ハイエナみたいなものである。業余では、当時も今も、飲食とその実践、及び知識一般の蒐集である。仕事師としても食徒としてもなみなみならぬ食欲と探究欲を抱き、それがいつさわってもたちまちピンとはねかえって食いつく活性状態にある。そして、解釈と鑑賞だけでは満足できず、台所にたってシコシコと実践にはげみ、どうやら和、漢、洋の全分野にその知と舌が浸透しているらしい。日曜日になるとネジリ鉢巻をして妻子を前にしてにぎり寿司をつくったり、そうかと思うとビーフシチューをことこと煮たりしているという噂がある。奥さんのことになると悪口しかいわない癖があるけれど電話をするとたいてい二人でつれだってテニスをしにいって留守である。そんなに元気なのに彼の説によると、体内には尿酸が常人の一〇倍、中性脂肪が七倍か八倍あるのだそうで、早晩、痛風になるか、心臓直撃である。だから目の黒いうちに原稿を書いてほしいと私を脅迫にかかるのだった。およそ二年間、私は逃げまわったのだけれど、とうとうつかまってしまい、以後、毎月、ごらんのようにノタうちまわってそこはかとなくよしなしごとを書きつらねている。

はじめ紳士の如く、おわり暴れ虎の如しというのが、この人の酒癖であるようだ。第一種接触の段階にあってはニコニコと微笑し、酒をホメたり、私をホメたり、とめどない、どこをついてもピンとはねかえる博学と観察と感性を展開している。しかし、いつとなく第二種接触に移行し、これは潜在意識一本槍の猛烈な短絡反応であって、それまでの紳士ぶりをいっさいがっさい店仕舞いしてもっぱら筋肉と罵辞にたよるという状態に到達する。いつだったか家がおたがいそう遠くは離れていないので自動車でいっしょに東京からもどってきたが、私の家でちょっとイッパイということに相談が一決した。そこで、たまたま陳舜臣が華僑の友達にもらったのを手つけずにまわしてくれた中国酒を飲むことにした。これがちょっと珍品で、一本は人間の胎盤、つまりお母さんが出産したあとにだす、あの血みどろのドロドロだナ、あれを汾酒（焼酎）に浸した酒。もう一本は広東の田ンぼに棲むネズミの胎児を二十五匹ほど汾酒に浸したもので、これは瓶底にチゥウチゥウちゃんの胎児が目をつむったまま沈澱しているのが見える。いずれも薬用酒とされていて、紫河車（人間の胎盤）の瓶は壮陽補腎、田乳鼠の瓶は産前産後にきくとレッテルに書いてある。

川又君はその二瓶を見てひるむどころか、手をこすりあわせてよろこび、交互に飲みだして第一種接触段階を急速にかけぬけた。そしてつぎにポーランドのウォツカを飲んで炸裂し、気がついたときには私と彼はとっ組みあいを演じていた。尿酸がどうの、中性脂肪がどうのという日頃の弱音なんかどこかへいってしまって、二人してネズミくさい息を吐きかけあいながら四ツにとりくみ、バカ、アホ、気ちがい、ガッデム、ファックと罵りあった。そのすきに彼は手練の早業で、サッと手をのばして私の象徴をつかみ、何だこれは、カタツムリじゃないかと叫んで、たちまち手を放した。私は何百回めと知れない、あの、おなじみの挫折感に襲われたが、胎盤酒のおかげだろうか、たちまち力を回復し、朝鮮の虎のように暴れるやつを肩にかついで玄関から這いだし、石段をおりて、タクシーへむりやりつめこんだ。自動車の戸口に手と足をつっぱってバカ、アホ、ファックと連呼するのを、それぞれ関節を軽く手刀でチョップするとたちまちクタクタとなって泥の袋と化す。それを自動車にむりやりおしこんだあと、手と足で、つまり四ツ這いになって石段を這いあがって、玄関へころげこんだ。翌朝、おびただしい宿酔と吐気で苦しめられたが、久しぶりに〝戦後〟を全身で味わった快感が体のそこかしこにあった。意識のそこかしこにはやっぱり〝カタツムリ〟がしぶとく漂っていたが……

土曜日の朝十一時、川又君は発泡スチロールの大箱をかついで、玄関にニコニコ微笑しつつ入ってきた。その大箱には一〇キロのアンコウを解体したのがギッシリ氷詰めで入っていた。築地の魚河岸へいって買ってきたんだという。この人は水戸でとれたので幼少時からアンコウとイワシと朱子学で育ってきた。アンコウは何といったって水戸産だ。現に中央市場では関西物がキロ五〇〇エン、常磐《じょうばん》物が八〇〇エンと、差がある。本日はこれをあくまでも本場風に料ってみせるから、とくと御鑑賞あれ。と満々の自信。駅前の市場へ野菜の買出しにとびだしていったが、しばらくすると加藤君という人をつれて野菜といっしょにもどってきた。聞けばこの人は庖丁君の少年時代からの友人で、時計屋さんだが、スイスの時計協会の国際免状の持主で、明日亡命しても世界中どこでも口をきかないでその日からメシが食える人だとのこと。二人は腕まくりして台所に入りこみ、たちまちアンコウを切りさばく、洗う、肝を蒸す、味噌を仕立てると、みごとな連携作戦を展開しはじめた。二人ともその手つきがキバキバ、きゅッきゅッとメリ、ハリがたち、それはよく見え、まったく昨日今日のものではない。あとから二人の姿態を覗いた竹内ボクチャンと高松たべ子女史の二人は、異口同音に、あの二人、ホモかしら、ヘテロかしらと呟いた。男がいいかげんの年齢になっても独身でいると、または、男二人が仲よくやっていると、たちまちこの寸感が唇に洩れるのが現代の弊風である。またそれがしばしば的中するという現実がさかんにありもするので、いよいよまぎらわしくなる。

シュンのアンコウッてものは、と川又学説は断言するのだ。肝《きも》だ。肝のトモ和《あ》えだ。辛口の仙台味噌のような味噌を鍋の蓋にべっとりと塗ってちょっと火にかざしてあぶる。それで香ばしい焦げの味と香りがつく。いっぽうパンパンに張切った肝《きも》を蒸し器で蒸しあげ、その肝と味噌を摺り鉢にほりこんで、すばやく、キビキビ、徹底的に、千回ともう一回摺りつぶし、練りあわせ、抱きつかせ、とかしあうのだ。つぎにガンガラわかしたお湯で肉や皮の各部をサッとゆで、それをあげてザルにのせ、風にあてて冷やす。よく冷えたところで各部を肝味噌にちょっとつけて食す。この料理のコツは、ひたすら、一も二もなく新鮮なアンコウを求めることである。ドッシリと重くてムッチリと張切った新鮮な肝を持つ新鮮な常磐物のアンコウを求めることにある。いつかパリの『メディテラネ』でアンコウのブイヤベースというのがメニュにでてたので食べてみたけれど、おきまりのサフランとちょっぴりのニンニク、そこまではいいが、グラグラ煮すぎだった。好漢惜しむべし、でした。ところでこの肝のトモ和えで飲む酒はベタ口《くち》でない、淡麗の、水のような舌ざわりの日本酒がいいんですがネ。ギラリ、眼を光らせて川又庖丁が大きな声をだすので、よろしい、わかってる、あらかじめ『越の寒梅』の特級大吟を二升がとことっといたゾと、私も大きな声をだす。たちまち川又庖丁はニタリと笑《え》む。笑みながらサッサカ、サッサカ、きばきば、コリコリと擂りこ木で味噌と肝をねりあわせるその手つきのあざやかな熟達ぶり。ワカメを庖丁でトントン叩いていた独身女貴族の高松女史はチラとそれを一瞥して、女の入りこむ余地がないわ、と嘆いた。この女《ひと》、出版社に勤めて、あちらこちらのセンセイの家に原稿とりで出入りするうち、センセイ方《がた》の日頃の言動やお書きになるものと家庭での現実の、あまりのひどい落差にすっかり幻滅し、バカバカしいったらありゃしないッてことになった。そこで推理小説と美食道に日夜邁進《まいしん》することになり、犯罪ガアレバ女ヲ探セの古諺を用いるなら、御馳走ガアレバ、たべ子ヲ探セという段階に到達するにいたった。根が竹を割ったような淡麗の持味の人なので、みんなに愛され、月曜から日曜まで、ド・ビアンマンジェ夫人のような御招待のスケジュールがさばききれないほどだと。お見受けしたところ、優しくて、洒脱で、美食家にしてはブクブクでなく、むっちりと硬肉《じし》のようだぞ。

シュンのアンコウの妙諦は新鮮と肝、深みのある単純さにつきる。あとの残りのまともな白い肉は美しくてムッチリしてるけれど、これを鍋にしたものは、とても肝の妙味にくらべたら目じゃないよ。優雅だけれどガラにすぎないよ。マ、やってみますがね。庖丁氏はそう連呼しながらテーブルを設けた。いわれるままにアンコウの、縁側のブルブル、どこやらのムッチリしたゼラチン質、皮のベロベロしたところ、そういう妙なところを皿から選び、肝味噌をちょっぴりつけて舌にのせてみると、おどろいたね。肝味噌の素朴なくせに深厚で繊細な味にゼラチン質のぶるぶるがぴったりと呼応しあうのだ。素朴が深厚や繊細を含むのは、文学でもよくよくのことであって、至難の境地なのだが、これはそこを難なくコナしている。深厚とか繊細はしばしば醱酵や腐敗や爛熟を経過しなければだせないアトモスフェールなのだが、水戸の深海と泥とエビが意識なくつくりだしたこの妙味はあっぱれだった。やすらかにしかもねっとりと舌にのこっているものを淡麗の日本酒の大吟で洗ってみると、咽喉にも、どこにもこだわりがなくて、絶妙のあえかなこだまだけがのこる。グツグツ煮える鍋のなかの白い美肉をレンゲでしゃくって食べてみるが、川又学説の指《さ》すとおり、このまともには常識があるだけで、深厚も、繊細もない。あるのはあるのだけれど、とても及ばないのである。

私は大阪生れで大阪育ちで、しかもめちゃらくちゃらの時代にもみしごかれてのそれであったから、ことアンコウについては盲目も同然だったのだが、ウフーッと長嘆息をついた。道によって賢し、のとおりである。肝味噌のこだまはあくまでも謙虚に、あくまでも素朴をよそおいながら、神経の穂さきをそよがせるデリカテッスがあり、それでいて無気力ではないのである。すっかり脱帽した。

最後がチーズケーキである。

これは私の二十数年来の畏友、坂根進君がつくる。私は小説家になるまえに洋酒会社の宣伝部に勤め、給料が少いわりには毎日おびただしい量の宣伝文を書きちらし、いわばウィスキーでお茶漬を食べて暮していた。この会社の東京支店は蠣殻町《かきがらちよう》の運河の近くにあり、夏の夕方になると東京湾からどろどろによごれた潮がさしてきて化学の悪臭が町一帯にみなぎり、いてもたってもいられなかった。運河をいっぱいに団平舟《だんぺいぶね》が埋め、おかみさんがオムツのひるがえるしたで甲板に七輪をおいてパタパタやっている姿がよく見られた。その頃はまだ酒を飲むということがオトコにとってはたいした御馳走と感じられていたから、ウィスキー会社ならいつでも飲めていいですなァと、うらやましがられることがよくあったけれど、これは皮相の見解であって、酒はやっぱり身銭を切って飲まないことには酔えないものである。夕方五時、退社時刻になると、机のうえにゴロゴロしているウィスキーやジンを生《き》で、茶碗で一杯か二杯ひっかけ、それを助走として八重洲口界隈や銀座のトリスバーへでかけ、新宿、渋谷、池袋へ繰りだす。その頃のトリスバーは何十コというグラスを並べておいてゴチゴチに氷をつめこみ、そのうえに酒瓶を走らせ、まるで目薬のようにウィスキーをそそいでからソーダ水をガバガバとやるものだから、十杯ぐらい飲んでからやっとホンノリ、キックがきいてくるというぐあいであった。だから、トロリとなるためには何軒となく坂根君とハシゴしてまわらねばならず、そのあげくの宿酔や月末のツケのことを思いあわせると、愚行の無限の輪環であった。

その頃の坂根君は雑誌のレイアウトであれ、新聞広告の写真であれ、何をやらしてもノンノンずいずいやってのけるうえに、何を聞いても、ア、それ、僕知ってるというので、エンサイクロペディアをもじって、坂根エンサイとか、何でも知ってる坂根君などと呼ばれていた。その後、彼は会社をやめて、〝サン・アド〟という小さなデザイン会社をやりだし、現在その会社の社長であるが、昔から一貫して私生活をひたかくしにかくすという奇癖があり、私は二十数年もつきあっていながら彼の下宿、アパート、マンション、レジデンス、どれも覗いたことがない。女友達にも紹介されたことがない。独身貴族であることは誰でも知ってるが、マンションが都内に三つあるという説があり、またべつの説によるとそれぞれにべつべつの女友達が入っているという説もある。すごい物持ちなのでその三人の女はみんなディープ・スロータだけれど、いつもみんな軽い喉頭炎をわずらっているという説もある。もう二〇年近く彼は何を聞いても、ア、それ、僕知ってるというほかに、ア、そこ、僕いったことあるというのと、ア、それ、僕持ってるの二つが加わり、事実、知ってもいるし、旅もしてるし、持ってもいるので、近頃では、謎の坂根と呼ばれるようになった。そのうちの持ってるということになると、中国の硯《すずり》、ヨーロッパのガラス器、銘品ぶどう酒、一本鍛えのアメリカ正宗（ナイフ）、いずれもなみなみでないコレクションである。総称してコレクション・サカネスクと呼ばれている。

コレクターというものは財力、知力、精力を総動員してブツを蒐集にかかるが、人によっては、ある段階までくると魔群が通過し、某日、理由もなくフッとイヤになることがある。私も何度かあるが、最近ではパイプ集めがイヤになっている。三〇年近くかかって一〇〇本近く集めたのが、某日、魔にやられ、吸うことはつづけているけれど集めることはフッと、止まってしまったのである。坂根君はぶどう酒を買いあさり、飲みあさり、ひたすら励んでいたが、近年そのフッがきた。そうなると愛が憎に転化し、見るのもイヤになってくる。何百本というぶどう酒の山に彼は吐気を催し、誰ぞにくれてやるワと口走っているそのさなかにたまたま私は行会った。そこで同情のあげく、酒のわからないヤツにつぎこんだところでドブへ捨てるようなもんだから、オレに鑑賞させて頂きたいと、申出た。坂根君はその場でＯＫし、一昨年の暮れに一〇〇本、去年の暮れに発作を起してまた一〇〇本、これは一本ずつが恐ろしい銘と年号のをドカドカと持ってきてくれた。この傾性をつくづく眺め、私としてはぶどう酒のつぎに彼が世界の紙幣のコレクションに熱中してくれないものかと、ひそかに希望している。

この謎の紳士が御多分に洩れず食徒であって、鑑賞のほかに実践もする。出雲ソバの手打ち、うどんの手打ち、魚の粕漬、牛肉の味噌漬、チーズケーキなどがそのレパートリーの一部である。とりわけチーズケーキは、いつのまにどこでどうやって体得したのか、食べた人はみな口をそろえて絶讃するのである。サン・アド社は赤坂に『茶展』という小さな喫茶店を経営しているが、そこで客にだすチーズケーキは彼が作ったものか、閣僚に作り方を教えて作らせたものかであって、〝銭がとれる〟かどうかという水準はとっくに突破してしまっているのである。私はお菓子類は和、漢、洋を問わず食わず嫌いなので、ガトォ・フロマージュ・ア・ラ・サカネは噂を聞くだけで、ただし彼のことだから、持前の完璧主義で徹底的なのをつくっていることだろうと推察だけついていた。それを、いよいよ本日、一瞥するのである。

内藤君にも川又君にも来てもらうことになり、例によって竹内ボクチャン、高松たべ子女史もブルブルッと身ぶるいして勇み足で出場することになった。内藤君は法事があって来れなくなり、まことに残念であった。川又君は聞くやいなや勇みたち、女房が技術を盗みたいので見学したいと申しておりますといったけれど、これは自分のことをいってるのかも知れなかった。私は三時間もまえに登場して夫婦して坂根君の粉まみれの手もとをギラギラと観察していた。私はコレクシォン・サカネスクのぶどう酒のなかから、ライン、ラインヘッセン、モーゼル、それにソーテルヌ、他にピュリニー・モンラシェ、それぞれ選りぬいてバケツに冷水を張って冷やした。ドイツぶどう酒はそれでアウスレーゼが一本、ベーレンアウスレーゼが一本、トロッケンベーレンアウスレーゼが一本となった。そこへ坂根君が眼と眼鏡がいっしょになってとびだしそうなトロッケンベーレンアウスレーゼを二本持ってきたので、これは銀のバケツに氷を入れてうやうやしく冷やした。

「今日の午後はチーズケーキをサカナに超極上のドイツとフランスの白ぶどう酒を飲むんである。ウィーンの午後、リングシュトラッセの貴婦人になったつもりで、みなさん、やって頂きたい。好みとあればいたしかたないけれど、猥談とタバコは暫時お控え願いたい。よろしいね。以上終り」

一場の挨拶をしてすわったら、一同は低く失笑し、そちらのほうこそ気をつけて下さいなといって、クスクス笑った。

坂根理論によるとチーズケーキは演出次第で千変万化できるが、焼き方という観点からするとビフテキとおなじで、レア、ミディアム・レア、ミディアム、ウェルダンの四種に大別できるので、本日はそれを一つずつ作って進ぜる。なお、ウェルダンの一種としてチーズスフレもやってみるとのことであった。台所で粉まみれになっている彼の手つきを一瞥すると、内藤餃子、川又アンコウとはまた一味違ったソフィスティケートの熟練ぶりであり、その柔軟、精妙、流暢のぐあいを見れば、あとは聞くだけ野暮という気がしてくるのである。焼いてからさますまでに何時間もかかるのがあるから、これは昨夜、うちで焼いてみたのだといって彼は二種とりだしたが、そのうち、彼が〝レア〟だといったのはねっとりトロリと舌に媚び、しかも羽毛の軽さを持っていて、鮮やかな記憶をきざみこまれた。ソーテルヌを一滴ずつ舌にのせ、コロコロところがし、それといっしょにクリームそのもののチーズを咽喉へ流していると、おそらくこれはいつまでもおぼえている記憶になるだろう、内的資産の一つとなることだろうと、まざまざ思われた。辻邸での例の大饗宴のときに私は食後にケーキを食べて、十二時間ぶっつづけの料理のあとでもいいケーキなら舞台が変るみたいにスラリと口にも腹にも入るものなのだという経験を味わったが、サカネ・ケーキもそうだった。四種のケーキと一種のスフレを食べたあと、順序が逆になるけれど近所のマツモトローへでかけ、フルコースの食事を試みたところ、モタレもツカエもなくて全品がするすると消えたのでおどろかされた。形容句を羅列するよりもその事実を書きとめるほうが、サカネ・ケーキの名作ぶりを語る何よりの証左となるであろう。こういう凄腕があちらこちらに名を伏せて棲息しているのだから、料理店はもうちょい緊張して初心を忘れないのが身のためですゾ。いつもどこからかテロリストに見られているんだと思いながら仕事をして頂きたいナ。

大震災来たりなば

——非常時の味覚——

毎年、八月がやってくると、新聞、雑誌、週刊誌をあげて敗戦特集号をつくる習慣である。もう三〇年もつづいていて、すっかり歳時記の一つと化してしまったが、おかげで新しい視角とか新しい素材がなくなり、編集者一同は四苦八苦である。そこで、もうずいぶん以前のことになるが、ある雑誌が『戦中・戦後の食事』という企画を思いついた。あの苦患《くげん》の時代の食事を当時のままに再現し、それを食べつつボソボソと語りあおうという、わるくないアイデアであった。出席者は年長代表として中島健蔵氏、年少代表として小生、そこへ中央市場のえらいさんが一人、加わった。女子栄養大学の、年配の、苦汁の経験をたっぷり持ちあわせた先生たちが、ウブな生徒を動員し、手とり足とりして教えて調理した。

ヨメナの吸物、ノビルのぬた、ハコベのゴマよごし、マメカスの炒めもの、ホッケの塩焼き……というぐあいに皿や椀がずらずら並び、サツマイモ入りの電極パンもあった。これはハッピーな若い読者のために説明しておくと、木で弁当箱ぐらいの箱をつくり、その内側に銅板を張り、そこへ電燈からじかにコードをひいて、コードの先端をほぐして電線を露出してそれぞれ銅板へ結びつけるのである。その箱のなかへサイコロ大にきざんだ蒸しイモをまぜたメリケン粉のかたまりをイーストぬきで入れる。重曹を入れてふくらますという手もあった。そうしておいてからスイッチをひねって電気を流すと、銅板が熱くなってきて、メリケン粉を焼き、ダンゴよりはいくらかましだがパンではないという、いわば白子《アルビノ》のような変種ができあがるのである。もぐもぐムズムズと頬張り、ノドにつかえてしようがないからツバがわくのを待って、ゴクリゴクリと呑みくだす。つきせぬ滋味を味わおうとして嚙みしめると、しばしば重曹のかたまりを嚙みあて、そのイヤらしいにがさったらないから、気をつけて嚙まなければならなかった。

ヨメナの吸物やノビルのぬたを食べ、つぎに電極パンに手をだし、ひからびたホッケの塩焼きをうっとうしく横眼で眺め、マメカスの炒めたのをつまみつつビールを飲むと、ちょっと湯葉の樋に似たところがあってイケるんじゃないかと思ったりした。そういえば当時オトナたちは国民酒場に長い長い行列をつくり、アルミの弁当箱や飯盒にビールを入れてもらって立呑みしていたな、などとつぎつぎ光景が頭をもたげて起きあがってくる。プルーストはマドレーヌを紅茶に浸して食べた瞬間に過去の十八年間（……でしたネ）、その年月のあらゆる瞬間をくまなくすみずみまで思いだしたそうだから、私は、不肖、電極パンやマメカスで二十数年を攻めようかと思うのである。

（マメカスとは脱脂大豆のこと。大豆を圧搾して油をとったあとの滓《かす》のこと。圧型されて小さな車輪ぐらいもある、厚い滓の塊り。これを砕いてほぐして各家庭に配給した。家庭ではこれを炒めたり、水でふやかして御飯に入れたりなどした。現在ではブタの餌。）

しかし、ヨメナの吸物もノビルのぬたも、いちばん安物の醬油や酢や味噌を使って調理したとのことで、当時の代用醬油は入手不可能なのだから万止《ばんや》むを得ないのだが、おかげでどれもこれもたいそう上品に出来ている。何やらそこらの取澄した精進料理屋で供されそうな椀であり、皿である。

そこで、ブツクサ、

「これは上品すぎる。おいしすぎる」

と不平をいうと、中島健蔵氏が、

「おい、開高君」

といった。

「君のいうことはまったくそのとおりだが、贅沢いっちゃいけないよ。文句いっちゃいけないよ。批評しながら食うようじゃ、堕落だぞ。当時を思いだしてごらんなさい。モノもいわずにとびついて呑みこんだじゃないか。それを君は忘れてる」

持ちまえの早口で眼を細めながら氏はそういって私をたしなめたが、これには一言もなかった。至言である。まったく、当時は……。

女子栄養大学の電極パンの木箱をこしらえた先生が座談会の速記の終ったあとで、材料の入手にひとかたならぬ苦労をしたという話をしたが、それを聞いているうちに、何やら底深くうそ寒いものを感じさせられた。そのうそ寒さは冬のぬかるみに踏みこんだみたいにじわじわと足を這いあがって腰から背へ、腹へとしみこみ、ひろがっていく。マメカスを入手するためにさんざんさがしまわったあげく、やっと埼玉の養豚場で使っているとわかったので、そこまで自動車で買いにいった。しかし、戦中、戦後、ヨメナ、ノビル、ハコベなどはどこにでも生えていたのに、いまは見つけるのがひどくむつかしくなった。どこへいってもアスファルト、団地、宅地ばかりで、コンクリの皮が広がるいっぽうだから、野草を発見するのが楽でなくなった、とおっしゃるのである。お百姓さんもサツマだの何だのという地味なのはあまりお作りにならないから、その葉っぱを煮しめにしたり、茎の皮をむいて味噌汁の具にするということもできない。これは年々歳々、減退、揮発の一途で、農村人口も、畑や田も、減退の一途。いったいどうなるのでしょうという話なのである。すでに読み飽き、聞き飽いた話題だが、こういう席であらためて聞くと、不安が酸のようにしみてきた。つまり、私たちには後退地や根拠地がないのだ。人生が戦いであるなら、私たちは退路のない戦いをしいられているのだ、特攻隊なのだ。カミカゼなのだ。またしても。

私の祖父は北陸出身で、うっかり歩いたら踏みつぶされそうなくらいいたくさんの兄弟の第何番めかに生まれ、そのままなら肺病で死ぬか、一生納屋暮しで終るという身分だった。そこで毛布一枚を持って大阪へ這いだし、ド、ド、のどん底から粒々辛苦、お尻の穴がはじけそうなくらい働いて働いて働きまくり、やっと故郷に田を買ってささやかな不在地主となり、年貢でどうにか暮していけそうなと見当がついたところへ、戦争だ、敗戦だとくる。そこで死ぬときはフリダシにもどって一切空と化し、筆写したお経数巻と私家版の新語辞典一冊をのこして彼岸へ去った。何しろ敗戦後の新聞は、アプレ・ゲールだの、ラッキー・カムだの、アベックだのと明治生れの祖父にはわからないことばかりだから、紅葉が病葉《わくらば》になったようないたいけな孫の口から（……私のことですが）、そういうチイチイパッパの説明を聞いて辞書をつくり、それを手引にして新聞を読むのであった。

　こういう明治生れの人は日本全国におびただしい数で、当時、いらっしゃったのだろうと思う。この人たちは晩年ことごとく一切空の悲歌を呑みこんで彼岸へ去っていった。しかし、それにしても、この人たちの出身地は農村であったから、非常時となればそこへもどっていくことができた。当時の日本はアジアではやっぱり最先端の工業国だったけれど、農村は人口も面積も健在だったから、また、都市の流通機構から独立してそれ自体の季節と土にたって生きていたから、疎開した祖父は数十年前に憎悪と恐怖から一文なしでとびだした北陸の鎮守の森のなかでむしろささやかな静謐と栄養を味わうことができた。毎日、ささやかながらジュンメン（純綿・銀シャリ・まともなお米のこと）を食べ、素朴だがコクのある豆味噌の汁をすすり、小ブナ釣りしかの川のほとりをさまよい歩くこともできた。ほんのときたま娘（……私の母）が行列で切符を手に入れて見舞いにいき、その帰りに若干のジュンメンを腹に巻きこんだ。ケイザイ（経済巡査・闇取締りの）の眼をくらまして大阪へ持って帰り、やぶれかぶれの洞穴のような家のなかで、病葉のような息子と二人で食べ、ホンの一晩か二晩だけ、マメカスの禅味からのがれるのであった。

　しかしダ。

　みなさまとっくにごぞんじのようにこの三〇年間に状況は激変した。つぎに大震災がきたとき、都市の在住者で火災や倒壊や飢渇から生きのびられた者は、つぎにどこへ逃げていいのかわからないのである。日頃、非情無沙汰にまぎれてうっちゃったままの、名も顔もあやふやにしか思いだせない、叔父の、従弟《いとこ》の、ハトコの、その友達の、なんてのをにわかに思いだしてそのツテをたよって田舎へ蒙塵《もうじん》しようと思っても、田舎そのものがインスタント・ラーメンを食べて暮しているのだし、その供給源が都市なのだから、おそらくあるのは井戸水か沢水ぐらいじゃあるまいかと愚察する。それも感心に御先祖様伝来の井戸を持っていたとしての話である。そしてその井戸が近くの工業の揚水ポンプで水脈が切れていないとしての話である。農村出身者も、農村出身者を知人・友人・親類に持つ都市生活者も、この際、ひとしく最悪の事態を想像して暮したほうがいいのであって、農村をアテにしてはならないのである。なるほど私が父母から折あって聞かされた祖父の果敢な苦闘の生涯は故郷への憎悪と恐怖を原動力として発動されたもののようであったけれど、非常時になれば祖父は鎮守の森が涼しい影を落す水田のほとりへもどっていくことができ、そこでは北陸特産のすばらしい小粒米がとれ、豆味噌があり、野菜も芋もあって、ヨメナ、ノビル、ハコベで指さきをアクで黒染めしなくてもすんだ。放し飼いのニワトリはミミズやカタツムリを食べているのでいい味がし、それをツブしてダシをとって御飯にかけたら、淡麗、素朴なボッカケ飯を冬の夜たのしむことができて、苦笑まじりに都市をふりかえることができた。しかし、その祖父の孫である私は、大地震から這いだしてそこへもどっていくことは、もう、できないのである。祖父を知る人はもう、一人のこらず、死に絶えてしまったのだし、田はないし、家もないし、納屋もない。あるものといえば神社の玉垣にきざんだ祖父の名だけである。全日本の、似た条件の、無数の人とおなじである。私たちはハイマートロス（故郷喪失者）なのだ。ここを徹底的に、肛門の小皺のすみずみにまで、覚悟を浸透させておかなければならない。

だからダ。

申すまでもなく、来たるべき非常時に際しては、各人その居住地もしくはその周辺にとどまって孤軍奮闘しなければならぬものと思いきめなければなるまい。そのことをいまから考えるのなら、福沢翁の吐いたように、つねに最悪の事態を覚悟して暮さねばなるまい。何が最悪であるかは、各位の体験と想像力によって段階がさまざまであろうが、誇大妄想だの、何だの、どう呼ばれようとかまわないから、各位、最悪の想像を精錬なさることである。アレもなくなる、コレもなくなるともっぱら腹のたしになる苛酷、非情をつぎつぎとお考えになり、徹底的な消去法に基づいて思量あるべしと思われる。そのための冷徹な準備を日頃からおこない、年に一回、備蓄食料や水の入替えをやって経費がかかるとしても、べつにドッテコトない。ギンザで二度か三度だらしなくニコニコしたと思えばすむことじゃないか。ソンしたとかトクしたとかの批評のできる問題じゃないのだから、非常時がこなければそれでモトモトというわけ。ところが人間、厄介なのは、わかっちゃいるけど手がだせないということがあり、どれだけマスコミが地震の情報パニックをひきおこしても、やっぱり各位におかれては日々の塵労と塵費にまみれて、情報におびえながらもついついミネラルウォーター一本買わず、牛肉の大和煮の缶詰一コも買いこまないで、ずるずると何となく毎日をすごしていらっしゃるのじゃあるまいかと愚察するのである。つまり、それは小生の家の物置のことにほかならない。何しろ私小説の国である。私自身を基準にして考えればあまりあたりハズれがないのではあるまいかと考えてペンを進めることにする。

備蓄の非常食の味覚についてはいずれ後段で触れることにして、万事に先行する金について一言。いつぞやM銀行茅ヶ崎支店の支店長が御挨拶に見えたとき、地震対策の話がでて、銀行では何か対策を考えておられるのかとおたずねすると、紳士は首をよこにふり、何も考えておりませんと、おっしゃる。新聞やテレビがあれだけ大騒ぎして、それに呼応してか、煽りたてられてか、人口密集区の江東区や震源予想地とされた川崎市などでは老若男女が昔懐しの防空頭巾をかぶって退避訓練までしたけれど、銀行では本店でも支店でも、会議らしい会議はしたことがないし、内示、お達し、何一つとして中枢部から指示があったこともないとおっしゃる。ではイザとなって預金者が金をひきだしに殺到したときはどうなるかとたずねると、手持の金で払える分を払ったあと、本店から不足分をとりよせる。それまで若干、お待ち願いたいのですとのことであった。火事場泥棒の商法が横行してたちまち物価が四倍、五倍、果ては天井知らずというような高騰ぶりになるからいくら金があっても足りないという事態になるだろうし、預金者各位の日頃の手持高なんて焼石に水一滴というようなもので、それが支店すべての地域においてそうなるだろうから、いくら本店に金があったところで、おまけにハイウェイがつぶれ、道路がつまり、あたりいちめん火の海となれば本店から金を持ってくるといったって自動車ではこぶわけにもいくまいし……肛門の小皺にしみこんだ最悪感覚にたってブツブツ、そんなことをいいつづけるうちに紳士はにこやかに粗茶をすすって帰ってしまった。これを要するに銀行もまたアテにはできないということなのであり、一言でいえば各位におかれては御先祖様の故智にならって日頃から土に金を埋めて備蓄なさるしかないということなのである。それも書斎の本棚の辞書のなかとか、奥様の洋服ダンスのすみっこなどという秘所ではなくて、家が倒れてもすぐとりだせる場所。屋内なら玄関の靴箱だとか。屋外なら庭のあいたところとか。そして容器は壺か何かが好ましく、湿気がこないようしっかりガム・テープで蓋に二重、三重の目張りをし、スコップなしでも掘りだせるように浅く埋めると……こうなるのだ。どのくらいの金額を、したがってどれくらいの大きさの壺を入手するかということは、各位の想像力と甲斐性におまかせするが、いずれにしてもこの点はよくよく御考えになるがよろしいですゾ。

さて、ダ。

某日曜日、竹内ボクチャンとその麾下一同《スター・ダスターズ》は手や肩に段ボール箱をいくつとなく持ってドヤドヤと繰りこんできた。都内のデパートや有名食品店で売っている〝防災セット〟を全種買いこんできたのである。本日は空前の大地震に見舞われた直後の第一日で、水も火も出なくなったが、奇妙に備蓄食品だけは救出できたので、缶切りを片手にもっぱらその鑑賞をしようという設定である。過去の小生の見聞と経験によれば家が全壊しても思いがけない物が奇妙に無傷のままで残ることが、えてしてあるものだから、備蓄食品のほかにフランスぶどう酒数本とギターが生きのこったという設定にする。フランスぶどう酒数本は私が提供し、ギターは雨宮君が持ってきた。この人、顔を見るとどうしてもリオ・グランデ以南の出身でパンチョ・ヴィラの末裔としか思えないのだが、ギターを持たせるとラ・パロマでも、ラ・クカラチャでもなく、『どん底』のルカの歌と『モスコー郊外』、いずれもモスコー訛りで底深いバスの魅力をお聞かせしましょうとおっしゃる。コルトンの赤の73年物をやりつつ乾パンを食べてモスコー訛りの『どん底』を聞くというのが本日のメニュである。これすべて、乱ニ居テ治ヲ忘レズの古諺を実践したくなって。(本番のときもこうあってほしいネ)

救荒食が常食と化した顕著な一例はインスタント・ラーメンに発する一切のインスタント食品である。これは全日本のあらゆる家庭に常時あるものだからあらためて鑑賞するまでもないということになった。乾麵は中国にも日本にも古くからあるが、これをインスタント・ラーメンに仕立てなおして現代日本女のズボラ癖を時間、空間の両次元で助長させたヤツは頭がいいとしかいいようがないが、小生のアンテナには邱永漢という異才の名がひっかかっておる。この異才がそもそもの発端のどこかで一枚嚙んでいたのではないかという臆測であり、情報である。いずれこの人には何かの形で見参しなければなるまいと、私、思っている。インスタント・ラーメンは日本からあふれだして東南アジアへいき、ヴェトナムへいき、政府軍にも反政府軍にも当時おそろしく歓迎されたが、あるときアメリカ映画を見てたら、マフィア・ギャングが倉庫のなかで、ポリがきて一合戦やらかすまえに早いとこ飯を搔ッ食らっちゃえなどといって箸でインスタント・ラーメンをもぞもぞやってる場面があり、その箸の使い方がなかなか器用なので恐縮したという記憶がある。立食いハンバーグといい、立食いフライド・チキンといい、ファースト・フッドは、先進国、途上国、自由主義国、社会主義国を問わず大流行だが、これは何を意味するのだろうか。明白にそれは〝近代化〟現象だが、自動車をガソリン・スタンドに乗りつけて五分もかけないで満タンにしてハイといってでていくようなのが食事だということになっちゃって、誰も疑わなくなっている。これをアマゾン流域の住人に見せたらどういうか、ぜひとも意見を聞いてみたい。

デパートや有名食品店にはちゃんと〝防災コーナー〟というのがあり、〝防災セット〟が売りだされているという。読者各位におかれては散策の折に一見されたい。アルミでコーティングしたリュックサック風の〝非常持出袋〟を添えたのや、段ボール箱につめこんだのや、さまざまである。ためしにM屋のセットに入ってる説明書によると、災害時は第一日めに充分行動できるかどうかがキー・ポイントである。そこで日本人のオトナの一日平均の摂取カロリーは二三〇〇から二五〇〇カロリーなので、ためしに三〇〇〇カロリーを組合わせてみたらこうなりますとある。ウンと活動しなければなるまいから少し多いめに組合わせたとおっしゃるのである。その内容はつぎのようである。

乾パン　二缶（氷砂糖入り）
コーンドビーフ　二缶
ウィンナソーセージ　二缶
蜂蜜　一パック（15グラムのが15袋）
ミツマメ　二缶

ミネラルウォーター　二瓶（500 ml入が）

ミネラルウォーターをのぞいてあとはみなM屋の製品である。さっそく頂戴してみると、乾パンが昔とくらべてお話にならないくらいよくできているので感心した。氷砂糖がチラホラ入っているのは塩味の乾パンにほのかな甘味をつけるためと呑みくだすためのツバをわかせようという知恵だが、戦中の乾パンはある時期までコンペイトウをつけていたという記憶があるから、その故智にならったものであろう。おそらく苦患の世代者が昔懐しでイキイキとなって考案したのではあるまいかと思われる。蜂蜜とミツマメもわるくない。ただのレジャーとしてではなくて、かなり苦行に近い、または苦行そのものといいたくなる山行きや海行きを味わった人ならきっと賛成して下さることと思うが、精神の疲労にはアルコール、肉体の疲労には糖分という原則があって、鳥もかよわぬ源泉地点やギラギラ照りの洋上ではミツマメがポケット瓶よりはるかにありがたいのである。私は、いつか、アメリカ製のフルーツ・カクテルの缶詰と日本製のミツマメの缶詰を山奥でつぶさに食べくらべてみたことがあるが、その繊妙、その巧緻、たくらみの深さと、思いやりのこまかさ、一も二もなくミツマメに指を折った。あらくれのはずの山男や海男でこのことに気がついて用意していく人は意外に多いのである。ミツマメをバカにしちゃいけませんよ。背骨をたてて肉体を酷使に酷使しなければならないあらくれ時にはミツマメを忘れてはいけない。エベレストやアマゾンにいくときは必須の携行品である。この点、シカとこころにきざんで頂きたい。わけても栄太楼のミツマメの缶には二種あって、缶底にビニール袋がついて白蜜と黒蜜がそれぞれ入っているというぐあいであり、このていねいさは小笠原洋上でホトホト頭をさげた。

つぎからつぎへと段ボール箱から缶詰類をあけたら、たちまち大テーブルがいっぱいになる。それをかたっぱしから缶切りであけてひときれずつ鑑賞しようというわけである。光景を見るや、いなや、竹内ボクチャンはすっくとたちあがり、いきいきと嬉しそうに、

「ア、おれ」

といった。

「牛肉の大和煮とサケ缶。これなんだなあ。これさえあれば、おれ、何も文句ないんだなあ。これですよ、これ。これ。これがいけるんです」

さっと手をのばして大和煮とサケの缶を二つとりこみ、缶切りでスパスパと切り、紙の皿にあけ、そのあとニッコリして、何もいわなくなった。この人、毎号この連載の取材現場に証人として登場し、辻静雄邸のパリの『カスピアン』から直行のベルーガ・キャヴィア、その青缶と赤缶からはじまって、中華の精進料理も、常磐物のアンコウの肝の友和えも、アレも、コレも、ことごとく鑑賞してきた。そのたびにぶどう酒をおびただしく飲み、いまやボルドォ物とブルゴーニュ物を香りだけで嗅ぎわけ、レッテルや年号に脱帽しないで飲むという段階にまで達しているのだが（……そのハズであるが）、このときくらいニコニコしてはしゃいだ声をあげたことはない。そのいそいそとした声を聞くと、やっぱりこの人も遠い昔には私とおなじようにトトチャブ組で、欠食児童だったのだろうかと、あわれしみじみ思いやられるのであった。

このあといろいろと鑑賞した。『諸君！』の編集部だか、『暮しの手帖』の編集部だか、けじめがつかないという光景になった。雨宮君がギターをひいてモスコー訛りで『どん底』をうたってくれるので、やっと主婦雑誌ではないらしいと判別できるのだった。アルファ米というものは説明書の指示通りにやってみたところ、熱湯をかけても冷水をかけても、非常時なら何とかイケるという評価になった。非常時セットのなかにはちゃんと固形燃料で火をだしてくれる缶が入っているから、熱湯はつくれるのである。そのためのガス・ライターもつけてあるあたり、文章でいえば句読点がしっかり神経を配ってうってあるといいたい細心ぶりである。熱いアルファ米は東南アジアの不慣れな若い女が炊きそこなった飯、冷たいアルファ米はさめた、だらしないお粥といったところだが、非常時ならありがたく頂けるはずである。肉加工品についてはウィンナソーセージの缶よりはコーンドビーフの缶詰に人気があった。これには国産と外国産の二種あるが、いずれも一長一短がある。票をとると国産派と外国産派、ハーフ・アンド・ハーフである。Ｍ屋製の国産のは塩も胡椒もこまかくきかせてあってデリケートだがそのためか腰の強さというコクで一歩ゆずる。外国産の有名すぎるほど有名なＬは伝統の作法で作ってあり、デリカシーには欠けるが素朴な肉の味をのこしてあるという点で一つ買える。甲、乙つけがたいから、あとは好みの問題だということになった。しかし、非常時セットとしては、やっぱりコーンドビーフは不可欠だろうということで、意見が一致する。牛肉の大和煮は人気一番。これはボクチャンの熱中が郷愁だけではなくて知性の裏付けもあってのことだとわかる。サケ缶にはタケの子といっしょに煮こんだのもあったりするが、サケそのものだけで必要かつ充分条件をみたしていると、結論がでた。日本のサケ缶と外国産のサケ缶の相違は、栄太楼のミツマメとデル・モンテのフルーツ・カクテルの差ほどひどくはないとしても、クッキリ舌にきざまれる差があり、日本産のほうが文句なくすぐれていると、私は思う。これは世界一のフィッシュ・イーターとしての水準を今後とも保持して頂きたい。

（日本で食べるサケ缶とパリで食べたサケ缶をくらべてみると、日本のはコクがあり、パリのは淡泊であるように思いだせる。これは調味の差というよりは、太平洋のサケと大西洋のサケの、サケの肉そのものの相違ではあるまいかと思うのだが、どうであろうか？）

つぎに〝めし〟の缶詰類がある。『牛めし』、『とりめし』、『五目ごはん』、『赤飯』などである。これは見ただけでウンザリして眼をそむけたくなるのだが、説明書通りに熱湯につけてあたためて缶切りであけ、プラスチックのスプーンでしゃくってやってみたら、案に相違して、なかなかイケるじゃないかということに衆評が一致した。マグロの油漬、サバのサラダ油漬、カツオのフレーク味付などという缶詰には誰も手をだそうとしなかったが、これら〝めし〟類の缶詰はなかなか人気がよくて、つぎつぎと売れた。ボクチャンはやっぱり牛肉の大和煮が一番だといって力説しつづけたけれど、その声は、『とりめし』がいいか、『牛めし』がいいか、イヤ『五目ごはん』もなかなかエエとこいきよるでというような百家争鳴のガヤガヤにまぎれてよく聞きとれなくなった。ためしに調停案をだし、これら〝めし〟缶に大和煮缶の残りのオツユをぶっかけてみたらどうだといったところ、さっそく誰やらが実践し、ムー、イケル！と叫んだので、ボクチャンもみんなも、そろってニッコリできた。総じて本日のささやかな缶詰探求から結論をだしてみると、缶詰もなかなかエエ、なかなかイケるということになった。

これに非常時の飢渇をプラスしてみれば、乱ニ居テ治ヲ忘レズの味覚もかなりたのしむことができ、腹がふくれるのなら何でもエエ、酔いさえできるのなら酒は何でもエエ、というかつてのアナーキー、やけくそよりは、二歩も三歩もある段階で災厄が迎えられるらしいと判明した。缶詰業界も日本特産の過当競争でノタうちまわっていらっしゃるように拝見するが、その結果として品質の向上ということがあるらしいのだ。つまり善ナキ悪ハナシということになる。ただし、何度もくりかえすけれど、日頃からそれらをチャンと物置にストックしておくとしての話である。この点くれぐれも各位におかれては、経済状況に何不足ない国なのにつねに新鮮な小麦を一年分倉庫に貯蔵して国民にはいつも一昨年の古小麦のパンを食べさせ、それでいて国民に一言の反対も口にさせないスイス政府の用心深さと忍耐を念頭におかれるがよろしいかと、愚察する。イザとなってから政府をののしってみたところでしかたないのであって、不良少年もちょっとハラのあるやつは世の中が悪いんだというような免罪句は口にしないのである。こう書く以上、小生も昼寝をやめて、明日から缶詰を買いに歩きまわろうかと思っている。ただし、今日と明日が原稿の〆切りだから、明日はダメである。明後日から、ということであろう。しかし明後日は疲労困憊《こんぱい》しているだろうから、明々後日から、ということになるだろうか。明々後日は、ちょっと待てよ、誰かハッピーな若いのが結婚するとかで一席《スピーチ》のお粗末をやらなければならないのではなかったか……

洩れ承るところでは、出版社では牛込矢来町のS社が社内に防災委員会を設け、地下にプールやら食料庫やらを設けて用意おさおさ怠りないという。ある保険会社では乾パン二万袋、ミネラルウォーター四五〇〇本、食塩二四〇キロ、総じて都内在住の本社通勤の社員二五〇〇人とその家族の三日間の食料がストックしてあるが、その格納場所は都内十五カ所に分散してあって社外にはその地区は秘密となっているのだそうである。公表すれば難民がドッとおしよせるだろうから……というわけだ。そのおびただしい難民のなかには同社の勧誘員に口説かれたあげくの契約者もきっといることだろうと思いたいのだが、イザとなれば、防火鉄扉で〆出しさ。銀行もおなじこと。人情紙風船の時代の特質がまざまざと読みとれて肛門がヒリヒリしてくるじゃないか。何をいまさらお怒りになるか。はじめから誰もアテにするなと、申上げておるではないか。

それではこういうことを私に書かせる『諸君！』一同に、金は壺に入れてあるか、辞書にかくしてないだろうな、大和煮とコーンドビーフと乾パンとミツマメは、ミネラルウォーターはと、ひとつひとつたずねていくと、編集長の竹内ボクチャンをはじめ、全員、ありません、ございません、知りません、存じませんと、口ぐちに明快にいってのけた。では、文藝春秋社そのものとしてはどうであろうか、プールは、自家発電装置のポンプは、乾パンは、サケ缶は……と、クドクド、たずねていくと、全員声をそろえて、ありません、ございません、知りません、存じませんと明快な口調でくりかえすだけであった。つまり零細家内手工業（……工業？）の私と、大出版社とが、大震災に関するかぎりでは、カミカゼ的暮しであること、まったく変りがないということになるのであった。

いったいどうなるのだろう。
私たちは……
再出発を祝して、赤飯の缶をひらいた。

ありあわせの御馳走

一九三〇年代のグランド・デプレッション（大不況）のときに、安くて、うまくて、栄養があって、腹もちのいい食べものはないかと人びとは眼の色を変えて日夜さがしまわったが、そのあげく、イタリア移民のお好みであるピッツァが、一躍、ヒットした。おなじお好み焼でも河一つ向うのメキシコのそれがヒットしないでイタリアのがヒットしたのはカポネ一味が機関銃とダイナマイトでチェーン店をひろげたから……それだけでとは思えない。そろそろはじまりかけていたファースト・フッドの趣味にもミートしたせいだろうが、とにかく全米にヒットした。それ以来、ピッツァは不況の噂がたつときっとヒットするといわれつづけて、今日に至る。わが国ではこの三〇年間にアレヨ、アレヨというまにヒットし、たちまち全土に普及した。いまでは冷凍食品の分野にまで浸透し、たいそうな人気者になった。ちょっと以前までは、外遊でイタリアへ御叱呼しにいったのが帰国してから、ピッツァにはやっぱり水牛の乳でつくったモンツァのチーズでなきァ、ダメだよなどと、一席ブッていたものだが、そのうちモンツァのチーズもどんどん入ってきて、いつデパートへいっても手に入るもんだから、ブテなくなってしまった。

お好み焼もピッツァも台所のその日その日のお余りや、ハンパものや、ありあわせのものをほりこめばできるので、また、そういう味には混沌と即興の妙味があるものだから、いつまでも人気が落ちない。そういうありあわせ料理でエピソードを残しているのは、やっぱり、チャプスイが一番だろうか。清朝末期の大官、李鴻章《りこうしょう》が、アメリカへ使節で赴いたとき、某日、アメリカの大統領（たしかルーズヴェルト）がふいに用を思いたって李氏の宿泊しているホテルに立寄ったところ、突然のことなので何も用意がしてなかったものだから、コックに即席のお惣菜を作らせた。それがすばらしい出来だったのでルーズヴェルトが、これは何という料理ですかとたずねたところ、李鴻章は、何、つまらんものです、ありあわせのものですと答えた。その中国語がルーズヴェルトの耳に〝チャプスイ〟と聞えたので、以後その名で世界中に氾濫することになったと、あやふやな巷伝がのこされている。このチャプスイは出身がそういうぐあいだからか、いまだに定式というものがなく、八宝菜だったり、モヤシ炒めだったり、トロ味がかかっていたり、いなかったり、じつに千変万化する。この種の巷伝でいまでもおぼえているのは、香港で某日、聞かされたヤツで、何でも、対日戦に踏みきろうかきるまいかと迷っているルーズヴェルト大統領（さきのル氏とはもちろんべつの……）に宋美齢《そうびれい》が食事の席で決断を迫り、そのとき供したのが搾菜《ザーサイ》麺だったというエピソードである。これはいままでに聞かされた無数の太平洋戦争裏面史のなかでもっとも奇抜でユーモラスなものだからいつまでも忘れられないでいる。さきのチャプスイといい、この搾菜麺といい、よくよくアメリカの大統領は安直な料理にひっかかるようにできているらしいのも奇妙だが、これは中国人のアメリカ観の一つでもあるのだろうか。

ギャンブル狂の貴族が食事のために席をたつ時間も惜しいというのでパンにオカズをのせて食べているうちにそれが〝サンドイッチ〟という料理として定着したとか、江戸の大火事のどさくさにまぎれて刺身を飯にのせて食べることを思いついたところ、それがにぎり鮨の元祖となったとか、即席やありあわせの工夫が鬱蒼とした味覚の新分野を開拓したことは東西の食史にいくらでも例がある。オムレツだとか、雑炊だとか、にぎり飯だとか、かやく飯（まぜ御飯）、炒飯、会飯、八宝菜などというものは家庭でその場その場のありあわせの材料をかたっぱしからほりこんでいけばできるのだから、レシピ（処方）はあるような、ないような、自然体の構えみたいなものである。そうすると、ありあわせの材料が多種、多彩にころがっているのはプロの料理人のキッチンであるはずだから、この人たちの日常の食べものにはちょっとアマには想像のつかない、妙味、珍味、奇味があるのではないだろうかと思いたくなってくる。たとえば魚のうまい部分は、頭、目玉、カマ、内臓、砂ズリ、それから背の肉という順序になるかと私は思っている。広東出身の華僑の友人もためらわずにそう答えて清蒸料理や魚頭炉をつくってくれたし、アマゾンの漁師もピラルクーをただ炭で焼くだけのことだけれど正確にこの順序でやってくれた。してみると、これを寿司屋で眺めるなら、客にだすのはおおむね魚の背と腹の肉だけなのだから、あとの美味はすべてカンバンのあと、客を追いだして大戸をおろしてから家内一同でニコニコと食べていらっしゃるのであろうと、うらやみたくなるわけである。それらはお余りであり、屑であるわけだから、美味であるうえにタダなんだ。お客が何ともありがたいような、バカなような。そんなふうに見えるのではあるまいか。
松崎明治著・佐藤垢石補の『新釣百科』はメダカからマグロまで、日本産の淡水魚と海水魚を徹底的に探求した不朽の名著であるが、ここに《釣人料理》の一章があり、臓物料理の項があるので、引用してみる。

魚屋の料理には臓物料理といふものはないが、釣人の料理で最も気の利いたおいしい通人料理は何と云つてもこの臓物料理である。筆者なぞは何はさておいても臓物を食べる事に料理のしがひを感じて居る位だが、これには（……中略……）総体的に云へば臓物料理の中での醍醐味は何と云つても肝臓である。洗ひなどの活魚料理には腹から取出したてのピクピクするキモほど甘いものはない。このキモは沸騰したお湯に軽く潜ぐらせ、中まで一通り軽く煮えて居る位にして、酢醬油にして食べるのである。酢醬油の中にはネギを細かに切つて冷水にさらした晒葱とか、新生姜等をせん切りにしたものなどを入れると殊の外風味がいい。

胆は、俗にニガ玉というくらい苦汁がつまっているから何としても用心してとりのぞかなければならないが、あとはすべていける。ただし、フグのような毒魚は議論が別であるという当然の注意書がついている。
久しぶりに銀座へ出て辻留氏に会い、寿司屋の久兵衛氏（二世）に会いして、この点をゆるゆるとたずねてみたが、はかばかしい返事が得られなかった。そこであなたが本日お食べになるお惣菜を食べさせて頂きたいとダダをこねたところ、ちょうどカツオがシュンだからというので、砂ズリの酢のもの、肉付の骨の甘辛煮、アナゴの肝の煮たの、ワサビの茎の醬油漬、ヒラメの卵の淡煮などをだされた。ハマチの頭の塩焼きも久兵衛ではだしてくれ、しきりに恐縮なさるが、こちらはそれが目的でおしかけたのだから、ありがたく頂戴する。しかし、両者とも魚のモツのうまいことはお認めになるが、お客の顔がバカに見えるというようなことはひとことも口におだしにならない。総じて淡泊、ひかえめ、おっとり、はんなりの口調である。おそらく〝文藝春秋〟という大看板に尻ごみなさったのであろう。テータ・テートのずばりブッチャケた話はこういう大看板があると、えてして、聞きだせないものである。辻留氏は米や野菜や果物などすべてが本来の味や香りを失いつつある時流を嘆き、精製した食塩と、古式伝法で釜で海水を煮つめつくった塩を、それぞれオチョコに一杯ずつ、水を入れたおなじ大きさのコップにとかしてみせた。そして、古式の塩は完全に水にとけてコップは澄んでいるけれど、精製食塩は水にとけないのでコップがいつまでも白濁したままであることをさし、こわいことでっせ、これでは塩味が料理のなかで浮いたままになりまっせ、えらい時代や、と嘆くのだった。

久兵衛二世氏は、寿司屋だからといって日頃とくに変ったものをお惣菜に食べているわけではなく、みなさんとおなじですという。しかし、カツオならカツオでシュンの選りぬきのを仕入れるのだから、その臓物で酒盗をつくったら、とたずねると、お客のつきだしにだす程度のものを手なぐさみにつくるぐらいですという。では、アユの臓物でウルカをつくれるけれど、これには苦いのと甘いのと二種あるが、とたずねると、そんなものはつくらない。イカならイカで墨を利用して黒作りというものがありますが、とたずねると、これもつくらないと、おっしゃる。つまるところ、魚の腹につまっている珍味、奇味、異味の大半は残飯桶へ捨てられてしまうらしい気配であった。プロの料理人は客よりうまいものを日頃食べなければならないのではあるまいか。それで客の舌より二歩も三歩もさきを歩かなければならないのではあるまいかと私はかねがね考えているが、これでいいのですかナ。

しかし、辻留氏がひそひそと嘆くように、近頃のゴボウはシャキシャキと固くもないし香りもしない。タマネギを切ったら涙がでるということもない。ダイコンをおろしてもツンと鼻にぬけるような秋霜の辛辣がない。こういうことはいつ頃からはじまった変貌なのか、私にはわからないが、久しくといってよいくらいの長時間になるのではないかという気がする。タマネギは泣くもの、ダイコンはヒリヒリ辛いものということを知らないで育った子供が、もう、いい年になって家庭を持ったりしているのではあるまいかと思うのだが、どれほどの信仰やイデオロギーよりも深くしぶとく生きのび、しかも寛容である幼年期の味覚というものが、おなじタマネギやダイコンと名のつくものでありながら、語りあえば決定的にズレが世代によってでてしまうというのは、何ともさびしいことである。メロンは知っていてもマクワウリは知らず、イチゴは知っていてもグミは知らないということもさることながら、タマネギの話が親と子でズレてしまうというのはおかしなことである。

辻留氏は懐石の名庖丁であるが、話をしていると科学用語がちらちらと隠見して、ほほ笑ましい。ときには〝エキス〟というような古語も登場する。日本海でとれるヤナギカレイという優にはんなりしたカレイは逸品だけれど、昔は日蔭で風干しにしたのに今は電気で風と熱を送って干してしまうから〝エキス〟がとんでしもて、ワヤや、というぐあいである。エキスがとんでワヤにされる食品の名をあげていたら千夜と一夜あっても足りないだろうが、私は近年これを米について味わった。新潟県の山奥の銀山湖にイワナ釣りにかよったり、山小屋で三カ月暮したりしていた頃、××光、△△錦などという名高い米の話を、夜ふけのルンペン（ストーブ）のよこで、よく聞かされた。米通《つう》にいわせると、新潟県の名品は平野の水田よりも山の水田で育ったもののほうがうまいのだそうである。ところが近年はできた米を農協で一括して電気で乾燥させるためにエキスがとんでパサパサになるというのである。昔の光や錦で育った人はそういうのである。そこで、あるとき、麓《ふもと》の町役場に一席のお粗末をたのまれたので、講演料のかわりに電気乾燥をしてないお米を下さいと申出たところ、十日ほどして係の人が頭をかきかき山小屋へやってきて、いろいろさがしたけれど自然乾燥の米というものはないとわかりました。何とか電気米でこらえて下さるわけにはいきますまいかと、丁重なる御挨拶であった。エキスが電風と電熱でとんでしまったといっても、やっぱり名品は名品としてそれだけの違いは駄品よりはあるはずと思ったので、ありがたく頂戴することにした。

こういうことがあるのだから、いっそ名品級の米は超高級の果実とおなじものと考え、どこかに土地を買ってあくまでも昔風に、徹底的に、伝統の作法で篤農家に農薬ぬきでつくってもらい、それを料亭では客にいちいち説明して、高い値をつけて、だす。そのかわりその米を食べたら民族の愉しさや誇りがほかほかと腹からわいてくるというぐあいである。そういうデリカテッセン水田というものをつくってみてはどうかと、当時つくづく考えたことを辻留氏に話してみた。農薬も使わず、電気も使わず、文字通りに八十八の汗を注入して、愚直一点張りでつくった米なのだからフォアグラやキャヴィアとおなじくらいの金をとっていいのである。お客にはそれを覚悟できてもらう。そういう商法はいまどき流行《はや》らないでしょうか。辻留氏は聞くやいなや、たちまち膝をのりだして、ええ考えです、よろしおます、もしそんな会社があるねんやったら、私、発起人にならせてもらいます、金もだしまっせ、と熱くなった。そういう水田のほとりにちょっとした家を建て、あくまでも古式伝統のマメ、キュウリ、イモ、カボチャを育て、そういうもので料理をつくって晩年をすごしてみたいと、辻留氏はしみじみ述懐するのである。談が終って帰りしなに玄関口まで送りに出たとき、もう一度、辻留氏はその話を蒸しかえし、もしそんな会社をつくることになったらきっと一口のっておくれやす、といった。もちろん、のらせて下さいと、と力んで返答して店をでた。

若い北岡君は有名ホテルのキッチンで八年間働き、そのあいだにオランダのアムステルダムでも何年か修業したりしたが、最近独立して麻布界隈に『プチ・ポアン』という店を持った。シックな、白い、小さな店で、ビストロ風である。シックではあるが背広やネクタイを気にしないで入っていける店である。ビストロというのはごぞんじのとおりパリの小さなレストランで、〝ビストロ〟という言葉自体はロシア語の〝早く〟だが、気軽に入っていける親密な店で、大ホテルや大レストランとはちがって、たいてい経営者そのものがコックとなってキッチンをあたためている。しかし、これにもピンからキリまであり、いい店のいい料理となると、質が天上的で、値もそれにふさわしくなるから、油断はできない。しかし、多年のなじみ客の手沢や垢や汚《し》みであちらこちらにまったりとした、あたたかいアトモスフェールのでた店に入ると、父親に背後から着古したオーヴァーを着せてもらうような印象があり、ほのぼのとして落ちついてくる。北岡君はまだ開店したばかりで、店の壁が家具のショーウィンドーのように白く輝いているけれど、これからしこしこ頑張って、その白壁をじわじわ人肌で染めていこうというわけである。

午後の三時頃、客足の切れたと思える時刻を選んで店を訪れ、いろいろ聞かせてもらう。ホテル時代、彼の師匠は、コック心得の庭訓《ていきん》として、入れものはブリキ皿でもいいから料理は客よりうまいものを食えと教えた、とのこと。これはまったくそのとおりだろうと思う。コックは無言のうちに客を先導しなければいけないのだから、客よりうまいものを食べてなければ、それはむつかしいだろうと思う。しかし、近頃のホテルはたいていどこでもそうだろうが、コックは従業員食堂で食事をしろというタテマエになっているのだそうである。そんなことをいったってみんな味を見るためにチョイチョイつまみ食いをしなければなるまいし、私にいわせれば水くさい規則である。フランス人なら職場でも家庭でも日夜、フランス料理ばかりで、生まれてから死ぬまでフランス料理にズブ浸りで暮すが、日本人のコックは職場を一歩出たら、ギョーザ、ウドン、おにぎり、スキヤキ、和・漢・韓・洋のごったまぜなのだから、それだけ本場のフランス料理に浸っている時間と記憶が薄くなるだろうと私などは思いたい。日本料理ですら、関西料理の某名店では、板前をときどき関西へもどして半年ほど泳がせ、そうやって〝国内留学〟をやらせて西の味と東の味の軌道修正をやっていると聞かされたことがある。それがあたりまえだと思うのである。それならコックの食事ぐらい従業員食堂などではなくて、自作のフランス料理を食べさせるように強制したほうが、むしろ、コック自身のためにも、ホテルのためにも、はるかに賢いやり方ではあるまいかと思うのだが……

いつぞやの大阪での辻邸での十二時間ぶっつづけの宴会では、つい書きおとしたけれど、列席者一同に凝《こ》りに凝ったフランス料理を食べさせながら、ホストの辻静雄氏は冷麦を食べていた。コック学校の校長先生として、また、フランス料理研究家として、明けても暮れても〝ヨコメシ〟(西洋料理・横文字のメシだから)ばかり食べていると、自前で食べるときにはどうしてもタテメシになる。だから、冷麦だと、おっしゃるのである。まことに無理もない、悲痛なような、ユーモラスなような告白であった。これはコックの年齢がすすむにつれて日本人としてはそうならざるを得ないことであろう。混食民族の宿命である。北岡君も自前で食べるときにはふつうの日本人の食べるものを食べているので、その点では変った食事は何もしていないとのこと。しかし、客にだすために店で料理をつくると、ちょいちょいボナンザ(大当り)がでる。そのベスト・スリーを左にあげる。

・ヒラメの縁側と卵……メニュにヒラメを出してあるのだからどうしても毎日、仕入れなければならないが、縁側と卵がオマケになる。すべて魚の卵はオマケと考えてよろしい。フランス料理は日本料理にくらべると、ほとんどといってよいくらい魚の卵を使わない。（そして肝、も！）。だから、頂く。縁側のソテー、ムニエール、刺身、こたえられませんね。

・テリーヌのはしっこ……パテである。パテをジェリーで包んで、型にはめ、切って出すが、それは形のいいところだけである。こいつのはしっこのところに、えてして、うまいおつゆがたまってくる。それをアツアツの焼きたてのバゲット（フランスパン）にはさんで食べたら、これは、モウ……

・サーロインのはしっこ。かぶり。……サーロインの塊りを仕入れると、ローストビーフ用やら何やらと形よく切りとっていくうちに、どうしても上端に余分の肉が出る。これは霜降りで、柔らかいのに歯ごたえもあって、とてもいい部分なんですが、他の部分とは肉質が異なるし、分量も多くはないので、頂いちゃいます。この部分を〝かぶり〟といいます。うまいですよ。

食通のホテルで有名なオークラのコック長の小野正吉氏に会って話を聞いてみるが、やはりおなじことで、昔はキッチンのコック仲間でいろいろと料理をつくって遊んだものだが、今はすっかり近代化されてそういう習慣がなくなったとのことである。コックが調理場でとくに変ったものを食べるという風景は見られなくなったし、従業員食堂で食事をしろということになっている。戦前、小野氏は修業時代を『東京クラブ』ですごしたが、そこではレフト・オーバー（残りもの）を集めて味噌汁をつくったものだった。肉、魚、つけあわせの野菜、ローストビーフに添えるヨークシャー・プディング、何でもかでもその日の残りものを鍋にたたきこんで白味噌で仕立てる。ちょうどチャンコ鍋を味噌汁で仕立てるようなものである。ヨークシャー・プディングはねっとり味のないカステラみたいなもんだけれど、これが入ると奇妙に味がデリケートになり、食いつけるとやめられないくらいうまいもんだった。

この人の話をいろいろ聞いていると、いいコックというものは感受性がなけりゃどうしようもないが、そのうえ人間的に何か一癖あるヤツのほうがいいとのことである。はじめの基礎の勉強は素直に地道にコツコツやってもらうしかないけれど、素直一本だとそのあといくらやっても、ある程度までしかのびない。しかし、一癖あるヤツだと、それがこえられる。人のだせない味がだせるようになる。はじめのうちは癖でつくっていくが、そのうち年をとって枯れていき、癖が円熟となって、ちょうどよくなる。とおっしゃるのである。これは何も料理だけではなくて、文学、音楽、絵画、芸の術一般についていえる定理であろう。ここで、一思案することがあり、釣りに上達するのは性急で色好みの人物であるという金言、もしくは定言がわが国にはあるのですが、コックの場合はどうでしょう、助平なヤツは料理が上手だということがありますかと、たずねてみた。それまで校長先生のように謹厳だった小野氏はやっとニッコリし、ありますね、そういうことはありますねと、うなずいた。男がいい仕事をしてるときはどうしてもアチラの意欲も旺《さか》んで、これはあなた、切っても切れない関係です。強すぎてそちらにオボレちまうのは困るけれど、どちらかといえばスキモノでないよりはスキモノであったほうが料理の腕はあがります。そういいつつ氏は回想の気遠いまなざしになり、パリ留学中に知りあったフランス人のコックの某は店から家へ休憩にもどるその途中できっと女を一人ひっかけたもんですとか、いや、某々はそのうえ……とか、含みの多い、暗示的なエピソードをいくつか紹介した。その例にもれず、近年、わが国にしばしばやってきて話題になる、大男でゲジゲジ眉毛の金壺眼の、レジオン・ドヌールをもらった、ムッシュウ・P・Bは、いや、もう、手に負えないスキモノですよ、とのことであった。しかし、ムッシュウ・P・Bがどのようにカザノヴァであるかということについては小野氏はあえて語ろうとしなかった。私としてはアタマからP・Bが助平なんであると思いこむしかないのだった。（フランス人で、コックで、それがスキモノでないとしたら、それこそおかしなハナシではあるまいか）

しかし、小野氏はふたたび謹厳な顔にもどり、

「……料理人というものはもっとも感受性の豊かなときに一時間でもよけいに仕事をすることです。三十歳までが勝負だな。それまでに目鼻がつかないようだと、まずダメ」

といった。

さいごに中華料理ではどうなってるだろうかと思って『四川飯店』へいってみたら、さすが、以食為天、その権化であった。この店では従業員用の食事と事務所用の食事とがある。従業員用というのはボーイもコックも含めてで十七、八人。事務所用というのは、陳建民社長、その夫人、専務、常務、ボーイ長、キャッシャー嬢など。従業員用の食事は、朝は味噌汁に御飯と

何か一品。昼はだいたい和食。メザシ、サンマ、アジ、オデンなど。夜は中華料理。もちろん四川料理である。料理の中国名を従業員におぼえこませなければならないけれど、それも北京音ではなくて、断じて四川音である。

事務所用のは朝はなくて昼と夜。二つとも四川料理である。これは二番コックがつくる。ときには総帥《そうすい》の陳建民氏が指図したり、自分でつくったりすることもある。二番コックはそうやって客にだす料理のほかでも腕をみがく。従業員用のは見習さんがつくるけれどそれも腕をみがく。こういう自前の料理は日本人好みの味つけではなく、ニンニクや五香をたっぷり利かせてあくまでも本場風に仕立てる、その御飯やオカズの盛りつけぐあいを見たらその見習さんにセンスがあるかないか、一目でわかる。はじめ三年間はみんなポチポチで一線に並んでいくけれど、四年めぐらいに天分のあるなしがハッキリとでてくる。その天分のある子が十年、二十年と修業して一人前になるけれど、その頃にもう一つ壁がある。それを破れるのは一〇〇人に一人いるかいないかというようなもの。

従業員のお昼のオカズは当番の子に毎日六〇〇エンわたし、それで仕入れをやらせる。これも必修課目である。調味料やネギなどは調理場にあるので間にあわせるが、あとはみんなの希望を聞いたうえで自分でヤリクリ算段をつける。

中華料理は徹底的に材料をこなしきることで有名だから、残りものとか、屑とかいうものがでない。そんなものはそもそも概念すらないのである。ニンジンのシッポのさきだって何だって、一草、一片のこさずにこなしちゃうのである。そして、客用のであろうと、自分たちのであろうと、料理は一切、四川料理である。それも毎日だ。どうころんでも四川料理をおぼえるようにしてある。事務所用の料理はメニュにでているのと、メニュにでていない家常菜と、半々というところ。ここでは陳建民総帥が陣頭指揮で頑張っているのだが、この人が、以食為天の権化らしいのである。食事はけっしてなおざりにしない。徹底。細密。周到。持続。昼夜をわかたず。毎日毎日。春夏秋冬。こういうことを、気さくで、よく笑い、あけっぴろげで、しかもなみなみでない賢さを眼にたたえている陳建民夫人が、手とり足とりして説明してくれる。もちろんこの夫人の自発意志による創意や工夫もたくさんあることだろうが、言々句々に総帥の影がくまなく射していて、さまざまな現象や言葉や表情のうらにひたひたと肉薄するもの、一途な激しい気迫、たじたじとなりそうだが一種爽快な熱意が感じられるのである。

「サァサァ、できました。できました。食べましょ。食べましょ」

夫人が小娘のようにはしゃいだ声をあげて一室に案内してくれる。今夜の事務所用の家常菜は、干焼黄魚（イシモチの煮込み）、紅油茄子（蒸しナスビを手でちぎって辣油やゴマ油などのタレをかけたもの）、紅焼肉（角切り豚肉とコンニャクの醤油煮込み）、干扁四季豆（インゲン豆とトリの挽肉）、連鍋湯（薄切りの豚のバラ肉と大根のスープ）……まことに豊麗、まことに豪奢。ここへきてやっと眼を瞠った。あとでもう一席、従業員用のを従業員諸君といっしょに食べてみたが、これも負けず劣らずの内容であって、〝差別〟感ゼロである。家族主義は中国人の深厚な伝統だが、料理への熱情とそれがこうやって一体となって登場してくるところを見ると、サスガ、サスガと脱帽したくなる。

「……今日はみなさんがおいでになるからといって特別につくったわけじゃないんです。いつもこんな調子なんです。何なら明日でも、明後日でも、いつでもぬきうちで食べにきて下さい。夜なら八時半か九時頃。昼なら一時半か二時頃です。お客さんのいなくなった頃です」

総帥夫人はニコニコ笑いつつ、淡々とそんなことをいう。そこで、東京都内の中国人経営の料理店はみんなこんなふうにしてやっているのですかとたずねてみると、やはり太々《タイタイ》はニコニコして、いえ、うちだけですとのことであった。中国人がみんな以食為天の権化ばかりではないらしい。

それにしても。

あっぱれであった。

後記

前回の原稿をデッド・ライン《しめきり》ぎりぎりにわたしてホッと一息ついたあと、思いたって先輩諸家に電話し、大地震にそなえて水や火や食料品など、何か備蓄しておられるかどうかをたずねてみた。五十音順にその答えを配列してみると、以下のようであった。

●ない。何もしてない。何も買いおきしてない。きたらそれまで。空港がオープンするまで待ってハワイへ逃げようか。(阿川弘之氏)

●竹藪だと地割れしないと聞いたので家のまわりに孟宗竹を十本ほど植えた。それだけや。

グラグラッときたら家をとびだしてその竹にしがみつくつもりや。そのうちへリコプターがきてくれるのンとちゃうか。（遠藤周作氏）

◉（はじめから笑声で）地震がきて、家がつぶれて、その下敷になって死ぬというのに、なぜ缶詰を買いおきしておくんだ。エ。おまえ。（吉行淳之介氏）

安岡章太郎、古山高麗雄《こまお》など、両大兄にも聞いてみようかと思ったけれど、吉行氏の笑声を聞いているうちに、やめた。しかし、阿川、遠藤、吉行の三氏とも、三浦（朱門）に聞いてみろ、あれはヘンなやつだから何かしてるにちがいないとすすめるので、電話してみたところ、これは超優等生の返答であった。上記の諸氏のマイナスを全部集めて一挙にプラスに転化したうえ、アルファが二つ、三つ、つきそうであった。

◉用意してあります。いつでもおいで下さい。まず水。これは地下室に五立方メートルの水槽があって、いつも貯えてある。ときどき入替えるのを忘れるけれど、とにかく貯えてある。それから米と、炭と、火鉢。ほかにコーンビーフだの何だのと缶詰類をケースに入れて積みあげてある。光か。それもあります。例の、芯ではなくて油を霧にしてつける式のコールマン・ランプ。あれが三つあります。まだ不足だろうか。何かあったら教えてよ。みんな意外に何もしてないようだなァ。

神《インシ・アルラー》の御意志のまま

今回は羊がテーマなので、どうしても北海道をマクラにおかなければなるまい。釣りをしに北海道にかようようになってから、釣師の友人が何人もできたが、どういうものか釣師には口うるさい食いしん坊が多いものだから、いろいろと味覚を教えられた。道産子は言葉が直線的でボキボキしているけれど、ユーモアはよく知っているし、たいそうハイカラで、かつ体温が高く、じっくりつきあうと滋味のでてくる人物が多いのである。素朴、剛直のように見えるけれど、繊細さとなるとなかなかに精妙で抜目ないところがあり、おどろかされたり、感じ入らせられたりする。原野へヤマメ釣りにでかけてふと立寄った農家で水を所望いたすと、こってりと濃い牛乳をふるまわれて驚喜したり、厚岸《あっけし》の漁師の物置小屋でカキを炭火で焼いてプシュウッと水を吹くやつをフウフウいいながらペロリ、くちびるで吸いとったなど、プルースト風の精緻さでこの国の『愉しみと日々』を書いたら、異国人が書いたにしては肉離れのない頁が何頁か生まれることだろうと思うことがある。キモのまずい魚はめったにないけれど、ここの真冬の海のカジカのこってりとした肝の魔味ときたらとめどがない。ストーブのよこで眼を瞠ったまま とろとろにとけて輝いちゃうのである。この魚は全道どこでもとれるわけではないから、道産子でも知らない人が多い。わが国の味覚はいまや北端か南端かへいかないかぎり〝季節〟というものを喪失したかのようであるから、こういう、〝季節〟と添い寝して登場する味覚だけで全国を行脚《あんぎゃ》して歩いたら、豊艶な記録ができることだろう。

いわゆる〝ジンギスカン〟は津軽海峡からこちらでも食べられないわけではなく、町を歩けばチラホラ看板を見るけれど、朝鮮焼肉に圧倒されていて、まだまだである。羊は〝安いが臭い〟というイメージが舌よりは頭にしみついているからである。しかし、海峡のあちらへ渡ると形勢が逆転し、いたるところに〝ジンギスカン〟の看板が氾濫している。そして羊の肉が〝安い〟という讃辞はよく聞かされるけれど、〝臭い〟ということばはあまり聞かなくなる。これはタレのおかげである。羊の肉にふさわしいタレをとっくに道産子は発明し、それに一晩ぐらい浸けることで臭みを魅力へ、いわばアウフヘーベンしたのである。羊の肉の臭みはクマだの、トドだのというどうにもならない先生方のにくらべると、はるかに温和で同化しやすい性質のものなのだし、むしろタレでアウフするとかえってコクに転化するような性質のものなのである。かのブクブクぽわぽわのブロイラーよりよっぽど滋味あるものに化けてくれるのである。これは文学、音楽、絵画、ことごとくに共通する一般原則である。前の章で、癖のないヤツよりは一癖あるヤツのほうがコックとして上達するというホテルオークラのコック長の寸言を紹介しておいたけれど、コックも素材もおなじである。一癖ある素材を一癖あるコックがこなせば、たとえば繊細ということについても無気力のそれと活力あるそれというたいした差が生じるはずである。ただし天才はその一癖を仕上げの段階ではまったくさりげなく消してアウフしてしまうことだろうが……

北海道では戦前から羊を食べないわけではなかったけれど、〝ジンギスカン〟として全道に君臨することとなったのは、昭和二十五年かその頃からで、昭和三十年代に入ってからは制覇成れりというところであったと、教えられる。タレを発明して臭みを揚棄することに成功してからは、タレは各家庭の主婦の腕であり、秘密であり、妙諦だということになり、ウナギ屋やヤキトリ屋がタレの成分のブレンドの比率をひたかくしの秘密にしたようにおかみさん連中も秘密にし、たずねられたら、ウフフと、ネットリにんまり笑ってごまかす気風がはびこった。この時代はおそらく各家庭ごとに相違する味覚があっておもしろかったにちがいないが、そのうちにタレを専門につくるメーカーが出現して大量生産をやりだし、おかみさん連中をすっかりズボラにしてしまった。いちいち素材を計量したり、買いに行ったり、すりつぶしたりする手間が省けたので、それで浮いた時間をおかみさんたちは教養の時間にあてることとし、文化講演会などを聞きにでかける気風が生じた。くたびれたトウチャンが茶の間を煙だらけにしてジンギスカンを食べ、焼酎を掻ッ食《くら》っていい気持になってトロンと溶解しているところへ、講演会でアマゾン河へ魚釣りにいった小説家の話を聞いたカアチャンがういうしい知識と感性を注入されていそいそと帰ってくるという光景があちらこちらで見うけられるようになったのである。小説家は会場が百戦錬磨のオバサンで満員になったことに気をよくし、講演がすむとどこかそのあたりの『炉ばた』へいそいそとでかけて持前の妄想癖にひたってニンマリするのだが、人気の真因がジンギスカンのタレだとは、ついにおさとりにならぬ。

北海道風のジンギスカンには二通りある。一つは羊の肉をあらかじめトップリとタレに浸してから焼くヤツ。もう一つは羊の肉を焼いてからタレにチャプッとつけて食べるヤツ。つまりジンギスカンの〝表〟流と〝裏〟流というわけだが、これの分岐点が岩見沢だというまことしやかな説を聞かされたことがある。しかし、また一説には、某メーカーがあらかじめタレにつけたズボラ肉を包装パックして売出してからその習慣は生じたのであってここ五年ぐらいの現象だと聞かされたこともある。しかし、私の見聞と経験からすると、それよりずっと以前から〝表〟流と〝裏〟流はそれぞれマトン・イーターのあいだで自然に選ばれ、おこなわれていたという印象がある。動物分布線のような岩見沢説を旭川あたりで教えられたのは今から五年よりずっとずっと以前のことなのである。ただし、おかみさんたちの時間を浮かしてひたすら教養の時間をふやすことに腐心しているインスタント屋たちの影響はなみなみならぬものがあるから、これはこれで私としては頷いておくのである。つぎに肉を焼く方法だが、もっともざっくばらんでそしてうまいのは七輪に炭火を熾《おこ》してただの金網をのせて焼く法。つぎにガス火。つぎにカブト型の鍋だが、これにも二通りあって、隙間からどんどん脂が炭火に落ちていく方式のと、隙間がなくて周囲のタメの溝に脂をためる方式。私としてはさきの方式のが好きである。なぜかというとこのチャーコールだと脂がどんどん落ちて焼けるから羊の肉が淡泊になる。あとの方式のだと、タメにたまった脂でモヤシやピーマンを焼けるという利点があるけれど、味がくどくなる。そこで、両者をあわせ、隙間から脂はどんどん落ちるけれど、カブトのふちにタメの溝もつくってあって脂が利用できるという方式のが、どちらの立場も顔をたててやるという結果になりそうである。げんにそういう鍋はつくられているし、市販されてもいる。なお、元祖北海道風としてまことに好ましかったのはエプロンの工夫である。羊の肉は脂が多く、炭火でそれを焙《あぶ》ると、パチパチ滴《しずく》がはねるので、昔は新聞紙のまんなかに大穴をあけ、それを頭からかぶり、新聞紙を胸と背の二つにふりわけて食べたもんだった。新聞紙は羊の脂を吸いとるのになかなかいいのである。朝日も毎日も効果はおなじである。つまりメキシコ人のポンチョ、アンデス住民の貫頭衣みたいなものだが、これはなかなか好ましかった。いまはちょっとしたジンギスカン屋へ行くと、きまってクレープ紙の前垂れを首からかけるようになり、上品にはなったけれど、野趣がなくなったノウ。

ここに編集部からとどけられたメモがあるので引用してみる。ジンギスカンのタレの成分表である。あっさりと秘伝を公開してくれたのは稀れで、あとは産業スパイ扱いされてうだうだフラフラと逃げまわられ、会話に句読点をうつのがなかなかむつかしかったとのことである。心して読まれたし。

札幌の友の会　お料理グループ

（六人分）

醤油　一五〇cc（⅔カップ）

砂糖　大匙二杯

タマネギ　一二〇g

ショウガ　一〇g
リンゴ　小一コ
（リンゴは紅玉〈六号〉がいいが、なかったらべつのを使う。そのときはナツミカンのしぼり汁か酢〈ヴィネガー〉小匙二杯を加えて酸味をつけたほうがよろしと。なお、小生の臆測でありますが、砂糖を入れるよりはハチミツのほうがくどくなくてよろしいのでは）
ニンニク　拇指大（一〇g）
コショウ　お好み
赤トウガラシ　お好み
味の素　お好み

以上、タマネギからニンニクまではすりおろすこと。このタレに焼いた肉をつけるのでありますが、一晩か二晩おいたほうが味がなじんでタレとしてよくなるとか。

義経チェーン店
醬油　？
砂糖　？
塩　？
味醂　？

水　？
トウガラシ　？
コショー　？
ショウガ　？
ニンニク　？
ローリエ　？
シナモン　？
フレーブ　？
ミック　？
味の素　？
ミカン　？
リンゴ　？
ナシ　？
ピーマン　？
タマネギ　？
ゴボウ　？

以上の何をどれだけまぜるのか、一切、不明。さながら錬金術なり。

じんぎすかんクラブ

基本はウスターソースから酢を除いたものと考えてもらうとよい。セロリ、ニンジン、タマネギの屑などをグツグツ煮込みカラメルで色をつけてソースを作り、そこへニンニク、ショウガ、トウガラシ、コショー、ナツメグ、シナモン、セージ、タイム、醤油などを入れる。これまたブレンド率、一切不明の錬金術なり。肉は焼きすぎないよう、ちょっと表面の色が変ったぐらいのところでこのタレにつけて食べるとよろしいヨと、イナされる。

松尾じんぎすかん

リンゴと生ネギの生汁のなかに醤油を入れ、他に十三種の神秘高貴の香辛料を入れる。その名と比率は言えんワイ。水と酢は使わないとだけ申上げておきます。羊の肉を一昼夜これにつけこんでおいてから焼いて供す。

ベル食品

ベースは醤油。これが全体の五〇％。あとはニンニク、ショウガ、ネギ、白コショー、赤トウガラシ、ナツメグ、クローブス、オールスパイス、酢、クエン酸。混合の比率は言えませんテ。要は有機酸の使い方ですな。これで肉に飽きるか飽きないかがきまるですテ。ここへ、さらに、砂糖、アミノ酸、味醂、水などを入れるです。その比率は言えんです。

（しかし、以上数社のうちで、じんぎすかんクラブのおっさんは、果物の生汁を使うというのは絶対にウソだと言明した。ジンギスカンのタレの製法についてのこの言明はさながら空気の組成に酸素はないと言明するようなもので、大胆である）

諸家それぞれに局部をひたかくしにおさえてお洩らし下さった秘法である。こんなチャンスはあまりないから、各家庭におかれてはトウチャンが焼酎擂ッ食うまえにこの雑誌をとりあげて頁を切抜いておかれるとよろしい。しかしだネ、小生は料理研究家ではないけれど、もともとジンギスカンというのは、蒙古料理の烤羊肉なんだから、数千年の羊学に長じた彼らの英知に学ぶのがもっとも正統かと思われる。その正統派のタレをだね、蒙古へいって、誰か聞いて、書きとって、帰国して、アケスケに公開したらどうだ。それから二度繰りかえすようだけれど、みんな甘みをつけるのに砂糖を使ってるようだが、このモノのもたらす甘みはクドくて浅くていけないから、ハチミツか何かにかえたほうがいいのではないですか。なお、焼肉料理については四川人もなかなか長じているから、四川風のピリッとしたタレも工夫してみてはどうだろう。麻婆豆腐があれだけヒットするんだから、四川風のタレもいけるんじゃないのかしら。イヤ、もう、これもとっくに市販されてるかナ。

さて。

某日。世界中のあらゆる民族が大昔からあらゆる方法で羊を食べてきて、知識と経験を積んでいるが、日本人はこの点については最後進、最新参者といってよろしいかと思われる。そこで今回はまだ一度もこの企画でふれたことのないアラブの羊料理でいきたいということになり、編集部に適任者を探してもらったところ、アラブ研究家の吉村作治君という人が登場した。この人はカメラを片手にアラブ圏を歩きまわるうちにすっかり魅せられてしまい、エジプト女性と結婚したうえ、とうとう回教徒になってしまったという人である。東京でアラブ料理店を経営して自分でキッチンにたってシシカバブなどを焼いたりしていたという願ってもない経歴の持主である。この人がさらに話を発展させ、東大で冶金工学を教えているリヤド大学出身のA・B・セバイ博士にわれらの意図を伝えたところ、博士夫妻は大乗気になって乗りだし、アラブ風羊料理を家庭で実演してみせようということになった。博士夫妻はカイロ出身で、奥さんは五絃琴《ウッド》の演奏家で先生でもあるが、料理が大好きだという、トントン拍子に話が進展してきた。ついては新鮮な、いい羊肉の、肩の肉、腿の肉、それに肝臓と、心臓と、腸（小腸）を手に入れて頂きたい、というお申越しである。それぞれの肉のパーツはもちろん内臓まで指定してあったのでこちら一同は大いに感じ入った。聞けば小腸はよく洗ってからそれでソーセージを作りたいのだとのことである。いいぞ。非常によろしいよ。凝《こ》ってきた。

八王子市郊外の段丘地帯に『絹の里』という名のジンギスカン屋がある。この店の羊肉は産直である。自家生産である。牧場で三〇〇頭ほど羊を飼っていて、血は製薬会社に売り、肉をジンギスカンとして焼いて食べる。この店にたのむと、どんな新鮮な肉でも、また肉のどんな部位でも入手できるとわかった。セバイ博士夫妻もその現場へいっしょにいきましょうということになり、二台の自動車に分乗して走った。私は羊の焼肉にミートしそうなスパイスを数種と、アラブの地酒のアラックにそっくりのギリシャのウーゾという酒を買った。ぶどう酒もついでに買いこんだが、羊の肉は脂が多いからそれに対抗するにはブルゴーニュでは上品すぎるので、コクのある、腰の張ったのがいいネ、ついてはガブガブ飲むためのとチビチビ味わうためのと半々にしようじゃないかと提案し、サン・テミリオン、サン・ジュリアン、ローザン・セグラ、オーゾンヌの四本を買いこんだ。(このうちどれがガブガブ用で、どれがチビチビ用か、あてられますか?)

『絹の里』は店の構えにはべつにとりたてていうほどのことはなかったけれど、羊肉は非常に優秀であった。どういうものか臭みがまったくなく、キメのこまかい霜降りで、塩をふって焼きあげてから一口噛むと、まったくジューシー(おつゆたっぷり)であった。ここの羊は牧草のほかに大麦や豆腐カスなどを食べさせているとのことであった。セバイ先生によると、羊には牧草のほかに落す一カ月前ぐらいからソラ豆を食べさせると肉質がとてもよくなり、蛋白質の含有量がグンとふえて、段違いにうまくなるのだそうである。また、アラブ圏では、国ごとに羊が異なり、肉の味も異なるが、豆を食べさせるほかに、海岸地帯で飼われた羊が、やっぱり、どこでも、珍重されるのだそうである。フランスでもイギリスでも海に面した丘で育った羊は乳も肉もチーズも特級品扱いされるという説をいつか聞かされたが、どうやらこれは海からの軟風に含まれる塩分が草を通じて羊の肉に浸透するためではあるまいかとのことである。それが肉だけではなくて加工品にまでひびくというのだからおそろしい。秋山徳蔵氏の著書にある日の宮中の宴会のメニュがでていたが、そのなかに一つ、『塩草乳酪』という字があったのを私はおぼえている。肉も、バターも、チーズも、やっぱり塩分を含んだ草で養われた体からとれるのが最高なのであろう。

（致酔性飲料が入っていないときの川又庖丁は料理と味覚についてのなみなみならぬ知見をさりげなく内蔵している。彼の解説によると、肉をとる羊と毛をとる羊では品種と機能がまったく異なるのだからいっしょにしちゃいけねえ。おれ思うにですね、毛をとる羊は毛がふさふさしていて、そのため汗の蒸発が不充分で体内にこもり、それが肉にしみこんで妙な臭みがでるんだ。つまり着ぶくれした不精者の風呂嫌いのヤツのパンツみたいなもんです。そんなものが食べられますか。というのだが、比喩の痛烈と品の悪さはべつとして、科学としては如何なものであろうか？）

セバイ博士はきわめて正しくて流暢で微細な日本語を楽々と語り、ユーモアと表情に富み、知的で、あけすけで、まことに愉しい食友であった。しかし、先生は熱烈な回教信者であって、生まれてからこのかた、酒と豚肉は一度も体を通過させたことがないとのことである。熱烈な回教信者であることと精妙な冶金工学者であることは先生において同時にまったく矛盾しない。先生はオレンジ・ジュースを飲みながらジンギスカンを食べ、そのうち晩禱の時刻になると、突然正座して、メッカの方角に体を向け、手を組んで、真摯そのものの風貌と姿勢で祈りをはじめられた。口のなかで低くコーランを誦し、手を組み、体を倒しては起し、ひたすらな祈禱である。ビール、ワイン、ウーゾを飲みあさり、羊の骨付肉を手づかみで頬張ることに没頭していたわれら末世の子等はそれを見てギョッとなる。一瞬、声を呑み、コップを宙にとめたまま、粛然として先生の熱禱を、まじまじと眺めるばかりであった。祈禱が終ると先生はふたたびわれらのほうに向きなおり、にこやかに、温厚に、博学に、文化と文明を同一水準において観察することもいたく必要なことであるのだなどと、語りはじめられるのだった。また、ニコニコと私に向って、たまには水を飲んで小説を書いてみるのもおもしろいのではありませんか、などとやんわり忠告して下さるのであった。売文業者になってからこの二〇年間、ぜったいにそんな意見を聞いたことがないものだから、カルチュラル・ショックというやつだろうか。先生と別れてから銀座のドイツ・ビヤ・ホールへいき、ビールとシュタインヘーガーを呑んでズブズブになり、ぶどう酒、ウーゾ、ビール、シュタインヘーガーの四派争闘。翌朝、書斎のまんなかで真ッ裸のまま目がさめ、何が何やらわからないうちに地獄そこのけの宿酔であった。

翌日。番茶に梅干。熱い風呂。キャベジン。牛乳。おなじみの、また手当り次第の、あらゆる二日酔治療法をためしつくしたあげく、全身に粘土のつまったような体をひきずって、東北沢のセバイ先生のつつましやかなアパートへ出向く。すでに階段の途中から煮込み料理らしき、香高く豊満で包容的な、おいしい匂いがふわふわと漂っている。全面的潰滅のさなかで鼻だけがふいによみがえり、ヒクヒクするけれど、酒のために舌はふくれあがった毛虫のようになっていて、どうにも呼応してくれない。今日はドライ・デーである。酒は一本も持ってこなかった。何しろセバイ先生は一滴も召し上らないばかりか、家のなかに酒瓶をおくこともなさらないのである。今日は水を飲んで羊を食べるのだ。水でないとしたら、ネバっこいオレンジ・ジュースか、コカ・コーラである。昨日、やんわりと、しかし、真摯な面持ちで、そう言渡されたのだ。

ドアをあけた先生に、

「バアッ!?」

といったら、

「ヤ、どうぞ、どうぞ」

といわれた。

現段階においてわれら日本人の羊料理についての知見といえば、せいぜいのところ、ジンギスカンかシャブシャブであろう。もう一歩前身してシシカバブがあるが、これだって串焼料理なのだから、その段階のものである。おそらく他におびただしい羊肉料理があるものと思いたいが、わが国では想像の手がかりがない。この夜に端正な鼻と妖艶な眼を持つ、寡黙でつつましやかなセバイ夫人が作って下さった羊料理は多彩なアラブの羊肉文化のごくごく一部にすぎないと思いたいが、少からず意表をつくものがあったので、左に列記して書きとめておきたい。

クッベナイエ……羊の生肉をトントンたたく。たたいてたたいてこまかくしたのを手でシコシコと練って練って練りまくる。ここまでは馬肉や牛肉のタルタル・ステーキとおなじ。つぎに麦の若芽の干したものをこれにまぜて練り上げ、それで小さなお椀のようなものを作る。そこへ羊肉の挽肉とタマネギの微塵切りをいっしょにまぜて炒めたものをつめこむ。松の実などを入れる。これをこのまま生《なま》で食べてもよく、つまんでお椀の口を閉じて油で揚げて食べてもよい。

アラブ圏を一万二〇〇〇キロ横断旅行したことのある雨宮君の経験によると、このクッベナイエは全アラブ圏の常食でもあれば御馳走でもあるが、レバノンやシリアでは、麦の乾燥若芽を入れず、タルタル・ステーキ風にして、オリーヴ油や香辛料をまぜ、純然、肉の生のままを食べる習慣であるとのことだった。油で揚げるとちょっと風変りなコロッケといった味になる。エジプトの料理でベスト・スリーをいえといわれたら何をあげますかとセバイ先生にたずねると、言下に、これがその一つですとの答えであった。麦の乾燥若芽をまぜて練った羊肉はモクモクとした舌ざわりで、まったく生肉とは感じられない。

カバブ・ハラ……カバブは焼肉ということ。ハラは鍋ということ。羊のロース肉を一センチぐらいの厚さに切り、その切身にタマネギとニンニクのおろしたのをまぶして炒めたもの。アラブ風のイーストを入れないで焼いたパンのおなかのなかにこれをつめこみ、ゴマペーストをたらりとたらして食べると、さらに佳。ゴマペーストとヨーグルトのペーストはアラブ料理のテーブルには不可欠。何しろ、『ひらけ、ゴマ！』の叫びが発せられた地圏である。ゴマは非常に香ばしくて気高い。

ターゲン……肩肉のシチューだ。羊の肩肉を角切りにし、タマネギといっしょに炒め、ちょっとメリケン粉をふりこんで炒め、ニンジンとタマネギを加えて煮る。それだけのこと。このあとスロークッカーに入れて五時間から六時間グツグツ。もともと羊の肉には脂が多いけれど、この結果、おびただしい脂が表層にでてくる。澄明で、金色に輝く脂である。脂をしぼりだされた羊の肉は牛肉のよく煮込んだシチューとまちがえるくらいで、まったく差がない。

ファグダ・フォルノ……ファグダは腿、フォルノは腿肉のローストということ。オーヴンからとりだしてテーブルにはこび、これをたちあがって客のために切りわけるのは一家の主人の仕事とされている。イギリス人は日曜日に食べるロースト・ビーフを〝サンデー・ロースト〟と呼び、やっぱり男がナイフとフォークで切りわけるが、アラブ圏でもおなじであるらしい。脂身のところは避ける。ポテト・チップスと奇妙にミートする。ゴマペーストをつけるとムッチリ微妙に絶佳である。おためしあれ。

ムンバール……腸詰めだ。ソーセージの揚げものだ。羊の小腸を内外ともによく洗ってから、生米、羊肉の微塵、パセリの微塵などを腸のなかにつめこみ、ジャアッと油で揚げるのだ。世界には無限の種類のソーセージがあるが、米、それも生米をつめて油で揚げるというのはユニークではないか。字で書くとクドイように見えるが、なかなか淡泊で、よろしい味だよ。ゆたかな滋味がある。

（エジプトの米はナイル河口のデルタ地帯でとれるが、何とその品種は日本米だというのだ。エジプト人の米味覚もなかなか鋭いもんだと、思いたいではないか）

マーシ……米飯、羊の挽肉、つぶしたトマト、以上をピーマンにつめて煮たもの。見たところ、ちょいと、ギリシャのムサカにそっくりである。

当夜はセバイ先生がカイロからじきじきスーツケースにつめてはこんできたさまざまの香辛料の草の粉を見せられたり、食べたりした。モルヘーヤ、サータル、ドア、スンマなどという。ミント（薄荷）の葉もあった。けれど、筆頭にあげたいのは〝カルカレ〟と呼ぶものである。これはスーダンや南部エジプトでとれる木の花の干したもので、それを水につけるなり、煎じたりするのである。すると、色といい、味といい、グレープ・ジュースにそっくりのものができる。この乾花を片手に山盛り、それぐらいの分量から五合、六合ぐらいの液がとれるという。これにちょっぴり砂糖を入れてよく冷やすと、グレープ・ジュースとまったくけじめがつかなくなって、ゴクゴク飲める。

セバイ先生は、これを飲むと高血圧が治り、二日酔を防ぐことができ、胃や腸によろしくて、まことにいうことなしなんだが、たった一つ、男の性的パワーが落ちるという欠点がありますといった。すると川又庖丁はハシャイで声をあげ、いまやセックスなんてどうでもよくなったです、高血圧をさげて二日酔が防げるんなら、もういうことなし。願ってもないです。オレはそちらを大事にしたいと、いった。そして吉村君が、これはドえらく安いもんでカイロへいったらいくらでも買えるといいだしたものだから、たちまち取引にかかり、今度カイロへいったらドカドカと買ってきて下さいな、と交渉にとりかかった。それを聞いているうちに一同はざわめき、オレも、ボクもといいだした。高松たべ子女史だけはニコニコ笑って何もいわなかったようである。その艶っぽい横顔をチラと見てから、オレにもちょうだいと、私は声をあげた。

エジプトは暑い南の国なんだし、少年時代の『アラビアン・ナイト』の読後感も手伝ったりして、何となく私は、エジプト料理というものは多彩深遠な香辛料をこってりまぜたものと感じこんでいたようであるが、本夕の料理からすると、むしろその想像が腰砕けになるくらい淡泊なものであった。濃く感じられる料理もないではないけれど、それは羊の肉をその料理法で生かそうと工夫するために生ずる結果であって、いわば素材の味なのである。加工や香辛料から生ずる味覚ではなかった。中国料理でも、何でも、一般に南菜が淡泊で北菜が濃厚であるという原則は以前にいつか書いておいたように思うけれど、どうやらアラーの広大なる御意志のうちにあるこの地帯でもまたそれはおなじことであるらしかった。エジプト、またはイスラム文化圏で、多彩、豊饒、華麗、深遠になるのは、食生活というよりは、むしろ、言語生活のほうであるらしい。

P.S.　前日と当夜のためにセバイ博士夫妻がわれら一同のためにこころよく費消して下さった努力にあらためて深く感謝申上げます。

開高

天子の食事

安岡章太郎大兄の『良友・悪友』は同時代、同世代の文学仲間の人物評集で、腋《わき》の下や足の裏のようなところから見て人を批評するそのやりかたに特異な魅力と眼力があって、愉しいものになっている。しかし、人物評も批評の一つであることに変りはないし、批評に満足できる作家など、石器時代以後一人だってありはしないのだから、料理された諸氏たちは自ら別種の意見を持っていることだろうと思う。この本の読者となり批評家となれるのは何も知らない第三者の立場にある人だけで、これはこういう性質の書物の宿命みたいなものである。夏の寝苦しい夜の消閑として一読をおすすめする。

ここに登場する人物の一人に邱 永漢《きゅうえいかん》氏がいる。邱氏が直木賞を受賞する前後、つまり今から二十三、四年以前の話である。安岡氏も邱氏もその頃は貧乏暮しをしているのだが、邱氏の小さな家に御馳走に招かれると、広東美人の奥さんが小さな台所で蒸籠《せいろ》一つ、中華鍋一つ、ただそれだけの道具でまるで手品のようにつぎつぎと料理を出してくるというエピソードがある。少いときで十二、三種、多いときになると二十種ぐらい皿が出たとのことである。このあたりの描写は簡潔だけれどなかなか説得力があり、読んでいて唾がわいてきそうになる。蒸籠一つと中華鍋一つでそんな妙技を発揮するところはいかにも広東人らしくて、ひたすら脱帽するしかない。それはよほどおいしかったらしく、めったに人をホメたことのない大兄自身の口から私は何度となく聞かされたものだった。(ほぼおなじ頃に高松たべ子女史は邱夫人と仲がよくて、よく招待されたが、その話を聞いてもやっぱり台所道具は蒸籠一つ、鍋一つぐらいで、まるで手品のようにつぎつぎと皿があらわれたとのことである。品数が十二、三種あると、そのうちの二つは湯《スープ》で、一つは澄んだコンソメ(清湯)、もう一つはとろりとしたポタージュ(泥湯)、それぞれ料理の途中で口なおしの元気づけとして登場したという。)

いささか長いけれど安岡大兄の文章を念のために引用しておく。これは大兄がややもすると雲古や御鳴楽の話ばかり書くので、誤解している人も多いことと思うので、軌道修正の気味も含めてのことである。

さて、いよいよ食事がはじまると、眼のまえの皿はいかにも小さく、それにちょっぴりずつ盛られる料理は、腹ペコの胃袋にはまるで小鳥のスリ餌《え》みたいにタヨリない。三品目か四品目までは、その状態がつづく。やがてスープが出る。これがなかなかウマイので、たいていの人が二杯か三杯お代りをする。ところで、ここまではその日の前菜で、本格的な御馳走はこのあとからはじまる。十品目あたりで、そろそろ腹はいっぱいになり、もうあと幾つ食えばおしまいになるかと、料理の名をきいてメニューを終りの方から数え出す。十二品目あたりで、もう何が出ても食えないという気になるが、ここらへんで邱家とっておきの街の料理屋では絶対に食えないもの、たとえば薄く切った大和芋《やまといも》にブタのアブラ身をはさんで、特殊の香料と何種類かのソースをとりかえながら何十時間も煮こんだというような手数のかかる料理が出る。ブタは完全に溶けてクリーム・チーズ状になった芋に滲《し》みこみ、口にふくむと軽い歯ごたえがあって、香りがいっぱいに広がり、舌全体を包むように柔らかく溶けて行くときのウマさは、何ともたとえようがない。このへんで、またスープ。これは口の中を淡泊にさせて、次にカキ油のソースで煮こんだ牛のヒレか何かを食わせるコンタンである。それからあとは、もはや苛酷なる胃と腸と食道とのワンダーフォーゲルになる。エビを粉にして固めたソバやら、何とかの香料と何とかのアブラでいためた焼飯やら、骨まで柔らかく煮た魚やら、シナ風のお汁粉やらが、次々に押しよせ、「胸突き八丁」という言葉の語源はこのような状態をいうのではないかと思われるほど、腹から胸から、体の中じゅうが食い物で充満し、ついに全身の皮膚がゴム風船と化してハリ裂けそうになる一歩手前に、ようやく全コースを終るのである。

邱永漢氏はその後、小説を書かなくなり、金儲けの神様になる。神様になってからの邱大師の実績なり、理論なり、言説なりは、私は何一つとして知らない。読者諸兄姉のほうがはるかにくわしくごぞんじであろうと思う。安岡大兄もその後の大師のこととなるとさっぱりで、噂話を聞かせてくれたことがない。ただ、話がたまたま御馳走や珍味のことになると、大兄は村のおじいさんが昔話をするような口調で、まるで条件反射のように、かつての邱夫人の魔法じみた料理を語るのだった。邱大師のことで私がおぼえていることといえば、池島信平氏に登場してもらわなければなるまい。いつのことだったか、大師は毛生え薬の発明と販売に熱中していて、たまたま何かのパーティーで会った池島さんはそのことをとらえ、私に向って真剣そのものの口調で、人類が二〇〇〇年かかってもどうしようもなかったことを一人の邱がどうしようというんだ。あれぐらい頭のいい男がどうして毛生え薬となるとあんなに夢中になるんです。池島さんは真摯に眼を怒らせ、嘲るとも罵るともつかない口調で、繰りかえしそういうのだった。眼光は炯々《けいけい》としているけれど毛といったら髪はおろか眉毛までない。まるでお月様のような池島さんの顔と額と頭を眺めて、私としてはいいたいことが何かあったのだけれど、その口調の激しさに圧倒されて、とうとう何もいえずじまいであった。おそらく池島さんの禿げについての絶望はよほど深かったのだろう。そのため躍起になってこの難題に挑もうとする邱大師が小生意気に見えてしかたなく、結果としては同病相憐れむよりは一気に相憎むというところへつッ走ってしまったのではあるまいかと愚察される。その後、いつとなく邱大師の毛生え薬の噂は聞かなくなり、人類二〇〇〇年の宿痾《しゅくあ》はふたたびいつと知れない未来まで持越されることとなったようである。

今年の三月に邱大師が渋谷に『天厨菜館』（天子の厨房）という凄え名前のレストランを開いたという話を編集長の竹内ボクチャンが聞きこんできた。さっそくとんでいったところ、運よく大師に会うことができ、吉報を持ってもどってきた。それによると、大師は豪邸に客を招待してコックに御馳走をつくらせるのが面倒くさくなり、いっそそれならというのでレストランを一つ開いた。これは台北にある天厨菜館という北京料理の名店の支店で、コックも台北のその店からつれてきたし、メニュも台北のままである。この店の中華料理の特徴は一言でいうと、四十歳から以後に、つまり中年から以後に食べる料理だということになる。中華料理はたいてい高カロリーで濃厚なので食べる人を肥厚させる。そこで、低カロリー、淡泊、消化がよく、しかも中菜（中国料理）の深遠を含ませたものばかりを精選して供しよう、というのだった。ただし、料理の材料がどうしても日本では入手できないものもあるので、その点は御海容あられたしとのことである。正直いって私はもうこの連載を書くのにほとほとくたびれ、どんな御馳走を出されてもそれを表現するヴォキャブラリーがスリきれてしまっていて、毎月、原稿をわたすたびに、もう来月でエンドだというのを口癖にしているようなありさまなのだが、ここでまた釣りだされてしまった。ええい。以食為天《たべてねろ》。悠々蒼天《ゆっくりやれや》。

渋谷のホテルの地下に天子の厨房はあって、その一室で邱大師夫妻が微笑しつつ、待っていた。大師はこのところ台湾と日本のあいだをいそがしくいったりきたりして暮しているが、日本に十日、台湾に二十日というぐあいである。しかし、日本にいるときは毎日毎日、全国各地をとび歩いて講演、講演、講演と、寧日ない。それはことごとく金儲けの秘術についての講演なのだそうで、ついでにいうと講演料は文藝春秋社の講演料の、ざっと五倍から十倍だそうである。淡々とした口調で大師はニコやかに温厚にそんな話をし、ズバズバ遠慮のないところを話すにしてはアクドさがない。しかし、それを聞いていた事業部長の川又良一は話の途中からソワソワしはじめ、椅子からたったり、またすわったりしていたが、とうとうたまらなくなり、一声何やら奇声を発して部屋をとびだしていった。何か日頃、よほど心にやましく思うことをしているのであろうか。邱大師はそういう次第で、コマのように回転し、リスのようにかけまわり、毎夜遅く雑巾のようにくたびれて豪邸にもどってくる暮しぶりで、夫人と話をしたり、お茶を飲んだりという時間もない。そこでたまりかねた夫人は一万エン札を大師につきつけ、これであなたの時間を買うからそのあいだ私といっしょにいなさいと叱咤《しった》するのだそうである。夫人のそんな話を聞いてわれら一同は哄笑した。〝一万エン〟というような気安い数字がでたせいか、川又良一もトイレからもどってきて、やっとソワソワするのをやめて、はかなく笑った。

さて。

大師選りぬきの本日の菜単《メニュ》は。

天厨牛舌

拌海蜇皮

梨山芹菜

炸素鶏

以上四品は前菜。

紅焼大排翅

北京烤鴨
鍋塔豆腐
玉燕羹
素餃子
三鮮海参
焼双冬
清蒸鯧魚
菠菜炒飯
西米羹

ここで一言しておきたいのは酒である。ときどき東京の菜館で台湾産の紹興酒だといってジョニー・ウォーカーの瓶に入ったのを出されることがあるが、あれはしぶくて酸っぱくておかしなものである。紹興酒に氷砂糖を入れるのは下酒の味をごまかすためで、菜館自身が氷砂糖をテーブルに持ってくるのは、うちの酒はダメなんですと宣伝しているようなものである。しかし、その氷砂糖を入れてゴマかしてもこのジョニー紹興のひどさはモロモロと舌にのこる。邱大師もこの点は素直に認め、台湾にはもともといい地酒がないし、その伝統もないとのことである。しかし、大陸から持ちこんだ手法でまっとうにつくってまっとうに寝かせたものにはなかなかいいのがある。私のとっときのを今日は持ってきましたといって、花彫酒と高粱酒《コーリヤン》と茅台酒《マオタイ》の三本をテーブルにおいた。いずれも台湾産。このうち花彫酒は紹興酒の一種だが、〝陳年〟物である。〝陳年〟とか〝陳酒〟とかは、古稀品ということ。この花彫は十五年物だという。さすがに気品高く、おだやかで、深く、厚い。そして、つぎの高粱酒は蔣介石の八十歳を記念して今から十二年前に瓶詰めされたが、それ以前にカメで何年寝かされたか誰にもわからないという逸品だった。陶瓶からトロトロとグラスにつがれたこの澄明な白酒は、ドライで、剛健で、凜としているのに、舌ざわりはあくまで温厚、典雅であった。これを一口、舌にのせたときには、思わずうめいて阿川弘之、三浦朱門、両大兄と顔を見あわせた。

高粱酒は汾酒とも呼ばれるが日本での通り名はパイカルである。ラーメン屋のすみっこで夜ふけに猫背になってネギにニンニク味噌をつけたのをサカナにしてちびちびとするアレである。タイム・スキル（歳月の技）にかけられたのとそうでないのとの相違は手のつけようがない。こういう蒸溜酒でなくても、さきの紹興酒はもともとがおとなしい醸造酒であるが、歳月をかけて寝かせるのと寝かせないのとではひどい差になる。日本酒でもそうである。大半のわが国のドリンカーたちは陳年の日本酒が高級ドライ・シェリーにそっくりの逸品に変貌するということを知らないでいることをしいられているけれど、三年でもいい、五年でもいい、七年でもいい、まったりと冷暗な場所で寝かせてやった日本酒は竹林のなかの童女のように淡麗で、声を呑みたくなるのである。こういうのは東京や大阪では市販されていず、地方の地酒の蔵元でちっとは志のある博雅の人物がこっそり酒蔵のすみっこで道楽としてつくっているだけだから、ほんのときたまお恵みで飲ませて頂いて目をまわすしかない。何とも残念だし、イライラさせられることだが、どうしようもないのである。いずれ私は日本酒の〝オールド〟が少しずつ巷に顔をだすようになるのではないかとニランでいるが、それまでは忍である。コニャックもスコッチも、おそらくはこっそりと高粱酒も茅台酒も、促成法といって、何とか安く、早く、うまいのができないかしらと、日夜、ペテンの研究に余念がないが、やっぱり歳月の技は不屈、不壊《ふえ》、不敗、不動のようである。これは何も酒だけにかぎったことではあるまいが……。

淡泊な中華料理として、いつか、精進料理のことを書いたけれど、邱大師の指揮した料理は艶麗さがすみずみにまでいきとどいている淡泊でつくられている。食べて、呑みこんで、ノドを通過したときにはもう半分くらい消化されていて、胃に到着したときにはすでに完全に形を失って液と化すかのようである。中高年層をよろこばせるために苦心工夫してつくった料理にはちがいないけれど妥協してつくったものでないことがよくわかる。いずれも気品があって愉しめたけれど、『玉燕羹』には着想の妙があった。これはできたて揚げたての油条にツバメの巣のスープをざんぶりとかけたものである。油条は油で揚げた細長いねじりパンと考えて頂いてよろしいが、これはもっとも安くて香ばしいパンで、ネギといっしょに焼餅におしこんだり、お粥にちぎってほりこんだりして食べる屋台物である。もっとも安いものともっとも高価なもの、両極端を一つの鉢のなかで一致させたところに着想があり、そして、うまかった。気品のある重湯といいたくなるくらいに淡く軽くしたツバメの巣のスープにおかげで強い香ばしさがつき、ピンと腰の張った華やぎが生まれたのだった。それから、北京烤鴨であるが、これは私がかねがねそうあってほしいと思う演出で登場した。つまり、焼きあげたアヒルの体から皮だけを剃刀《かみそり》で削《そ》ぎとるみたいにして削ぎとるのではなくて、皮下脂をあちらこちらにのこし、またべつに肉片も添えて、出てきたのである。これはうれしかった。アヒルの美味は皮だけではなくて、その下の脂や肉にもじんわりとしみこんだものがあるのだから、それを食べないという手はない。これがただの高級中華料理店へいくと、きまって皮だけを、それも薄く薄く、ミクロン単位の薄さで切ったのをだしてくる。これをネギ、味噌、エビせんべいなどといっしょに包餅でくるむと、アヒルの妙味がわからなくなってしまう。終始、淡泊一途をめざしているようでありながら、途中でこういう濃と肥を挿入したあたり、鋭アクセントがついたようで、目がさめた。誰も彼もがのんのんズイズイと手をのばしたので大皿がたちまちからっぽになってしまった。

　本日のメニュには出ていないが台北の店のレパートリーの一つに『老豆腐』というのがあるそうである。これは豆腐を蒸籠で連続六時間蒸したものだそうである。日本の豆腐ではできない料理なので本日は割愛することにしたという。おそらく日本の豆腐は洗練を競うあまりに中国豆腐からすれば脆《もろ》くなりすぎてそういう苦業には耐えられないということなのであろう。日本人の眼から見ると中国豆腐は皮が厚くて固く、全体に野暮で頑強なものだが、料理法一つでみごとに変身してしまうのであろう。蒸籠で六時間も蒸したら豆腐がどんなことになるか、私には想像がつきかねる。それから前菜として出た『梨山芹菜』であるが、これはセロリの辛子和えである。ただし台湾の梨山で産するセロリが天下一品で、今日は日本産のでやってみたが、やっぱり一度台北へ体をはこんで頂かないことには説明のしようがないですなァと、大師は自信満々である。

「……台北の店のコック長は陳萬策といいまして、陸安祺という将軍についていたコックです。現在、台北の店の社長をしています。六十八歳ですけどね。この人は天才ですよ。もとは台北の小さな、汚いビルの三階の、小さな、汚い店だったんです。しかし、その味をしたって政界や財界のエライさんがおしかけ、ある年とった高官などは足が萎えちゃってるもんだから三階までのぼるのにあえぎあえぎ二十分もかかる。それでもその店の料理を食べたくてかよいつめるんです。それで私は金を出してやって自分の持ってるビルへ誘致したんです。ところがこれまた毎日、いついっても満員でね、私自身席がとれなくて弱ってるんですよ」

阿川弘之氏が右横にすわって解説して下さるところによると、台北へいったところ邱大師にいろいろと案内されたが、同市の目抜きの中心地に凄い『邱永漢大楼』というビルが建っているので、まずおどろかされた。つぎにそれが〝第一〟と〝第二〟、二つあるのでもう一度おどろかされた。つぎに趣味で汽車に乗ったところ、大師はつきあって乗ってくれず、一人で出かけることになった。しかしその汽車がどんどん走って高雄の近くまできたら、右側の沿道に大きな野立看板が見え、何やら大書してあるので眼を細めてよくよく眺めると『邱永漢工業団地』と読めたので、三度びっくりしたとのことであった。こういうことを阿川氏が話すのを邱大師はニコニコしながら聞き、台湾だけで私は現在、二十数種の会社の総経理（社長）なんですといった。一同、一様にまさぐりようのないまなざしになって、ぼんやりと皿を眺める。

それから邱大師はニコニコしながら問わず語りに金儲け話をあれこれとはじめたが、情けないことに私はまったくついていけず、ただ頷いたり、ホゥといったりするだけで、どだいどう受け答えしたものか手をつかねるばかりである。〝金〟というものは善悪、清濁、愛憎、貧富、おびただしいものを底なしに呑吐するものなのだから、〝人間〟研究にたずさわっている小説家としては何よりも耳を澄まして聞かなければならないはずのものなのだが、関心の爪のひっかけようがなくて、ただ茫然とするばかり。これまでに私は東南アジアの華僑何人かと往来があり、よく宴席に招かれて酒食をともにしたが、彼らはいか《ハウ》にしていくら《ハウ・マッチ》儲けたの、損したのという議論をすすめるにあたって、ハウ論とハウ・マッチ論を等質かつ等量に尊重して論を愉しんでいるらしき気配であった。ハウ・マッチだけではだめなのだ。ハウを同時に評価しなければいけないらしいのだ。いかにきれいに儲けるか。きたなく儲けるか。素早くやるか。じわじわやるか。無限のハウがある。それを彼らは芭蕉が俳句を論じ、カザノヴァが女を語り、オッペンハイマーが原爆を評するような風貌と姿勢でとめどなくやっていた。私にはチンプンカンプンなのだが、ただ彼らの横顔にうかぶ激しい忘我や、辛辣や、嘆賞や、沈思の表情にうたれ、ある純粋さえ明滅して、ときにはうらやましくおぼえるときがあった。

『良友・悪友』によると邱永漢氏は作家として公認される以前に安岡章太郎宅にあらわれ、ボクはチューインガム会社をやりながら小説を書いてるんだといったそうである。しかしその頃の大師宅によく出入りしていた高松たべ子女史の意見では、チューインガム会社をやっていたのは邱さんの姉さんの御主人で、邱さんはそれを手伝っていたということじゃないかしら。コイン・ランドリーをやってみようと思うんだと、某日、邱さんがいってた。それはよくおぼえてるんだけど、とのことである。さすがに女は記憶がいい。今となってはどうでもよろしいようなことだが、大師にはどうやらアイデアに熱中する癖があり、そのアイデアが事業になってレールを走りだすとつまらなくなってポンとそこからとびだして、つぎのアイデアめがけてまっしぐらということになるらしい。チューインガム。小説。コイン・ランドリー。流行歌の歌詞。毛生え薬。つぎからつぎへと生々流転。しかも大師はそのたびごとにニギって起きあがったらしき気配である。ころがる石には苔《こけ》が生えないという鉄則の稀れな例外則であるらしいのだ。

「……邱さんに会うことがあったらぜひたずねてみようと思ってたことが二つあるんです。一つはあなたがこれまでに事業で失敗したのは毛生え薬だけなのか。ほかにもあるのか。もう一つは、インスタント・ラーメンの大流行にあなたがどこかで一枚嚙んでたのじゃないかということ。この二つです」

私がそうたずねると、大師は、

「失敗はいくらでもやってるんですよ。しかし、毛生え薬ね、あれは失敗というよりは成功しなかったという例ですよ」

温顔でいいぬけた。まともに失敗したと答えないあたり、何やら口惜しく思ってるのかもしれない。〝神様〟という看板の手前もあることだろうし……

それまで終始だまって飲と食にふけっていた三浦朱門氏がこのとき顔をあげ、大きな声で、

「インスタント・ラーメンならおぼえがある。オレはあれの稽古台にされたんだ。昭和三十一年頃だよ。チキン・ラーメンといったかな。ごく初期ので、今のように麵とダシが別になってなくて、麵そのものにダシをつけたヤツ」

といいだした。邱大師はなつかしそうな顔になり、そう、そう、そうでしたねと、相槌をうった。

朱門氏の説明によると、たしか昭和三十一年頃、某日、突然邱永漢氏が三浦邸にあらわれ、妙な干麵をとりだして、朱門、綾子の二人に、これをドンブリ鉢に入れて熱湯をかけて三分たってから食べてごらん、といった。今、念のために昭和三十一年という年を文藝手帖でしらべてみると、邱氏が『香港』で直木賞をもらったその翌年だということになる。三浦夫妻がいわれるままにやってみると、その麵は即席としてはわるくない味だったけれど麵に腰がなくてグンニャリしていた。邱氏はいくらぐらいならこれに手がだせるかとたずねるので、四十エンぐらいだろうと答えたら、ニッコリ笑ってそのまま消えた。あとで考えてみると、これがチキン・ラーメンといって、その後のその一族のハシリであった。邱氏は何の説明もせず、風にのってやってきて、風にのって去っていったとのことである。本日、たずねてみると、当時、大師はそのチキン・ラーメンの会社の顧問みたいなことをしていたのだとのことである。香港から東南アジア一帯にひろがって愛されている干麵や旅行麵に大師はヒントを得たのかもしれないが、やっぱりこのズボラ食品の大流行のかげで大師は一枚嚙んでいたのだとわかった。文学賞をもらって一年後にもうジッとしていられなくなってそんなものを持ってかけまわるあたり、ちょっと躁狂じみて見えるが、いずれにしてもエネルギッシュな異才、異能といってよいのではあるまいか。《犯罪ガアレバ女ヲ探セ》が名探偵のモットーだが、どうやら《流行ガアレバ邱永漢ヲ探セ》ということになりそうである。げんにこの菜館のあるビジネス・ホテルは、日本におけるビジネス・ホテル大流行の元祖なのだそうで、〝ビジネス・ホテル〟という名称そのものも邱大師の発明だと聞かされ、口をアングリ。とっくの昔の、いつかの年、いずれ日本は凄い工業国になるだろうし、東京を中心にして一大中央集権体制が生まれることであろう。そうなれば会議好きの日本人のことである。毎月おびただしい数のサラリーマンが東京と地方のあいだを往復することになるから、当然、その宿泊施設が要求される。そこで……ということだったらしい。果せるかな、それは大ヒットになった。どうもつぎからつぎへとこんなエピソードを聞かされていると、手のふれる物がことごとく黄金になったと伝えられる昔のどこかの王様を思い出したくなる。そして私は感心して頭をふっているだけのことで、つくづくこの世がはかなく、自分がバカに見えてしかたない。ちらと見たところ、阿川、三浦の両大兄も何やらぐんなりして元気がないようである。

　口をあけたついでにたずねてみた。

「そんなにお金を儲けたってあの世へ持っていけるわけのものじゃなし。奥さんとお茶を飲む時間もないなんて、神様らしくないじゃないですか。ハワード・ヒューズの例もあることです。もう一度文学にもどってはどうです。もう小説を書く気はないのですか？」

　すると大師は体をのりだし、一段とニコニコしながら、イヤ、かならずしもそうじゃない。

『日経流通新聞』に『女の国籍』という題で小説を連載してるんですよ。もう千枚書きましたか。といいだした。これを聞いて阿川、三浦、開高の三名はまたまたギョッとなって、うなだれる。どうも今日は悪日である。よくよくツイてない。相手が悪すぎた。帰りに渋谷駅周辺をさがして花でも買って帰ろうかと思う。そんなわれらに大師は淡々と、しかし中国人独特のしぶとさをこめ、一人の日本人の女が台湾をふりだしに広大なアジア圏を数奇の運命のままに流転して歩く物語を話しはじめた。波瀾万丈、手に汗にぎる、つぎはつぎはとたずねたくなる、ついつい耳を傾けたくなる、いまどきめったにない大ロマンであるらしき様子である。じっとだまって聞いていた阿川弘之大兄は、とうとうたまらなくなって、

「それでその女はいまどこにどうしてるんです?」

とたずねた。

邱大師はニッコリして、

「みんなフィクションですよ」

と答えた。

一同苦笑し、阿川大兄もくやしそうに苦笑し、口をあけたついでに『素餃子』というのを食べた。〝素〟というのだから素菜である。精進である。肉ぬきの野菜だけでつくった餃子である。もともと餃子は北菜であるから北京料理のコックならお手のものだろう。これは肉も、ニラも、ニンニクもぬきで、醬油もつけず、辣油もつけない。すべて素のままでやれということらしい。口に入れてみると、精進だけでつくったというのに淡《あわ》あわ、じわじわとした潤味があ

ってムッチリと張りきっており、嚙みしめて味わうすきもなく食道へ消えてしまい、胃に到着する以前に形が失われてしまっている。一同、うまいうまいと争って手をだし、たったいま大師の超能力ぶりにうんざりゲッソリしていた小説家たちもどうにかこうにか頭をもたげ、ひきつれたような微笑を浮べた。食は抽象ではないというのは完全に誤っている。これは具象の父にして抽象の母である。その力は暗黙でも雄弁でもいっさいおかまいなしに浸透し、たちどまるすきをあたえず影響する。

つぎに『焼双冬』というのが出るが、これはシイタケ、タケノ子、キュウリなどのうま煮である。そのつぎが『清蒸鯧魚』。マナガツオの淡塩蒸しである。中国人はこの魚、それから石斑魚（ハタ）、黄魚（イシモチ）などを清蒸にするのが大好きであるようだ。清蒸は魚がとれとれの新鮮でないと、蒸しあげたあとの肉が骨にからみつき、先端の丸い中国箸ではせせるのがむつかしくなる。彼らはこの種の、白い、脆い、あえかな肉を持った魚をひどく愛する。しかし、そういうとれとれの魚は沿岸地方でないと手に入らないのだから、中国人でも清蒸魚の妙味を知っているのは全圏からすると人口はごくわずかなものではあるまいかと思う。ハタも、イシモチも、マナガツオも、これまでに私は清蒸にしてショロン、バンコック、香港、シンガポール、何度食べたことだろうか。これだってコックによっては出来・不出来にひどい差があることは、あの手あたり次第のチャプスイとまったくおなじことで、〝腕〟というものの不思議さをつくづくさとらされる。それに南の海には無数の魚がいるけれど、食べてうまいのはこれぐらいであるというのも奇妙なことである。あとの魚はたっぷり肉を持ってはいても妙に脂臭があっていけない。エビは巨大華麗なニシキエビよりはシバエビがよく、カニについては河口あたりのドロガニとガザミがいい。ここを心得てから東南方向へ出立なさることです。魚の味はなかなか玄妙で、見た目だけではとてもわからないところがある。香港の、例の、アバディーンの、水上レストランの生簀《いけす》で首に値段札をかけて泳いでいる、立派な姿・形の魚をかたっぱしから食べて幻滅なさるのが、何よりの勉強になります。

そして『菠菜炒飯』。

これはホーレン草を油炒めして水分をとってから微塵切りにして、白飯といっしょに炒めただけのヤキメシであるが、まことにほのぼのと淡く、そして気品高かった。ホーレン草を油炒めにするのがコツで、これをしないでやるとホーレン草から水分が出て、飯がぐちゃぐちゃになるおそれがあるとの、大師の寸言である。みんなヤキメシをバカにしているけれど、米飯をまんべんなく炒めてかるくふわふわに仕上げるのは、じつに容易でないし、そのことをわきまえて実践しているコックとなると、全東京にかりに一千人のコックがいたとしても、五人かそこらがわきまえているくらいだろうかと私は思う。日本の米はオネバを捨てないで炊くからネットリしてくるが、これを東南アジア風にオネバを捨てつつ炊きあげていって、それで念入りに広い鍋で炒めたら、どんなものだろうか。あくまでかるく、ふわふわに炒めあげ、お茶碗に盛ったのになにげなく箸をつきたてたら苦もなく底までいっちまうというのがヤキメシの理想なのさ。そういうヤキメシを食べなくちゃ。おなじ値段なら。諸君。

おだやかに、温厚に、いんぎんに、ニコやかに微笑する邱夫婦と熱い、短い言葉を交わしあって、一人一人、部屋から出ていく。邪気も、毒気もぬかれてしまい、渋谷駅には出たけれど、とうとう花を買って帰るのを忘却してしまった。

一群の怪力乱神

この原稿を書こうとする今日は八月十七日である。夕立も台風もない酷暑がもう何週間もつづいている。空がちょっと澄み、ちょっと高く見え、日光は激しいけれどちょっと淡くなり、ちょっと黄ばんで見える瞬間がある。しかし、まだまだ〝夏〟であって、クーラーをかけつづけなければなるまい。私はどういうものか冷房にも暖房にも向いていなくて、体がどことなくイヤな不調に陥ちこむので、クーラーやヒーターの季節がつらい。正体不明のどんよりとした憂愁に浸されて形を失い、毎日、無気力に寝そべったまま発作のようにやってくる焦燥や不安になぶられるままになっている。仕事をしなければいけないのだが机に原稿用紙を積んだままだし、避暑地にはそれ以上にでかける気が起らない。

編集長に電話をして、

「暑い。あかん。書けない」

というと、ボクチャンは、

「暑いですねェ」

心底から同感と同情の声をだすけれど、それきり何もいわないで、だまっている。うっかり何かいうとカラまれて逃げる口実をつくられると用心しているのである。背が板を張ったようになり、肩と腰に痛みがわだかまり、右手に軽いしびれがある。電話をもどしてそれらをいたわりつつ万年床にもどり、グタリどたりと、よこたわる。もう一日たつとボクチャンは電話をかけてくるが、そのイライラ声は紳士の仮面をかなぐり捨て、同感も季語もなく、文体がすっかり変って、まるでヤァさまみたいなドスが細部でピリピリふるえるのである。みんなが軽井沢でキンタマの皺をのばしているときにちぢんで起きて働かなければならない事情はおたがいさまなのだが、彼は私とおなじように非情多感を信条としている。そうせずにはやっていけないのである。

去年の夏にも、冬からずっと凝《こ》りや、痛みや、痺《しび》れがしつこくあったのだけれど、それらを背負ってブラジルへいったところ、ベレンからアマゾン河をさかのぼりはじめて三日たったらまったく消えてしまった。それからは沼地をカノアをひっぱって歩いたり、木の枝に銛《もり》を片手に腰かけて魚が通りかかるのを三時間待ったり、徹底的に自分を痛めつけたのだが、体は何も不平をいわなかった。そこで、私の場合、いわゆる〝中高年層の諸症状〟なるものは、まったく心因性のもの、そしてそれは主として〝仕事〟と〝家庭〟の二つから分泌される毒だと、さとったのだった。この二つをソッととりのぞいてやったらこの地球上でどれくらいたくさんの男が脚をのびのび伸ばして微笑することだろうか。〝新鮮〟とか、〝驚愕〟とかの涼風にあててやったら、くたびれた男の肉からどれくらい酸や渋がぬけることとか。帰国して一カ月か二カ月たつと、ふたたび、いつのまにか、私は肩、背、腰などにオンブオバケがべっとりズッシリと居坐ってしまったことを知ったが、そのときぐらいアマゾン河をなつかしくふりかえったことはなかった。苦痛に呻かなければ何事かを等身大で嘆賞できないとは、何ともわびしい、さびしい心象ではないか。

アマゾン地域は四季を知らない。それは熱帯直下といってよい地帯にひろがり、毎日毎日ギラギラ照りで、夜は奇妙におだやかに涼しいのですごしやすいが、雨期と乾期の二つがあるだけである。濡れるか乾くかの二つのなかで住民はすごしている。しかし、〝夏バテ〟とはいえないだろうが、ここの住民もバテることがあるので、いろいろな対策を考えるし、工夫する。それベレン市の朝市にはインディオ伝来の秘薬と称する草根木皮をたくさん売る一隅がある。それはオンサ（豹）の爪だの、サソリの油漬けだのと、おかしなものが多いけれど、何しろインディオはジャングルで蒼古の時代から試験管ぬきで生きのびてきたのだから、草根木皮についての経験は奇抜、卓抜、精緻、あっぱれなものがおびただしく含まれているはずである。その一つとして買わされたのが、見たところ何ということもない枯枝で、これをピンガ（焼酎）に漬けておいたら、まことにのんのんズイズイのピン薬になるという。名前がちょっと気になるが〝マラプアマ〟というのである。四十歳以後でないときかないと、売手のおっさんはいい、いちいち手をいっぱいにひらいて、それで寸法をとってポキポキと折り、新聞紙にくるんでくれるのだった。帰国後に家へ遊びにきた人に見せびらかしているうちに一本、二本と消えて、なくなってしまった。この種のものはどういうものかそういう消えかたをし、その後どうなったかの消息をまったく聞かせてもらえないという共通点がある。ポルノを人に貸したとき、また聖書を人に貸したときと、奇妙にそっくりである。
（これは〃マラプアマ〃という木で、まじめな顔つきで売買されるが、他に〃マラチンガ〃という木もある。これは日本人移民の命名である。この木は花がどうの、実がどうの、葉がどうのという評判は何ひとつとしてたたないのだが、枝をポキンと折ると、その折れ口が男のアレの頭にそっくりの形になるのである。それを見てバカ笑いして遊ぶのである。大きい枝ほどたくましくそっくりになる。見ていて惚れぼれしたくなってくるのがある。細い枝だとお猿のにそっくりである。枝が幹から折れるときの折れ口がきまってそういうオフザケになるのだが、枝そのものを二つに折ってもそういう形にはならないという特徴がある。）

〃マラプアマ〃はいつのまにかなくなってしまったが、『鹿茸精』という小さな瓶が灰皿のよこにある。女房が北京へいったときに買ってきたもので、もう何年となく灰皿のよこにたったままである。これは鹿の角が生えかけてきたときの袋角をとってどうかしたもので、透明な液である。スポイトがついていて、説明書によると、毎日三回、一回に十滴から四十滴をお湯に落して服用せよ、とある。分析によると鹿の袋角にはパントクリニという成分があり、これは性ホルモンと燐の複合体だという。心臓と頭の働きを強め、筋無力症、神経衰弱、健忘症、性機能低下などにのんのんズイズイだとある。字面《づら》を見ていると、昨今の私が陥ちこんでいる症状がことごとく列記されているようで——どの薬の説明書を読んでもそんな気持になるが——これさえやれば明日からピンシャンするんだなと思いつつ毎日ただ眺めるだけで、もう、何年もそのままである。おなじようにこれさえやればとはかなく意識しつつそのままにしてあるのに『至宝三鞭丸』がある。これは説明書を見ると广狗鞭（オットセイのオチンチン）、梅鹿鞭（白斑のあるシカのオチンチン）、广狗鞭（オットセイのオチンチンとおなじ字なのに広東のイヌのオチンチンだという）という何やら怪力をふるいそうな三傑のあと、ズラズラと草根木皮の凄そうな名が列記され、ひしめきあっている。〝鞭〟というのは中国語でオチンチンのことである。

これまでに私は何度かオットセイのオチンチンをためしたことがある。オットセイよりも強《つよ》助《すけ》だと見られているトドのオチンチンを食べたこともある。こういうことは、たいてい、北海道が相場である。釧路にオットセイのオチンチンの、生《なま》の、切りたてのヤツをどこかで手に入れ、それを広口瓶にアルコールといっしょに封じこんだというのを大事にかかえこんでいる怪人が一人いて、この人が頰をひきつらせんばかりに惜しんでチビチビ一滴ずつグラスについでくれたことがあった。これを飲んだら鼻血が出るとか、俯《うつむ》けに寝てられないとか、その人はほんとに怪力を信じこんでいるらしき気配であった。しかし、私の舌と鼻を襲ったのは、なまぐさいとも、あぶらくさいとも、何ともいいようのない、ねばねばの腐臭であって、思わず吐きそうになり、むりやり呑みくだすのに胃がキリキリした。知床半島の羅臼の町には日本でたった一軒とうそぶくトドの鉄板焼屋があるが、オショロコマ釣りの帰途にこの店へたちよったところ、トレトレのトドのチンポがありますデスといわれた。その店の主人も、やっぱり、怪力を信じこんでいるらしき気配で、こんな貴重品を客にだすなんてオレも仏になったもんだなどといいつつ、妙な肉片をタマネギやモヤシなどといっしょに炒めてくれた。しかし、これは、ただの海獣の、それも安物くさい匂いのするパーツの味と匂いのする肉片で、しねくねしてたというほかには、何も、今、思いだすことができない。その夜も、翌朝も、鼻血が出たり、俯けになれなかったり、風呂からお湯があふれたり、水を一杯入れた大薬缶をひっかけて一町ほど突ッ走ったりというようなことはモヤシの頭ほどにも発生しなかった。

オットセイの、トドの、白斑のあるシカの、広東のイヌのといっても、つらつら私、愚考するに、ペニスはそれによって得られる快楽はべつとして、それ自体はピストルでいえば筒であって薬室ではないのだし、平常時においては海綿体と呼ばれる一群のつつましい筋肉のやくざな集合体にすぎないのだから、そんなものを、トレトレだ、乾燥した、アルコール漬だと、どんな状態で食べても、ドッてことないのじゃないか。まだしも薬室に相当する造精器官を食べたほうがネズミ花火の残りカス程度の火薬があるのじゃないかと呟きたいところである。真冬に食べるフグの白子の玄妙をきわめた精緻や、マドリッドで食べた仔牛のキンタマのフライのことなどを思いかえせば、少くとも美味だという美徳があるではないか。いつか福田蘭童氏といっしょに中華料理を食べたら、今日はブタのオチンチンの料理がでるはずだ、これがほんとの豚・珍・漢というもんだと、いつものゲラゲラ笑いのなかに、かろうじてそれだけ聞きとれたことがあったが、出た皿は銘記できるほどの味ではなくて……

かねがねそう思ってきたのでこの際念のためにと、編集部に斯界の権威に問いあわせてもらったところ、チンポもキンタマもおなじです、ドッてことありませんという返答がもどってきた。銃身も薬室もけじめなくダメなのだそうである。どう処理して食べたところでそれは肉の蛋白質にすぎないのであって、胃に入ってしまえばそれきり消えちゃうのですという、ソッケない返答であった。ついでに夏バテが気になるのならその原因はつぎの三つであると教えられた。

①睡眠不足による疲労
②汗がでるために体内の水分と塩分のバランスがくずれる
③遊びや日焼けで消耗する

これなら小学生でも答えられると、編集部と声をあわせて笑ったのだが、あとでよく考えてみたら、あんまり阿呆な質問をしたものだからそれにふさわしい答えをあたえられたのかもしれないという気持になり、笑った口を、ふと、閉じた。

シカの袋角についてたずねることをうっかり忘れたのでそのままになっているが、鞭については少くとも日本の科学はナンセンスの一語で葬ったようである。その持主たちの生前の怪力のことを思いあわせると、あわれ、はかない、なさけないと呟くしかない末路である。ところが、私の経験でも二つ、この種の乱神がみごときいたといったケースがある。一人は武田泰淳氏で、一人はA新聞社員である。この際、お二人とも率直にホントのことをいったとして、あくまでもそうだとしての話である。武田さんの場合は台湾の眼鏡蛇（コブラ）の鞭の干したのを焼酎に漬けたの、A新聞社員の場合は、バンコックのキング・コブラの黒焼の粉末を焼酎にとかしたのが、きいたのだった。台湾のコブラの鞭を干したのは女房が台北へいったときに買ったものだった。これは奇妙なことに根もとは一つなのにそこから二本の鞭が生えている。つまり蛇の牡は一回にかならず二発ブッぱなさなければならないらしいのである。しかもそのうえ頭のしたあたりに釣鈎《つりばり》でいうアゴのような肉片がついていて、これはスポリと鞭がぬけおちないようにという目的のためなのだそうである。これから察するに蛇の牝はコトが終ったからといって牡がころりとあちら向いてそこらにあった週刊誌を読んだり、マンガのつづきを読んだりというような真似はさせず、しっかり二本の鞭をくわえこんでトコトン吸収し、よくよく飽いてからやっと放免してやるという閨房生活であるらしい。こういうことをつぶさに目撃して古人は〝蛇性の淫〟などと呼ぶ気持になったのであろう。吉行淳之介氏にこのことを話したら恐怖のあまり喘息《ぜんそく》の発作を起すかもしれないと思うので、さしとめてある。

このコブラの鞭の干したのを焼酎に漬け、色が出たところで飲んでごらん、スゴイことになるよと、説明書にあるので、いわれるとおりにやってみると、コニャックにそっくりの色をした液体になった。なにげなくそれを武田泰淳氏にさしあげ、しばらくして対談のお座敷で会うと、氏は私の顔を見るとすぐにニコニコして、開高君、きいたぞ、あれはよくきいた、もうないかと、おっしゃる。そこで残っていたのを目薬の瓶に入れてもう一度プレゼントした。泰淳氏はいろいろな人にふれてまわったらしく、某日、女房が竹内好《よしみ》氏に会うと、竹内氏は、泰淳にばかりやらないで私にもくれ、私も地盤沈下の一途なんだといってねだったというのである。いったい鞭酒を飲んで泰淳氏がどんなことになったのか、そこを聞きもらしたのが残念でならないが、当時氏の執筆中だった作品の題が『快楽《けらく》』であるから、マ、何かあったと察するにとどめたい。もう一つのバンコック産、これはキング・コブラの粉末を瓶につめたもので、パラパラと焼酎に入れると、待つ間もなしにコニャック色になる。アンポール殿下のお屋敷にいるあいだ運転手にこれをつくってもらい、ジョニー・ウォーカー一本と交換して、よく飲んだものだったが、ちょっとヤニっこい匂いがして薬くさい酒である。それを二瓶買って東京へ帰ったら、秋元啓一が友人に飲ませ、そのうちの一人が一週間ほどしてニコニコと社にあらわれ、きいた、きいた、もっとないかといってねだったというのである。今、武田泰淳氏とこの記者、二人の言葉を額面どおりに信じていいものだとすると、この種の怪力はまんざら幻想だけではないらしく、きく人にはきくということがときにはあるらしいのである。あるいは、怪力を飲んだと思うだけで、その暗示だけでのんのんズイズイが起ってきたのだとすると、このお二人のういういしい感性と生理が私にはうらやましくてならない。オットセイ、トド、台湾のコブラ、バンコックのキング・コブラ、いずれも得手吉、強豪、強助、腎張り、実力満々者をかたっぱしからためしたけれど、当時の私にはことごとく不発弾であった。

マムシづくし、ハブづくしの料理屋というものもある。マムシとハブの刺身、酢の物、吸物、照焼、天ぷら、というぐあいにコースが進み、さいごにたとうとすると蛇の皮の小さな財布をおまじないにどうぞといってプレゼントして下さるのである。このマムシづくしは東京都内、ハブづくしは奄美大島の名瀬《なぜ》でためしたのだった。いずれも毒蛇だという点に特徴があり、共通している。これは香港でもおなじことで、毒蛇のほうが無毒蛇よりもきくのだとされているが、これは強力なやつにあやかりたいという幻想であろう。蛇そのものは白身で、淡泊で、シコシコし、いいかげんなブヨブヨ・ブロイラーよりもよほど鶏らしい舌ざわりがするし、味がする。南方産の大きなトカゲもおなじような肉質である。中国人は、蛇を食べると女の眼がきれいになるといういいつたえを持っているものだから、冬の頃に香港の寄せ鍋屋へ入ってみると、蛇と猫という〝女〟をダブルにしたみたいな〝龍虎鍋〟を人間の女がさかんに箸でつついてはしゃいでいる光景を見る。蛇と猫と女の、聖三位一体の光景である。わが国でも、蛇料理屋が、リキがつくうえに女の眼がきれいになると宣伝したら、平賀源内のウナギの宣伝ぐらいにはきくかもしれないよ。この鍋を私は食べたことがあるけれど、何しろ寄せ鍋だから蛇なら蛇、猫なら猫と、単品として批評することはむつかしい。それらがめいめいスープや味をだしあったあげくの混沌の妙味として味わうべきものだろうと思う。そして体がポカポカして、唇がしっとり艶を生じ、頰に照りがでてきたら、マ、蛇のせいだ、猫のせいだ、魔性がおれについたゾ、勇気凜々、そう思いこんで、その夜の戦いの場に臨まれることを祈るものであります。まだそれでも批評家に何かいわれそうな不安を感ずるようだったら、蛇の生肝をやるとよろしい。これは三種類の毒蛇の生肝。生きてクネクネするやつをとらえ、ベルトの穴をあてるよりたやすく肝のあり場所を鋏《はさみ》でプップッと切って欠け茶碗に入れる。緑色の小さな袋である。それを三箇。そこへ白酒（焼酎）をそそぎ、肝をすりつぶしてまぜあわせ、ゴクリ、ゴクリと飲むのである。けっしてなまぐさくはないけれど、妙なホロにがみがある。三匹の毒蛇は肝をぬかれてドンゴロスの袋のなかでのたうちまわっている。蛇屋のおっさんは親切にその袋をあなたにわたし、向いの料理屋は兄貴のやってる店です、そこへ持っていって鍋にしてもらいなさいといって、送りだしてくれる。これだけやってもまだ批評家に何かいわれそうだったら、アマゾン河へいってみたらどうかしら。あそこには一〇メートルからある水棲のアナコンダという大蛇がいるそうである。マラプアマも買えることだし……

いつだったか、サイゴンの隣町のショロンの華僑の大物と仲よくなり、よく飲食に誘われたものだったが、某日その大人《たいじん》が、紙きれを一枚くれた。これは安くていちばんきく。一度ためしてみたらどうです。私も週に一回やることにしてるんだが……満々の自信をこめて淡々とそういったことがあった。

乾燥ナツメ。黒くて大きいの。　七コ
小エビ。新鮮なの。　七匹
氷砂糖。指の半分。　一コ
水。小さなグラスで。　二杯

これらを茶碗に入れて氷砂糖がとけるまで蒸す。砂糖は粉砂糖ではいけない。かならず氷砂糖でないといけない。週一回でいい。毎週欠かさずにやることである。すると……ということらしい。なるほど見たところ安直な物ばかりで、ケレンもハッタリもなさそうで、それがきくといわれたら、かえって信じたくなるのだが、まだ私はためしていない。誰かやってみてはどうです。

バンコックのアンポール殿下が某日教えて下さったのはウミツバメの巣で、これは入手がむつかしいかもしれないが、処方はさらに簡単である。

極上のウミツバメの巣　　ひとつまみ
氷砂糖　　二、三コ

これらをどんぶり鉢に入れ、ひたひた程度に水を入れ、鉢ごと蒸す。氷砂糖（やっぱり粉砂糖ではいけないとのこと）がとけるまで蒸す。そのあと熱いままで食べてもよし、冷やして食べてもよいという。一回や二回ではダメで、毎日欠かさず、連用しなさいとのことであった。さきのショロンの大人といい、このアンポール殿下といい、私がべつに何もいってないのにすすんでこういう秘法を教えて下さるあたり、当時の私はよほどダメ男に見えたのであろう。……

かれこれ十年とちょっと以前のことになるけれど、某新聞社の講演で水上勉氏といっしょになったことがある。この人は、毎日、きっと一回、どんぶり鉢いっぱいにヤマイモのおろしたのをみたし、そこへニンニクをちょっぴりすったのを入れ、醬油も何もかけずにズルズルとすするのだった。講演旅行だから毎日つぎの町へいって旅館から旅館へ泊り歩く旅行だが、どの町の旅館についてもこの人は女中頭をつかまえてどんぶり鉢いっぱいにヤマイモを持ってきてんかと、たのむ。当時この人の執筆パワーは神話的であって、一夜に一〇〇枚、二〇〇枚をかるくこなすという噂であった。その秘法をたずねてみると、精神のほうはべつとして体力のほうはもっぱらこのヤマイモのおかげなんだとのことであった。そこで私はあやかってみたくなり、某夜、水上氏とおなじものを女中頭にたのんで持ってきてもらった。ヤマイモというものは素朴で、なつかしいものだが、それだけをどんぶり鉢にいっぱい、しかも何も添えずにすするというのは、ちょっとしんどいことであった。それから数時間後、その夜の宴会がおひらきになり、めいめいの部屋へ引揚げることになったが、私はどうにもこうにもたまらなくなってトイレへかけこんだら、おそろしいような分量の雲古がいつまでもいつまでも走りつづけた。そこで氏にそのことをいうと、氏は自信満々うなずき、

「腹、軽うなったやろ？」

「なったどころか」

「そこや。それがええねん。それがはじまりや。それでまず通じがようなって、腹のなかの毒が消えよる。そこからボチボチ、リキがつきだすんや。血がきれいになるしなァ。これからが問題や。これから毎日欠かさず一杯やり。一杯でええねン。一杯で」

ニッコリ笑って肩をたたいてくれる氏に私は頭をさげて、ありがとうございましたと、礼をいった。しかし、氏は翌日も、翌々日も欠かさずどんぶり鉢を平らげつづけたが、私は何となくそれきりでやめてしまった。ここらあたりがマメな人物とダメな男の別れ道であるらしい。

たった一頭のオットセイの牡がおびただしい数の牝を悠々とコナしているのを見たり、毒蛇の猛威を見たりするうちにこういう強助を食べたらさぞやと考えて人びとは強精酒や強精食を工夫し、つくりだす。あやかりたいという心からである。未開人が人肉嗜食をするときにもおなじ心から儀式として肉の部位を求めるということがあるらしい。頭に自信のないのは賢い敵の脳を食べ、脚力に劣るのはカモシカみたいな敵をとらえてその足を食べ……ということになるのだから、これは敬意の一つの表現である。さてそこでこれを迷信といいきってしまうにはいくらかのためらいをおぼえる。カモシカのように速く走り、ライオンの爪を持ち、蛇の毒を持たなければ苛酷な草原で生きぬくことは一日も不可能であるという状況に追いこまれ、手と足のほかに何もたよりにするものがないとなれば、強い手を食べ、速い足を食べ、味覚よりさきに自己強化を考えたくなるし、計りたくなるだろう。そのとき全裸の彼は、果して全的に、全心身で、自分が強化されたのだと信じきっているだろうか。半ばは信じ、半ばは身ぶりを信じているのではあるまいか。足の速いヤツの足を食べたからおれは明日から速く走れるようになるんだと思うために勇気や決断力が生ずる、その自分の心のうごきや変貌を冷徹に眺めている心もあるのではないか。いわば彼は幻想に遊ぶリアリストなのではあるまいか。ライオンの皮をかぶってライオンの身ぶりをして出陣の踊りを前夜に踊るとき、彼はライオンの諸力が自身にうつされたと熱く感じつつ、そのいっぽうで何ひとつとして頭から信じていない冷血の人でもあるのではないだろうか。ライオンの皮をかぶり、オットセイの鞭を食べないことにはこの熱と冷の緊迫が生まれないのだから彼は即物主義者でもあるわけだが、自分がライオンでもなければオットセイでもないことは知りぬいているはずだから、彼にあって私になく、そして私がうらやましいと感ずるのは、いわば、ウソをウソと知りつつしかも心身をそれに托すことのできる、分析しつつと同時に綜合もしている、解体しつつと同時に組みあげてもいる、そういうことのできる、聡明な暗さ、そこにいきいきと渦動している心の力である。また、ときには、遊ぶ心のゆとりである。彼を襲う憑依《ひょうい》は熱狂であると同時におなじ質と量の冷眼でもあるのではないだろうかと、ふと思ったりする。彼はオットセイの鞭を、じつは、彼の内部に棲む一人の芸術家に食べさせているのだということになりはしまいか。ペンか、画筆か、彫刻刀か、用具をまだ知りもせず、持ってもいない、一人の芸術家を生みだそうとして、その栄養としてオットセイの鞭を食べさせてやっているのではあるまいか?……

さて。

ふりだしにもどって、北京製の『至宝三鞭丸』の説明書を、その成分表を一瞥することにする。この丸薬が怪力なのか科学なのか、九十九人にはきくけれど一人の私にはきかないものなのか、それとも一人の私にだけきいて九十九人にきかないものなのか、いまのところ一切不明である。しかし、ぎっしりとつまったその字の氾濫を見ていると、何やらじわじわと憑依がはじまりそうで、それだけですでにかなり効果がありそうに感じられる。芸術の発端か。それとも呪術の前兆か。

適応症は、虚弱体質、貧血症、若年無力症、神経衰弱、腰痛、背痛、頭の使いすぎ、心臓衰弱、ヒステリー、健忘症、寝汗、寒気、不眠、顔面蒼白、食慾減退、性機能低下（またしてもことごとく私にそなわっているように思えてくるじゃないか!?）。

この丸薬を一回一粒、毎日一回、朝食前か寝るまえに白湯にといて服用すること。大根と冷たい生物《なまもの》は避けること。

主要成分は、つぎのようである。

オットセイのオチンチン
白斑のあるシカのオチンチン
広東のイヌのオチンチン
ニンジン
シカの袋角
セイウチ
広西省のトカゲ
ニッキ
広東省の香水
キイチゴ

ホコシ
ネナシカズラ
イカリソウ
ツルドクダミ
カマキリの卵
ヤマヒイラギ
グミ
トラガント
イノコズチ
コノテガシワ
カワヤナギ
ジオウの根
それを蒸したもの
四川省のトウガラシ
杭州のシャクヤク
オケラ
オナモミ
セキタカズラ

サジオモダカ
ガマ
ウイキョウ
ヤブミョウガ
ヒメハギ

後記・前月号に書いた天厨菜館のこと。私の知人の一人で食いしん坊なのが、かつて邱大師にこの菜館に招待され、その腕の冴えにすっかり感心し、後日、一人で出かけた。そのときは邱大師が采配をふらず、出席もしなかった。それで前回に招待されたときとおなじ料理を註文したところ、まずくはなかったけれどひどい差があった。カトリーヌ・ドヌーヴとその骸骨ぐらいの差だというのである。

庭訓がゆきとどいてないといってこのことで邱大師を批判するのは結構だが、だいたいどこの国でもコックは一城の主だという〝志〟を抱いていて、なかなか頑固なものなのだということもわきまえておく必要がある。辻静雄氏にいわせると、和・漢・洋を問わず料理店というものはほんとに良心的にやると赤字になるものなのだそうである。手をどこかで抜かないことにはきっと息切れして店をしめなければならなくなる。だから、コックの手腕は手を抜いて料理を作りながらしかもそれを客に感じさせないこと、この一点にあるといっても過言ではない。つまり、手品だ。ということになる。

私はレストラン・ガイドや名店案内記としてこの連載を書いているのではないし、天才の気まぐれはどうしようもないものなので、たまたまここにとりあげた料理店へ読者がおいでになって、天才が鬱病でグンニャリしてるときの料理を食べさせられて腹をたて、さかのぼって私を罵る。というようなことは、どうぞ、避けて下さいますよう。

むしろ花束か名酒を一本、椅子にすわるよりまえにキッチンへ差入れして、天才の御機嫌をなだめたほうが賢明であるように思われます。バカバカしいといえばバカバカしいけれど、古来、手間をかけずに名果を得られたという例はありませぬテ。

腹に一物

何度もやったわけではないけれど、山へ釣りにでかけた人だけが知っている珍味の一つに〝土手焼〟というものがある。ヤマメやイワナを二、三匹釣ったら——釣れたとしての話だが——、河原の手頃な石を拾ってくる。どんな石でもいいのだが、条件が一つあって、まんなかが凹んでいるのがよろしい。それを焚火であたため、凹みのまわりに味噌で丸く土手をつくり、そこへヤマメやイワナのモツを入れる。魚そのものを並べてもよろしい。河原や崖や山道のわきをさがすと、セリやウドが、見る眼さえあれば見つかるから、それをちぎって魚に散らすと、いい香りがつく。どんどん火を焚きつづけると、そのうちに味噌がプツプツと泡だってとけはじめ、いいぐあいにモツや魚にしみてくれる。味噌は家を出るときに早朝の薄暗い台所でビニール袋へくすねてきたやつで、どんな味噌でもいいのだけれど、できることなら豆のコナれきっていない、モロモロとした、田舎味噌タイプの、塩辛いやつのほうが、渓谷の乾いて飢《かつ》えた舌にキリキリときてくれるように思う。こういう場所での味覚は〝母の味〟とおなじで、批評の対象にはできないもので、ただ舌を鳴らし、咽喉を鳴らして、右の耳で水音にシューベルトを聞きつつ、左の耳ではヤブウグイスの声に聞き入るしかないのである。しかし、あえて私見をはさむと、ヤマメは大小かまわずつねに高貴だが、イワナは大きくなるほど妙な脂臭が気になってくると、書いておきたい。この脂臭は農家の炉ばたで白焼にして藁縄《わらなわ》の目にはさんで天井からぶらさげて枯らしたのを煮含めなどにすると、よほど消えるか、まったく消えるかしてしまうけれど、どこへいったらそんな農家が、昨今、あるだろうか。

名古屋から以西、たとえば大阪などで、ドテ焼と呼ぶ屋台料理は、ヤマメでもなければイワナでもない。牛の筋《すじ》や屑肉を竹串に刺して浅い鉄鍋に並べて味噌でグツグツ煮込んだものである。それをドテ焼と呼ぶことになったのは鉄鍋の浅さが渓谷の石コロを連想させるためかと思いたいが、何しろどん底のざっかけな食べものだし、雑々《ざつざつ》としたところが身上であるようなものなのだから、見た眼にドテドテとしてるからそう呼ぶようになったのかも知れず、このあたり朦朧としている。しかし、これはポケットも胃もからっけつの、若い日の冬の夜などには何ともありがたい街頭の誘惑であり、慈悲でもあって、頬張った口のはしについた味噌までグイとこすって舐めとってしまいたいような、孤独におびえるこころには、忘れられない銘刻となる。何しろ牛の腱や屑肉なのだから、宵からグツグツと煮込みにかかっても、それぞれの分子のすみずみにまで熱と味噌がしみわたってムッチリとなってくるのは、夜の十時、十一時、その頃である。味は濃であり、厚であり、歯ざわりは柔かつ媚である。そいつの熱いのに——冷えたらダメ——サンショや七味、それもすっかり風邪をひいて味も香りもなくなっているから、念入りにふりかけなければいけないが、そこで念入りたっぷりにふりかけ、孤独なこころのひらく貪婪な口を大きくひらいて、ムギュッと嚙みつくのである。その一瞬に、しぶとく明滅する自殺願望が皮膚の外へ奔出しそうになるのを、どうにか、こうにか、食いとめられる。うっちゃれる。右に左に肩をふれあって佇《たたず》んで黙々と串を頬張って焼酎をすすっているのはうらぶれ果てた植物人ばかりで、ちらと横顔を一瞥しただけで、腸のすみまで冷えこみそうになる。

このドテ焼は名古屋以西ではずっと昔からおこなわれていたものらしく、織田作（之助）の作品にもちらとでてくる。失意の若い日に大阪のどん底をさまよい歩いた故山本嘉次郎氏もしたたかになじんだものらしく、何かの話のはずみに、話題をそこへ持ちこむと、氏は眼をしばたたくような表情になり、

「いいもんですなあ、あれは」

と呟いた。

「いいもんです、あれは」

二度かさねて呟いた。たびたびではないけれど私はこの温厚な紳士と何度か接触したことがあり、どうかすると、いいウンコのでるものを食わせてくれる店があるんですが、いきませんかという警抜な誘い文句を口になさる。そこまでが知れる程度の顔見知りにはなっていたのだが、この、ドテ焼の話のときには、氏は眼を細めて微笑したきり、いつもの慣用句をだすのを忘れていらっしゃるようであった。氏が若い頃に関西のどんなどん底を、どんな風に、どんなところで漂流しておられたのか、私はくわしく知らないが、後年、美食の随筆や案内記の筆者として高名になっても、安くてうまい物を見つけるための単独行の足まめさ、その嗅覚のよさ、テリトリーの広大、微細、思いがけなさ、そういうさまざまな諸徳の抜群ぶりを読むにつけ、

かならず、ドテ焼の話で眼を細くしておられた寸景を思いださずにはいられなかった。

　関西ではおそらく今でもどん底の安くてうまくて実《じつ》のある食べものとしてはモツの味噌煮込みよりはドテ焼が主流になっているのではあるまいかと思う。大阪へもどることが近年は数少くなり、たまにもどっても用件がすめばそそくさとUターンで引揚げてしまうことが多く、いつまでもせかせかとした意識でしか暮せないでいるので、この点、シカと断言、明言することができない。東京で暮すようになってかれこれ二十余年、そろそろ私の年齢の半ばに達するようになったが、この年月のあいだになじんだのは、モツについていうと、味噌煮込みとヤキトンである。東京ぐらいの百家争鳴の食都で、日本全国のあらゆる郷土料理が顔をそろえている場所はほかにないのに、どういうものかドテ焼を見かけないのは残念でならないが、やむなく私は味噌煮込みとヤキトンに没頭することとなった。有楽町、新橋、渋谷、池袋、新宿と、貧乏風に吹かれるままにころがって歩いたが、もっとも足しげくかよったのは新宿西口の線路沿いの長屋だった。梅割りの焼酎をコップにドクドクとつぎ、威勢よくこぼれさせ、小皿にピチャピチャとたまるくらいにもっともハズんでやってくれるのはどの家かとよく吟味してから、ある一軒を選び、三日にあげずかよったものだった。コニャックはデギュスタシオンというチューリップ型のグラスにちょっぴりつぎ、それを掌の温度であたためて、たちのぼってくる香りをゆっくりおっとりと嗅ぎつつ、葉巻は『ロメオとジュリエット』それも十八歳の混血娘がねっとり汗ばんだ蜂蜜色の太腿にころがして一本ずつ手で巻いたのをくゆらして……などと、昼間は寝言みたいなことを広告文として書きまくり、夜ともなればハモニカの穴みたいな小屋のどろどろの板壁にもたれて梅チュウをおちょぼ口ですするのだった。そして日々の頽落と虚無を、もくりポカッと脂ぎった泡をはじけさせる味噌煮込みの大鍋にとかしこんだり、ある一瞬、何かを一片つかみとったと思いこんだりして、泥酔、叫喚、つかみあい、口論、沈思、パタン、キュウ、毎夜毎夜、あきもせずにくりかえしつづけたものだった。

どろどろ屋の煮込みもこまかく観察するとなかなかに諸子百家の工夫のにぎわいがあった。ブタの腸や、胃や、肝などをよく洗って血抜きしてからこまぎれにして味噌でグツグツ煮込むというテーマは変らないけれど、そこへコンニャクを入れるやつ、入れないやつ、ゴボウを入れるやつ、入れないやつ、また煮込みだけを皿に入れるやつ、湯豆腐のうえにそれをぶちまけるやつ、牛丼式に御飯の上へドブリとかますやつ……それらデタイユ（細部）においてその穴々の主人の美学がいくらかずつ異なる。ヤキトンについていうと、ハツ、タン、レバ、ツラ、ハイヒール（豚の足）、子宮、ペニス、ホーデン、あらゆるパーツを塩焼もしくはタレ焼にして供されたが、ホーデンを〝宝殿〟などと壁の品書きに書くのはよくある例だとしても、あの一軒では子宮のことを〝子の宮〟、ペニスのことを〝猛りの宮〟とやっていて、この命名、ことに後者のそれには当時いたく感じ入らせられたものであった。また、ある一軒では、新鮮無比だということをいいたくてであろう、壁いっぱいに白紙を貼って、そこへ〝屠場直送!!〟と、墨痕リンリ、アンフォルメルをノタくらせていたのをおぼえている。この、図太いとも、破れかぶれとも、苦心のあげくともつかない宣言一つはいまでもありありと思いだして微苦笑したくなる。御主人、いまだ、つつがなきや？……

サラリーマンをやめて物書きになってから以後も穴修業は何年となくつづいたから、不潔、悪酔、異味、雑味にたいしてわが官感は柔軟かつ不屈の耐性を体得するにいたり、のちに東南アジアであろうとどこだろうと、どれくらい壮烈な汚穢《おわい》のなかでも平気で飲食がたのしめることとなった。とりわけモツの探求となると、カン風トリップ（胃袋）だろうと紅焼牛肚だろうと、嚙みしめれば嚙みしめるだけ陰翳ゆたかなさざめきやこだまが湧出してくるので、ひたすら励んだものだった。わが国では鶏のモツを鍋にしてたのしむことは古くからやっていたが、豚や牛のモツを味噌煮込みにしたり塩焼にするのは敗戦以後のことではあるまいかと思われる。敗戦でどんガラガラと一切合切が乱離骨灰《らりこっぱい》、食うものがなくなって、それもとことんのところまで落ちこんだので、製薬会社が一手にひきうけて処理していた屑物に人びとは眼をつけ、たちまち工夫の才を発揮してモツ料理という定式と習慣をつくりあげたのだった。そこへ澎湃《ほうはい》とうねるナショナリズムの大波に乗って朝鮮人たちがコーリアン・バーベキューという珍味を紹介、これまたたちまち全国を制覇して今日に至る。かくて過去の獣肉についての和朝困民の禁忌は舌と鼻から一掃されたかに見えるのだが、味噌煮込みと、串焼と、朝鮮焼肉の店内でのみ煙が盛大にたちこめ、それ以外のフィールドへいっこうにはみだしはびこっていこうとしない傾向がある。二十年たっても三十年たっても、それはやっぱりそうなのである。東京だけでもフランス料理店は数知れずあるけれど、モツ料理を メニュに堂々と掲げている店はごくわずかである。中華料理店にしてもそうである。中華料理でもフランス料理でもモツ料理は鬱蒼とした森であるのに見捨てられたままである。理由は簡単で、註文する客がいないのでつくらないまである。メニュに書いても誰も見向きもしないのだと、ボーイ長に何度となく不満を訴えられる。食わず嫌い。毛嫌い。お下品。何となく。その背後には、やっぱり、禁忌のこだまがあるのではないか。

これが意外なところにまで浸透している。意外というよりは核心と末端にまでといいたくなるくらいのところにまで浸透している。かれこれ十年も以前のことになるだろうか。全編ことごとく味覚ずくめという小説を書くことになって、某日、松阪の『和田金』にでかけ、専務の松田氏に会って話を聞いたり、牛舎を見たり、肉を食べたりしたことがある。その作品の傑作ぶりについてはクドクドとここにあらためて書くことはないのだが、肉はそれでいいとしてもモツのほうはどうなるのですと聞くと、松田氏はおっとりとした口調で、さあ、どうなるんでしょうネとおっしゃる。舌《タン》と尾《テール》はツキダシや何かに使えるので、ひきとりますけれど、あとのモツは屠場からどこへいくのか、知りませんなァと、おっしゃるのである。ニコニコ微笑してあくまでもおっとりとしておられて、もともとそんなことは考えたこともないといった気配である。現代稀れともいいたくなるくらいのその鷹揚さには二の句がつげず、一驚、二驚であった。あれだけ手間をかけて、面倒を見てやって、ビールまで飲ませて育てた牛なのに、そのモツの行方については爪のさきほどの関心もおありでないらしいのである。そこでためしに、もし心臓や胃を買いたいといったら世話して頂けますかと念を押してみると、氏はニコニコ笑って、よろしいですよ、屠場と連絡をとってあげましょうと、おっしゃる。そこまで聞いて東京へもどったのだが、以後、和田金モツの鑑賞はチャンスがないままついそのままになっている。

　と聞いて、編集長の竹内ボクチャンは、

「イケル！」

　勢いすさまじく叫ぶ。

　某日。

「ヨッシャ！」

　と叫んで、笹本弘一、白幡光明のお二人の独身貴族、ヒマとリキを持てあましてるものだから、カーに特大のクーラーをのせて松阪まで走る。屠場で落したての、ハッキリ和田金のと判明しているモツ一式、すなわち脳、頬肉、心臓、胃、腸、肝臓、腎臓、合計十三キロほどを買いこみ、クーラーにつめこんで、Uターンでもどってくる。なお松阪市内の某所は和田金モツを専門にしている凄ェどろどろの焼肉屋があることを嗅ぎつけ、くさいもきたないもかまうことなく心臓と頬肉と上ミノ（牛の第四胃袋の内壁）を炭火で焼いてもらったところ、ボロ穴のなかで恍惚となる。眼がとろんとなる。つぎに手品をはじめて見た子供みたいに大きくなる。

　口ぐちに、

「ムゥ」

「イケル！」

「ウマイ！」

　と叫ぶ。

何しろモツは掃除や血抜きでたいへんな時間と手間がかかるのだから無理を承知でやってくれる店でないといけない。というので、麻布の『プチ・ポアン』、いつかコックの自前の手料理の話を聞かせてもらった北岡君のところにクーラーをかつぎこむ。北岡君はいい勉強になりますといって張切り、徹夜でモツの掃除にかかる。和田金モツだけではふつう市販のそれとの比較ができないから、東京ですぐ入手できるモツも入手して、同一の時間、同一の調味料、同一の手間をかけてつくる。なお、フランス料理だけでは片手落ちになるだろうというので、べつの日本料理屋にたのんで味噌煮込み、これまた和田金のと市販のと二通りつくってもらうことにする。取材費を惜しんだらいい仕事ができませんからね。われらはとことん、やりますのさ。

ある年の夏のパリで、おなじみのカン風トリップ（胃袋の煮込み）を食べた。夏のパリはごぞんじのヴァカンスのグラン・デパール（大出発）で、干潟か廃墟みたいになり、外国人の観光客と一人の日本人の小説家がウロウロしてるぐらいで、いいレストランはみな秋まで閉まっているが、それでも丹念にさがせば手頃なのは落穂拾いとしてちょいちょい見つかるものである。たしか、アンリ四世橋の近くだったと思うが、セーヌ川の胸壁に直面して一軒の小さなレストランがあり、そこでは胃袋の煮込みを田舎風に小さな壺に入れてだしてくれた。こってりと使いこんだ火と汚《し》みと手沢で光った壺から胃袋をフォークにひっかけて皿に移して食べるのである。品のいい、初老の、長身で白髪の経営者が、ニコニコ笑いながら出てきて、ぶどう酒をすすめる。これがヴァン・グリで、直訳すれば〝灰色のぶどう酒〟ということになるけれど、灰色でも何でもない白ぶどう酒の一種である。ただ彼の故郷ではヴァン・グリと呼ぶ習慣になっていて、牛の胃袋の煮込みにはきっとそれを飲むというのが習慣になっているのだそうである。その酒の味や香りはまったく思いだせないのだけれど、ぶどう酒に赤、白、薔薇、泡のほかにそんなのもあるのだなと教えられたのが珍しいばかりに、その夜の食卓のことをおぼえている。そこでボクチャンにそのことをくどくどと説明し、現在の東京にはかなりの品種のぶどう酒が輸入されているから、ひょっとしたらそれも入ってるかも知れないよと、そそのかしてみたが、残念ながらホテルオークラの酒庫にもないと判明し、われらの完璧主義はちょっと傷がついた。

茅ヶ崎から這いだして湘南電車に乗りこみ、麻布の『プチ・ポアン』へいってみると、若い北岡君は徹夜の眼を赤くしてキッチンで働いていた。笹本、白幡の二人の貴族が待ちかまえていて、せきこんだ早口で松阪での聞込みを教えてくれる。それによると和田金牛は二歳半の牝をヴァージンのままで落すというしきたりになっている。未通のほうが肉が柔らかくていいのだそうである。しかし、箱入娘で運動不足であるためなのか、モツは一頭で約二〇キロぐらいしかとれない。ふつうの食肉牛の半分だそうである。モツはすべて一頭単位で取引きされるので和田金も何もいっしょくたであるが、そこから和田金モツだけをひきぬくと、当然のことながら、割高になる。しかし、絶対量が少いので、他県まで出回るというところまでいかない。食べたければやっぱり松阪まで出張するしかない。松阪市内にはモツの焼肉屋が何軒かあり、和田金モツ専門店も駅裏に三軒、駅表に三軒ある。しかし、経営者の奥さんの実家の名が和田で、経営者の名が金で、それを二つくっつけたら堂々と〝和田金〟と名乗れるけれど、そうでもないかぎり本家がひたすら拒むので六軒とも看板にハッキリ名乗りあげることができないでいる。だからどの店がソレで、どの店がソレでないかは、現場へおいでになって、たずねたずねして見つけるしかないわけである。

そこで炭火で網にのせて焼き、ニンニク入りのゴマ味噌のタレにつけて食べてみた結果はどうだったのかという話になると、二人の貴族は血色のわるい、北欧風の憂愁をたたえた、陰気な顔をにわかに開いた。シャキッと背をたて、体をのばし、眉も眼もいきいきと開きに開き、口ぐちに絶讃、絶句してしまうのだった。

「……イヤ、もう、いうことないです。ハツのことをあそこでは、どういうものかヨボというんですけど、それがですね。赤いのをこってりとクリーム色の脂肪が蔽っています。そいつをジュウッと焼いて、あまり焦げないで、なまっぽいのを、こう、口にほりこむとですね。サクサクと歯切れがいいうえにオツユがドバドバとほとばしって、何とも、モウ」

「じつはボクは仙台で学生生活を送りまして、朝鮮焼肉ではしょっちゅうミノを食べてたんですが、これが嚙み切れたことがないんですね。いつもモグモグとチューインガムみたいなのを呑みこんで、それでごまかしてたんです。だからミノというのはつい昨日までそんなもんなんだと思いこんでたです。嚙み切れないもんなんだと思いこんでたです。しかし、和田金のミノを食べたら、何ともこれはイカの刺身みたいなもんで、ムッチリしてるのに歯切れがよくて、じつにおどろいたですねぇ。コペルニクス的転回というんですか。少くともミノというものについて、ボクは、決定的に意見がかわりました。イヤ、もう、それは」

口ぐちに、かわるがわる二人の貴族はそういって絶讃し、話の後尾は絶句して吐息といっしょにひきとってしまう。日頃の北欧風の憂愁がすっかり消えて、晴れ晴れとした顔である。やっぱり食べものなんだネ。

①　脳味噌のミラノ風。
②　肝臓の串焼。
③　肝臓のソテー。カシス・ソースで。
④　腸のトマト・ソースのグラタン。
⑤　腎臓のフランベ。マスタード・ソース。
⑥　心臓の煮込み。シャスール・ソース。
⑦　頬肉のブルギニョン風煮込み。
⑧　カン風トリップ。

キッチンからニコニコ笑いながら北岡君が出てきて、本日のメニュをくれる。パリのビストロのコンニャク版刷りのメニュでよく見かける、チマチマくりくりと丸い字体で、きれいに可愛くフランス語が並べられてある。手慣れた、書き慣れた気配である。彼はアムステルダムのホテルオークラで何年間も働いた経験があるのだが、なるほどプロともなれば料理のほかにメニュの字体の修業もしなければいけないのだなと、さとらされる。

しかし、黄昏の、明るい灯のついた、酒瓶や皿のキラキラ輝く店のすみにすわって私はいささか憂鬱である。ここ数日間、右の脇腹に原因不明のモヤモヤが感じられる。一週間ほど飯田橋の近くの旅館にカンヅメになって短篇を一つ書いたのだが、その疲労がでてきたのかもしれない。神経に抑圧がかかると私は下痢をする癖があり、もう二十余年間もその条件反射が治らないでいるが、仕事が終って抑圧が去ると、たちまち回復できる。しかし、その期間、脱水現象になるので、たえまなく粗茶を飲んで補給しなければならず、上からついで下から出すだけの、一本の管と化してしまうのである。けれど、自己診断では、ここ数日のモヤモヤは、それからきたものではなさそうで、原因がわからないので不安である。べつに痛くもないし、張ってもいないし、固くもなっていないが、たしかにそこに何かがうずくまっているという感触が去らないのである。以前にはまったくなかったことである。そういうことが近年、ちょいちょい体内や体表のあちらこちらに起るようになり、そろそろ、来たるべきものが来つつあるなと、感じさせられる。のみならず私はもう胆嚢がないので、すべての飲食は質の探求だけにとどめておき、量の探求はあきらめなければならないのである。バルザック時代は終ったのである。拡大膨脹、富国強兵の時代は三年前に終ったのである。せっかくの北岡君の苦心作の数かずであるが、本日はどの皿も一片だけ頂くことにする。煮込み料理が多いようだからよくよくソースのしみこんだのを一片選ぶことにする（ただし、フランス人の料理についての医学的感覚からすると、濃厚ソースは肝臓にわるいということになっている）。さて。

この八種類の一片ずつをくまなく公平に鑑賞している紙数がないので、それに代る何かの工夫をしなければなるまい。そこで、料理についての評価はとどのつまり各人の主観であり、偏見であるという立場から、同時に、それにもかかわらず列席者の過半数が一致して支持する公分母としての見解もそれとおなじくらいの強度で尊重しなければならないとする立場から、当夜の何人もの会食者の共通した見解を書きだしてみる。

① 歯切れがよくて軽快である。
② おつゆがたっぷりである。
③ はんなりした甘みがある。

各人のベスト・スリーをあげると。

① 脳味噌のミラノ風。
② 肝臓の串焼。
③ これは評が散って、腎臓のフランベ、心臓のシャスール・ソース、肝臓のカシス・ソースのソテーなど、さまざまになり、どれを採択していいのか迷わせられる。

ためしに北岡君があとでくれたハウツーのメモによると、『脳味噌のミラノ風』の料理法はつぎのようである。まず脳味噌をよく冷水にさらし、膜をとりのぞく。タマネギ、ニンジン、水、酢、塩、タイム、ローリエ、粒コショウなどを煮たり加えたりして作ったクール・ブイヨンを漉《こ》し、それを沸騰させたなかに脳味噌を入れて湯がく。それを冷ましてから汁気を切り、薄切りにして、塩コショウをする。メリケン粉をそれにまぶし、卵と粉チーズ（パルメザン）をまぜたものにくぐらせてからバター焼にする。フォン・ド・ヴォー（仔牛のダシ汁）を薄くその下に敷き、焼きあげた脳味噌をならべる。ケチャップではなくてトマトの肉をじかにたたいて作ったソースをその上にかけ、同時にとかしたバターをたっぷりとかける。

読んでると唾がわきそうだけれど、たいそう手間がかかるものだと、わかってくる。総じてモツ料理は肝臓なら血臭、腎臓なら尿臭をたんねんに抜いてから仕事にかからなければならず、それ自体が一仕事だから、これを八種類もつぎからつぎへと繰りださねばならないとなると、コック氏はヘトヘトになる。フランス人のコックを見ると、かのポール・ボキューズ大先生がそうであるように、波止場労働者か山林労働者にでもなれるような、頑健一式の大男が多いけれど、聞けばナルホドと、うなずけるのである。そうやって作った、この、『脳味噌のミラノ風』は、あくまでも柔媚、あくまでも豊饒、かつ、陰翳がゆたかで、噛みしめるたびに新しい美質が舌のあちらこちらに登場し、明滅する。かつて何度となくセルヴェル（脳味噌）は食べたけれど、これはそれらのおぼろな記憶のなかに抜群の銘刻をのこしてくれそうである。

つぎに登場しました『肝臓の串焼』は、こうである。肝臓を三センチ角に切ったあと、塩コショウをし、強火でさっと表面だけを炒め、身をしめる。ピーマンは一個をそれぞれ1/8切りにし、バターで軽く炒め、冷ましておく。薄切りにしたベーコンを肝臓に巻きつけ、ピーマンと交互に串刺しにし、かわいいシャシリクを作り、網焼にする。バター、レモン汁、パセリの微塵切りで作ったレモン・バター・ソースを、その熱い串焼にのせて、供す。この優雅なシャシリク、肝臓を一切れずつ串からはずし、ソースにまぶして、頬張ると、あくまでも軽快によどみなくサクサクと歯で切れ、レバーくさい匂いは一点もなく、まるで何かの、モツではない、新種の高雅な肉を食べるようである。口いっぱいにジュバッとひろがるおつゆのさざ波には天工でなければどうしようもない妙味がひたひたとある。

「ムゥ」

「イケル」

「ウマイ」

「スゲェ」

「ナルホド」

などの声がいっせいにあちらこちらに発生する。これは肝臓にベーコンを巻いて網焼にしただけの箇朴な料理だから、魅力は素材そのものの魅力であって、ここに和田金モツの美質はくまなく全容を顕現するわけである。私は右の脇腹のモヤモヤを忘れてこの一片に没頭した。笹本貴族と白幡貴族の二人が松阪の焼肉屋のどろどろ小屋でのけぞって絶句してしまったのが、ありありと、わかるような気がする。おそらくこれは和田金牛の美食、運動不足、徹底的な、懇篤な人工飼育の妙味のあらわれであろうが、ストラスブールのアヒルの肝や、北京のアヒルの皮などとおなじで、天工と人工の合奏とでもいうべきものであるかと思われる。牛にとっては不具としての短い生であったが、人はその腹の一物に声を呑んでしまう。正常でなければ得られない魅力がこの世には多いが、同時に不具でなければ得られない魅力もおなじくらいにおびただしくある。その、典型としての、一例であろうか。

この夜は和田金モツと市販のモツを同時に同一の料理法で演出して供されるはずだったけれど、材料が時間までに入手できなかったので、和田金モツだけのオンパレードになる。ただし、さいごに、ある日本料理屋で作ってもらった味噌煮込みが、おなじ絵のついた深皿に入れて供された。見たところではまったくわからないが、ためしに一片ずつとって食べてみたら、瞬間に差がわかった。和田金モツはさきにあげた三つの条件、つまり、ムッチリとしてるのに歯切れがよく軽快で、おつゆがたっぷりと内包され、はんなりした甘みがある、という三項目を完全にみたしているのに、ただのモツはすべてこれのあべこべである。

①　カサカサで歯切れがわるい。
②　水っぽい。
③　はんなりの甘みがない。
④　肝臓は肝臓の匂いがあり、腎臓には腎臓の匂いがある。

二、三日してから市販のただのモツだけを同一の時間と同一の香辛料と同一の手間をかけて作ったものを食べる会があったが、私は体が不調だったので、欠席し、そのかわり、当夜の諸兄たちの声をとったテープを聞かされた。諸説入り乱れるが、公分母としての意見をとってみると、この四つの批評に集約されるようであった。すべてにおいて和田金モツは圧倒的、超越的に優位にたち、ただ腸の煮込みだけはどちらもあまり変らないという批評であった。そこで一歩すすめ、ズバッとわかりやすくするために現存の日本の女に二つをたとえてみたらどうなるだろうと、いってみたら、しばらくワイワイがやがやがあったが、そのうち誰かが、和田金モツは××かおる、市販モツは××キヨ子と声低く洩らした。そこでドッと笑声が起ったが、あとはピタリと議論が、やんでしまった。

しかし、こうして探求してみると、これほどの美味、珍味が和田金本店では完全に、頭から見捨てられて、ふりかえられることがないのだから、モッタイない、ばかげてる、知らないにも程がある、おっとりしてる、どう批評したっていいのだが、大半の日本人がまさにそのままなのだということをあくまでもわきまえておくがよろしかろ。

教訓一つ。

モツは刺身とおなじように一にも二にも鮮度である。素材がどう飼育されたかは大問題だが、市販品でそれを判定することはできないのだから、つぎの選択の基準は、一にも二にも鮮度である。魚を選ぶようにモツを選びなさい。〝屠場直送!!〟は今にして思えば正確そのものの宣言一つであった。

最後の晩餐 i

さて。

味覚をペンでなぞることは小説家にとってはたいへん勉強になる。ボクシングのチャンピオンは試合があろうとなかろうと縄跳びをしたりランニングをしたりしなければならないし、画家もデッサンの修練を怠けてはならない。それとおなじで小説家もペンを錆びつかせてはならないのである。そのためには女や味についてのエッセイが何よりかと思う。女については吉行淳之介学兄の硬、軟、直、曲のさまざまを尽したデッサン集がすでにおびただしくあるので、大阪という食都に生まれ育った私としては味の研究をとりあげたわけである。いざ手がけてみると、これがじつに至難の業であることをしたたかにさとらされてヘソを嚙んだ。何しろ私は言葉の職人なのだから、どんな美味に出会っても、〝筆舌に尽せない〟とか、〝いうにいわれぬ〟とか、〝言語に絶する〟などと投げてはならぬという至上律に束縛されているのである。それを紙に書いてオデコに貼りつけてから皿にたち向わねばならないのである。何が何でも筆舌を尽し、こねあげなければならない。これが至難の第一である。同時に、ただ食べてたのしむのではなくて何か書くために何かを食べるというのはまったくウンザリさせられることで、終始ソワソワとして落着かないことである。これでは食べたやら飲んだやらもわからない。それでいて書斎に帰って筆舌を尽さなければならぬとくるのだから、毎度毎度、ペンを投げだしてはしぶしぶ拾いあげ、拾ってはたまらなくなって投げた。至難の第二。そこへ持ってきて、知らない人は私の顔を見るたびに、うまいもンを食べて、それを楽しんで書いて、それで原稿料をもらって、結構ずくめですなァと、おっしゃる。この誤解はいくら説明しても解いてもらえないとわかったので、近頃では何もいわないことにし、よくよく何かいいたいときには、エエ、もう、世間の人がバカに見えて困りますと、お土砂をかけてグンニャリさせることにしてある。こういうのは職業の苦痛ということがわからないハッピー人種で、まことにうらやましいけれど、川の向う岸におられるようである。山の高さを知るには峯から峯へ歩いたのではわからない、裾から一歩一歩攻め登らなければならないというのと似ていて、名酒の名酒ぶりを知りたければ日頃は安酒を飲んでいなければならないし、御馳走という例外品の例外ぶりを味得したければ日頃は非御馳走にひたっておかなければ、たまさかの有難味がわからなくなる。美食とは異物との衝突から発生する愕《おどろ》きを愉しむことである。日頃から美食ずくめでやっていたら、異物が異物でなくなるのだから、荒寥の虚無がひろがるだけとなり、あげくの果ては、斉の桓公のように、人肉を食べてみたいといいだすことになる。（ニューヨークやパリでは徹底的に秘密にしてそれとなく食べさせる店が存在すると聞かされることがあり、そうだろうナと、頷きたくはなるのだが、まだ私はやったことがないし、そんな店がどこにあるのかも知らない。食べたという人に会ったこともない。）

長く長くつづいた味覚エッセイの最終回は中華料理なら杏仁豆腐、フランス料理ならスフレかムース、それに匹敵するような軽快な洗練のおめでたい話で仕上げたいところだが、事もあろうにおどろおどろしい人肉嗜食でやるというのは、幼少時に苛烈を味わわされた私の貧乏人根性と、もう一つは、誰でもが知っている人口過剰の知覚のためである。地球は陸も海も砂漠も山岳も、いたるところ穴だらけになって、含み資産が日に月に目減りするいっぽうだが、人口だけはむんむんザワザワ増えつづける。無限に拡大再生産される有機物といっては人間と雲古だけである。この後者のモノについてはわが偉大で執拗な中村浩博士が日夜、取組んでおられて、クロレラを開発し、あとは味覚と満腹感をどう解決するかだけだというところまで到達し、ついでに人工的に雲古を実験室でつくってみたら一〇〇グラムつくるのにじつに二万エンかかったという。しかも、それでいて、できたものは苦心工夫の甲斐もなく、妙に白っぽくてパサパサして、天工(?)の、あの、ねっとりとした豊饒さが香りにも質感にも欠けていたそうである。しかし、その研究のおかげで、どんな貧乏人の雲古でも、たとえ原材料が一杯の素ウドンであれ、三個のしのだ寿司であれ、でてくるまでには最低二万エンかかるのだという一つの認識が数字で確保された。この雲古、御叱呼というものが、日本国だけで一年にざっと丸ビル二十五杯分、生産されるが、完全に使い捨てである。アメリカのトウモロコシやカナダの小麦が排ガスのための異常気象で不作を強いられ、全世界が似たような結果に陥ちこみ――あまり遠くないのでは、という予感がするが――味覚も満腹感もあったものか、ただ生きのびられたらそれでいいという日がきたら、中村博士が多年にわたって蓄積したデータに人びとは駈けつけることとなるだろう。そして、また、そうなれば、全世界で人口調節のために楢山《ならやま》節を歌わなければなるまいし、人肉の調理法や加工法をテレビで日曜の朝に放送しなければならなくなるかもしれないのである。SFや逆立ちユートピア物語の作者たちはとっくの昔からその問題を蒸返し焼直しして書きつづけているのだが、いっせいにペンをおく日がくることとなるだろう。北半球は飽食で身動きもできなくなっているのに南半球の子供たちはいたるところで栄養不良のために身動きできなくなっている現状を見れば、〝喫人《チーレン》〟はすでにとっくに始まっているのだといったっていいようなものなのだから、杏仁豆腐としてカニバリズムを私がとりあげても、さほど悪趣味や不作法と罵られることはあるまい。

今回と次回にとりあげるのは現実に発生した事件についてであって、文学作品についてではない。文学に登場した人肉嗜食のテーマはわが国だけでも、野上弥生子《やえこ》『海神丸』、大岡昇平『野火』、武田泰淳『ひかりごけ』、いくつもある。外国にも、いくつもある。たいそう洗練されたエンターテインメント作品も、いくつもあるし、SFやディストピア作品となると、数えていられないくらい、ある。書店でも、自宅でも、あなたは寝ころんだまま、手をのばしさえすればいいのである。そういいきってもいいくらい、たくさんある。しかし、これから眺めようとするのは、現実に発生した事件である。のっぴきならぬ事実と情念をさぐってみたいのである。これまた飢饉、海難、籠城などで世界史のあちらこちらにさまざまな実例があるけれど、事件の骨格だけが伝承されている例ではなくて、極限の体験者たちがまだ現存していて、事件が本質だけではなくて匂いも味もまだマザマザと保持されている、そういうのを一つだけとりあげて、眺めてみたいのである。一九七二年にアンデス山中で発生した、あの事件についてである。これは一人の若いイギリス人のカトリック作家が十六人の生還者全員の一人一人に会って周到かつ慎重な記録を書きのこしたので（P・P・リード著・永井淳訳『生存者』平凡社）、手をのばしさえすれば四〇〇頁にわたって詳細を読むことができる。詳細といっても、それは、少くとも渦中から脱出してモンテヴィデオという近代都市に移され、栄養、肉親、友人、安穏、エアコンなどにとりかこまれて何週間かをすごしてから、事件を回想して人の口で語れる範囲内のことを語ったものであること、インタヴューアーが体験者のウルグアイ人たちとおなじカトリック教徒ではあるものの、生れも育ちもイギリス人であること、インタヴューは数週間であったということ、最低それらの条件に束縛された上での作業であったことをわきまえておかねばなるまい。それにしては著者はなかなかいい仕事をしたと、私としてはいいたいのだが、体験者たちはきわめて当然のことながら、後日この本を読んで、不満を述べたそうである。

この飛行機は双発のプロペラ機で、ジェット機ではなかった。もしジェット機だったら墜落したときに全員即死していただろうと思われるが、推力の弱いプロペラ機だったために後尾を吹きとばされつつもアンデスの深い雪の斜面を胴体滑走してストップし、生存者たちはその残骸を家として以後七〇日間を送ることとなった。飢え、渇き、寒気、大雪崩《なだれ》、猛吹雪と試練また試練がつづき、一人また一人と死んでいく。最後に十六人だけが生きのこることになるのだが、自殺者は一人も出ていないという特徴がある。たがいにはげましあい、冗談をいって気力をふるいたたせ、寒さをしのぐためにおたがい向きあって体をなぐりあったり叩きあったりして血行を促し、あらゆる苦心をして〝団結〟を保持しようと努める。自分の足で歩く力もないまでに衰弱しながらもこれだけの人数があれば視線や意識をまぎらすことができて、自殺の機会がたとえ心に生ずることはあっても、そのたびにまぎらされたことだろう。それと同時にこの人たちは熱心で強烈なカトリック教徒であり、子供のときから自殺を禁忌とする教えをたたきこまれて育った人たちであるという事実にも注意したい。一切の事象と自身のあいだにつねに〝神〟があり、一切の思惟は発生してから定着するまでに、かならず一度、〝神〟を漉《こ》すのである。

　これは肉なんだ。ただそれだけのものなんだ。彼らの魂は肉体をはなれて、いまは神とともに天国にいる。あとに残されたものは単なる死骸で、われわれが家で食べている牛の肉とおなじものだ。もう人間じゃないんだ。

　ぼくにはわかっている。もしぼくの死体がきみを生かす役に立つとしたら、ぼくは喜んでそれを利用してもらうよ。もしぼくが死んで、きみが死体を食わなかったら、どこにいようとそこから戻ってきて、きみの尻を思いっきり蹴とばしてやる。

いよいよ死体を食べるよりほかに生きのびる方策はないときまったとき、彼らの一人、二人は勇をふるって、そういう。これはきわめて当然の、自然そのものの反応で、何の疑念も生じない。あらゆる人種がおなじ状況におかれたら、おなじ反応を見せることだろうし、私もおそらく——自殺願望をおさえることができたら——おなじ言葉を口にすることだろう。ひょっとしたら仲間を笑わせて気力をふるいたたせたくなり、おれはビールもよく飲むし、ときどきサウナにいってマッサージしてもらってるから、松阪牛そこのけだヨ、などと一言つけたすかもしれない。

これは聖体拝領のようなもんだな。キリストが死んだとき、われわれに精神的な生活をさせるためにその肉体を与えた。ぼくの友だちはわれわれに肉体の生活をさせるためにその肉体を与えたんだ。

そういって、ためらう仲間を説得する一人もいる。その説得はうけ入れられ、それまで人肉を食べることをためらっていた人びともようやく頷いて生干肉に手をだすようになるのである。さきの二人の、〝ただの肉なんだ〟と〝おれを食ってくれ〟の意見は容易に頷けるし、私も口にすることだろうが、この場合の〝聖体拝領〟という見解は、おそらく観念としても言葉としても私の口にのぼることはないのではあるまいかと考える。これはキリスト教信者に独特のものである。事物があって、つぎに〝神〟または〝キリスト〟があって、それから人がある。死体があって、キリストがあって、それから人がある。キリストに漉されて死体は死体でなくなる。天恵となる。肉となるのだ。魂がなくなったのだからそれはもう人ではなくてただの肉なんだといい聞かせるだけでは動機にはなれないのである。〝神〟で漉そうが漉すまいが結果はおなじことじゃないかという見解はそれ自体で動機となれる強力さを持ってはいるが、人というものをどう理解するかということになると、いささか短絡でありすぎる。〝神〟というフィルターで漉さなければ死体が肉になれないというのは偽善であり、自己欺瞞ではないのか……という呟き、もしくは嘲りが聞えてきそうである。その率直さを私は認めるが、いっぽうでは、その率直者もいざ友人の臀部をガラス片で削りとって飛行機の屋根で風干にした肉を、はじめて食べようとするときには、内心、何らかの超越的観念、自然神とでも呼ぶべき一つの抽象を設けて、それで漉して、死体の肉化をやらずにはいられないのではあるまいか、とも想像するのである。口にもできず、ペンにもひっかけられない、ひょっとしたらあとで思いだすこともできないような、教会も、司祭も、聖書も持たない、名も国籍もない〝神〟が、やっぱり登場するのではあるまいかと、思うのである。

死体が肉になるかならないかは最初の一片を呑みこむか呑みこまないかにかかっていたようである。最初の一片が呑みこまれると、あとは肉となり、習慣となった。禁忌はつぎつぎにとかれていった。はじめのうちは臀や、腿や、腕などが食べられていたが、そのうちに内臓も、脳も、骨髄も食べるようになり、雪がとけて腐りはじめた肉も食べるようになり、削って風に乾すだけだったのが、焼いたり、煮たりの工夫もできるようになった。骨にくっついている肉を最後のひとかけらまで掻きとってしまうと、斧《おの》を使って骨を割り、針金かナイフで髄をとりだしてみんなでわけて食べた。ほとんどの死体の心臓にこびりついている血の塊りも食べた。小腸の中身を雪の上にしぼりだしてからこまぎれにして食べた。〝味は強烈でしょっぱかった。あるものはそれを骨に巻いて、火で焼いてみた。腐った肉はあとで食べてみるとチーズに似た味がした〟。肝臓にはヴィタミンCがあるはずだというので食べ、脳にはグルコースがあるというので食べた。これは死人の、いや、肉体の、額に横に切れ目を入れ、頭皮をくるりとうしろにめくり、斧で頭骨を叩き割ってとりだした。その脳を肝臓、腸、筋肉、脂肪、腎臓などのこまぎれにまぜてシチューにしたほうが、〝味もよく、食べやすかった〟。ひげ剃りカップをシチュー皿にするものもあったが、割った頭蓋骨の上半分を鍋のかわりにするものもあった。コカ・コーラの空箱があったのでそれで火を焚き、アルミ板をのせ、そこに肉をのせて焼いてみると、〝それほど長い時間焼いたわけではないが、ほんのりと狐色に焦げた肉は途方もなくいい味がした。それは牛肉よりも軟らかく、味はほとんど変らなかった〟。

P・P・リードの叙述はセンセイショナリズムや劇化を極度に排し、淡々と事実に語らしめる方針に終始し、生還者たちをとくに英雄扱いしないで、あくまでも〝人間〟として描いている。その信仰心も、友情も、仲間割れも、罵りあいも、起ったことを起ったままにペンでなぞっている。食べられた死体はあくまでも〝肉〟なのであるから、その人びとの名前を明記しなかったのは当然とはいえ周到な配慮であったし、性器と顔だけは食べなかったという一語はさりげないけれど鋭い指摘で、やっぱり禁忌は最後まで何かの形でのこっていくものであることを教えてくれる。そして、はじめのうちはただ肉を削って風に干したのを目をつむって呑みこむだけだったのが、次第に〝味〟を求めて煮たり、焼いたりの工夫がはじまるという記述を読むと、人体という孤島に漂着したロビンソン・クルーソーの物語を読まされるようである。それが〝文学〟ではないというひたすらの一点に読者の注意が凝縮される。こんな雪原の極限状況のさなかでも人はただ生きていくためにだけ食べるのでは満足できなくて、脳と腸のシチューをつくったり、肉をステーキにしてみたり、骨でスプーンをつくったりするのである。また、軍隊や、刑務所や、流刑地や、強制収容所や、ジャングルや、孤島などで暮すことをしいられた人びととおなじように若者たちは神の議論と同時に食談に夢中になる。牧場出身の若者は飽きることなくチーズの話に没頭し、全員が、めいめい、家庭料理、自分で作れる料理、許婚者のオハコ料理、かつて食べたもっともエキゾチックな料理、これまで食べたもっとも変な料理などの話に没頭する。食いしん坊の一人はモンテヴィデオの料理店の料理を一軒ずつ語りはじめたところ、とうとう総数九十八軒になったという。神と、料理と、脱出が若者たちの明けても暮れてもの大学のテーマとなる。人間を定義するにあたって、かつては《頭の人《ホモ・サピエンス》》、《手の人《ホモ・ファーベル》》、最近では《遊ぶ人《ホモ・ルーデンス》》、さては《動く人《ホモ・モーベンス》》などと、時代を追うにつれて細分化がはじまり、これからさき何種のホモが登場することかと案じられるのだが、人肉をむさぼりつつ牛肉の話にふけっているこれらの若者には、おびただしいことを考えこまされる。〝心の糧〟という言葉は不用意に乱用されすぎて正体も形もわからないまでに手垢にまみれてしまったが、極限では食が、食談が、まさに、それだけが、心の糧となるのである。《腹のことを考えない人は頭のことも考えない》といったのはサミュエル・ジョンソン博士だが、みごとに核心をついている。若者たちは飢えと、寒気と、共食いのさなかで食談にふけることで、かろうじて自身を解放し、他者を解放し、苛烈をひととき、うっちゃることができたようである。舌で心をみたすのは日常・非日常・具体・抽象を問わず人がふけるたわむれでもあり、真摯でもあるが、この点はよくよく考えておくがよろしく、また、覚悟もし、日頃からの訓練もかさねておくがよろしいと、愚考される。カトリック信者であろうと、なかろうと、この一点は動かない。〝神〟で漉そうと、漉すまいと、これだけは純粋蒸溜されて滴落する。疑う人は雪山へ登ってみるがよろしい。体力のいささか劣った友人を選んで、いっしょに。

最後の晩餐 ii

このアンデスの聖餐の事件があってしばらくしてから、某日、何気なく新宿の映画館に入ってみると、モンテヴィデオで撮影したらしい、当時の十六名の生還者たちの歓迎会の記録映画が上映されていた。それを見るとモンテヴィデオの青年男女たち数百人、数千人がホールにつめかけ、眉をひらき、眼を輝かせ、拍手、喝采、口ぐちに声も枯れんばかりの連呼、叫喚であった。十六名の生還者たちは、いわば、国民的英雄として全心的な、沸騰する拍手を浴びせられたのであり、それはまことにみごとな、ふさわしい歓迎ぶりであった。映画館を出ると、すでに夜になっていたので、ネオンの輝く道を歩きながら、さまざまのことを考えこませられた。見ず知らずの薄暗い、みすぼらしい、やかましいバーに入ってウォツカをすすりつつも考えこませられ、そのあとのオデン屋でも考えこませられ、帰途の電車のなかでも考えこませられた。考えているうちに感じたことはつぎつぎとぬけおちていき、考えたことはあとにのこったけれど、レントゲンの骨格写真に似た形でしかのこらなかった。

①私ならどうしただろうか。

②日本人なら生還者をどう遇するか。

この二つがいつまでも私にのこされた問いであったが、どちらも終始、想像をめぐらせるだけのことだったから、しぶとくつきまとうくせに稀薄で、とらえようがないのにいつまでもそこに漂って去ろうとしなかった。P・P・リードの記録を今もう一度読みかえしてみてもやっぱりこれは変らない。雪原の絶域に放りだされた私は友人の死体を食べるかも知れず、食べないかもしれない。それはその場になってみなければわからないことである。しかし、平均的ニッポン人はカトリック教徒ではないのだから幼時から家庭や教会で自殺はいけないことなのだという観念を注入されるということがないから、もし友人の肉をどうしても食べたくないとなれば、断食するか、衰弱に心身をゆだねるかして、実質的に自殺することになるだろう。カトリック教徒は〝神〟によって、それで漉《こ》すことによって〝死体〟を〝肉〟に、もしくは〝聖餐〟に変えることができた。しかし、平均的ニッポン人は教会を持たないのだから、各人めいめいの超越的観念で漉すしかない。たいていの人は故郷で待ちわびる父、母、妻、子のためにと呟きつつ喫人することになるのであろう。アンデスで聖餐を食べて生きのびて山をおりてきた青年たちのところへ救出隊といっしょにまっさきに司祭がかけつけ、彼らの話を聞いて、教会はあなた方のしたことを是認しますというのだが、教会としてはそれは教義にかなうことなのであり、何よりも莫大な数の信徒の国民感情をそこないたくないという配慮も働いたことであろう。そういう打算はあったとしても、司祭のその一言で、生還者たちも、国民も、教会も、おびただしく解放されるものがあったことであろう。これが満堂の拍手、歓呼となって爆発し、表現される。つまり生還者たちはここでもう一度、〝神〟によって漉されて市民に還元されるのである。

しかし、平均的ニッポン人がおなじことをして故郷に帰還した場合には、どうなのだろうか。彼の行為の壮烈さを讃えるマスコミの暴風が過ぎたあと、人びとはあからさまには何も口にはしないものの、次第に隠微に、ひそひそと、何となく、口では説明のしようのないままに、彼を〝異物〟として避けるようになるのではあるまいかという気がしてならない。P・P・リードの記録は生還者たちの帰郷後、短時日のうちに、まだ事件が熱くて煮えかえっているうちに書かれたものであるが、それでも注意深く読めば、青年たちの肉親のなかには状況の深刻さによろめいて、むしろ自殺すべきではなかったのかという疑問にとりつかれて苦しんだものがあったとのことである。熱烈なカトリック信者ですら〝神〟で状況を漉しきれない人がでるのは、いたましいけれど、当然のことでもあろう。してみると、神なきわが国人においては、生還者の漉しようがなくて、また、生還者自身も自身と他者の漉しようがなくて、われとみずからを疎外しはじめ、人まじわりをしなくなるということも起るのではあるまいかと思う。おたがいに生きること、食うことの、悽惨さ、いたましさ、かなしさに、いまさらのようにうたれて、しびれてしまい、何かにさまたげられて融即できなくなるのではなかろうか。〝絶対〟はその体験者でなければ経験をわかちあえないし、コミュニケイトのしようがないのだという呟きか叫びが洩れることだろうが、体験者同士もひょっとしたら通じあえないことがあるのではあるまいか。

アンデス山中のこの事件には何の異常もなく不自然もなく残忍もない。雪原のただなかに投げこまれてなおも生きのびたいと望み、その決意を固めた青年たちの行為はギリギリの当為であり、苦闘であったので、誰一人としてこれをあげつらうことはできるまい。漂流、籠城、飢饉などで彼岸に追いやられた、あらゆる民族がこれまでにとったのとおなじ行動に青年たちはでたまでのことである。トコトン追いつめられながらも青年たちは一つ、二つの禁忌を犯すまいとして礼節や友情としてそれらを守るゆとりをさえ示している。ここで起った生の諸相を人の生の本質が現われたものとして見ることに私は反対するものである。それは一つの状況に対する一つの態度なのであって、おなじ青年たちが安穏なモンテヴィデオの、空調のきいた、バラの花を飾った、モーツァルトやシェーンベルクのレコードのたくさんあるアパートの部屋で示す言動とおなじ次元で眺めなければなるまいと私は眺めるのである。属性に蔽われて本質がかくされているのではなく、属性もまた本質なのだと私は見ることにする。彼岸で顕示される諸相も、此岸で見せられる諸相も、たとえどれほどそれらが矛盾しあうことであっても、すべて、その人なのだ、と私は見ることにしている。核としての本質があって、それらを蔽う無数のものが属性としてあるのだとは、私は、見たくないのである。これは甘くてにがい、おおらかで胸苦しい見解だが、少年時代からの無数の見聞の、一滴の蒸溜液である。

ところで。

ここに一冊の古い本がある。『東洋文明史論叢』。著者は桑原隲蔵《じつぞう》。そのなかに論文が一つあって、『支那人間に於ける食人肉の風習』。大正十三年に発表されたもの。文中で著者が自分のことを〝吾が輩〟などと呼んでいる、蒼古の文体だが、約五〇頁にわたって中国史に明滅出没する喫人の事実を集約したもので、主題の稀れさではちょっと類がない。中国史を食物・食習・食器の変遷の面から追求した篠田統氏の『中国食物史』は大変な労作だが、ここにも唐代における人肉嗜食がとりあげられているので、出版当時、京都まで出かけて二時間ほど対談をお願いしたことがあったが、出典はおおむね桑原先生の論文からだと、篠田さんは率直にネタを明かして下さった。この桑原先生の論文は中国史専攻の学者をのぞいてはまったく知られることがないので、もっぱら私もこれから孫引きして晩餐の話題とすることにする。桑原先生は執筆当時、フランス人、ドイツ人、アメリカ人それぞれの中国学者のこの主題についての論考をかたっぱしから読んでみたけれど、いずれも一長一短とはいうものの、とりたててどうこういえるほどのものは一つもないと嘆き、一世を蔽う博識と勤勉を動員してこの論文をお書きになったのだが、それすら小指をうごかす程度のことだったのではあるまいかと、先生の鬱蒼とした全業績からして、推察したいところである。

中国人の書きのこしたさまざまな史書に喫人の故実はたくさん登場するが、その研究だけでは片手落ちになるので、当時、中国に旅した外国人たちの見聞録もあわせて参照し、両者をつきあわせて異同をしらべつつ筆をすすめたいというのが桑原先生の厳格な態度である。あらゆる時代に喫人はさまざまな動機からおこなわれたけれど、もっともさかんだったのは唐代で、この時代には戦乱や飢饉などという極限状況に迫られていたしかたなく人を食べたほかに、平時においても趣味や嗜好として人を食べるものがよくあり、市場では人肉を〝二本足の羊（両脚羊）〟などと呼んで鈎に吊して売っていたと伝えられる。アラブ人とペルシャ人の貿易商でこの時代の中国に交易をしにいったものが親しく当時のこの国の風俗、習慣を目撃し、それを語り伝えて『インド・シナ物語』という本になった。それのフランス語訳と、中国の当時の文献とを照合しつつ、なお、唐代より上下三〇〇〇年余にわたって先生は〝未開の学田〟に鍬《くわ》をお入れになったのである。中国史の世界無比に特異なこの史実と伝統に探求の光をあてたのは先生のこの論考だけで、わが国の百人のシノロギストのうち百人全部がここを知って知らぬふりして触れることを避け、この桑原論文そのものも知って知らぬふりして棚上げしてしまったから、私としては何としてでも書庫の埃りを払ってこの論文に日光をあてたい。曝書したいのである。

何しろ大聖人の孔子の高弟の子路が殺されて塩辛にされ、それが孔子のところに送りつけられ、孔子は泣く泣くその塩辛を食べたという事実が伝えられ、これは誰でもが知っていることだけれど、もっとこまかく見ていくと、動機が何であれ、この三〇〇〇年余、喫人が一度もおこなわれなかったか、伝えられなかった時代は、さがすのがむつかしいくらいだというのだから、厄介である。魯迅の『狂人日記』は狂人の妄想という形式にして人と時代を告発した作品だが、その一節に、〝四千年の食人の歴史をもつおれ。はじめはわからなかったが、いまわかった。真実の人間の得難さ〟とある。しかし、史実としてはこの大陸では脈々として喫人の伝統があるのだから、それを知ってから読みなおせば、けっして狂人の妄想とは読めなくなってくるのである。この作品の発表された当時の中国人と日本人とではその一点だけでもずいぶん読みの感触が異なっていたのではあるまいかと、愚察する。

憎悪、憤怒、見せしめ、復仇、いやがらせ、いたずら、迷信、こういう動機で人肉を、とくに怨敵《おんてき》の肉を食べるのは、古今東西、どの民族もやっていることだし、ことに飢饉や籠城となると、いくらでも例があることなので、中国人だけが特に《ホモ・ホミニ・ルプス（人ハ人ニ対シテ狼デアル）》であったわけではない。ただし、たしかにその通りではあるが、中国では他のいかなる文化圏よりもその例がとめどなくおびただしいのだという事実は指摘しておく必要があると思われる。飢饉になると日本だって天明の大飢饉では喫人がおこなわれたと伝えられているけれど、中国史とくらべてみると、ちらほらという程度である。中国では飢饉と喫人は切っても切りはなせず、しかもしょっちゅう飢饉が発生したので、したがって、しょっちゅう人は人を食べたわけだが、そうやって非常時に禁忌をしょっちゅうはずしているうちに、喫人は常識として伝承されるようになったのか、それとも、万事とことん徹底的にやらずにはすまされない心性が食欲にも体現されることとなったのか、趣味で喫人をやるようになった。しかも、北京原人以来の悠久の歴史と文化を誇る大陸においてそれがおこなわれた——それだからだろうか——という点において、さらに世界に類がなく、例がない。そこで、この一点に集中して、調べてみることとしたい。いかにして殺し、いかにして食ったかということの探究は桑原先生のひたむきなペンに導かれるままなのであるが、究極的にそれが〝何故か〟ということになると、中国人自身も桑原先生も匙を投げておられる。つまりわれらはここでもまた、

"How"はわかるが、"Why"はわからないという永遠の疑いに逢着するのである。まさに人生そのものではないか。

飢饉で喫人がおこなわれた例はためしに前漢、後漢の時代ではざっとつぎのようである。これは桑原先生の作成された表である。

〔高祖二年（前二〇五）?〕	・漢興リテ秦ノ敝ニ接ス。諸侯並ビ起ツ。民、作業ヲ失ス。而シテ大飢饉トナル。凡ソ米（一）石五千。人、相イ食ウ。死者半ヲ過グ。高祖スナワチ民ヲシテ子ヲ売リ、蜀漢ニ食ヲ就《モト》ムルヲ得サシム。（『前漢書』食貨志）
高祖二年（前二〇五）六月	・〔関中大イニ飢ユ。米（一）斛《コク》万銭。人、相イ食ウ。民ヲシテ蜀漢ニ食ヲ求メシム。〕（『前漢書』高祖本紀）
武帝建元三年（前一三八）春	・河ノ水、平原ニ溢レ、大イニ飢ユ。人、相イ食ウ。（『前漢書』武帝本紀）
武帝〔建元六年（前一三五）?〕	・河南ノ貧人、水ト旱《ヒデリ》ニ傷ムコト万余家。或イハ父子相イ食ウ。（『資治通鑑』建元六年条）

武帝〔元鼎三年（前一一四）四月〕

元帝初元元年（前四八）九月

元帝初元二年（前四七）六月

成帝永始二年（前一五）

王莽天鳳元年（一四）

同地皇三年（二二）二月

〔王莽時〕

〔光武帝建武元年（二五）?〕

光武帝建武二年（二六）

・関東ノ郡国十余、飢ユ。人、相イ食ウ。（『前漢書』武帝本紀）

・関東ノ郡国十一、大水ニアウ。飢ユ。或ルイハ人、相イ食ウ。旁郡ノ銭穀ヲ転ジ、以ッテ相イ救ウ。（『前漢書』元帝本紀）

・斉ノ地飢ユ。穀（一）石三百（?）余（銭）。民多ク餓死ス。琅邪郡ノ人、相イ食ウ。（『前漢書』食貨志）

・梁国平原郡、此ノ年、水災ニ傷ム。人、相イ食ウ。（『前漢書』食貨志）

・縁辺大イニ饑ユ。人、相イ食ウ。（『前漢書』王莽伝）

・関東ノ人、相イ食ウ。（『前漢書』王莽伝）

・〔北辺オヨビ青・徐ノ地、人、相イ食ウ。雒陽以東、米（一）石二千（銭）〕（『前漢書』食貨志）

・民饑餓シ、相イ食ウ。死者数十万。長安、虚トナル。城中、人行クコト無シ。（『前漢書』王莽伝）

・三輔、大イニ饑ユ。人、相イ食ウ。城郭皆空シ。白

安帝永初二年（一〇八）正月
同三年（一〇九）三月
同　十二月
桓帝元嘉元年（一五一）四月
桓帝永寿元年（一五五）二月
霊帝建寧三年（一七〇）正月
献帝興平元年（一九四）

骨、野ヲ蔽ウ。（『資治通鑑』建武二年条）

・時ニ州郡大イニ饑ユ。米（一）石二千（銭）。人、相イ食ウ。老弱、道路ニ棄テラル。（『後漢書』安帝本紀注）

・京師、大イニ饑ユ。民、相イ食ウ。……詔ニ曰ク。朕……百姓《セイ》饑荒シ、更ニ相イ噉食セシムルニ至リ、永悼歎ヲ懐《オモ》ウ。（『後漢書』安帝本紀）

・并、涼二州大イニ饑ユ。人、相イ食ウ。（『後漢書』安帝本紀）

・任城梁国饑ユ。民、相イ食ウ。（『後漢書』桓帝本紀）

・司隷、冀州饑ユ。人、相イ食ウ。（『後漢書』桓帝本紀）

・河内ノ人、婦、夫ヲ食ウ。河南ノ人、夫、婦ヲ食ウ。（『後漢書』霊帝本紀）

・是ノ歳、穀一斛五十万（銭）。豆、麦、一斛二十万（銭）。人、相イ食啖シ、白骨、委積ス。（『後漢書』献帝本紀）

献帝建安二年（一九七）

・是ノ歳、江、淮間ノ民、相イ食ウ。（『後漢書』献帝本紀）

唐代の喫人については前記の回教徒商人がつぶさに目撃したわけだが、『資治通鑑』にでているだけで、しかもたった四十年間にざっと次の表にあるぐらい、兵乱、飢饉、籠城などで人が人を啖《くら》い、ときには犬の肉よりも安く売買されている。『資治通鑑』にでているだけでこうなのだから、現実にはどれくらいおこなわれたものか、見当のつけようもないと、桑原先生は嘆いておられる。

(1)唐僖宗中和二年（八八二）四月

・長安城中、斗米、三十緡ニ直《アタ》ル。賊、人ヲ官軍ニ売リ（買イ?）、以テ糧トナス。官軍、或イハ山寨ノ民ヲ執ラエ（良民ハ乱ヲ避ケテ山ニ入リ、柵ヲ築キテ自ラ保ツ者）コレヲウル。（一）人、数百緡ニ直ル。肥瘠ヲ以テ価ヲ論ズ。

(2)　中和三年（八八三）六月

・時ニ民間、積聚ナシ。〔黄巣〕賊、人ヲ掠メ糧トナス。生キタルママ碓磑ニ投ジ、骨ヲ併セタママ之ヲ食ウ。給糧ノ処ヲ号シテ『舂磨寨』トイウ。

(3)　光啓三年（八八七）六月

・〔揚州〕城中、食乏シ。樵採ノ路絶エ、宣州軍、始メテ人ヲ食ウ。

(4)同年　九月
・高駢、〔揚州城内ノ〕道院ニ在リ。秦彦、供給甚ダ薄シ。左右食無シ。木像ヲ燃シ、革帯ヲ煮テ之ヲ食イ、相イ啗《クラ》ウ者有ルニ至ル。

(5)同年　十月
・楊行密、広陵（揚州）ヲ囲ム。半年ニナラントシテ、城中食ナシ。米（一）斗、（一）銭五十緡ニ直ル。草根木実、皆尽ク。菫泥ヲ以テ糧トナシ、之ヲ食ウ。餓死者大半。宜（州）軍、人ヲ掠メ、肆《ミセ》ニ詣キ之ヲ売ル。駆縛屠割スルコト、羊豕ノ如シ。訖トシテ一声無シ。積骸流血、坊市ニ満ツ。

(6)　文徳元年（八八八）二月
・〔李〕罕之。所部。耕稼セズ。専ラ剽掠ヲ以テ貨ヲナス。人ヲ啗イ糧トナス。

(7)昭宗　竜紀元年（八八九）六月
・楊行密、宜州ヲ囲ム。城中食尽ク。人、相イ啗ウ。

(8)　大順二年（八九一）四月
・〔王〕建、陰カニ、東川ノ将・唐友通等ヲシテ〔韋〕昭度ノ親吏・駱保ヲ行府門ニ擒エ、之ヲ臠食ス。

(9)同年　七月
・〔孫儒〕、悉ク揚州の廬舎ヲ焚ク。尽ク丁壮オヨビ婦女ヲ駆リテ江ヲ渡ル。老弱ヲ殺シ、以テ食ニ充《ア》ツ。

(10)　景福二年（八九三）二月
・〔李〕克用〔王鎔軍ニ〕逆イ、叱日嶺下ニ戦ウ。大

(11)　乾寧元年（八九四）五月

(12)　天復二年（九〇二）十一月

(13)昭宣帝天祐三年（九〇六）九月

(14)後梁太祖開平三年（九〇九）十二月

(15)　乾化元年（九一一）八月

(16)末帝　貞明二年（九一六）九月

イニ之ヲ破ル。首ヲ斬ルコト万余級。河東軍食無シ。其ノ尸《シカバネ》ヲ脯（乾肉）ニシ、而シテ之ヲ啗ウ。

・王建、彭州ヲ攻ム。城中人、相イ食ウ。

・是ノ冬、大雪。〔鳳翔〕城中、食尽ク。凍餒シテ死セル者、アゲテ計《カゾ》ウベカラズ。或ルモノハ臥シテ未ダ死ナズ。スデニ冎スル所トナル。市中人肉ヲ売ル。（一）斤銭百ニ直ル。犬肉ハ五百ニ直ル。〔李〕茂貞、儲偫シ、亦竭ス。犬彘ヲ以テ御膳ニ供ス。上《カミ》、御衣オヨビ小皇子ノ衣ヲ市ニ鬻《ウ》リ、以テ用ニ充《ア》ツ。

・汴軍、塁ヲ築イテ滄州ヲ囲ム。……城中食尽ク。土ヲ丸メテ食シ、或イハ互イニ相掠メ啖ウ。

・劉守光、滄州ヲ囲ム。……城中食尽ク。民、菫泥ヲ食ウ。軍士、人ヲ食ウ。……呂兗、男女ノ羸弱者ヲ選ビ、飼ウニ麴麪ヲ以テシ、而シテ之ヲ烹、以テ軍食ニ給ス。之ヲ宰殺務ト謂ウ。

・〔劉〕守光、〔孫鶴之ノ己ヲ諫メルヲ〕怒リ、コレヲ質上《シツジョウ》ニ伏セ、軍士冎ヲシテ之ヲ啖ワセシム。

・晉人、貝州ヲ囲ム。年ヲ踰ス。……城中食尽ク。人ヲ噉イテ糧トナス。

(17) 竜徳二年（九二二）九月

・鎮州食竭キ、力尽ク。……〔晉軍城ニ入リ〕〔張〕処瑾兄弟家人、オヨビソノ党、高濛、李翥、斉倹ヲ執エ、行台ニ送ル。趙人、皆請ウテ之ヲ食ウ。

前漢・後漢時代でも、この時代でも、人肉なら何でもいいというわけではなくて、病死体は避けて食べないというけじめは一貫して守られていた。しかし、それ以外の不自然死体なら、争って食べられたらしい。斬殺、撲殺、絞殺された死体、牢や刑場で処置をうけた死体が好まれた。そうでないときは自分から進んでそういう死体をつくって食べた。隋代末期に出現した朱粲という流賊は二〇万人の輩下をひきつれて横行したが、食糧に困ると手あたり次第に良民をとらえて食べた。女や子供や酔っぱらいなどをとくに選んで食べ、酔っぱらいの肉が粕漬けの豚肉とそっくりで一番だと豪語した。赤ん坊を蒸したのが特別の好物だったと記されてもいる。則天武后の時代に警察の部長をしていた薛震という男は借金とりとその従者を、借金をとりたてにきたときにとって食べ、それでも足りなくて後家さんにまで手をのばしかけたところで逃げられ、訴えられて杖殺された。僖宗中和三年の黄巣の乱のときの惨状は前表に記されているが、これはもう〝食肉工業〟といいたいような発達ぶりである。人肉用の工場をたてて、数百の臼をならべ、良民を生きながら砕き、磑《ひきうす》でひいて骨ごと食べたというのである。カルシウム分の多い、ちょっとザラザラ歯ごたえのあるタルタル・ステーキかハンバーグというところ。しかも、この賊を討伐に出かけたはずの官軍がおなじように良民をとらえ、それを賊軍に売りつけて金に替えていたという。このあたりの中国史を読むと常識や感情移入による類推という通常の作業ではどうにもならず、ただただ眼をこすりこすり漢字を読みたどるしかない。何しろ、籠城して糧食がなくなると、ときたま城外に打って出て敵兵をとらえてきて食べるというほかに、味方もとらえて食べることがよくあったというのだから、唸るしかない。

人肉の食べ方もさまざまである。〝炙〟はあぶり焼き。〝蒸〟は蒸しもの。〝腊〟は乾肉。〝醢〟は酒漬や塩辛。〝羹〟はシチュー風のあつもの。〝和骨爛〟とは、骨と肉をいっしょに焼いて食べるというのだから骨つきリブ・ステーキかT・ボーン・ステーキのようなものか。〝饒把火〟は肉が硬いときに燃料をたっぷり使わなければならないためにできた料理語。また、生きたまま火あぶりにする。袋に入れて鍋で煮る。手足を縛っておいてそこへ熱湯をかけて皮膚をずるずるにしたうえ、竹帚でその皮膚を引ッ掻いてきれいにするとか。通行人をつかまえて家のなかにひっぱりこんで肉饅頭にしちまうとか。時代を追うにしたがって次第に複雑になり、精妙になり、手がこんでくる。そして、もう一つの特徴は、史書に伝承されたところでは、人食いを趣味とし、嗜好としていた人びとには、帝王、皇族、大臣、長官、大使、将軍などといった高位者が多いという点である。おそらく無名の趣味人も巷には多かったのだろうと思いたいが、そういう庶民列伝はこの頃の史書の執筆者たちの念頭になかったから見すごされてしまったのだろうと思いたい。こういう凄味のある文字をつぎからつぎへと読んでいると、アンデスの事件などはまったく可憐でつつましやかなものだったと感じられてくる。

高位者がおそらく美食に飽いて喫人をやるという例のもっとも有名な最初の例は斉の桓公がコックの易牙に人肉だけはまだ食べてないよと訴えたのがそれであろう。易牙はそこで息子を蒸しものにして捧呈するわけだが、ずっと以前に書いておいたように、中国史で奇怪というか、片手落ちというか、そこが中国的なんだというべきなのか、易牙を非難する奴はいても、それをそそのかした桓公を非難する奴がいないという事実がある。しかし、食欲とか、味覚とか、料理というものは、それ自体の質と量の魅惑と同時にまぎれもなく想像力ぬきではあり得ないものなのだという特質がある。したがって、谷崎潤一郎が〝日本的回帰〟を起す以前の時期に中国旅行で得た圧倒的な経験から全身的、全心的な官能を傾注して書いた『美食倶楽部』に見るように、とことん探求をつづけていけば、当然のことながら、喫人をやってみたいということになるであろう。この執念と探求心を抱くものは、地上に国籍を持たぬ者である。皇帝であれ、盗賊であれ、大臣であれ、その心性はアナキストのそれである。もっとも古典的な定義と用語においての無政府主義者である。かつて孫文は中国人を、盆の上にばらまかれた一握りの砂だと呼んだことがあるが、それから数十年たってコミュニスト革命を成就し、全体主義統制で国民の吐く息、吸う息までを検閲する体制を築きあげてから十数年もたったのに、全盛期の林彪《りんぴょう》がやっぱり語録の一つとして、孫文と一字一句違わない句を書きのこしているのを発見して、当時、私は感銘をうけたことがある。指導者たちは中国人一人一人の心性の内奥にひそむ徹底的なアナキストの影におびえているのだと、はっきり私は思わせられてしまった。徹底的な自己抑制や、謙譲や、忍耐は、面従腹背と一体化しており、とことんの権謀家と、とことんの礼節人が一体化しており、それらの内奥に四〇〇〇年かかって育てられて不死を体得した多面神としての、多頭の蛇としてのアナキストが息づきつづけているのではあるまいか。喫人。阿片。詩迷。纏足。盲妹。料理。酒。拷問、粛清。追放。大合唱。大叛乱。数千年間ありとあらゆる主題にオール・オア・ナシングでうちこんできた、そしていまだに熱烈にして満たされることを知らぬ、この、徹底的なアナキストは、つぎの一〇年と、それから以後、どのような彷徨と没我に浸るのであろうか。

南無、森羅万象。

注・文中、桑原隲蔵氏作成の表の引用は、読者の便宜のために読下し文に替えました。

解説

角田光代《かくたみつよ》
（作　家）

書く上で、また生きる上で、自分に課しているいくつかのことがらが私にはあるのだが、その出どころはみな、開高健の言葉である。

たとえば、味覚について書くときに、いやしくも言葉を扱う仕事をしている物書きは、筆舌に尽くしがたい味とか、なんとも言えぬ味とか、絶対に書いてはならぬ、筆舌に尽くすのが、言葉にならぬものをなんとしても言葉にするのが、物書きの最低限の役目ではないか、とこの作家は書いている。この『最後の晩餐』にも、同様の言葉が、もっとやわらかい表現で出てくるが、私はもしこの言葉を読まなかったらば、書く姿勢が今とぜんぜん異なったろうと心から思っている。開高健が書いているのは、味覚描写の注意点ではなく、それを超えて「書く」ということの本質に触れている。言葉を扱うものの覚悟をずばり指摘している。

女と料理が書けたら作家は一人前とどこかで聞いたことがあるが（これも開高健が引用しているが）、女はともかくとして、味について書くのは本当に難しい。味覚というのは自分の口のなかという、あまりにも個人的な部分で生じるものごとで、しかも、感情のように抽象ではなく、まぎれもない具体であるわけだから、感覚を押し開いてその具体をつかまえ、言葉に変換しなくてはならない。自分で書いていると、この難しさはまざまざと実感させられる。自分の感覚に耳を澄ますことがまず難しいし、それをなんとかクリアすると今度は、言葉の限界にぶちあたる。とろけるような、だとか、まったりとした、だとか、ほのかな甘みが、だとか、どこかで聞いた退屈な言葉を一掃して、自分の言葉をさがさなくてはならない。私は幾度も、己の言葉の少なさ、狭さにうなだれた。いや、今も味について書こうとすると、決まってうなだれている。

その点、開高健はものすごい。「言葉にできないと絶対に書くなかれ」と言うだけのことはあって、それはもうすさまじいほどの勢いで、味というとらえどころのないものをつかまえ、解体し、持っている言葉を総動員して、書く。『ロマネ・コンティ・一九三五年』の、二種のワインについての記述は、読んでいるだけで鳥肌がたつ。言葉というものの可能性を知る気がする。おそらく一生飲むことはないであろう一九三五年のロマネ・コンティを、私たち読み手は言葉で存分に味わい、酩酊《めいてい》することができるのである。味覚ばかりではない、におい、舌触り、のどごし、食後感、その飲食物が盛られた器に至るまで、開高健はくっきりと見せ、かがせ、味わわせ、触れさせ、飲み下させる。言葉だけで、読み手の五感、いや六感まで、これほどまでに刺激する作家は、ほかにいないと私は思っている。

『最後の晩餐』というこの随筆の親本を、私はかつて古本屋で見つけて購入し、しかし読まないまま、本棚に大事に飾っておいた。私にとって開高健は爆発物のようなもので、うっかり機を間違えて開けてしまうと手ひどい目に遭う。その言葉のあまりの圧倒に書く気力が失せたり、あまりの濃密にほかの本を読めなくなったり、あまりの真摯《しんし》に自分を恥じ入りたくなったり、あるいはまったく逆に、無意識に自己防衛をしてしまい、書かれた言葉が上滑りして中身がまったく頭に入らなかったりする。彼の本を開くには、それが随筆であれ小説であれ紀行文であれ、厳重な注意が必要なのである。(余談だが、開高健を読むのにいちばんいいのは、だからなんの予定もない旅先である。)

ときおり本棚の『最後の晩餐』を見上げ、何が書かれているんだろう、晩餐というからにはやはり料理、食事のことだろう、味覚について微にいり細にいりねっとりとびっしりと書かれているんだろう、と考えていた。今回はじめて(そしておそるおそる)本を開き読みはじめて、想像と激しく異なっていたのでぎょっとした。いや、もちろんこの随筆は食、味覚についての随筆である。しかし単なる、何を食べた、味はどうだった、という食描写をはるかに超えている。

まず魯迅から話ははじまる。中国大陸をざっと見渡しそれから安岡章太郎の小説へ。食べものを超えて歴史に触れ文化に触れぐるり一巡して排泄に触れる。章が変わると今度はアフリカへと読み手を誘い、ナチス政権の悲惨を味わわせる。かと思うと次章では、ドッグフード、ペットフードの話から、監獄の食事へと転じる。

ああ、そうだよな。最初の数章を読み終えて、私は自分の浅はかさに思い至る。開高健が、うまいまずいに終始するはずがないのである。ボルシチと書いてその料理のみを書き記すはずがない、政治が出てきて歴史が出てきて文化が出てきて批判が出てきて、滑稽と悲惨が出てきてそして排泄が出てくる、それらをひととおり出したところでこそのボルシチを、この作家は書くのである。膨大な知識とたわむれるように。世界を気ままに歩きまわるように。俯瞰《ふかん》から顕微鏡の中身へと視線を自在に移すように。

次々と放たれる蘊蓄《うんちく》、挿話は、まるで読み手の教養を試すかのごとく挑発的なのだが、木下謙次郎もソルジェニツィンも読んだことのない私のような無知無教養は、大学の授業に混じった小学生のような気分で、ただ、ほうほう、へぇえ、と感嘆の声を上げつつ読むしかない。へえ知らなかった、ほう、そんなことが。しかしそれで充分おもしろい。この随筆には、開高健の持っているチャーミングさが存分に発揮されていて、それが無知無教養を門前払いすることなく、ちゃんとあちらこちらへとエスコートしてくれるのである。

後半になると色合いが少し変わる。授業が脱線して加速度的におもしろくなっていくのに似ている。歴史上の逸話よりも作家自身の経験談が多く語られはじめるのだが、やはりうまいまずいをはるかに超えている。有名料理店の賄いを試食するのはまだ序の口、料理好きの編集者に逸品を作らせ食べ合う、非常食を品評する、一見洒落た大人の遊びではあるのだが、何かこう、遊びの枠を超えた真剣さがある。書かれていることもまた、食を超えてときに芸術論へ、ときに現代批判へと大きく広がっていく。そのいちいちが、まったく古びず新しいまんまなのを見ると、きっとそれは真実なのだろうと思わせる。

大人の遊びシリーズのなかで私がもっとも驚いたのが、「王様の食卓」である。あるとき作家は、「食べれば食べるだけいよいよ食べられる御馳走はないものかしら」と珍妙なことを考え出し、考え出すだけではなく、フランス料理の大家、辻調理師専門学校の辻静雄氏に実践させてしまうのである。朝食からはじまって昼食夕食と、デザートまで、十二時間に及ぶ食事をし続ける。酔狂という言葉が、もはやちいさすぎて似合わない。

考えるだけではなく実践する、しかも超一流で実践する。実践してそれをつぶさに書き記す。私はここに、開高健という作家の、書くことの根本、神髄《しんずい》があるような気がしてならない。やるときはとことんやるのである。最上のものでやるのである。やるからには書くのである。かつてこの作家は、「輝ける闇」というルポルタージュ小説のなかで、「徹底的に正真正銘のものに向けて私は体をたてたい」と書いた。そしてその言葉通り、彼はベトナム戦争の部外者に甘んじるのではなく、最前線に参加し、激戦に巻きこまれる。対象を、遠くから眺めて書くのではなく、実際に間近で見、触れ、においを嗅ぎ、舌に転がし、味わい、飲み下す、そうしたあとで、みずからの言葉を用い、隅々まで余すところなく再現する。それがこの人にとって書くことであり、また生きることではなかったか。

そのような作家が書く食談が、食通、グルメなんて生やさしいものではないのは、当然といえば当然である。もちろん、件の「十二時間フルコース」をはじめ、おいしいものの話も数多く出てくる。親切に、作り方まで添えてあるものもある。最底辺の食事、極限の食事についても、しかし彼は書く。しかも、最大の禁忌である食人についてもおそれず書く。極上の食事から最底辺の食事まで、同じテンション、同じ密度で書く。

そこから私が感じ取るのは、食べることの壮絶である。それはともすると、人の営みの壮絶ということでもある。したがって本書は、食という一点から、人の営みにまつわるすべてを読み手に見せる。万華鏡をのぞきこんでいたらいつのまにか宇宙を見ていたような、とほうもない広がりがある。

なぜこの作家が食にこだわり続けたのか。その答えは「一匹のサケ」という随筆に書かれていると思う。戦後まもないころの食糧難について、彼は小説でも随筆でも触れているが、この一編もまたすばらしい。この作家にとって食とは、食べることだけではない、飢えることも含んでの食なのだと思う。行為だけではない、あらゆる感情を引き出す不可思議な装置としての食なのだと思う。

私たちのほとんどは今や飢えを知らない。八〇年代に火のついたグルメブームは衰えることなく、最近では健康とセットになって人々の欲に訴えかけてくる。インターネットは地方の食材を全国にすばやく届ける。有名店には長い長い行列ができる。今ではだれもが味覚評論家である。ほんの数分テレビをつけただけで、必ず某《なにがし》かの料理が目に入る。あふれかえる情報と食材と料理の恩恵に、たしかに与《あずか》っている私としては、まったくすばらしいことだと思う。昔はよかったなんて間違っても思わない。飢えなんて知らなければ知らないほうがいいのだと思っている。できればおいしいものだけ食べていたいと思う。けれど本書を読んだあとでは、現在の、食と私たちとの関係が、いかにグロテスクかと思わずにはいられない。飢えを知らず貧しさを本当には知らない私たちは、きっとこれからも、もっともっとグロテスクに食を求め、関わっていくのだろう。その醜悪も、この作家は二十年以上も前にすでに書いている。人の愛すべき営み、もしくは宿命として、おおらかにチャーミングに、そして真剣に包括している。やはりこの一冊も、私にとっては爆発物だった。読んでいるあいだずっと、自分の薄っぺらさを実感させられ、何かを書く気力が失せた。仕事なんかすべて放り出してどこかへ逃げてしまいたくなった。やむなく書かざるを得ない食べものの記述はとくにこたえた。おのれの言葉の貧弱さ、ひいては感情の貧弱さがいちいち目につく。それでもなんとか机にしがみついて締め切りに向け文章を書き続けたのは、ある信条が私にはあるからだった。

グラスに口をつけたら最後まで飲み干しなさい。

これもまたこの作家の言葉であり、私は日々、これを胸の内でつぶやきながら文章を書き、酒を飲み、そうして日々を生きている。この作家からもらったもの、今も受け取っているものは、あまりにも多い。

●本書は、「諸君！」（文藝春秋）昭和五十二年一月号より昭和五十四年一月号まで掲載後、一九七九年五月文藝春秋より単行本として刊行され、一九八二年四月文春文庫として文庫化されたものです。
●本文中、今日の観点から見て、考慮すべき表現、用語が含まれていますが、著者がすでに故人であること、作品が書かれた時代的背景などを鑑み、おおむねそのままとしました。

光文社文庫

最《さい》後《ご》の晩《ばん》餐《さん》

著者　開《かい》高《こう》　健《たけし》

2006年3月20日　初版1刷発行
2024年11月15日　9刷発行

発行者　三宅貴久
印刷　大日本印刷
製本　大日本印刷

発行所　株式会社　光文社
〒112-8011　東京都文京区音羽1-16-6
電話（03）5395-8149　編集部
8116　書籍販売部
8125　制作部

ISBN978-4-334-74041-2　Printed in Japan